P R O N

PRONTO

EL PRINCIPIO DEL FIN

·

NOVELA

JERRY JENKINS

Publicado por
Editorial Unilit
Miami, Fl. 33172
Derechos reservados.

Primera edición 2004
© 2004 by Editorial Unilit (Spanish Edition)
Traducido al español con permiso de Tyndale House Publishers.
(*Translated into Spanish by permission of Tyndale House Publishers.*)

Traducción: Carolina Galán Caballero
Edición: Rojas & Rojas Editores, Inc.
Fotografía de la cubierta: ©2003 Brand X Pictures/Alamy
Todos los derechos reservados.
Fotografía del autor: © 2003 por Jonathan Orenstein.
Todos los derechos reservados.

Proyecto conjunto con la agencia literaria Vigliano and Associates,
584 Broadway, Suite 809, New York, NY 10012.

Esta novela es una obra de ficción. Los personajes, los sucesos y los diálogos son obra del
autor.

Las citas bíblicas se tomaron de la Santa Biblia, Versión Reina Valera 1960
© Sociedades Bíblicas Unidas; *La Santa Biblia, Nueva Versión Internacional*
© 1999 Sociedad Bíblica Internacional. Usadas con permiso.

Producto 496767
ISBN 0-7899-1203-1

Impreso en Colombia
Printed in Colombia

Para

BILL OUDEMOLEN

con afecto

Gracias a

DIANNA JENKINS

ELISA PETRINI

DAVID VIGLIANO

RON BEERS

KEN PETERSEN

EL EQUIPO DE TYNDALE

JOHN PERRODIN

TIM MACDONALD

y

MARY HAENLEIN

Imagínense... tampoco religión.

JOHN LENNON, «IMAGINE»
©1971 BAG PRODUCTIONS, S.A.

Extracto de cartas enviadas a la revista TIME
28 DE OCTUBRE DE 2002

«Prohíban todas esas religiones, sectas y conceptos de hechura humana sobre cómo adorar a Dios. Impidan que los líderes religiosos difundan su punto de vista como si fuera el único absoluto... Prohíban las religiones y habrá menos peleas».

Jorma Kajaste • Espoo, Finlandia

«Si no hubiera religiones sino únicamente empatía, altruismo y humanismo para abrir paso, el mundo sería verdaderamente un lugar iluminado».

Preeti Kumar • Harlington, Inglaterra

AL FINALIZAR LA TERCERA GUERRA MUNDIAL, EN EL OTOÑO DE 2009, el nuevo gobierno internacional, con sede en Berna, Suiza, determinó que a partir del 1º de enero del año siguiente se sustituyera la designación d.C. («después de Cristo») por P.3 (Post 3ª Guerra Mundial). Con ello, el 1º de enero de 2010 d.C. se convertiría en 1º de enero P.3.

PRÓLOGO

11:05 P.M., HORA ESTÁNDAR DEL ESTE

LUNES 22 DE DICIEMBRE, 36 P.3.

**PARQUE BRIGHTWOOD, WASHINGTON D.C.,
CAPITAL DE LA REGIÓN DE COLUMBIA,
SIETE ESTADOS UNIDOS DE AMÉRICA**

UN CIUDADANO COMÚN y corriente no se habría dado cuenta del peligro, pero el solitario ocupante del Chevy Electrolumina era Andrew Pass, sargento mayor retirado del comando Fuerza Delta.

Se tocó la punta del dedo meñique con la punta del pulgar derecho, con lo cual activó las células implantadas en sus muelas. Habría podido marcar con las puntas de los otros dedos, pero optó por el reconocimiento de voz, y recitó rápidamente los dígitos que lo pondrían en contacto con su hermano por un circuito privado y seguro en el complejo clandestino.

—Andy, soy Jack —fue la respuesta que le resonó en los pómulos y pasó directamente al oído medio—. El GPS [sistema de posición global] indica que te diriges hacia el norte por la Dieciséis hacia Silver Spring.

—Entendido. Mi ETA (tiempo estimado de llegada) era las once y quince.

—¿Era?

—Sí, yo…

—No digas más. Los veo. ¿Qué clase de cacharro es ese, Andy?

—Parece un Suburban Hydro agrandado. Están siguiéndome.

—¿Seguro?

—Y estoy desarmado, Jack.

—¿Puedes despistarlos?

—La nieve está alta y apretada, pero tengo que intentarlo.

—¿Qué necesitas?

—Solo quiero que te comuniques con Ángela por si acaso yo no puedo.

—Nada de fatalismos ahora, Andy, vamos.

—Si no te veo dentro de diez minutos, haz correr la voz.

Andy volvió a apretar las puntas del meñique y del pulgar mientras atisbaba por el retrovisor. Estupendo. El Suburban, propulsado con hidrógeno, lo seguía como a trescientos metros de distancia. A estas alturas tenían que saber que él sabía, pero estaba claro que no iban a echarlo a perder todo mostrándose ansiosos en exceso.

Pensó en llamar a su hija, pero tenía que concentrarse. Jack sabría cómo darle la noticia.

Andy viró a la derecha y luego a la izquierda, bajando las luces. Eso no iba a quitarle de encima al Suburban que, con su colosal potencia, podía alcanzarlo en pocos segundos, aun con este mal tiempo. Por el momento estaba fuera de la vista de sus perseguidores. Andy rebuscó en el bolsillo y sacó la piedrecita blanca, chata y pulida que señalaría a quienes él quería conocer que él era uno de ellos. Bajó un poco el vidrio de su ventanilla y lanzó la piedrecita a la noche helada. También iba a tener que abandonar el Chevy.

Se metió en un callejón, buscando con la vista algún rincón donde esconder el pequeño automóvil. Nada. Salió rápidamente del auto y corrió desenfrenadamente unos trescientos metros, pasando por chubascos helados, entrando y saliendo de las sombras, siguiendo por los callejones. Se sintió agradecido por su constancia en trotar y en realizar ejercicios diarios que le permitían tener tan buen estado físico a los cincuenta y seis años, pero se regañó a sí mismo por haber salido del complejo sin llevar ningún arma.

Habían pasado meses desde que Andy tuvo aquel otro encuentro tan cercano, pero eso no era excusa para el descuido. Si pudiera distanciarse lo suficiente del Suburban podría hacer que Jack lo mandara a recoger en otro automóvil nuevo, que no fuera sospechoso.

Otro Suburban, negro, pasó zumbando por su lado y derrapó al detenerse. Andy oyó golpeteos de puertas y crujidos de botas. Rápidamente dio la vuelta para volver por el lugar por donde había venido, pero el Hydro del principio le bloqueó el escape. Andy tropezó, pero logró permanecer en pie mientras se dirigía rápidamente a la izquierda para usar el vano de una ventana con la esperanza de subir al tejado del edificio de un piso. Demasiado tarde. Sus perseguidores habían llenado el callejón, y ahora él enfrentaba los cañones de armas de alta potencia.

Una mujer de labios estrechos y cara huesuda, con un mechón de pelo plateado, dio un paso adelante y preguntó:

—¿Andrew Pass?

Él no respondió.

Otro uniformado, un muchacho, lo palpó. El vapor que se escapaba de la boca del joven le hizo ver a Andy que el chico estaba emocionado.

—No lleva armas.

Esposó las manos de Andy por la espalda, y este sintió el frío del acero en las muñecas.

—Lo voy a examinar.

¡Oh, no!

El muchacho le pasó un detector por las piernas y los brazos, deteniéndose cuando un tono alto señaló el biochip de identidad debajo de la piel del antebrazo derecho. El joven leyó lo que decía la pantallita de cristal líquido de alta densidad.

—Correcto, es Pass.

Pelo de Plata les hizo un gesto con la mano a los demás uniformados para que se colocaran en sus puestos. Llevaron a Andy a un camión sin ventanas, y lo tiraron en la parte de atrás. Cuando cerraron la puerta, Andy se dejó caer al suelo. Como tenía las manos atadas por detrás rodó por el suelo y se balanceó, golpeando la puerta cuando el camión partió.

¿Tendrían su familia o sus compatriotas alguna pista de lo que le pasaba? ¿Podría escapar? Tenía que probar. Tenía que hacer algo.

Andy calculó que llevaban de diez a quince minutos de viaje a una velocidad que le hacía dar bandazos contra las paredes. Cuando por fin el camión derrapó y se detuvo, se forzó a sentarse, apoyando un pie al tiempo que empujaba con el hombro contra el lado del camión. Se abrieron las puertas y lo tiraron al suelo.

El pavimento helado parecía arenoso, y el aire olía a ladrillo enmohecido. Parecía que estaban en un parque industrial en ruinas, con unos pocos edificios que, a juzgar por las luces exteriores, aún funcionaban, aunque sin duda, a esta hora ya estaban vacíos. Los otros parecían abandonados, como masas negras más allá de las luces delanteras de los vehículos que llevaban a Andy, el Suburban y uno nuevo, una limusina oscura de líneas aerodinámicas. Andy intentó ver quién iba dentro, pero las ventanas, pintadas de negro, eran impenetrables. *Alguien importante.* Se estremeció.

La mujer del pelo plateado se paró al lado de la limusina y se puso a hablar con alguien que iba en el asiento trasero. Se quedó bajo la luz, haciendo gestos de cabeza a un subordinado que llevó uno de los Suburban a la puerta principal de la ruina oscura de la izquierda. Dos hombres sacaron un tambor de doscientos veinte litros de la parte de atrás del vehículo y con cierta torpeza lo metieron en el edificio, haciéndolo rodar. Otros dos tipos agarraron a Andy por los brazos y lo arrastraron a la puerta, mientras un tercero lo empujaba desde atrás. A empujones lo hicieron pasar por la puerta, y lo metieron en un salón cavernoso donde los dos fulanos del tambor palanqueaban la tapa perforada, que cayó al suelo retumbando.

Andy cerró los ojos y respiró hondo y largo, mientras a su nariz la atacaban vapores acres. El miedo flameó en él. Se había imaginado un momento así. Y oró, pidiendo permanecer estoico.

La mujer se inclinó sobre Andy, con los ojos tan plateados como el pelo. *Ojos de psicópata.*

Ella se acercó más, y Andy sintió su aliento cálido y húmedo al acercársele a la oreja.

—Mayor, ¿reconoce esos vapores?

Andy la fulminó con la mirada, decidido a quedarse callado. El rendirse no formaba parte de su naturaleza. Una patada voladora podía derribar a esa bruja. Un hombre bajado y un cabezazo podían dar cuenta de uno o dos más, pero sus posibilidades eran mínimas, casi ridículas. Aunque pudiera llegar hasta la puerta, afuera había por lo menos cuatro hombres más, además del chofer y de quien estuviera en la limusina, y seguramente todos armados. ¿Estaba dispuesto a morir como ellos quisieran, o baleado por la espalda? El tiempo se acababa.

—Andy, las acciones traen consecuencias —dijo la mujer—. Así que Los Siete Estados Unidos de América (SEUA) no toleran a los subversivos.ahora los demás recibirán el mensaje.

Andy quiso escupirle la cara. *Sigue callado. Fuerte.* Su mente giraba vertiginosamente. *¿Tortura? ¿Muerte?* Se había arriesgado a morir en el campo de batalla, pero nunca había encarado tal horror personal. ¿Era su fe lo bastante fuerte?

—Andy, esta es tu oportunidad para un martirio genuino. Santidad.

Entonces, ¿eso era? ¿Una muerte ignominiosa sin dar pelea? Le habían enseñado que el valor no era la ausencia del miedo, sino el manejo del miedo. Él no estaba manejándose bien. *La verdad es que voy a morir.*

Dos de los brutos lo levantaron por encima del tambor que estaba untado con napalm, y mientras lo metían en él, Andy trató de patear, pero sus talones golpearon el borde del tambor mientras las manos y la espalda se sumían en casi ocho centímetros de gasolina en estado gelatinoso, sorprendentemente fría. Uno de los uniformados empujó los pies de Andy para meterlos en el tambor. Allí estaba, atrapado, con los pies por encima de la cabeza y el mentón tan apretado contra el pecho que apenas podía respirar.

—¡Listo, señor! —gritó la mujer.

Andy no escuchó ninguna respuesta, pero supuso que el jefe de la mujer —¿la persona de la limusina?— se encontraba ahora en el edificio. *¿Para qué? ¿Para verme sufrir?*

—Bien, adelante —ordenó la mujer.

Alguien apretó la tapa del tambor, sellando a Andy en el interior. Una luz mortecina pasaba por los pequeños hoyos de la tapa. Nada de lo aprendido en su entrenamiento le había podido curar la claustrofobia. Su respiración silbaba en grandes oleadas a través de los dientes, apretados unos contra otros.

—Caballeros, retrocedan cuatro metros.

El raspado de un fósforo. La llamita que cae dentro del tambor. La explosión de los vapores. Andy se había propuesto no hacer ruido, pero falló. Había inhalado aire suficiente como para llenar sus pulmones justo antes de que las llamas lo envolvieran con un calor tan infernal que no pudo entenderlo. Y exhaló el aire con un grito tan desgarrador que se oyó por encima del rugido del fuego.

Gritó tanto como pudo, sabiendo que la siguiente inhalación metería las llamas y el combustible por su cuerpo, que se había convertido en una mecha. Enloquecido de dolor e incapaz de moverse, Andy aspiró por fin el aliento asesino, la misericordiosa invasión final que asó sus pulmones y su corazón, y lo transportó de un mundo al otro.

1

WASHINGTON D.C. AÚN SABÍA celebrar las fiestas. Aunque la ciudad ya no era más que una de las siete capitales de los Siete Estados Unidos de América, en fechas como esta rememoraba sus días de gloria y a los ancianos el cambio de siglo antes de que la guerra lo cambiara todo, hasta el calendario.

La densa nevada no retrasaba el tránsito ni parecía desanimar a nadie aquel 24 de diciembre, víspera de la Inviernidad del 36 P.3. Las luces engalanaban los monumentos los que habían sobrevivido a la guerra o que estaban recién erigidos. Únicamente los monumentos conmemorativos de la guerra estaban sin iluminar. Aunque a los héroes militares se los reconocía con tumbas adecuadas, la guerra misma no se había conmemorado por más de treinta y cinco años.

Las calles principales de la histórica ciudad centelleaban con las titilantes luces blancas que llenaban de alegría los árboles. El Ala Oeste, que era todo lo que quedaba de la Casa Blanca, brillaba en medio de las salpicaduras de la nevada. El árbol de Inviernidad de la Región de Columbia iluminaba el césped. Los Papá Noel punteaban las esquinas de las calles, y hacían sonar las campanillas y agradecían a los transeúntes sus donaciones, pero no para el Ejército de Salvación, pues ya no quedaban ni *ejército* ni *salvación*. El dinero iba a parar a los cofres de la ayuda humanitaria internacional.

En una elegante y arbolada calle de la vieja Georgetown había una hilera de casas de arenisca de tres pisos casi idénticas. En la entrada de automóviles de una casa esquinera, la nieve se derretía del capó humeante de un Ford Arc alquilado, y el sistema eléctrico del vehículo empezaba a enfriarse. Unas huellas recientes —de dos adultos y dos niños— iban hasta la puerta principal. Aunque no había decoraciones exteriores, la ventana de la sala de estar ostentaba un refulgente árbol de Inviernidad.

Dentro de aquella sala el doctor Paúl Stepola, Jae Stepola y su joven familia de Chicago se habían acomodado, aunque no muy a gusto, con los padres de ella, Ranold B. Decenti, ex teniente general del ejército, y su esposa Margaret.

Esta era la primera víspera de Inviernidad que los Stepola, en sus diez años de matrimonio, habían celebrado con los Decenti. Tradicionalmente pasaban las fiestas en Chicago con la madre de Paúl, que vivía sola, mientras que los Decenti —gracias a la influencia de posguerra que tenía Ranold en la Organización Nacional de la Paz, para la cual también trabajaba Paúl— asistían siempre a una ronda interminable de fiestas de fin de año de muy alto nivel. Pero Ranold se había alejado un poco de la palestra administrativa, y la madre de Paúl había muerto en septiembre después de una batalla larga y dolorosa contra un cáncer en el cerebro. Esperaban su muerte y hasta la deseaban, así que no era la tristeza por el cambio de situación lo que hacía tan tensos los saludos de las fiestas. Los cuatro adultos se habían saludado con apretones de manos. A la hija, Brie, de siete, y al hijo, Connor, de cinco, los saludaron con formalidad.

Paúl nunca acababa de decidirse en cuanto a cómo llamar a su suegro. Había probado decirle *Papá, General, Ranold,* y hasta por el último título que aquel hombre de sesenta y seis años había ostentado en la ONP: *Subdirector.* Esta vez Paúl lo trató de *señor* y mintió al decirle que le daba mucho gusto volver a verlo.

Margaret Decenti pudo muy bien haber sido invisible. Sonreía cada tanto, pero muy rara vez hablaba. Su misión en la vida, le parecía a Paúl, era cumplir la voluntad de su marido. Esto lo hacía, en gran medida con una expresión impávida. A veces le pedía a Jae que les dijera a los niños que dejaran de hacer tal o cual cosa.

Para complicar más los festejos de este año para Paúl, Jae estaba discutiendo nuevamente el tiempo que él pasaba viajando, con lo que le expresaba que no se fiaba de él. Hacía más de seis años lo había encontrado en una indiscreción, que ella insistía en llamar «aventura». A los treinta y seis, con un metro ochenta y cinco, musculoso y dueño de un buen sentido del humor, siempre había resultado atractivo a las mujeres. A menudo, cuando viajaba, cenaba con alguna compañera de trabajo que después de unos pocos tragos, le empezaba a enviar señales insinuantes, a veces descaradas. Si la mujer era atractiva —cosa que no era infrecuente—, Paúl no se negaba.

Solía tratarse de encuentros de una sola vez, canas al aire sin consecuencias que mitigaban el aburrimiento del viaje. Para Paúl no afectaban para nada su matrimonio. Pero Jae examinaba su equipaje, como Sherlock Holmes, y sin pausa lo interrogaba. Sus celos obsesivos y sus silencios de labios apretados lo estaban agotando. A Paúl le solía encantar el simple hecho de observar a Jae. Ahora, en cambio, apenas toleraba estar en la misma habitación.

Se habían conocido en un curso de posgrado en la universidad del distrito de Columbia en el 22 P.3., poco después de que Paúl dejara la Fuerza Delta, la sumamente secreta unidad elite de ataque antiterrorista. Había entrado al ejército para honrar a su padre, que había muerto en la Tercera Guerra Mundial, cuando Paúl era un bebé. A pesar de su evidente inclinación por lo militar, esto ya casi no era una carrera, puesto que casi no había conflictos armados en el mundo. Por eso Paúl había optado por un doctorado en estudios religiosos, con el apoyo de su madre.

Su madre le había enseñado que las guerras surgían debido a los cuentos de hadas de los extremistas religiosos, y que la carrera más satisfactoria que él podía elegir era alguna que contribuyera a mantener una sociedad humanista e intelectual que frustrara tanto la religión como la guerra. «Estudia las principales religiones», le decía una y otra vez, «y verás. Averiguarás qué hace que la gente siga como oveja a los déspotas. Estudia la historia o condénate a repetirla».

Parecía que todo lo que Paúl leía sobre religión confirmaba la creencia de su madre. Su programa de estudios religiosos era, virtualmente, un curso de historia militar, especialmente en lo referido a la Tercera Guerra Mundial. Esta había estallado por la guerra santa musulmana contra los judíos y el mundo occidental, y comenzó con los ataques de 2001 al Centro Norteamericano de Comercio Mundial. La invasión norteamericana de Irak, en 2003, llevó a una intensificación del conflicto entre Israel y Palestina, y dio pábulo a los ataques terroristas de 2008 en las naciones que trataban de calmar las cosas tanto en Norteamérica como en Europa. Mientras tanto, los católicos y protestantes siguieron su guerra en Irlanda del Norte, la que culminó con la destrucción de lugares importantes de Londres; los Balcanes explotaron con las persecuciones mutuas de católicos musulmanes y serbios ortodoxos; hindúes y musulmanes batallaban por Cachemira; varias facciones religiosas asiáticas sostenían escaramuzas. En poco tiempo el planeta se vio plagado de ataques, contraataques, represalias y, finalmente, una guerra nuclear total que, según muchos creían, marcaría el fin del mundo.

Jae era una chica de la zona que estudiaba economía. La atracción inmediata que Paúl sintió por ella se vio correspondida. Ella era alta y delgada, una fiesta para los ojos. Como decía ella, Paúl aprobaría fácilmente el examen a que lo sometería su padre, un ex teniente general de ejército y uno de los padres fundadores de la ONP. Se casaron el 26 P.3, apenas terminó el posgrado.

Paúl soñaba con un trabajo en una empresa, pero cuando su doctorado en estudios religiosos no le abrió esas puertas, Jae le instó a que probara con la ONP. Esta organización había surgido de las cenizas del FBI y la CIA después de la Tercera Guerra Mundial. Era una fuerza de inteligencia en el extranjero, como la CIA, aunque reducida, puesto que en el mundo de la posguerra las Naciones Unidas supervisaban el mantenimiento de la paz mundial. Al igual que el FBI, se encargaba de crímenes interestatales —delitos que en esa época solían ser internacionales—, como fraudes, estafas, terrorismo y tráfico de drogas.

Paúl se entrenó en Langley, Virginia, y pasó luego sus primeros años en Chicago en el escuadrón contra el crimen organizado donde, sorprendentemente, su tesis de grado encontró buena acogida. Estudiar las principales religiones del mundo lo introdujo en una amplia gama de culturas, trasfondo que resultó inapreciable cuando las investigaciones lo llevaron al extranjero a él o a sus colegas. Ahora ejecutaba gran parte de su trabajo en el extranjero, en uno de los equipos de consultoría que la ONP ofrecía para ayudar a otros gobiernos con el entrenamiento de sus propias fuerzas pacificadoras y de inteligencia.

A Ranold Decenti le parecía que el de Paúl era un trabajo de oficina cómodo. Paúl nunca percibió desprecio en sus palabras, pero el tono y la conducta de su suegro eran condescendientes. Ranold consideraba que los primeros años de la ONP representaron su edad de oro, cuando él colaboró en armarla y manejarla desde las oficinas centrales originales, en Washington.

—En aquel entonces los muchachos entraban en la agencia para entrar en acción, no para enseñar y ofrecer una consultoría; nadie quería quedarse pegado en una capital regional. Los mejores y los más brillantes venían a Washington.

—Bueno —contestaba Paúl— quizás eso estaba bien cuando era la capital del país. Ahora ya nadie le hace caso a Washington.

—Dímelo a mí. Ahora, en lugar de liderazgo visionario, el director nacional cuida a un montón de jefes de oficina que establecen sus propias agendas.

—Los grupos de trabajo cruzan las fronteras regionales.

—Sí, pero…

Los niños entraron corriendo, seguidos de Jae, con el pijama ya puesto y preguntando si podían abrir los regalos de Inviernidad esa noche en lugar del día siguiente. Margaret dejó escapar un suspiro audible.

Ranold le lanzó una mirada que enfriaba a cualquiera.

—¡No!

Su gruñido fue tan amenazador que Brie se echó para atrás, pero Connor siguió mirando fijamente el árbol de Inviernidad.

—Abuelo, ¿por qué tienes una bandera en la punta del árbol? La mamá de mi amigo Jimmy dice que cuando ella era niña, la gente ponía estrellas o ángeles en la punta de los árboles. Ella todavía tiene algunos.

Ranold hizo un gesto con la mano como desechando eso.

—En esta casa no, y espero que en la de ustedes tampoco.

—Claro que no —terció Paúl.

Connor se subió al regazo de Paúl, y le rodeó el cuello con los brazos. Paúl percibió la fatiga del niño.

—¿Por qué no, Papá?

—Hablaremos de eso por la mañana —dijo Paúl—. ¿Por qué tú y tu hermana no...?

—Pero, ¿por qué no? Se ven bonitos, y en un árbol de Inviernidad lucen mejor que una bandera vieja.

Ranold se paró y se acercó a la ventana, dándoles la espalda.

—Connor, esa bandera representa todo aquello en lo que yo creo.

—Él no decía nada contra la bandera —dijo Paúl—. No entiende. Solamente es un...

—Él ya tiene edad suficiente para que se le enseñe.

—Nunca había surgido el tema, Ranold. Pienso hablarle sobre eso.

—¡No dejes de hacerlo! Y deberías investigar a esa madre que guarda íconos de contrabando.

Paúl sacudió la cabeza.

—Papi, ¿qué tienen de malos los ángeles y las estrellas?

—Te prometo que mañana te lo digo.

—Paúl, ¡díselo ahora!

— Tranquilo, Ranold. Yo decidiré cuándo y cómo educar a mi hijo...

Jae se puso de pie, haciéndole un gesto con la cabeza a Brie, y tomando de la mano a Connor.

—Ahora mismo se van a la cama —dijo.

—Entonces se lo dices cuando esté acostado —terció su padre.

• • •

Jae evitó la mirada de Paúl mientras guiaba a los niños hacia la escalera.

—Díganle buenas noches al abuelo y a la abuela.

Ambos canturrearon las buenas noches. Margaret les deseó formalmente lo mismo.

—Bien, bien —dijo Ranold.

Genial, pensó Jae. *Paúl y papá ya están midiendo fuerzas.*

Cuando estaban recién casados, parecía que Paúl admiraba a su padre, pero siempre hubo una corriente subterránea de competencia. Paúl había rechazado una buena oferta de la oficina de la ONP de Washington y pidió que lo asignaran a Chicago, su ciudad natal, para escapar de la sombra de su suegro. Para Jae fue una aventura instalarse en una ciudad nueva, y se entusiasmó al conseguir un puesto en la Junta de Comercio de Chicago. Luego llegaron los niños y se convirtió en una mamá a tiempo completo. Ahora que estos iban a la escuela, echaba de menos la camaradería de la oficina, pero creía que no podía volver a trabajar mientras Paúl viajara tanto. Aun cuando él estaba en casa, no resultaba de mucha compañía. Él estaba tan distante y distraído que sus viejas sospechas comenzaron a anegarla. Ella tenía muchas ganas de pasar la Inviernidad en Washington, pues lo veía como una pausa para esas preocupaciones.

Paúl la alcanzó en la parte de arriba de la escalera.

—¿Qué? —dijo ella.

—Ya sabes qué. No me gusta que tu padre critique a los niños.

—A mí tampoco —respondió ella—, pero también tú sabes cómo es él. Y sabes lo que perdió por culpa de un puñado de fanáticos religiosos.

—Jae, vamos. Tu padre ha exagerado. Connor puso el tema en el tapete y…

—Tiene sus razones para ser supersensible a eso.

—Jae, todos tenemos facetas dolorosas.

—Por supuesto —dijo Jae al tiempo que llevaba a los niños a sus camas y los acostaba arropándolos bien—. Paúl, él perdió todo su ejército y la población entera de un estado. Ya sabes que en esos días Hawai era un estado.

Paúl se inclinó para abrazar a Connor, que se dio vuelta, aparentemente molesto por el tono de la conversación.

—En aquellos tiempos había muchos estados, Jae.

—¿Y eso qué quiere decir?

Cerraron la puerta del cuarto de los niños y salieron al pasillo.

—Eso no es lo que sería ahora perder toda una región. Y tampoco le da derecho a decirme cómo criar a mis hijos.

—Ay, Paúl, esa no es su intención. Él fue general y está acostumbrado a decir lo que piensa.

—Yo también.

Las lágrimas nublaron los ojos de Jae.

—Paúl, por favor, quiero que estas sean unas fiestas agradables. Mamá piensa que papá se pone peleador porque tiene problemas con su adaptación a la consultoría, que para él es dejar de ser centro de la atención pública.

—Eso fue lo que escogió, según dice. Estaba cansado de la administración y podía ser más «creativo» con proyectos especiales, cualquiera que sea su significado, y ya ha pasado más de un año.

—Sí, pero para alguien como él cuesta mucho rendir el mando, la autoridad y los beneficios, incluso si está haciendo lo que quiere, así que no seas tan duro con él. ¿No puedes volver allá abajo y tratar de ser simpático?

—¿Cómo voy a hacerlo? No voy a disculparme por no…

—No te pido que te disculpes, sino que suavices las cosas. Tómate un trago con papá. Hay muchas cosas de las que pueden conversar. No empecemos las fiestas con el pie izquierdo.

—Está bien. Aunque no lo creas, no me gusta darme cabezazos con este presumido.

• • •

Bajar a la sala arrastrando los pies era para él como ir al despacho del director de la escuela. Paúl era sumamente consciente de que lo que más le molestaba a su suegro era la religión. Ranold había sido comandante de la División Pacífico del ejército norteamericano durante la guerra. Estaba de regreso desde Washington en su cuartel general en Fort Shafter, al norte de Honolulu, cuando ocurrió el desastre. El conflicto de las facciones religiosas asiáticas en el sur del Mar de China resultó en el lanzamiento de dos cabezas nucleares. Un enorme pedazo del sur de China, incluyendo Kowlong, quedó literalmente separado del resto del continente. Además de la devastación que causaron las bombas, que cobraron decenas de millones de vidas, la violencia que sufrió la topografía produjo un maremoto de tal magnitud que hundió toda la isla de Hong Kong, inundó Taiwán bajo cientos de metros de agua, corrió hasta el mar de las Filipinas y el de China oriental, destruyendo a su paso Japón e Indonesia, entró en la cuenca noroccidental del Pacífico y en la trinchera japonesa para llegar, finalmente, a la corriente norte del Pacífico.

Alcanzó a todas las islas hawaianas, y sumergió a todo ese estado antes de que pudiera evacuarse. Nadie sobrevivió en Hawai. La enorme marejada llegó incluso al sur de California y a Baja California, y entró en el continente mucho más de lo esperado y mató a miles de personas que creían que habían huido lo suficiente tierra adentro. Cambió el paisaje y la historia de millones de hectáreas desde el borde del Pacífico hasta lo que entonces era Norteamérica. El mapa del planeta nunca volvió a ser el mismo, y décadas después, aún permanecía el dolor por la enorme cifra de víctimas humanas. Por ser un millón de veces más destructivo que las bombas atómicas que habían terminado la guerra anterior, el maremoto asesino volvió más sobrio a cada extremista del planeta. Fue como si de la noche a la mañana todas las naciones hubieran perdido las ganas de tener conflictos.

Las facciones antirreligiosas y antibélicas derrocaron a casi todos los jefes de Estado, con lo que surgió un gobierno internacional de las cenizas y del barro. Los Estados Unidos de Norteamérica fueron reorganizados en siete regiones: Atlántica, en el nordeste, abarcaba diez de los estados anteriores, y tenía a Nueva York como capital. Columbia, con nueve estados del sureste, y con Washington D.C. como capital. Depusieron al presidente de los Estados Unidos de Norteamérica, y nombraron al vicepresidente gobernador regional, dependiente del gobierno internacional con sede en Suiza. La región del Golfo comprendía Texas y cinco estados cercanos, y su capital era Houston. California del sur, Arizona y Nuevo México formaban Solterra, y Los Ángeles se convirtió en su capital. Otros siete estados formaban Rocosa, con Las Vegas como capital. Pacífica, cuya capital era San Francisco, abarcaba California del norte y cuatro estados del noroeste, además de Alaska. Chicago se convirtió en la capital de la región Central, que comprendía diez estados del medio oeste.

El padre de Paúl había muerto a comienzos de la guerra, cuando la coalición de naciones musulmanas atacó Washington D.C. *Las pérdidas de Ranold no son las únicas que importan. Toda su generación sigue obsesionada con los horrores que vieron. Nunca nos permitirán olvidar cómo y cuánto sufrieron para que podamos disfrutar de una vida en paz.*

Paúl sintió una punzada de culpa. A principios del siglo XXI el mundo era más feo de lo que él se podía imaginar, y la devastadora guerra había dejado cicatrices —personales y planetarias, físicas y psicológicas— que nunca sanarían. Él no tenía que haber permitido que su suegro lo provocara. Detestaba la rectitud propia del viejo, pero podía esforzarse por tratarlo mejor.

Sin embargo, ni el señor ni la señora de la casa se hallaban en la sala cuando llegó allí. Paúl miró el reloj. Eran las once en punto de la noche. Encendió el televisor, de pantalla gigante, se acomodó en el sillón y escuchó: «La policía local informa que esta noche se realizó el horrible descubrimiento de los restos calcinados de un

militar condecorado, evidentemente resultado de un trágico accidente. El cadáver del sargento mayor Andrew Edward Pass, retirado de la Fuerza Delta, apareció entre las ruinas de una bodega
abandonada al norte del Parque Zoológico de Columbia».

Paúl se puso de pie con la boca abierta, conteniendo la respiración. *¿Andy? ¿Andy Pass?*

«Portavoces de la policía dicen que aún no han averiguado la
razón por la que el mayor Pass se encontraba en el edificio, pero
han desechado la posibilidad de un incendio provocado. Atribuyeron el fuego a un cortocircuito, y la policía especula con que
Pass quizás vio el fuego, y acudió a sofocarlo. Se sabe que desde
que se retiró del ejército, hace cinco años, Pass participaba en servicios a la comunidad. Se ha organizado un funeral con honores
completos en el Cementerio Regional de Arlington para el sábado 27 de diciembre a las diez de la mañana».

Paúl cruzó la sala hasta el bar de su suegro. Se sirvió dos dedos
de whisky, levantó el vaso y echó dos dedos más. Ranold entró en
bata y pantuflas.

—¿No quieres hielo, Paúl?

—No, gracias.

—Te has servido una buena cantidad de alcohol...

—Acabo de enterarme que mi comandante de mando de la
Fuerza Delta está muerto. Fue como un padre para mí y...

—¿Pass?

—¿Ya lo sabías?

—Sírveme a mí un trago. Ginebra.

—El noticiero dijo que quedó atrapado en el incendio de una
bodega.

—Paúl, no creas todo lo que oyes.

—¿Qué quieres decir?

—Solamente que hay que cuestionarse qué pasó primero: haber quedado atrapado o que se haya incendiado la bodega.

—¿Atrapado por quién?

—¿Cuándo supiste de Pass por última vez?

—No sé, hace siete u ocho años.

—Entonces no tienes ni idea en qué andaba desde que fuiste su protegido en Fort Monroe.

—No, pero Andy era el hombre más...

—Siéntate —dijo Ranold aceptando el vaso que le pasaba Paúl y señalando con la mano un sillón.

Paúl se dejó caer en el cuero acolchado.

Ranold se inclinó, acercándose a él.

—Pass dirigía una célula religiosa clandestina aquí en Washington D.C., en el Parque Brighwood.

—¿Religiosa? ¿De qué facción?

—Cristiana.

—¿Andy Pass? Me cuesta creerlo. Él era un veterano, un patriota...

—Ya sabes, esos son los que se dan vuelta. Los creyentes verdaderos. Solamente un hombre capaz de tener fe puede convertirse.

—Eso dicen.

—Es cierto, Paúl. Tenemos células que se levantan como serpientes en la fogata. Tienes que prenderlas cuando son pequeñas. Córtales la cabeza, y las colas mueren pronto.

—¿La cabeza? Ranold, ¿estás involucrado en esto?

Su suegro sonrió.

—Odio las serpientes.

—Chocó su vaso con el de Paúl, y dio un sorbo.

—Que Andrew Pass sirva de ejemplo a otros subversivos.

• • •

Paúl se fue a la cama carcomido por las dudas. ¿Cómo habría podido Andy Pass convertirse en un religioso subversivo o lo que fuera? La gente cambia, por supuesto, pero Andy siempre parecía firme como una roca y Ranold era tan pagado de sí mismo. ¿Podía ser posible que Ranold fabricase lo acontecido por sus problemas para adaptarse a su nuevo trabajo, un esfuerzo por mantenerse en primera plana? ¿Podría haberlo pergeñado sobre la base de los chismes de sus viejos amigos de la agencia? Ranold era un antirreligioso furibundo y se deleitaba estando metido en la cosa. Quizá todos esos años en cuestiones de espías había convertido al hombre en un adicto a fabricar conspiraciones.

Paúl deseaba creer el cuento de Ranold, pero conocía la realidad y eso lo llenaba de rabia.

2

A JAE LE IMPRESIONÓ mucho la noticia del antiguo comandante de Paúl. Había coincidido con él pocas veces —la más reciente en su boda—, pero conocía la profunda admiración, hasta se diría amor, de Paúl por él. Trató de consolarlo, pero Paúl se mantuvo retraído, cortés pero distante, y evidentemente deprimido, aun el día de la Inviernidad. Habló tan poco que hasta el sábado Jae no se dio cuenta de que quería asistir al funeral de Pass.

—Tenemos el vuelo de las dos y media —le recordó ella.

—¿Podremos estar de vuelta para la una?

—Voy yo solo —dijo él—. Regresaré a tiempo.

—¿Por qué no puedo ir yo? —preguntó ella.

—Es cosa de trabajo.

—¿Trabajo? ¿Por qué la ONP va a ocuparse de una muerte accidental? Y si la investigación se centraba sobre Andy, ¿no debe ser la oficina de Washington la encargada?

—Sabes que no puedo hablar de mi trabajo.

—¿Estás seguro de que no hay otra razón por la que no quieres que yo vaya?

—Jae, ¡basta ya! No estoy de humor.

—Tienes que reconocer que parece raro.

—Basta ya.

Jae sabía que presionar más a Paúl era inútil. El secreto era fundamental en su trabajo, pero ¿qué podía haber de misterioso en un funeral?

Y de repente se dio cuenta: *¿Y si Andy Pass estaba en la ONP? ¿Y si lo mataron en el cumplimiento de su deber?* Su reflexiva desconfianza la llenó de vergüenza. Se acercó para abrazar a Paul, pero él giró la cabeza, de modo que el beso fue a parar a su mejilla.

—Bueno —dijo retrocediendo—. Supongo que me lo merezco.

Paúl se encogió de hombros.

Ella aceptó eso como un perdón. *Tengo que controlar estas sospechas,* se dijo.

. . .

El ánimo de Paúl era más sombrío de lo que le había demostrado a Jae. Podría haberle hablado de lo básico de la situación de Andy sin darle detalles, pero no era capaz de hablar de eso. Ranold tampoco volvió a mencionar el caso, pero Paúl se dio cuenta de que su suegro lo estaba estudiando, y de vez en cuando intercambiaban miradas llenas de significado. Tres días de duelo por Andy Pass solamente habían servido para alimentar la sensación de traición de Paúl. Asistir al funeral era cosa de trabajo, como le dijo a Jae, pero enfrentar al enemigo que había devorado a su mentor desde adentro era más personal que oficial.

Se fue manejando hacia el sur, metido en una neblina espesa, y cruzó el río Potomac para entrar en Virginia y llegar al Cementerio Regional de Arlington, derecho al sur de donde había estado la

estatua a Iwo Jima, y un poco al noroeste del monumento en recuerdo al cráter del Pentágono. La famosa estatua —destruida
por una bomba sucia puesta por un terrorista islámico a comienzos de la guerra— estaba ahora guardada en un quiosco, y ahora la
representaba solamente una fotografía del hecho real ocurrido un
siglo antes, cuando cuatro marines norteamericanos plantaron
una bandera en Iwo Jima durante la Segunda Guerra Mundial.

El cráter en el sitio donde estuvo el Pentágono estaba rodeado
por una reja decorada llena de eslabones, donde los visitantes colgaban recuerdos de los miles de seres queridos perdidos ahí en la
Tercera Guerra Mundial. Para explosionar el suelo norteamericano, arrasando uno de los edificios más grandes del mundo, hizo
falta el proyectil más grande que jamás se había fabricado. Sucedió apenas seis meses antes de que terminara la guerra. Fue un mi-
sil balístico lanzado desde un submarino norcoreano, disparado
lo bastante bajo como para evadir los radares. Golpeó directamente dentro del patio del Pentágono, y prácticamente evaporó
el edificio.

El cementerio mismo, aún santuario nacional, había escapado
de los daños de la guerra y seguía tan bello como siempre. Hoy
estaba tapado por varios centímetros de nieve, lo que hacía que las
hileras de lápidas blancas de los veteranos parecieran surgidas de
la cobija de hielo.

Paúl se dirigió a un edificio bajo, de piedra, situado en la nueva
sección de la posguerra, donde todas las lápidas eran rectangulares, sin cruces ni estrellas de David ni otros símbolos religiosos de
los de antes. Cuando se identificó como funcionario del gobierno, un cadete del ejército estacionó su automóvil.

El edificio era largo, angosto y sencillo en el interior. En
el frente había un ataúd cerrado, cubierto por una bandera norteamericana con siete estrellas. En la pared de atrás estaba el único decorado visible, que consistía en banderas norteamericanas

del pasado, desde el modelo de trece estrellas de Betsy Ross, al de cincuenta, anterior a la versión presente.

Al aceptar un pequeño programa impreso que le pasó un oficial joven, Paúl creyó haber visto en el fondo a agentes de la ONP. Ninguno le devolvió la mirada. Paúl vio a tres camaradas del ejército, que estaban sentados juntos en el medio, más o menos en el frente del vestíbulo. Lo saludaron con una calidez que le hizo envidiar su inocencia. Andy Pass seguía siendo un héroe para ellos.

Se enteró de que los tres habían venido en avión desde la ciudad de Nueva York, donde trabajaban en el mundo empresarial. Conservando los límites apropiados para la ocasión bromearon con Paúl por seguir trabajando para el gobierno.

—Wall Street no hace grandes pedidos de estudios religiosos —dijo Paúl—, y la academia no es para mí.

El hombre que estaba más cerca de Paúl se inclinó hacia este.

—Fue la vieja cuestión de siempre la que te empujó a la ONP, ¿me equivoco?

—Fue decisión mía, pero sí, ella está feliz.

—¿Todavía sigues casado? —preguntó uno, mostrando orgullosamente su desnudo anular. Los otros también mostraron los suyos.

—Diez años —contestó Paúl, haciendo flamear su anillo.

—Pobre muchacho —dijo otro—. Si yo siguiera casado no estaría aquí hoy, suelto en Washington D.C.

—¿Quién lo hubiese dicho? —añadió el que estaba al lado de Paúl, palmoteándole la espalda—. El imán de las muchachas que tuvo nuestro grupo es el único que aún está casado.

Los otros se rieron entre dientes.

—Y apuesto cualquier cosa a que aún tienes el viejo encanto. A que sí.

Paúl puso los ojos en blanco, y sonrió, a pesar de sí mismo.

—¡Perro viejo! ¡Las mismas triquiñuelas! ¿Me equivoco?

Paúl meneó la cabeza.

—¿Todavía dices «¿Me equivoco?» después de cada frase?

—Como decía, hay cosas que nunca cambian...

—Excepto Andy —dijo Paúl, solemne otra vez.

—Oigan, escuchen, antes de que esto empiece, ¿qué saben de su muerte?

Los tres se miraron entre sí.

—Solamente lo que salió en las noticias, ¿por qué?

—Por simple curiosidad. Hace años que no sabía de Andy. Me impresionó de verdad. ¿Han visto a su esposa?

Ellos negaron con la cabeza.

—Y también tenía hijos, ¿verdad?

Asintieron con la cabeza.

Un hombre mayor, en uniforme de gala completo, subió al podio y comenzó el servicio.

—Este día nos reunimos para celebrar la vida de Andrew Edward Pass, nacido el 12 de noviembre de 1989 d.C, muerto a los cincuenta y seis años el 22 de diciembre del año 36 P.3. Escogió la carrera militar después de los primeros ataques terroristas a los Estados Unidos, que tuvieron lugar en septiembre del año 2001 d.C., dos meses antes de que cumpliera los doce años. Más adelante ingresó en el Cuerpo de Entrenamiento de Oficiales de la Reserva, y llegó a graduarse con honores, al igual que en la Academia Militar de los Estados Unidos, con sede en West Point, Nueva York. Durante la invasión norteamericana a Oriente Medio se destacó como subteniente, y ascendió rápidamente en la jerarquía por servicios distinguidos y heroicos prestados a su patria durante la Tercera Guerra Mundial. Alcanzó el rango de comandante sargento mayor del Primer Cuerpo Operativo de las Fuerzas Especiales-Delta, más conocida como Fuerza Delta. Damas y caballeros, por favor, pónganse de pie si sirvieron o recibieron entrenamiento del sargento mayor Pass en cualquier etapa de su carrera militar.

Paúl y sus camaradas se pusieron de pie, y se asombró al ver que casi la mitad de los concurrentes también se levantaba.

—Por favor, que los demás se pongan de pie y se unan para cantar «América la Bella».

Paúl sabía por sus estudios que ese era uno de los himnos patrióticos de base religiosa que tenía una letra diferente desde la guerra.

> *¡Oh bella por los cielos espaciosos,*
> *   por las ondas de grano color ámbar!*
> *Por las majestuosas montañas púrpuras*
> *   erguidas sobre el valle feraz.*
> *¡América, América! Nos comprometemos contigo*
> *Y coronamos tu bondad con hermandad,*
> *   de mar a refulgente mar.*

Después del himno, el anfitrión anunció que la hija del mayor Pass presentaría la elegía fúnebre, y después invitaría a pasar adelante a quienes desearan contar algún recuerdo. Una bella joven se paró en primera fila, subió al podio y se acercó al micrófono. Apretaba un pañuelo humedecido en una mano y una arrugada hojita de papel en la otra. Tenía la voz espesa y la garganta apretada.

—Me llamo Ángela, y soy la única hija de Andrew Pass. A nuestra familia le ha impresionado profundamente que haya tanta gente aquí, aunque reconozco que no nos asombra. Conocemos la influencia que Papá tuvo en ustedes, y que les hizo apartar un tiempo para rendirle honores de esta manera. Él ejerció el mismo efecto en casa.

¿Lo consideraron rudo y exigente? Nosotros también. ¿Lo consideraron injusto alguna vez? Tampoco nosotros. ¿Tuvo que desafiarlos para que se miraran por dentro e incluso más allá de sí mismos para hallar recursos que nunca supieron que tenían? ¿Los empujaba e inspiraba a alturas que ustedes nunca habrían alcanzado de otra manera? Entonces, de ser así, ustedes conocieron a mi papá.

Papá no podía ocultar su enojo, y a veces su desdén por lo sucedido a su amada patria antes de que nacieran sus hijos. Pero era hombre de creencias y convicciones profundas, muy hondas, que se notaban en su vida. Hoy nos consuela saber que sigue viviendo. Sigue viviendo en cada cosa buena de ustedes y de mí. Seguirá viviendo mientras haya gente que pise la Tierra que este hombre único, de alguna manera, haya formado.

Por más que trató, Paúl no pudo detectar sospecha alguna sobre la muerte de Andy en nada de lo que ella dijo. Tampoco captó nada que indicara actividad subversiva de Andy, aunque eso de la creencia profunda podía interpretarse de más de una manera. Su rabia llameó, y giró para escrutar a los dolientes que se hallaban en los asientos cercanos. Los agentes de la ONP que habían divisado antes ya habrían fotografiado e identificado a todos los concurrentes. En algún lugar, entre ellos, se hallaba la serpiente que había mordido a Andy, inyectándole el veneno que origina el fanatismo y la violencia y que, en última instancia, le costó la vida. Si un soldado tan fuerte como el mayor Pass pudo sucumbir a la seducción de la mentira, entonces nadie estaba inmune.

Si pudiera ponerle las manos encima a ese fanático, a ese asesino...

A la izquierda de la plataforma comenzó a formarse una fila. Paúl sintió los ojos de sus camaradas de armas encima de él. *Yo era el preferido de Andy.* Luchó por reconciliar su furia con su innegable deuda de gratitud con Andy por haber sido casi un padre sustituto para él en el ejército. Paúl decidió que Andy merecía que se lo recordase por el pasado aunque se hubiera convertido en lo que fuera. Se levantó y tomó su puesto en el último lugar de la hilera de oradores.

Cuando le llegó el turno de hablar, Paúl notó la reacción de Ángela cuando él se identificó. Le costó hallar las palabras adecuadas.

—Los dos años que serví y me entrené con el mayor Andrew Pass siguen siendo los más importantes de mi vida. Andy Pass representó todo lo que el ejército podía ofrecer, y a él fue a quien tuvimos que impresionar para permanecer entre los seleccionados. Pero más allá de su estilo de sargento de entrenamiento, había un núcleo de humanidad que yo, entre otros, nunca capté en otros oficiales superiores. Cuando reconoció que yo no solamente obedecía, sino que también disfrutaba cada tarea tortuosa que él imponía, me recompensaba —como a muchos otros— con respeto y amistad. Solo quiero decir que cambió mi vida. Hizo que quisiera destacarme y tratar a los demás de la forma en que él me trataba. Espero poder vivir a la altura de ese modelo.

Después de eso, Paúl se puso en la fila para pasar el catafalco y saludar a los familiares. Se sorprendió cuando Ángela se salió de su lugar en la fila de la familia para acercársele.

—Así que usted es Paúl Stepola —dijo sonriendo entre lágrimas y tomando su mano con las dos suyas—. Papá hablaba muy bien de usted.

Su dignidad y calidez habían quedado demostradas cuando se dirigió a los concurrentes, pero más de cerca su belleza desarmaba. Y olía a lavanda. A pesar del dolor por su padre y de la gravedad de la ocasión, Paúl se sintió atraído por Ángela inmediata, intensa y visceralmente.

—Oh, no creo —fue capaz de llegar a decir—. Su papá tuvo tantos subordinados y alumnos en el transcurso de los años...

—Estoy hablando muy en serio —dijo ella—. Usted debe haber sido el epítome de lo que él buscaba en la Fuerza Delta. Siempre quise conocerlo.

Paúl alcanzó a murmurar cuán grato le era conocerla. Algunas ideas locas le cruzaban la cabeza. Aunque no era ajeno al poder de la seducción, nunca había sentido esa clase de relación instantánea y abrumadora con ninguna mujer, ni siquiera con Jae.

Que bueno que ella no esté aquí.

—Sus comentarios fueron perfectos —dijo Ángela—. Está claro que usted lo conoció de verdad.

—Bueno, Ángela, él significaba mucho para mí, para todos. Espero que uno de estos días podamos hablar más sobre él.

—Yo también —agregó ella—. Me gustaría mucho.

Le soltó la mano para hacerles un gesto a dos niños.

—Estos son mis hijos, y me gustaría presentárselos.

—Sí, claro —dijo Paúl, poniéndose serio.

Así que ella está casada. Bueno, yo también.

Les dio la mano a los muchachos, a los que tuvieron que obligar a mirarlo a los ojos y a decirle que era grato conocerlo. Paúl deslizó la tarjeta de Ángela en su bolsillo.

• • •

El entierro quedó restringido a la familia. Mientras caminaba al estacionamiento con sus camaradas, Paúl rechazó debido a su vuelo sus invitaciones para almorzar juntos. La partida de ellos lo dejó nuevamente aislado en su rabia. Como aún no se sentía preparado para volver a su automóvil, se salió del pavimento y pisó el cementerio nevado. Al atravesar las hileras de lápidas y los monumentos a Robert E. Lee y a John F. Kennedy, Paúl entró en un sector donde todas las lápidas tenían forma de cruz.

Había una placa en la que decía: *Los símbolos religiosos eran corrientes antes de la Tercera Guerra Mundial, cuando se acostumbraba que cada soldado enrolado declarara su preferencia por una denominación.*

Paúl escupió de puro asco.

Su indignación crecía mientras caminaba por entre las tumbas. Les habían arrancado la vida a esos hombres y mujeres jóvenes —muchos de ellos apenas habían cumplido los veinte—, y ¿para qué? ¿Porque los fanáticos musulmanes le declararon la guerra santa a Occidente? ¿Porque los grupos religiosos de Bosnia se peleaban por la supremacía? Y así prosiguió hacia el alborear de la historia, viendo que la gente se perseguía recíprocamente por ideas abstractas. Que sus lápidas simbolizaran las ideas por las que murieron era la ironía más cruel.

¿Y qué eran esas ideas? Nociones extravagantes de una vida después de la muerte. Sí, claro, costaba mucho imaginarse que esta vida fuera todo lo que había. Paúl podía identificarse con la necesidad de creer que había una especie de nirvana al final. Le habría gustado conocer a su padre y, como eso no pasó, pensar que podría conocerlo un día. Pero ¿valían tanto esos deseos como para matar por ellos, para morir por ellos? Su madre tenía razón. Que esos fanáticos religiosos pensaran que conocían la verdad —muchos estaban convencidos de que la suya era la única— demostraba que estaban engañados.

Pero aún peor que el engaño era la compulsión a imponer el engaño a los demás, a corromper incluso a hombres de voluntad firme como Andy Pass.

Paúl tenía el estómago vacío y helados los pies. No llevaba nada que protegiera sus zapatos pues no había pensado incursionar en la zona de los muertos. Volvió entonces al automóvil, dándose vuelta para mirar las cruces que parecían alinearse hasta el horizonte. *Espero que les hayan proporcionado algo de consuelo. No obstante, aquí yacen.*

. . .

Cuando Paúl regresó, Jae lo tenía todo empacado y a los niños listos para irse. En cuanto lo metieron todo en el auto empezaron los adioses. Ranold tomó el brazo de Paúl para detenerlo cuando este se acercaba al vehículo. Mientras Jae les ajustaba el cinturón de seguridad a los niños, el viejo habló con él quedamente.

—Puede que no te hayas hecho el mejor favor al ir a ese funeral.

—¿Qué quiere decir?

—Paúl, la agencia se está enfocando más y más en los subversivos nacionales. Si se llega a conocer —me refiero a la verdad sobre Pass— y se sabe que fuiste a su funeral, que ustedes eran viejos amigos…

—No fui en calidad de viejo amigo.

—Hayas ido en calidad de lo que hayas ido, fue una imprudencia.

—¿Dices que podría afectarme en la agencia?

—Por supuesto.

—Eso requeriría que yo hubiera sabido la verdad antes de ir, ¿no?

Ranold apretó los labios.

—Tú la sabías. Yo te la dije.

—Entonces tendría problemas solamente si alguno de la agencia supiera que tú me lo dijiste. ¿No? Estoy seguro de que puedo contar con tu silencio… Papá.

3

PAÚL SE SINTIÓ ALIVIADO AL despertar en su cama, en Chicago, el domingo por la mañana. El sol invernal entraba a raudales por las ventanas y hacía destellar la nieve crujiente y limpia. Jae ya estaba abajo con los niños, a los que oyó que se desgañitaban por ir a patinar sobre el hielo.

—Supongo que en casa de mis padres se sintieron encerrados —comentó Jae cuando él se les unió en la mesa del desayuno—. A todos nos vendría bien un poco de ejercicio y aire fresco.

—¿Los puedes llevar tú? —le preguntó Paúl—. No tengo ganas de patinar y quiero adelantar más en la casa de mi madre. Quiero limpiar todo durante las fiestas y tener la casa lista para ponerla en venta.

—Podemos ir todos y ayudarte.

—No, gracias. Ya has hecho mucho. La mayor parte de lo que queda son esas cosas que ella guardaba, y la verdad es que solo las puedo revisar yo.

—Eso parece deprimente después de un funeral.

—Eso es lo que me impulsa a hacer el funeral.

La verdad era que Paúl también se había sentido encerrado. Anhelaba pasar una tarde a solas. Después de entrar en la casa de su madre, se quedó parado en el vestíbulo, deleitándose en la tranquilidad. Su madre se había pasado casi toda su vida de adulta en la ordenada casa de los suburbios donde él había crecido, con una enfermera que la cuidó cuando comenzó a perder sus facultades. En sus últimos años la demencia senil la afectó en forma creciente, y la volvió incapaz incluso hasta de reconocer a su hijo y a sus nietos. Paúl le armó un árbol la pasada Inviernidad, aunque se dio cuenta de que su madre no tenía ni idea de que el árbol estuviera ahí.

Aunque la mayoría de los cánceres era curable ahora, ciertas cepas desafiaban los mejores esfuerzos de la ciencia moderna. Un siglo de estudios aún no había bastado para desenmarañar los intrincados mecanismos del cerebro. En el caso de la madre de Paúl, los tratamientos más avanzados solamente habían servido para demorar el avance de la virulenta enfermedad. Los médicos le habían dicho a Paúl que todo lo que podían hacer era mantenerla cómoda hasta el final. La müerte de su madre no fue decepcionante para Paúl cuando ocurrió, puesto que él se había despedido de ella hacía años.

Las habitaciones del piso de arriba estaban vacías ahora, pero Paúl todavía no había revisado el sótano, atiborrado de toda una vida de recuerdos. Y con una papelera al lado, empezó a revisar las cajas polvorientas. Hacía años que las transacciones financieras eran solamente electrónicas, por lo que Paúl se sorprendió al hallar un paquete de cheques usados antes de la guerra —cuidadosamente rellenados y hechos en dólares, que era la divisa estadounidense cuando cada país tenía moneda propia—. Pese a todo su orden, su madre era como las urracas que lo acumulan todo. Sacó unos cuantos cheques para mostrárselos a sus hijos y botó los demás.

A principios de la tarde ya había limpiado la mitad del espacio para guardar cosas. Ahora empezaba a desenterrar artefactos del matrimonio de sus padres. Hacía mucho tiempo, su madre le había dado muchos papeles, fotos y cosas de su padre; y él se acordaba de haber visto cuando era niño algunos de los que ella guardaba. Encontró la licencia de matrimonio de sus padres, la invitación a la boda —la fiesta se había hecho en un salón de una base del ejército— y un montón de anticuadas tarjetas de felicitación, amarradas con cintas, de las que tenían gráficos al frente y un mensaje impreso adentro en el que felicitaban a sus padres por su nacimiento. Debajo de estas encontró un sobre pesado de papel aterciopelado color crema con los restos de una burbuja aplastada de cera color rojo oscuro. Un sello roto, supuso Paúl.

Sacudiéndose el polvo de las manos lo tomó y le dio vuelta. En el frente decía, con letras muy negras: «Para mi hijo al cumplir sus doce años». Paúl recordó que uno de sus compañeros de escuela había recibido una carta de ese tipo, escrita por sus padres, el día de su cumpleaños, en el que expresaban las esperanzas que tenían para el futuro de su hijo. Le había preguntado a su madre sobre eso, pero ella dijo que no conocía la tradición. Entonces, ¿de dónde había sacado esta? Sacó la carta que había dentro del sobre, y se sorprendió al ver la fecha de su nacimiento en la parte superior de la página.

Mi querido hijo:

El milagro de tu nacimiento hoy me llenó de un gozo mayor de lo que he conocido o pensado que sería posible. Me sentí bendecido al sostenerte por primera vez...

Paúl hizo una pausa al toparse con esa palabra anticuada y peculiar.

...con el don terrenal por excelencia. Un día tú sostendrás en tus brazos a tu propio hijo, y entenderás la profundidad y la amplitud del amor de un padre.

El día que leas esta carta habrás cumplido los doce años. Ya en el umbral de la adultez, tendrás edad suficiente para entender otra clase de amor, el amor de Dios. En el momento en que escribo esto, ese amor es muy difamado. Ha habido persecuciones y actos terroristas en todo el planeta, realizados supuestamente en el nombre de Dios, según lo entienden diferentes grupos, los cuales nos han llevado a una guerra mundial. Muchos se han alejado de Dios, tu madre entre ellos, pues lo ven como el origen de la tragedia del mundo. Pero tú, hijo, no debes alejarte. Primero, el amor de Dios trasciende todos los dones terrenales, aun el de tu nacimiento. Dios amó tanto al mundo que sacrificó a su único y perfecto Hijo, que murió en la cruz por salvarnos. Aceptar ese amor ha sido la decisión más importante y satisfactoria de mi vida.

La segunda razón se refiere a que el Hijo de Dios prometió regresar en gloria para reunir a los que creen en Él. La Biblia nos dice que «Él los conducirá a los torrentes de agua viva y Dios enjugará todas sus lágrimas».

Pero los que han rechazado a Dios se verán enfrentados a un destino muy diferente: el castigo y el sufrimiento más allá de lo que podamos imaginar o que hayamos podido infligirnos mutuamente. El final de la Biblia, el libro del Apocalipsis, describe con detalles vívidos y aterradores lo que les sucederá a aquellos que incurran en la ira de Dios.

Esto puede ocurrir cuando tú vivas, hijo mío. Muchos académicos ven los conflictos actuales de nuestro mundo como cumplimiento de las antiguas profecías de la Biblia. Los evangelios nos dicen que debemos estar preparados en todo momento, «pues el Hijo del Hombre vendrá cuando menos se espere» y, en el *Apocalipsis, el mismo Señor nos recuerda varias veces que «vengo pronto».*

Espero estar a tu lado cuando leas esta carta, pero si no lo estoy, espero que, por lo menos, hayas tenido tiempo para educarte en estas cosas en cuanto tengas la edad suficiente. De lo contrario, debes buscar la verdad por ti mismo. Te insto a que abras tu corazón a la verdad para que llegues a ser no solamente un hombre, sino un hombre de Dios.

Tu padre que te quiere

Paúl Stepola, padre

Paúl se quedó mirando fijamente, horrorizado. Su padre había muerto cuando él era demasiado pequeño para tener siquiera recuerdos de él. Se había formado una imagen de él por las fotografías y cosas que contaba su madre, además de las de sus camaradas de armas que, invariablemente, lo retrataban como noble y valiente, honesto y cálido, un héroe y un amigo de confianza. Irónicamente esos eran los mismos términos que habría usado, hasta la semana pasada, para hablar de Andy Pass. ¿Cómo era posible que ninguno de los hombres que fueron sus modelos, esos que creía que encarnaban la definición de lo que significa ser hombre, fueran lo que parecían?

Esta era la única comunicación directa que había visto de su padre, y estaba muy claro que su madre la había mantenido guardada para que él no la viera. Ella tenía que haber sido la que rompió el sello; no había confiado en su marido.

¿Tuvo miedo de que a los doce años Paúl fuera demasiado susceptible a las palabras de su padre? ¿Quiso preservar las ilusiones de Paúl y las suyas propias, en lugar de reconocer que su padre era tan crédulo y cobarde? ¿Se espantó —como Paúl— de que todo lo que su marido tenía para ofrecerle a su hijo, en lugar de sabiduría e inspiración, fuera un mito relacionado a un hombre que murió en una cruz y que volvería a castigar a los que no se tragaran eso?

Papá, yo necesitaba más de ti a los doce. Me merecía algo mejor. Gracias, mamá, por haberme ahorrado esto hasta ahora.

Y la sola idea de que se estuvieran cumpliendo las profecías de la Biblia, de que el Hijo de Dios fuera a venir pronto —bueno, la urgencia era parte de la invitación en, prácticamente, todo fraude: «Oferta por una sola vez», «Entre al primer piso», «Venta final; los precios no volverán a bajar», «Algo por nada»—. ¿Cómo había podido su padre creerse todo eso? Paúl sabía del libro del Apocalipsis debido a sus estudios, pero nunca lo había leído, aunque había oído que era fuerte y de rico simbolismo. El florido «qué pasa si» era otra de las tácticas típicas de los estafadores, el revuelo del fuego y azufre para esgrimir una amenaza y cerrar el trato. ¿No era que todas las religiones amenazaban con castigos muy coloridos para mantener en línea a los fieles? ¿Fue de verdad tan ingenuo su padre? Después de toda una vida de admiración, Paúl se sintió anegado de desprecio por el tonto patético que había resultado ser su padre.

¿Qué clase de hombre caía preso de tamaña imbecilidad —calificándola como «la decisión más importante y satisfactoria de mi vida»—, y hasta trataba de metérsela en la cabeza a un niño? Quizá su madre, con toda su racionalidad y aborrecimiento de la religión, no pudo hallar justificación a mostrarle esa carta. O puede ser que quizá le avergonzara demasiado. Solamente podía imaginar lo que diría Ranold. Él no podía haber puesto ahí esa carta, ¿no? Mucha coincidencia, esto y enterarse de lo ocurrido a Andy Pass en la misma semana.

El sobre estaba bastante limpio, teniendo en cuenta que llevaba en la caja treinta años o más. La cera del sello se veía oscurecida y quebradiza, pero se necesitaba un experto para que dijera con seguridad si era nueva o vieja. Lo mismo en cuanto a la tinta, que parecía que era de esas que había que sacar de un frasco y meterla en una pluma de diseño anticuado. Podía comparar la escritura a ojo, pero un análisis computarizado sería necesario para cotejarla definitivamente con otras cartas de su padre que había guardado su madre.

Estuvimos en Washington el tiempo suficiente para que alguien metiera aquí esta carta, eso es evidente, pero ¿a quién le dije que iba a limpiar el sótano de mi mamá este fin de semana?

Paúl examinó la caja de recuerdos, que estaba no menos polvorienta que las otras. Había estado en medio de una pila de cajas, así que la tapa estaba limpia y no presentaba pistas pero, quizá, lo importante no era el tiempo. Con toda seguridad, a Andy lo habían investigado durante meses, y durante ese tiempo a la gente que había formado parte de su vida también la habrían investigado, hasta a Paúl si Ranold estaba a cargo, pues aquel sabía que hubo un tiempo en que él consideró a Andy como un padre.

Ranold sabía perfectamente que no era acertado sospechar que Paúl fuera cristiano, pero la carta podía ser una especie de prueba de lealtad para ver si Paúl sabía la verdad sobre Andy y se hacía de la vista gorda. Si de repente Paúl descubría que su propio padre había sido cristiano, resultaría natural que acudiera a la única persona religiosa que conocía y en quien tenía confianza. Así que, durante los tres meses que la casa de la madre de Paúl había estado vacía, podían haber plantado allí la carta para descubrirlo.

Dándole vueltas a la trama, Paúl tuvo que reconocer que parecía un poco exagerada. Quizás estaba fijándose en minucias para rehuir la realidad de que su padre había sido un hombre fallido, no el brillante ejemplo de ser humano que él había idolatrado durante treinta años. Pero «la exageración» no era imposible y ni siquiera absurda. Paúl sabía muy bien que fabricar y plantar una carta era juego de niños para la ONP, y si la operación era uno de los primeros proyectos especiales de Ranold, su suegro habría hecho todas las trampas necesarias.

La carta misma era probablemente la única clave de la verdad. Paúl rompió parte de la solapa del sobre, luego volvió a doblar la carta, metiéndola en el sobre, que volvió a poner en la caja, debajo de la pila de tarjetas de felicitaciones.

Paúl pensó amargamente que había dado justo en el blanco. Andy y su padre y, ahora quizás hasta Ranold, estaban manchados por la amenaza cristiana. Mañana sondearía a su jefe sobre la magnitud del problema cristiano, si la actividad era de ámbito nacional o limitada a Washington, y trataría de detectar indicios de si sospechaban de él.

Si la infección sobrepasa el patio de Ranold, quiero convertirme en exterminador, y no solo por la seguridad nacional.

4

A MEDIA MAÑANA DEL LUNES Paúl fue a ver a Robert Koontz, su jefe, y jefe de la oficina de la ONP en Chicago. De pie, en el umbral, Paúl se dio cuenta de que en realidad aspiraba al despacho de Koontz más que a su trabajo. La oficina, grande y bellamente decorada con motivos náuticos, tenía una serie de ventanas en dos paredes que ofrecían vistas panorámicas del río Chicago y del lago Michigán.

Koontz era, a los sesenta años, un hombre enorme con una cabeza brillante y una franja de cabello entrecano. Estaba atareado con la computadora, pero le hizo señas a Paúl de que se sentara.

—Bueno, bueno, ¿cómo estuvieron las fiestas? —preguntó con los ojos aún fijos en la pantalla.

—Como siempre, salvo por lo de Andrew Pass.

Koontz se puso tieso, pero no levantó la cabeza.

—¿Lo conocías?

—Bob, tú sabes que sí. Vi a los muchachos de la ONP en su funeral; ellos tienen que haberte dicho que estuve ahí.

Koontz hizo girar el sillón y levantó ambas manos.

—Tienes razón, Paúl. Sí, lo sé. Hablaste. Trabajaste con él. Lamento la pérdida que es para ti.

—Gracias, pero ¿a qué se debió la presencia de la agencia?

Koontz suspiró.

—Pass era un cristiano fanático.

Así que se ha corrido la voz.

—Eso es increíble. ¿Qué hay de su familia?

—Creemos que John, su hermano —le dicen Jack— también está muy metido, pero no se ha mostrado lo suficiente como para volverse vulnerable.

—¿Alguien más? ¿Esposa, hijos?

—Evidentemente su esposa se divorció de él por eso, así que no creemos que lo sea, pero no lo sabemos.

—Bob, ¿lo liquidamos nosotros?

—¿Qué te dijo tu suegro?

—Nadie se cierra tanto como un viejo maestro de espías. Así, pues, eso ¿es un sí?

—Bueno…

—¿Por qué? ¿Se resistió?

—Tenlo por seguro. He oído que confiscamos un arsenal de su vehículo y que trató de llevarse consigo a unos cuantos muchachos. Un hombre duro, pero tú ya lo sabías.

—¿Y el cuento del incendio de la bodega?

—Única y exclusivamente para alimentar a la prensa. Sus correligionarios recibieron el mensaje claro y fuerte, pero nosotros mantenemos la nariz del público fuera de nuestros asuntos. Empieza a circular que existe esta secta, y eso solo hará que crezca. ¿Y con mártires? No me hagas comenzar. Escucha esto —dijo volviendo a su computadora y revisando la pantalla—. Hace más de un siglo Rusia cerró casi todas las iglesias y se libró de más de cuarenta mil clérigos. Convirtieron en museos las iglesias de las ciudades, y las rurales en graneros o viviendas.

—Como nosotros.

—Pero oye esto. Hacia fines del siglo, por supuesto después de la caída del comunismo, dos tercios de todos los rusos se identificaban como cristianos.

—Así que la insurrección se incubaba clandestinamente.

— Bingo. Lo que sucedió hace décadas en Rusia, China y Rumania podría repetirse aquí, delante de nuestras narices. No habremos erradicado de verdad la religión a menos que podamos contener a los fanáticos. Si permitimos que se afiancen, podríamos ver un levantamiento religioso en pleno.

—¿Existe de verdad una secta cristiana armada?

—Paúl, hay muchas cosas que estamos sabiendo ahora. Estamos organizando una fuerza de choque para determinar la magnitud del problema: si tenemos solamente unas pocas células aisladas o si es algo peor.

—Es una enfermedad —dijo Paúl—. Una adicción. La religión prende en la gente, y parece que no pueden guardársela para ellos solos, la desparraman y enganchan a otras personas. Me enferma pensar en el desperdicio de un tipo como Andy Pass.

—Exactamente —dijo Koontz—. Y por eso tenemos que abordar esto como una guerra contra las drogas: exponer la amenaza, destruirla, eliminarla —y meneó la cabeza—. Esto tiene el potencial de destruir todo aquello por lo cual este país ha trabajado desde la guerra. Tengo edad suficiente para recordar cómo eran las cosas. Los extremistas religiosos perseguían a los homosexuales, asesinaban a los médicos que practicaban abortos —antes de que ofreciéramos ayuda económica para los nacimientos a fin de fomentar la repoblación— y bombardeaban los laboratorios donde se investigaban las células madre que nos han proporcionado las curas que ahora tenemos para la mayoría de las enfermedades. Y después de los ataques terroristas de 2005 fueron los extremistas quienes desafiaron las leyes de la tolerancia, se amotinaron y mataron a musulmanes.

Paúl asintió. Había estudiado todo eso en la universidad. Naturalmente, la gente quería vengar los bombardeos de la final del campeonato de fútbol y de Disneylandia, y los ataques con gas en los metros de Washington, Boston y Nueva York. Lo mismo había ocurrido en Europa cuando destruyeron la Torre Eiffel, el Puente de Londres y el Vaticano. Y entonces llegó la guerra; la vida en la Tierra casi se extinguió debido al fanatismo religioso.

—Tuvimos suerte de que la guerra terminara como terminó y de que nos despertara —dijo Paúl—. Abolir la religión ha sido el mejor resultado de la tragedia.

—No hace falta que lo digas —comentó Koontz.

—Paz durante más de una generación. Ni una sola nación en guerra por primera vez en la historia. Pero no podemos dormirnos en los laureles. Ni ahora ni nunca más.

—¿Qué es esta nueva fuerza de choque?

— La llamamos Clandestinidad Celote.

—Bob, méteme ahí. Tú sabes que tengo el trasfondo. La corrupción de Andy Pass —y de muchos más— exige venganza.

• • •

La semana siguiente enviaron a Paúl a México por un trabajo de consultoría. Regresó el martes siguiente del fin de semana del feriado de Martin Luther King, hijo. La gran noticia en Chicago era que un orador había usado dos veces, en una conmemoración a King, la palabra arcaica y desusada *reverendo*, en relación con el nombre del mártir. Un jerarca de la televisión sugirió que la ciudad declarara una moratoria de los festejos del día de King «hasta que los organizadores aprendan a controlarse».

Felicia, la secretaria de Paúl, una negra alta a finales de los cuarenta, no podía ocultar sus emociones.

—El doctor King murió mucho antes de que yo naciera, pero digan lo que digan, ese hombre era un reverendo. Ellos van a acabar con el día de King por algo tan mínimo como eso, pues van a tener problemas. Dígame la verdad, doctor Stepola, ¿usted ve algo de malo en usar el título de un hombre, uno que se ganó y que él mismo usaba?

—Felicia, sí, veo algo de malo. Y además, la organización debería saberlo muy bien. Relacionar a un héroe como el doctor King con la religión es jugar con fuego.

—¿Relacionar? ¿No es de ahí de donde el doctor King sacó su filosofía de la no violencia?

—Si se refiere a sus tácticas, creo que las adoptó del Mahatma Gandhi. Piénselo bien, ese título lo relaciona con lo que es ocultismo e ignorancia.

—Yo solamente quería decir…

—El doctor King fue un producto de su *tiempo*. ¿Cree usted que destacar la ceguera de aquellos tiempos es algo que beneficia su recuerdo? Cuando queremos honrar a Thomas Jefferson, ¿nos concentramos en sus esclavos?

Felicia se vio tocada. Paúl sonrió.

—Felicia, ¿tendré que arrestarla por practicar religión?

—Póngame las esposas. Necesitará ayuda.

—¿Ah, sí? —dijo él riéndose—. Ya lo veremos. Pero en serio, me pasé cuatro años estudiando las religiones principales y «no voy a estudiar más la guerra». Así es la historia. Créame, la religión es lo contrario de la no violencia.

Aunque lo dejó pasar, a Paúl le asombró que una secretaria de la ONP defendiera la religión frente a su jefe, pero, antes de la Inviernidad, él mismo había estado pensando en la probabilidad de una amenaza cristiana precisamente aquí, en los Estados

Unidos. *Nos hemos olvidado de que el precio de la libertad es la vigilancia constante. Damos por sentada la paz, pero no, ya no.*

El río parecía a punto de congelarse, cosa muy rara. Paúl lo miró por encima del retrato de Jae que tenía en el escritorio, y tuvo que reconocer que cuando estuvo de viaje había pensado más en Ángela Pass que en su esposa. Se sintió muy aliviado cuando Koontz dijo que ella no era sospechosa. Ángela había dicho que siempre había querido conocerlo, y que le gustaría mucho juntarse con él para hablar de su padre.

Felicia llamó por el intercomunicador.

—Koontz quiere verlo.

Paúl se puso la chaqueta, se ajustó la corbata y tomó una libreta de notas. Se detuvo en dos controles para que le escanearan los iris. Después de eso, la secretaria de Koontz le indicó que entrara.

—Él está hablando por el videófono, pero quiere que pase de todos modos.

Paúl entró y cerró la puerta en el momento en que Koontz decía: «Aquí está. Después lo llamo».

Cortó la llamada, pero no le ofreció asiento a Paúl.

—Era el gran jefe, Step, hablando de ti.

Paúl asintió sin estar seguro de qué decir.

Koontz se paró, diciendo «Vamos», y apuntó hacia abajo con el pulgar.

—¿La sala segura?

Koontz sonrió.

—Tengo novedades.

—De acuerdo —dijo Paúl, más bien como una pregunta.

Koontz abrió el nicho de su caja fuerte y el cerrojo codificado con su ADN, y sacó una caja sellada para documentos.

Paúl lo siguió al ascensor, en el que bajaron dieciséis pisos hasta el subsuelo. En cada control para ambos bastaba la credencial de Koontz, pero a este y a Paúl los trataron como a cualquier hijo de vecino en el sector que llevaba a la sala segura. Aunque hacía años que conocían por sus nombres a los guardias uniformados no hubo conversación ni dispensas. Escanearon por computadora las imágenes holográficas de sus credenciales y las compararon con sus rostros. Además de los escáneres de los iris, ambos tuvieron que poner las palmas de las manos en una pantalla para que se controlaran sus huellas dactilares y sus ADN.

Pasaron por un detector de metales y, por fin, les dieron dos llaves de metal para abrir la sala segura, cosa que siempre le parecía pintoresca a Paúl. Se suponía que las llaves eran una precaución contra las falsificaciones que pudieran ser codificadas de alguna forma en las modernas cerraduras electrónicas. Koontz abrió una puerta de acero de siete centímetros y medio de grosor que dejó ver, a quince centímetros de distancia, otra puerta de madera de siete centímetros y medio de espesor, también cerrada. Una vez dentro, cuando Koontz hubo asegurado ambas puertas, un guardia realizó, desde fuera, un escáner final de la sala. Los resultados aparecieron en una pequeña pantalla empotrada en la pared. No había aparatos espía ni microondas ni otros artilugios invasores. Koontz apretó un botón que había junto a la pantalla, que activó el ruido blanco, que consistía en un zumbido apenas audible que interferiría cualquier grabadora, y haría ininteligible lo que ellos hablaran.

Seis lujosos sillones de cuero color borgoña oscuro rodeaban una mesa redonda de caoba. Aparte de ese mobiliario, la sala estaba desocupada, con excepción de varios vasos y una jarra de peltre llena de agua con hielo. Koontz arrojó sobre la mesa la caja de documentos y sirvió dos vasos de agua, casi todo hielo. Puso una servilletita debajo de cada vaso.

—Me equivoqué de vocación —dijo al sentarse, señalándole un sillón a Paúl—. Habría sido un camarero muy dinámico.

Paúl sonrió, tratando de actuar con calma. Koontz, que normalmente iba al grano, parecía demorarse. Paúl se preguntó si su suegro tenía razón. ¿Había despertado sospechas por haber ido al funeral de Pass? Su plan era decir que no tenía conocimiento de las actividades de Pass desde que lo había conocido en la Fuerza Delta, lo cual era cierto. ¿O es que esto se relacionaba de alguna manera con la carta de su padre? *La supuesta carta.* En su billetera tenía todavía el pedazo que sacó del sobre. ¿Qué pasaría si lo revisaban? *Hayan puesto ellos la carta o no, indagar no es delito. Lo raro sería que no hicieran averiguaciones.*

Koontz se paró y se sacó la chaqueta, que colgó en el respaldo del sillón que ocupaba. Se aflojó la corbata.

—Ponte cómodo —dijo—. Tenemos trabajo pendiente.

—Por ahora estoy cómodo —respondió Paúl.

Había estado un par de veces en la sala segura, y sabía que la mantenían a temperatura constante.

—Paúl, ¿todavía tienes tus armas de fuego?

—Sí. Puedo manejarme con cualquiera, desde una Derringer a una Howitzer. Voy a entrenar al campo de tiro como mínimo cada quince días.

—¿Tienes una semiautomática de doble acción?

—Tengo una Beretta de 11.5 milímetros y una Wlathe Stealth.

—¿Prefieres alguna en especial?

—Depende. ¿Qué voy a hacer con eso?

—Matar a alguien a muy corta distancia.

Paúl vaciló.

—Bob, cuesta superar a la Beretta. ¿A quién voy a matar?

—Esperemos que a nadie, pero este trabajo exige un arma con sobaquera.

—¿Este trabajo?

—La nueva fuerza de choque. La pediste y ahí la tienes.

—Genial, pero dime, ¿Ranold está involucrado?

—La Unidad de Proyectos Especiales de Washington D.C. está realizando una especie de operativo. Es un clasificado, solamente para quienes tienen que saber. Probablemente nos cruzaremos por el camino. Aquí, en este punto, actuaremos más bien como centro de intercambio de inteligencia.

—¿Cuál será mi papel?

—En realidad, doble. Quiero que seas un comodín. Oficialmente vas con los allanamientos estratégicos. Nos aconsejarás sobre lo que creen estos cristianos y nos ayudarás a interpretar lo que de verdad dicen cuando los interrogan. Tú mismo harás parte de las preguntas. Extraoficialmente me mantendrás informado personalmente en cuanto al tamaño y a la fuerza de la secta. Aún no sabemos si estas diversas facciones están interrelacionadas. ¿Cuál es su nivel de complejidad? ¿Esta cosa es nacional o estos son grupos independientes, pero se parecen y actúan de la misma forma?

—Tendré que repasar su teología, sus creencias y sus prácticas.

—Creemos que algunos están haciendo sabotaje. ¿Te acuerdas del incidente de la Pileta de los Reflejos, en Washington?

—Se transformó en sangre, ¿verdad? ¿No fue aquello una especie de jugarreta?

—No exactamente. Delante de cientos de turistas, el agua se convirtió en sangre. Sangre humana de verdad, la analizamos. Todo lo que se necesita en una multitud como esa es que una persona clame que es un milagro, y tienes una crisis milagrosa funcionando a todo vapor. Los cristianos están escenificando esos supuestos milagros, y los usan para ganar conversos, clamando que son señales del fin del mundo.

Koonts se inclinó.

—Detesto tener que decirte esto, pero creemos que Pass estuvo detrás de la cuestión de la Pileta de los Reflejos. Cuando tratamos de interrogarlo, bueno, la manera en que peleó terminó siendo «suicidio por poli».

Paúl asintió.

—Los extremistas mueren por sus causas.

—Paúl, tengo que ser sincero contigo. Va a ser duro. Va a morir más gente. Es inevitable.

—Lo que sea —dijo Paúl.

Koontz rompió el sello de la caja de documentos, y pasó dos horas mostrándole a Paúl lo que creían que eran pruebas de la presencia cristiana en los siete estados.

—¿Entiendes contra qué estamos?

—Resulta chocante ver lo rápido que esta cosa se ha convertido en una bola de nieve —comentó Paúl.

—Me alegro de que estés con nosotros. Por si te lo preguntas, es un salto significativo de nivel y remuneración.

Koontz se puso de pie y empezó a juntar sus materiales.

—Seguirás en el mismo despacho, y puedes decírselo a Felicia, pero primero tendremos que elevar el grado de pase libre de seguridad que tiene ella. Eso tendría que estar listo cuando regreses.

—¿De dónde?

Koontz metió la mano en el bolsillo de su pecho y sacó una carpeta muy delgada.

—Pasajes de avión, reserva de hotel, información de contactos —dijo, deslizando la carpetita por encima de la mesa—. Tu primera comisión es San Francisco. Nuestra gente ha descubierto una célula cristiana dirigida por una vieja viuda y rica a la que asignamos el nombre codificado de Polly Carr.

Paúl sonrió y dijo:

—Así que sabes un poquito de historia de la Iglesia.

—Bueno, he oído hablar de Policarpo, pero eso es todo.

—Entonces, ¿cuál es el cometido?

—Esta mujer vive en una mansión victoriana arruinada en lo que fue una zona muy elegante, pero ahora está clausurada; la zona se llama Arrecife Marino. La mitad de las casas están abandonadas, y ella vive sola. Nos dieron el dato de que todos los domingos por la mañana, antes de que amanezca, se juntan unas doce personas en su casa. Se van por separado, y nosotros estamos seguros de que es algún tipo de reunión religiosa. Quiero que vayas con la fuerza de choque y observes lo que está pasando adentro. Si es lo que pensamos, pues los allanamos. Tú supervisarás los interrogatorios desde nuestra oficina de San Francisco.

—No parece que vaya a necesitar un arma de fuego para eso.

Koontz se encogió de hombros.

—Nunca está de más ser prudente.

—¿Para cuándo está organizado?

—Para este domingo, el veinticinco.

—Supongo que puedo decírselo a mi esposa.

—Tu nuevo papel, sí, seguro, pero los detalles de las misiones naturalmente que no.

• • •

De regreso a la oficina, Paúl pasó por el laboratorio de la división. Estaba dirigido por Trina Thomas, una sureña pelirroja muy vivaz, que disfrutaba el flirteo tanto como Paúl. Aunque estaba casada, Paúl siempre pensaba que lo que les impedía dar el siguiente paso era el hecho de trabajar juntos.

—¡Doctor Stepola! —dijo ella—, lo he echado de menos. Hace mucho que no nos honra con una visita.

—Lo único que me puede mantener alejado son los asuntos más urgentes.

—México, ¿no? ¿Qué nos trae? ¿Algún artefacto precioso?

—Un favor personal. Para Jae.

—¿Está preparada para que yo lo saque de sus manos?

—Me temo que no. No, se trata más bien de.., me parece que es un proyecto de genealogía. Ella encontró un documento y le gustaría saber si su antigüedad podría indicarle qué pariente lo hizo.

—Lo examinaré esta tarde. Por un precio. ¿Puede almorzar conmigo?

—Me encantaría pagar ese precio, lamentablemente hoy no. Mañana salgo en comisión.

—Entonces se lo cobraré cuando regrese.

Jae se impresionó con reservas por el nuevo trabajo de Paúl.

—Me alegro de que sea de índole estatal, pero como acabas de volver, no puedo decir que me entusiasme que te vuelvas a marchar.

—Jae, no empieces. Sé qué es lo que te preocupa, y estoy harto de defenderme. Si tuviera un trabajo de escritorio, también estarías segura de que ando saliendo con otra mujer.

—Paúl, ¿crees que cuando regreses deberíamos ir a consejería?

—Anda tú. Tú eres la paranoica.

5

EL AVIÓN DE PAÚL TOCÓ TIERRA en el aeropuerto de San Francisco poco después del mediodía del sábado. Su ciudad preferida había crecido, pasando de unos setecientos mil habitantes a más de un millón solamente durante los años en que él llevaba viviendo.

Tomó un taxi para ir hacia el norte por la 101 que, ahora, tenía siete carriles en ambas direcciones, y se dedicó a mirar las aguas de color azul profundo de la bahía de San Francisco. Desde la guerra, el perfil de los edificios había florecido, con torres edificadas para tolerar los sismos ocasionales que aún plagaban la zona. El edificio, con forma de O, de la compañía de seguros de vida y accidentes Pacific era una maravilla, y los centros municipales y regionales que estaban a cada lado —uno con forma del símbolo de infinito, y el otro, una réplica de la cruz egipcia, el ank— atraían a fotógrafos de todo el mundo. El centro de San Francisco, reconstruido después de la destrucción siguiente a los daños causados por el maremoto, ostentaba réplicas de las hileras de sus antiguas casas multicolores. Hasta los cablecarriles los habían restaurado.

Paúl se alojó en el Hotel Presidente, que se encontraba entre el reconstruido Palacio de Artes y el Cementerio Nacional, en el nuevo parque Golden Gate. Mientras se acomodaba en el cuarto, Paúl sintió algo nuevo y raro, algo que no había sentido al estar en el extranjero con alguna comisión. Sí, antes había habido nerviosismo, y emoción, obviamente, anticipación de lo desconocido, pero nunca una sensación de peligro verdadero. Era muy emocionante.

Un sonido en la pantalla lisa de la pared indicó que tenía un mensaje. Paúl dirigió el control remoto, activando una nota de Larry Coker, un operativo de la oficina local que supervisaba la operación de la mañana siguiente.

«Tengo muchas ganas de conocerlo. A las seis pasaré a buscarlo para cenar. Tengo reservas en el Emporio del Lenguado Esmirna. Llámeme si no le gusta el pescado. Iremos a otro lado».

Paúl era hombre de carne, pero le gustaba el pescado, especialmente en San Francisco. El mensaje, tan sensato, confirmaba lo que había oído de Coker: que era un tipo con don de mando. Era más joven que Paúl, y había estado en los SEALS, el equipo de la marina especializado en lucha contra la guerrilla y contrainsurgencia en tierra, aire y mar. Paúl tenía la seguridad de que se llevarían bien.

Coker llegó un minuto antes de las seis en un sedán de la agencia, y pareció alegrarse al ver que Paúl ya estaba esperándolo fuera. Salió del automóvil y le estrechó la mano con fuerza. Tenía el pelo rubio corto, las mejillas rojas, medía más de un metro ochenta y era robusto y firme. Paúl calculó unos 120 kilos.

—Hola, amigo… señor, he oído hablar muy bien de usted —dijo Coker.

Paúl sonrió. Tomaron la 101 sur, y al ir aproximándose al reconstruido Muelle de los Pescadores, Coker comenzó a señalar todas las zonas de interés, desde el monumento al destruido Museo Marítimo hasta el Fuerte Mason, totalmente computarizado e interactivo, y desde el holograma del Instituto de Artes al histórico Almacén del Cablecarril. Hablaba muy rápido, y Paúl no tuvo coraje de decirle que, probablemente, él sabía tanto como él de San Francisco.

—¿Ya sabes que no atracan más pesqueros aquí? —dijo Coker—. Ahora procesan la pesca en barcos refrigerados que entregan directamente a los minoristas y mayoristas.

—Sí, lo sé.

A Paúl no era necesario que le promocionaran ninguna ciudad situada entre el océano Pacífico por el oeste y la bahía de San Francisco por el este. Hubo una época en la que a la zona la formaban cuarenta colinas; ahora eran veinte. Coker, muy entusiasmado con las vistas, insistió en subir y bajar las colinas Rusa y Nob, pero aun así llegaron a tiempo al muelle y al Esmirna.

Los sentaron en un rincón aislado, y a Paúl le gustó mucho el ambiente, pues tenía un aire de clase del mundo antiguo, con maderas oscuras, mantelería de lino y cubertería de plata. Le costaba creer que Coker hubiera elegido un restaurante tan elegante. Quizás había más en él de lo que se captaba a simple vista.

Mientras cenaban estuvieron comparando notas de sus épocas en las fuerzas armadas, y mantuvieron la tradicional rivalidad entre el ejército y la marina.

—Bueno, ahora hablemos de mañana —dijo Coker finalmente, desparramando documentos sobre la mesa, de modo que Paúl pudiera tener la perspectiva correcta.

—Estas son fotografías aéreas y terrestres de la residencia Polly Carr. Ese es su nombre en clave.

—Ya me lo han dicho.

—¿Tiene algún significado?

Paúl le informó brevemente.

—Qué raro. Me pregunto por qué eligieron esa clave.

—No estoy seguro —dijo Paúl—. Quizá porque esta gente anda buscando problemas, como Policarpo.

—Supongo —dijo Coker—. Bueno, de todos modos, voy a llevarlo por ahí esta noche, para que se haga una idea del terreno. El vecindario está desierto en su mayor parte, así que no deberíamos tener problemas con vecinos curiosos —dijo señalando el diagrama aéreo—. Y nos estacionaremos en varios lugares furgonetas que no llamen la atención. Usted vendrá con mi escuadrón y conmigo en ésta, como a cuadra y media al sur de la casa, en la Veinticinco. Tendrá una vista clara de la casa y de la gente que entra y sale, y nosotros le daremos una tarjeta de monitoreo que servirá como aparato rastreador, a la vez que de radiotransmisión del audífono transmitido por el micrófono espía metido en la casa, hasta los receptores que usted lleva en sus muelas.

—¿Ya se pusieron micrófonos espías?

—Hace dos días.

—Estupendo.

Coker juntó los papeles y los guardó.

—Si no le importa, me gustaría ir con mi gente en el primer ataque, pues estamos acostumbrados a trabajar en equipo.

—Muy bien —dijo Paúl, desilusionado.

—Habrá acción más que suficiente —acotó Coker—. ¡Nos vamos a divertir un rato!

—¿Esperan resistencia?

Coker ladeó la cabeza.

—Bueno, la ley es clara como el cristal: está prohibido reunirse para practicar religión. Si no estuvieran seguros de eso, no se escabullirían en la oscuridad.

—¿Alguna evidencia de que haya armas?

—Mis órdenes son reventar a una viuda y a su grupo de cons- piradores contra el gobierno. No creo que podamos golpear la puerta esperando que ellos salgan tranquilamente, pero no se preocupe si está pensando en el empleo de fuerza excesiva. Tengo un equipo que devasta todo en una «pestañada», pero todo se hará según el libro.

—No estoy preocupado, y se dice *en un abrir y cerrar de ojos*.

—¿Perdón?

—La expresión correcta es *en un abrir y cerrar de ojos*.

Coker se echó a reír.

— *Policarpo, en un abrir y cerrar de ojos...* Esa es otra diferencia entre el ejército y la marina. Hombre, no se les dan clases de voca- bulario a las focas.

—Disculpe, es que me fijo mucho en las palabras.

—Ya lo sé, profesor. Mañana podrá ver lo que hace el entrena- miento. Mi equipo y yo someteremos a estos insolentes en menos tiempo de lo que se tarda en decir «Fuerza Delta». Entonces po- drá jugar al Scrabble? con ellos, o lo que se supone que haga usted.

• • •

Coker llegó a las cuatro de la madrugada en un furgón totalmente blanco con vidrios oscurecidos. El frío húmedo le caló los huesos a Paúl a pesar de la gorra, el abrigo grueso y los guantes.

Coker bajó el vidrio de la ventanilla del pasajero para que Paúl pudiera saber que era él. Cuando subió al vehículo, se dio cuenta de que Coker iba uniformado de marino de pies a cabeza, in- cluyendo las botas a la altura de la pantorrilla. Su grueso cinturón tenía varias divisiones para poner de todo, desde balas hasta rocia- dor de pimienta, esposas y una Glock Century Tres calibre cincuenta.

—Salude a la mitad de nuestro equipo —dijo mientras se diri- gía al oeste por la 101, rumbo a la autopista 1.

—Damas y caballeros, el doctor Paúl Stepola, nuestro asesor de la oficina de Chicago.

Cuatro hombres y dos mujeres, todos uniformados como Coker, portando rifles de asalto Bayou Solar, corearon variaciones del «Buenos días, doctor» y «Buena suerte, señor». Nadie habló más mientras Coker enfilaba al sur por la 1, al oeste por el bulevar Geary y, luego, al norte por la avenida Veinticinco, deteniéndose cerca de la calle California. Ahí apagó el motor y se sujetó a la cabeza unos anteojos para ver en la oscuridad, le pasó un par a Paúl y bajó la voz para que su gente no pudiera oírlo.

—La otra mitad del equipo ya está en posición, con contacto visual de la casa. Dos líderes de unidad, incluyéndome a mí, y doce miembros de equipos SWAT.

—¿Cuántos asistentes esperamos? —preguntó Paúl.

— De lo máximo que tenemos conocimiento es de veintitrés, señor.

—Paúl..

—Bueno, Paúl. Aquí tiene —dijo Coker, pasándole una cosa que parecía una tarjeta de crédito con un tablero de circuitos impresos, que él había alineado con la frecuencia de los receptores implantados en las muelas de Paúl—.Usted podrá escuchar todas nuestras transmisiones, y también las del micrófono espía de la casa. Y además nos dice en todo momento dónde se encuentra usted.

La fidelidad era asombrosa. Mirando con los anteojos para ver en la noche, Paúl no detectó movimientos entre ellos y la casa a oscuras. Oyó un animal, probablemente un perro, que caminaba gimoteando quedamente. También oyó el zumbido de lo que supuso era el refrigerador y el tictac de un reloj.

Una media hora después, él y Coker miraron cuando oyeron más ruido en la casa.

—Tiene que ser la vieja —dijo Coker—. Tenemos la seguridad de que vive sola.

El perro cobró vida cuando se prendió una luz, y Paúl oyó agua corriente al atarearse la mujer en la cocina. Era claro que le hablaba al perro, y que le llenaba sus platos de agua y de comida.

Varios minutos después Coker dijo: «Enemigo a las tres». Paúl sonrió, pues se refería a la primera visita con el mismo vocabulario que usaría para un avión enemigo acercándose.

Un hombre alto y esbelto, apenas de unos veinte años, se acercó a la casa. Vestía ropa modesta y barata, con una chaqueta demasiado liviana para el clima. Llevaba las manos en los bolsillos.

El hombre golpeó levemente tres veces seguidas la puerta principal. Cuando la mujer abrió, dijo:

—Él resucitó.

Y ella respondió:

—Sin duda resucitó.

—Eso me suena religioso —dijo Coker.

Paúl reconoció en esa frase el saludo de la Iglesia primitiva, y se refería a Jesús.

¿Qué hacía que dos personas tan corrientes, tan insignificantes —una vieja que vivía con un perro en una casa arruinada y este individuo indescriptible vestido con harapos y que parecía muy tímido— se incorporaran a un grupo prohibido, dado el peligro existente? Ninguno parecía especialmente temerario, ni visionario ni peligroso. *No son fanáticos furiosos*, pensó Paúl. *Son perdedores con vidas vacías que tratan de llenarlas con ilusiones y con la esperanza de una recompensa gloriosa después de la muerte. Las reuniones secretas son sus únicas emociones.*

Pero eso no explicaba lo de Andy Pass, que tenía familia, el respeto de sus colegas y una carrera importante y satisfactoria y, ¿qué pasaba con el padre de Paúl? Se sonrojó con la sola idea.

—¿Ve algo? —inquirió Coker.

—No. Esta gente me causa náuseas. Eso es todo.

Durante el cuarto de hora siguiente empezó a llegar un grupo de visitantes, solos y en parejas. Paúl se fijó en una pareja de mediana edad, probablemente los más viejos aparte de la anfitriona. Supuso que debían estar a finales de la cincuentena. El hombre era grueso y cojeaba. La mujer llevaba una cartera grande, y parecía llevar un uniforme blanco debajo de un abrigo bastante raído.

—Podría estar armada —manifestó Coker.

—Sí —dijo Paúl—. Bonnie y Clyde. Vaya par de pobretones, dan lástima.

—Por lo que sabemos, la casa podría ser una fábrica de bombas...

—Bueno, me parece que ya estamos todos —se le escuchó decir a la vieja.

—¡Muy bien! —expresó Coker tomando el casco.

6

—EMPECEMOS PASÁNDONOS LA BIBLIA. Que nadie se quede con ella demasiado tiempo. Los demás podemos cantar mientras esperamos turno.

—Ya está, listo. La Biblia es contrabando —dijo Coker—. ¡Vamos!

—Espera —dijo Paúl—. Quiero oír esto. Quizá descubramos cuál es su juego.

Fue como si los libros de texto de Paúl hubieran cobrado vida. Mientras, los de la casa cantaban.

Sublime gracia del Señor,
que a este infeliz salvó.
Perdido estuve, pero ahora Él me halló,
ciego, y ahora veo la luz.

—Ya verán lo que les va a pasar en un momento —masculló Coker.

Paúl lo oyó con la otra unidad.

Irrefutablemente, se cometía un delito. Pero ¿qué sentido tenía? ¿Qué era lo que agarraba tanto a esta gente?

Ahora estaba hablando la mujer.

—Hermanos y hermanas, anímense. Aquí está la palabra del Señor: «Bienaventurados los que lavan sus ropas para tener derecho al árbol de la vida y para entrar por las puertas en la ciudad... Yo, Jesús, he enviado a mi ángel para daros testimonio de estas cosas en las iglesias. Yo soy la raíz y el linaje de David, la estrella resplandeciente de la mañana... Y el que oye, diga: Ven. Y el que tiene sed, venga; y el que quiera, tome del agua de la vida gratuitamente... El que da testimonio de estas cosas dice: Ciertamente vengo en breve. Amén; sí, ven, Señor Jesús».

—¿Cuál es la instrucción para nosotros a la luz de esto?

La mujer volvió a leer: «Id, pues, y haced discípulos a todas las naciones, bautizándolos en el nombre del Padre y del Hijo y del Espíritu Santo; enseñándoles a guardar todo lo que os he mandado; y he aquí, yo estoy con vosotros todos los días, hasta el fin del mundo».

—El protocolo indica que nos ponemos en acción ahora —dijo Coker—. Cuanto más esperemos, más vulnerables nos...

—Un minuto más —indicó Paúl—. Ahora ella está entrando en materia.

—Así, pues, queridos míos, no estamos solos —decía la mujer—. El Señor está con nosotros, y se están levantando muchos otros creyentes, reuniéndose, seguros de que el fin está cerca. Todos hemos visto las señales de que la venida del Señor se aproxima. Por eso debemos ocuparnos de las cosas de nuestro Padre. Tenemos tareas cruciales que hacer —a pesar de la a ley, a pesar del peligro—, confiando en que Dios nos dé valor. Como les dijo Jesús a sus discípulos, «La mies es mucha, pero los obreros pocos. Por tanto, rogad al Señor de la mies que envíe obreros a su mies».

Amigos, ¿por qué creemos esto? El mismo Jesús dijo: «He aquí, yo vengo pronto. Bienaventurado el que guarda las palabras de la profecía de este libro». Después volvió a decir: «He aquí, yo vengo pronto, y mi recompensa está conmigo para recompensar a cada uno según sea su obra. Yo soy el Alfa y la Omega, el primero y el último, el principio y el fin».

Aquellos chiflados que hablaban de levantarse hicieron que se le helara la sangre a Paúl. Así que esperaban desparramar su veneno por todo el mundo: «Hacer discípulos a todas las naciones». Estaban tramando algo enorme, «a pesar de la ley, a pesar de los peligros», había dicho la vieja. Esa idea de que el fin estaba cerca, de que Jesús volvía pronto, era su justificación para la sedición lisa y llana.

—Ya hemos esperado suficiente —expresó Coker—. Vamos a entrar.

—Tengan cuidado. Esa gente puede estar más loca de lo que pensamos.

—Tranquilo, profesor. Sabemos lo que hacemos —dijo Coker, dándose la vuelta y haciéndole señas a su gente para que lo siguieran.

Salió de su puesto, pasó por la ventana de Paúl y le hizo la señal de victoria.

—Observen, escuchen y aprendan —dijo. Corrió, dirigiendo a sus tropas a encontrarse con los otros que se acercaban trotando a la casa.

En menos de un minuto la casa quedó rodeada. Y por lo que oyó Paúl, ninguno de los de adentro tenía ni idea.

—Quiero que todos se vayan antes de que salga el sol —dijo la mujer dentro de la casa—, así que cantemos otro himno y, para terminar, oremos.

Coker levantó el brazo e hizo un círculo con el puño. Nada de golpear, nada de anunciarse, nada de advertencias. El equipo

SWAT, como un solo hombre, cargó contra la casa. Paúl se sacó los anteojos y saltó fuera del furgón para acercarse más. Se rompieron las ventanas, se forzaron las puertas delantera y trasera, se tiraron dentro envases de gas lacrimógeno. El aire se llenó de gritos.

Paúl oyó por sus receptores que los miembros del equipo SWAT vociferaban animándose unos a otros. Luego, un sonido nuevo, el inequívoco e inolvidable *juushsplat* de los rayos láser tocando carne humana. Eso no era un allanamiento, era una balacera. Esos harapientos parias no eran un puñado de soñadores engañados; estaban armados con armas de fuego de alta potencia.

Paúl corrió a toda velocidad, atravesando la oscuridad con el revólver en la mano. Al acercarse al porche oyó el eructo de los lanzallamas. La vieja salió girando veloz por la puerta principal, dejando una estela de fuego. La odiosa forma que giraba, que chisporroteaba, y el hedor de la carne quemada detuvieron a Paúl que, con una sola bala, la convirtió en una pila sibilante y humeante.

Un ruido de quebrazón que rompía los tímpanos hizo temblar el suelo. Sordos retumbos de creciente intensidad tiraron de rodillas a Paúl. *¡Es una fábrica de bombas!*

—¡Coker! —aulló Paúl—¡Sal de ahí!

Entonces captó un relámpago blanco que daba bandazos por un lateral de la casa —el uniforme blanco que había visto por debajo de un abrigo—. La pareja de mediana edad se había deslizado hacia fuera, y se estaba alejando a los tropezones, todo lo rápido que les permitía la cojera del hombre. Paúl disparó y vio que la forma blanca se hundía, arrastrando al hombre en su caída. Meciéndose sobre sus rodillas Paúl volvió a disparar y el hombre se quedó inmóvil.

La casa de madera se retorció sobre sus cimientos, aullando y astillándose. Un hombre irrumpió por una ventana del frente, tropezó en el porche y se tambaleó hasta el pasamanos. Mientras Paúl tomaba puntería, el suelo se elevó y lo derribó sobre el vientre mientras disparaba. Pensó que el rayo había golpeado al hombre en el pecho cuando este se lanzaba desde el porche.

Paúl se esforzó por pararse, pero el suelo volvió a hundirse y lo golpeó en el vientre como si un corazón inmenso latiera en el centro de la tierra. Una grieta se abrió exactamente frente a él. Paúl enterró la cabeza en los brazos y rodó sobre el suelo movedizo hacia la calle, colina abajo, y se fue deslizando, afirmándose donde podía con manos y rodillas. Rodó más de la mitad de la colina antes de poder pararse y obligar a sus golpeadas piernas a que corrieran, tambaleándose y tropezando, hacia el bajo, ahora anillado por las luces destellantes de los furgones de la policía de San Francisco.

Dos policías de casco duro corrieron para ayudarlo, y él se desmayó en sus brazos. Otra explosión ensordecedora y una enorme oleada subterránea los tiraron a los tres en un montón. Cuando se desenredaron sintieron un temblor final —y el consiguiente choque— y volaron escombros desde la cumbre de la colina. Se quedaron tirados tapándose la cara, hasta que llegó la calma. Cuando pudieron pararse por fin, la cumbre de la colina era invisible, nublada de humo y polvo en la neblinosa luz matutina.

Mientras los policías ayudaban a Paúl a entrar a la ambulancia, este leyó sus labios, que le preguntaban qué había ocurrido. «Bomba», masculló a través de sus labios sangrantes e hinchados, con los oídos aún demasiado traumatizados para saber si emitía sonidos. Tenía los ojos hinchados y cerrados, y apenas podía tolerar que acomodaran su cuerpo magullado en la camilla. Cuando los enfermeros lo estaban conectando a las máquinas, un pensamiento se impuso sobre su dolor y le campanilleó en la cabeza: *¿Qué bomba pudo producir un daño de tal magnitud?*

• • •

Era un milagro. Eso es lo que decían los médicos en cuanto a las heridas de Paúl o la ausencia de ellas.

—Nada salvo rasguños y magulladuras —dijo uno—. Usted se ve mucho peor de lo que está.

Paúl trató de recordar eso cuando examinó las manchas moradas de sus brazos, piernas y torso con los ojos morados e hinchados como tazas de té. El abrigo, el sombrero y los guantes que lo salvaron estaban raídos antes de que los médicos los cortaran en el hospital para sacárselos. Paúl insistió en guardar los pedazos.

Los tímpanos se le habían roto, pero con la tecnología moderna eso apenas precisó de una reparación sencilla hecha en la sala de urgencias. Durante una semana iba a tener que protegerse del ruido. Eso era un alivio, porque estaba demasiado golpeado como para soportar más preguntas.

El padre de Jae se había entusiasmado con el nuevo trabajo de Paúl.

—Exactamente lo que necesita. Un tipo joven como él, entrenado en cuestiones militares, pues tiene que sentirse frustrado después de pasarse varios años sentado en un escritorio. Yo no le tendría respeto si no fuera así. Lo he visto todo el tiempo en la agencia. Jae, esto va a ser lo mejor para él.

Así que cuando Paúl regresó a casa, magullado y golpeado, Jae se sintió desfallecer, pero juró quedarse callada. Ya iba a ser muy difícil para los niños tener que tratar con un padre herido —sobre todo con uno que se veía tan aterrador como Paúl— como para que además tuvieran que oír las discusiones de sus padres. ¿Y si su papá tenía razón? ¿Y si parte del desamor de Paúl era que necesitaba un desafío nuevo, una oportunidad para demostrarse quién era? Ciertamente había probado su temple. Era un héroe. En este momento su matrimonio estaba tan tambaleante que ella estaba dispuesta a aceptar casi cualquier cosa que pudiera reavivarlo.

• • •

—Un milagro —dijo Koontz, tirando las reproducciones impresas sobre su escritorio—. Eso es lo que andan proclamando los subversivos sobre la explosión de San Francisco.

Él y Paúl estaban en el cuarto seguro revisando la Operación Polly Carr, una vez pasadas las dos semanas de ausencia con permiso médico de Paúl. Aquello había culminado en una especie de terremoto que los científicos nunca habían visto, y que causó pánico hasta en una ciudad antisísmica por lo mucho que se parecía a un ataque terrorista. La cumbre de la colina se había partido, y se había formado un cráter en el que la casa de la viuda había desaparecido junto con unas cuantas viviendas abandonadas de la vecindad. Las fuertes ondas sísmicas habían desarraigado árboles y habían dejado grietas en las carreteras, pero habían dañado muy poco otras casas fortificadas contra terremotos, situadas colina abajo. Sin embargo, esas casas tuvieron que evacuarse hasta que los estudios geológicos determinaran que la colina era estable y, de ser posible, qué había desencadenado la extraña convulsión de la tierra antes del amanecer.

—Fue una bomba —aseveró Koontz—. Solo que no sabemos de qué clase, y me pregunto si lo averiguaremos alguna vez, con toda la cima de la colina desplomada encima de la casa. Pero es evidente que esta gente es más sofisticada y peligrosa de lo que pensábamos.

—¿Qué pasó con todas las armas especiales y la gente de tácticas de la ONP?

—Todo desapareció.

Paúl meneó la cabeza.

—Ese pobre muchacho, Coker. Era un hombre de acción de verdad. Creemos que los subversivos también murieron.

Paúl se inclinó, acercándose.

—Bob, quiero decirte una cosa.

—Suéltala.

—Coker y el equipo entraron en la casa sin anunciarse ni identificarse. Llenaron el lugar, atacaron con lanzallamas, gas lacrimógeno, Bayous con bayonetas a láser y armas de mano a pulsares.

—Tiene que haber sido todo un espectáculo.

—¡Claro que sí! Oí disparos, nuestros o no, no lo sé. Mientras corría para ayudar, la vieja salió rodando de la casa. Ellos le habían prendido fuego. Eso fue antes de que yo supiera algo de una bomba.

Bob dejó escapar un largo suspiro.

—¿Qué dices?

—¿Sabíamos siquiera que estaban armados? Fue como si esos muchachos se hubieran metido en una trampa cazabobos. Así que le disparé a la vieja.

—Parece que la sacaste de su dolor.

—Entonces explotó la bomba. ¿Sabíamos que estaba ahí?

—Teníamos nuestras sospechas.

—¿Por qué no se me informó?

Koontz vaciló.

—El comandante de una operación como esta necesita tener amplios poderes discrecionales. Quizá la situación era demasiado arriesgada para que él se comunicara contigo o con otros. Tú ni te imaginas.

—Bueno, seguí disparando. Ni siquiera pensé en tomar prisioneros. Le di a tres más, quizás a una enfermera y a dos tipos que intentaban huir.

—¿Los mataste?

—Creo que sí.

—¿Tus primeras muertes?

—Sí.

Koontz sonrió.

—Es difícil, pero no dejes que eso te moleste. Hiciste aquello para lo que estás entrenado, y además bajo fuego. Escucha: de todos modos habrían muerto en la explosión. Tú eres el único sobreviviente. En estos días, en esta época, pocos somos los que matamos, si es que lo hacemos. Razónalo así: la bomba reventó. Esa es la mejor prueba que vamos a tener de que en esa casa había terroristas.

—Bob, no tengo remordimientos. Pero esos muchachos... Coker y los demás. Ellos no sabían nada, y se hicieron humo. Nunca tuvieron una oportunidad.

Koontz asintió.

—Guerra de guerrillas. Contra eso estamos.

7

EL LUNES SIGUIENTE a la sesión informativa de Paúl con Koontz fue el primer día oficial de la vuelta de Paúl a su trabajo. Llegó temprano, y se encontró con Trina Thomas sentada sobre el escritorio de Felicia, muy cruzada de piernas, con uno de sus zapatos, de tacón muy alto, colgando de un dedo del pie.

—Hola, buen mozo —le dijo—. Acabo de dejarte un mensaje. Parece que te enredaste con un cacto.

—La semana pasada parecía que me había enredado con un oso carnicero.

—Bueno, tengo la certeza de que tú te puedes zampar un oso en cualquier momento. Pero hablando en serio, ¿cómo estás?

—Sorprendentemente bien. Ni siquiera dolorido, aunque aún estoy lleno de moretones.

—Te aseguro que eso es muy de macho. Vine a decirte que pasé esa muestra que me diste por un par de pruebas diferentes mientras estuviste fuera.

Paúl abrió la puerta de su despacho.

—Pasa.

Cuando ella se sentó, él cerró la puerta tras de sí.

—¿Y qué pasó?

—Es un papel viejo de muy buena calidad. El poco papel que usamos en estos tiempos se hace con fibras reconstituidas de los plásticos, antes considerados indestructibles, pero a comienzos del siglo el papel tenía un elevado contenido orgánico: pulpa de madera y hasta fibras textiles. Los papeles más baratos se fabricaban con madera molida y tendían al ácido, así que se ponían amarillos y se deterioraban con rapidez. Tu muestra es de la mejor clase, con un alto contenido de algodón o trapo, cosa que explica por qué está en tan buen estado.

—¿Se podría comprar hoy?

—Que yo sepa, no. No ha estado en el circuito comercial desde la guerra. Hay tanto excedente de plástico que es más barato y más fácil para elaborar, y el producto final es muchísimo más estable. Puede ser que haya artesanos que produzcan partidas pequeñas de papel orgánico para cosas artísticas o algo así, pero el análisis espectroscópico indica que las fibras de tu papel han empezado a quebrarse de forma tal que muestra que tiene de treinta y cinco a cincuenta años de antigüedad. Además, la muestra está engomada, tratada con un adhesivo activado por la humedad. Es un trozo de un sobre, ¿cierto? Antes se acostumbraba a sellarlo lamiendo la goma.

—Puajj...

—No tan higiénico como nuestros sellos a presión de puntos. Y no tan seguro. Cuando ahora aprietas para sellar un sobre moderno, no puedes abrirlo y volver a sellarlo sin que se note, porque los puntos nunca se pueden volver a alinear con total exactitud. En aquellos tiempos, para cerciorarse de que nadie lo abriera sino el destinatario, podían sellar el sobre con una burbuja de cera. Hay residuos de eso en tu muestra.

—Interesante.

—¿De dónde cree Jae que ha salido esto?

—Ah, el proyecto de genealogía. Algún pariente durante la guerra.

—Tiene lógica. ¿Había una carta dentro? Me imagino que algo importante, a juzgar por la calidad y, probablemente, no impreso electrónicamente. ¿Un manuscrito? ¿Una caligrafía?

—Le preguntaré.

—Se podría esperar que algo tan formal estuviera firmado, y treinta y cinco años no es tanto tiempo. Me sorprende que los parientes de Jae no puedan identificar el documento.

—Escucha, aprecio de verdad el tiempo que te tomaste para hacer todas esas pruebas.

—Dime si Jae quiere que se hagan pruebas con la tinta. Eso establecería la antigüedad con más certeza. Naturalmente, tú quedas debiéndome otro almuerzo.

• • •

Paúl había esperado en cierta medida que Trina tratara de seguir presionando y supusiera quién había escrito la carta. Los forenses están acostumbrados a armar escenarios enteros a partir de pequeñas muestras de pruebas.

Pero si era cierto lo que ella decía, la carta podía ser real, cosa que horrorizaba a Paúl. Era difícil saber qué era peor: descubrir que él era el blanco de una operación de sondeo de la agencia, o que el padre que él idolatraba había sido embaucado por un culto maligno.

Pero sin lugar a dudas tenía que saberlo, ahora más que nunca, después de haber estado tan cerca de la muerte. La tinta era la clave, como dijo Trina, y el análisis de la escritura a mano aumentaría la seguridad, pero la intuición y la curiosidad de Trina podían ser un problema. Lo último que Paúl deseaba era que toda la oficina se pusiera a especular sobre la carta.

Pero, ¿y si acudía a Ángela Pass? Según su tarjeta, trabajaba en la Biblioteca del Congreso, que con toda seguridad tenía medios para probar la carta. Él podía escribirle por medio del correo electrónico seguro que usaba para sus tratos con los informantes, y ella no tendría forma de saber que él trabajaba para la ONP. Ahora que se sabía la verdad sobre Andy, la carta carecía de valor para Ranold como prueba de la lealtad de Paúl, pero era probable que el viejo espía maestro siguiera considerándolo sospechoso. Si Ranold *había* plantado la carta, acercarse a Ángela sería una buena manera de saberlo.

Le mandó una nota a Ángela en la que le reiteró el placer de conocerla. Aprovechando que ambos tenían padres militares, le comunicó que estaba trabajando en un proyecto de conmemoración para el pelotón de su padre. Quizá ella tenía algún colega que podría identificar al soldado que había escrito cierta carta, comparando dos imágenes de escritura que él podía escanear y enviarle. ¿Podía ella determinar la antigüedad de la carta con una muestra de la tinta?

Dos pueden jugar a los espías.

Paúl pensó, sonriendo, que pedirle ayuda a Ángela podría encender una chispa entre ellos.

• • •

A Jae le sorprendió la poca gana que tuvo Paúl de hablar con su suegro durante las dos semanas de convalecencia en casa. Decía que estaba muy dolorido, pero como ya llevaba varios días trabajando de nuevo, parecía acoger bien las llamadas de Ranold. Jae pensó que eso era de buen augurio, que la nueva satisfacción de Paúl en su trabajo fomentaría mejores relaciones con su padre, cosa que quizá también anunciara un mayor contentamiento de él en casa.

• • •

Koontz instó a Paúl a que tomara con calma sus deberes, pero hacia el fin de la semana este ya estaba exigiendo un nuevo cometido.

—No quiero perder ímpetu. No puedo seguir dando vueltas en la oficina. Mándame de vuelta al terreno.

Paúl no confesó la rabia que sentía por Andy Pass —ni por su padre— que se habían dejado chupar por la promesa de los «ríos de agua viva» o por la «amenaza» de que Jesús vendría pronto. No lograba sacarse de la cabeza al joven y tan enfervorizado Coker, sonriente y haciéndole la señal de la victoria con los dedos, justo antes de irse trotando hacia una fábrica de bombas, ni la del suelo que se convulsionaba mientras él rodaba colina abajo. Revivía el disparo a la mujer que se incendiaba, el uniforme blanco y el hombre que cojeaba; seguía repasando el momento en que su rayo térmico interceptó el arco del hombre que se zambullía tirándose del porche. Las magulladuras de Paúl estaban sanando, pero su rabia persistía. Cuánto deseaba haber matado más, haberlos matado a todos.

Se había distraído por unos pocos días. Primero fue su almuerzo con Trina Thomas en agradecimiento por el análisis del papel, con una lánguida sobremesa remojada en vino que terminó con un beso que dejó aliviado a Paúl por haber tenido el sentido común de no meterse más en deuda con ella.

Ángela le había contestado, encantada de haber sabido de Paúl, y le expresaba su disposición de colaborar con el antiguo pelotón de su padre. Le había transmitido de inmediato unas imágenes de unas pocas líneas que su padre le había escrito a su madre y una frase de la carta: *Algún día tendrás en tus brazos a tu propio hijo, y entenderás la profundidad y la amplitud del amor de un padre»*, junto con un recorte de la fecha, colocada en la parte superior de la página para que se pudiera examinar la tinta.

Después de eso había dedicado unas cuantas veladas a discusiones con Ranold, al estilo del juego del gato y el ratón, tratando de averiguar si el viejo sabía de la carta y de su acercamiento a Ángela.

Pero Paúl estaba como loco.

—Bueno —dijo por fin Koontz— tenemos una situación en Tierra del Golfo. Estrictamente se trata de detectar hechos, pero te mandaré con toda la autoridad necesaria para interrogar a todos, a cualquier nivel. Ni siquiera tienes que llevar armas.

—Bob, te lo agradezco, pero no me trates como si fuera un bebé.

—Está bien. Pero esto debe ser fácil —aseguró Koontz, pasándole una carpeta—. Territorio petrolero. De golpe, un pozo deja de bombear y se incendia.

—Bob, no soy experto en petróleo. ¿No es eso raro?

—No debería verse raro, aparte de que es un fastidio para los inversionistas, pero lo que está ocurriendo ahora no tiene precedentes. No es un incendio subterráneo, de poca monta, sino que se trata de una columna de fuego que tiene casi setenta metros de altura.

—Eso parece peligroso. ¿Por qué no pueden apagarlo?

Koontz levantó ambas manos.

—La espuma no está dando resultado, y no se les ocurre ninguna otra forma de sofocarlo. Es otro «hecho inexplicable». Los chiflados se aprovecharán muy bien de esto. La gente que ve esas cosas habla, y luego los rumores se difunden como incendios forestales. Personalmente creo que tiene que ser algún tipo de sabotaje industrial.

—Tengo que verlo.

—¿Qué te parece mañana por la mañana a primera hora?

8

A PAÚL SIEMPRE LE HABÍA PARECIDO en privado que el jefe de la oficina de la ONP en Tierra del Golfo era divertido. La mayoría de los jefes de oficina que Paúl conocía eran tipos burocráticos, decentemente vestidos de traje y corbata. Lester «Tick» Harrelson medía casi un metro sesenta y ocho, y pesaba unos sesenta y tres kilos. Tenía un montón de pelo seco por el cual se pasaba constantemente la mano, pero sin que hiciera efecto alguno. Llevaba la corbata floja, y le costaba mantener la camisa metida dentro de los pantalones. Pero era todo un profesional, y su gente lo veneraba.

Tick y Donny Johnson —presidente de Petróleos Sardis y polo opuesto de Tick—, se reunieron con Paúl en la salida del Bush Internacional, en Houston, Texas. Lo único que Tick y Donny tenían en común eran las botas y los sombreros tipo vaquero y la dedicación al problema en curso. Johnson era un tipo grande de largas zancadas, y aunque parecía que se sentía más cómodo con ropa de trabajo, era obvio que su ropa estaba hecha a la medida.

—Doctor, es un placer verlo de nuevo —dijo Tick a la vez que lo presentaba al magnate petrolero—. Bienvenido de nuevo. Me alegra contar con usted. Donny, este muchacho es un héroe.

Donny Johnson miró con aprobación las magulladuras de la cara de Paúl y, cuando se dieron la mano, casi fracturó la de Paúl.

—Está claro que un héroe nos vendría de perlas ahora.

—Bueno, yo…

—A ese pozo yo lo solía llamar mi Spindletop. Ahora es solo un quemador de dinero.

Tick explicó.

—Spindletop fue el primer pozo de Texas, el que nos puso en el mapa en aquella época. Bombeaba cien mil barriles diarios, por lo menos eso dicen.

—Ahora doblamos esa cifra con las técnicas geomagnéticas —dijo Johnson tras asentir con la cabeza—, pero en los viejos tiempos era mucho. Era el pozo más grande que el mundo había visto. Dicen que era un milagro, que es precisamente lo que ahora dicen del fuego de mi pozo y lo que está excitando a la gente.

—¿Quién dice que es un milagro?

—Eso es lo que usted nos tiene que decir, caballero. Ni siquiera lleva cuarenta y ocho horas, y ya ha corrido por todas partes en la Internet. Y cuando usted los encuentre —afirmó esgrimiendo sus enormes puños— les voy a bombear los sesos.

—En sentido figurado, por supuesto —acotó Tick—. Cualquier actividad religiosa está penada por la ley. Sabotaje…

—¿Por ley? —dijo Johnson—. En Texas tenemos nuestras propias ideas en cuanto a la ley.

Tick reaccionó como si ya hubiera oído eso antes.

—Mostrémosle a Paúl lo que está pasando.

Los tres se subieron a una limusina estacionada junto a la cuneta. Aunque todavía era marzo, y a pesar del aire acondicionado del automóvil, Paúl estaba sudando con su traje de lana. Se sacó la chaqueta.

—Aflójese la corbata —le dijo Tick, pero Paúl no lo hizo.

Hacía bastante tiempo que Houston era una de las ciudades más pobladas del país. Recientemente había superado a Chicago, a la que le quitó el tercer puesto, después de Los Ángeles y de Nueva York. A la distancia, Paúl divisó algunos de los edificios más altos del mundo, que le conferían al puerto de la ciudad un perfil espectacular. Las ventanas de la mayoría de los rascacielos reflejaban el implacable sol, y el fulgor le otorgaba a la ciudad un resplandor dorado y fantasmal. El campo de Petróleos Sardis distaba dos horas de automóvil del aeropuerto.

—Señor Johnson, esta no es mi especialidad —dijo Paúl cuando iban dejando el área suburbana para dirigirse al campo abierto—. Mis preguntas le pueden parecer estúpidas.

—Don, aquí nada parece estúpido. Yo he estado metido en el petróleo toda mi vida y no puedo explicarme esto.

—Cuénteme algo del pozo.

—Este es un pozo de producción, lo contrario de un pozo de exploración petrolera. Los de exploración son los que perforamos cuando andamos buscando petróleo atrapado en silos de reserva. Cuando se halla una reserva, perforamos pozos de producción. Con las técnicas geomagnéticas ya no necesitamos muchos trabajadores en un equipo, pero cuando un pozo como este empieza a bombear petróleo, ya le hemos echado millones.

—¿Con cuánta frecuencia se incendian los pozos petrolíferos?

—Pasa, pero es raro. Hoy día la causa casi nunca es mecánica. A veces son relámpagos, rayos que golpean un pozo. A veces se provoca un incendio, como ahora.

—Usted parece muy seguro de eso.

—Los mexicanos andan detrás de esto.

—Digamos que *fue* una facción extranjera —dijo Paúl—. ¿Cómo lo pudieron hacer?

—No extranjera, sino mexicana —dijo Johnson.

—Ellos trabajan aquí, aprenden de nuestra tecnología lo bastante como para sabotearla, pensando que así ayudan a su mísera producción petrolera. O quizá es cosa de los árabes. A esos tipos les encantaría vernos volver al Oriente Próximo en pos del petróleo.

—Paúl es nuestro experto religioso —dijo Tick—. Los rumores de milagros hacen pensar que hay una amenaza cristiana, que esto podría ser un acto terrorista cristiano.

—Cristianos, mexicanos, árabes, no me importa. Alguien tiene que pagar.

· · ·

El campo petrolero yacía como a dieciséis kilómetros de la carretera. Cuando el chofer bajó la ventanilla para pasar el control de la entrada, el vehículo se llenó de un hedor de humo químico.

—¡Puaj! —tosió Paúl—. Aquí uno puede emborracharse con solo respirar.

—En serio —dijo Donny—. Si lo respira durante mucho tiempo, se sentirá mal.

—Uno agarra la verdadera contaminación estando a sotavento —aseguró Tick—. El tiraje, o superpluma, de un fuego tan grande como este llega a miles de metros de altura en la atmósfera. Los vientos de altura lanzan el humo a cientos de kilómetros de distancia, hacia el Golfo si tenemos suerte.

La limusina se acercó al pozo incendiado, que estaba rodeado por una reja y custodiado por dos hombres que llevaban ropa contra incendios y portaban Bayous de láser.

—No nos vamos a quedar tanto tiempo como para necesitar los trajes —indicó Donny.

—Da muchísimo calor, pero tenemos anteojos, máscaras y chaquetas.

Tocó la ventana interior del automóvil. El chofer la bajó y pasó para atrás una bolsa con equipos, tres chaquetas grandes de lona y un sombrero tejano.

Donny repartió las máscaras, los anteojos y las chaquetas; luego le pasó el sombrero a Paúl.

—Protege del sol y de lo peor de la ceniza.

El aire era acre, y aun filtrado por la máscara antigás de Paúl, parecía granuloso. En cuestión de minutos, después de ponerse la pesada chaqueta de lona, se le empapó la camisa. El fuego hacía un ruido extraterreno; no era el familiar chisporroteo quebradizo de madera incendiada, sino más bien un remolino de viento que giraba subiendo de tono hasta llegar a un penetrante gemido por encima de las cabezas. Así era como Paúl se imaginaba que sonaría de cerca un tornado.

El fuego mismo fue lo que más le impresionó. Era una columna de un blanco puro, con un diámetro de casi medio metro, con llamas que se proyectaban hacia el cielo y bajaban. A través de las oleadas de calor, el fuego blanco parecía irisado de perlas, hipnótico, bello.

—¿Es un incendio de pozo típico? —preguntó a gritos Paúl.

—Ni por sombra —respondió Donny Johnson—. Lo que se ve normalmente es un humo espeso. Nada como esto.

—¿Qué dicen los técnicos?

—Han tomado muestras, y hoy tienen que volver, pero aún no han dicho nada. Nadie había visto algo así antes. Primero hubo mucho humo, luego surgió del suelo como un manantial blanco. Tenemos testigos que pueden contarle todo.

Paúl casi podía llegar a entender que la gente impresionable o de carácter débil pensara que aquella cosa misteriosa y encantada fuera un milagro.

Tiene que ser sabotaje.

Johnson hizo señas de volver al automóvil.

—Saquémonos estas ridículas máscaras.

De vuelta en el vehículo, los hombres se enjugaron la cara.

—¿A qué distancia de este pozo tenemos que situarnos para atrevernos a salir sin máscaras? —preguntó Paúl.

—Como a cuatrocientos metros, y aun así se puede oler. El campamento de la base estará bien.

Johnson hizo que el chofer los llevara por un campo cercano donde había más pozos puntuando el paisaje.

—¿Ha aumentado las medidas de seguridad para proteger estos? —preguntó Paúl.

—Hemos añadido un par de centinelas armados en cada entrada, además de los guardias habituales. También pusimos alambre de púas electrificado encima de las rejas y, por supuesto, alarmas.

• • •

Desde la comodidad del automóvil con aire acondicionado, estuvieron casi una hora revisando los pozos, sacando gazpacho muy condimentado, gruesas tajadas de carne asada, y jamón y pan de masa ácida de unas cajas de almuerzo.

—La carne es de mi rancho —comentó Donny—. Esta comida es mejor que la que sirven en el campamento.

Por fin la limusina llegó al portón de un complejo enrejado, situado en un terreno despojado de árboles sin una sola brizna de hierba. Dentro había tres edificios bajos y rectangulares de ladrillo refractario que flanqueaban a otro edificio cuadrado y más grande. Había un cuarto edificio rectangular que parecía recién terminado. Todavía había etiquetas en los vidrios de las ventanas, y en las cercanías se encontraban restos de material de construcción.

—El cuartel general —informó Johnson—. Los trabajadores y los guardias trabajan siete días seguidos, y luego tienen tres días libres para estar con sus familias en Beaumont o en Houston. Durante los días laborales se alojan aquí, en las barracas —dijo señalando los edificios rectangulares—. Tenemos dos turnos rotativos, cada uno de doce horas; así que si no están durmiendo, están ocupados. Cada hombre tiene su propio cuarto con cama, lavabo y un equipo para ocio, con televisor, equipo para discos compactos y para ver películas digitales. En todas las barracas hay un salón de uso común para que jueguen a las cartas y cosas por el estilo; y aquí, detrás de las oficinas —dijo señalando el edificio cuadrado— hay un gimnasio y un comedor.

—Bonitas instalaciones.

—Caras, pero son necesarias. Mantienen productivos a los hombres. Un montón de tipos rudos juntos en medio de la nada... No en balde los llaman matones.

—En el edificio nuevo tenemos aislados a todos los que estaban trabajando en el pozo que se incendió —explicó Tick—. El fuego se desató el tercer día de su ciclo de trabajo, así que nadie espera aún que vuelvan a sus casas. Es más fácil mantenerlos aquí para interrogarlos que tener que pasar por las formalidades —dijo, guiñándole el ojo a Paúl— de detenerlos en su pueblo.

—Entiendo —contestó Paúl—. Más fácil para mantener contenidos los rumores. Pero tendrá que soltarlos pronto, sobre todo si se meten abogados en esto. Y quién sabe qué cuentos contarán cuando estén en sus casas.

Tick sonrió.

—Se han revisado sus cuartos, propiedad de la empresa; ya sabe, se confiscaron sus teléfonos y se inactivaron los implantes. Todos estarán incomunicados hasta que lleguemos al fondo de esto. En este momento tengo agentes que los están entrevistando.

• • •

Después de dejar a Johnson en la oficina, la limusina dejó a Tick y a Paúl en la barraca nueva. Tick se paró un momento en la puerta.

—Paúl, ¿qué papel quiere desempeñar aquí? Bueno, quiero decir, como miembro de la nueva fuerza de tareas de la Clandestinidad Celote.

—Observaré los interrogatorios, a ver si descubro alguna conexión religiosa.

—¿Sabe qué? —dijo Tick— No creo que tenga algo que ver con eso.

—¿No? Se sorprendería si supiera lo astuta y peligrosa que es esa gente.

—Son una amenaza nueva con la que todos nos vamos a tener que familiarizar. ¿Quiere interrogarlos usted mismo?

—Solamente si oigo algo interesante.

—Tiene el camino libre.

—A propósito —inquirió Paúl—, ¿qué andábamos buscando exactamente cuando revisamos los cuartos de los testigos?

Tick se encogió de hombros.

—Supongo que cualquier cosa fuera de lo corriente. No tengo la menor idea de qué ha podido causar un desastre como este.

La puerta se abrió para dar paso al salón comunitario, donde había veinte hombres sentados en sillas plegables, bajo la vigilancia de los guardias. Parecía que un sector estaba reservado para los mexicanos, que estaban amontonados. Dos mesas plegables largas, una enorme pantalla de vídeo, ahora en blanco, y un cesto de desperdicios repleto eran el único mobiliario. El edificio aún no estaba listo para ocuparse.

Había un corredor a mitad de cada pared lateral del salón. Dirk Jefferson, el supervisor de la ONP, salió del que estaba a la izquierda. Saludó cálidamente a Tick y a Paúl, y los llevó por un pasillo que tenía puertas abiertas a ambos lados. Paúl vio en cada uno de los cuartos un jergón deshecho con el cabezal debajo de la ventana a un metro de distancia del lavabo, y un armario empotrado con cuatro cajones. Todo olía a pintura fresca. Paúl supuso que esas celdas no estaban equipadas aún con el equipo para entretenimiento.

Fuera del alcance de los hombres, Tick habló con Paúl.

—Johnson tuvo el sentido común de detenerlos apenas estalló el pozo. Ninguno ha salido del edificio en cuarenta y ocho horas.

Y señalando hacia los corredores, agregó:

—Para el interrogatorio estamos usando los cuartos del final de cada pasillo. Hubo un poco de escándalo en la Internet, pero nos callamos rápidamente para impedir el acceso de la prensa.

En ese preciso instante una voz gruñó en el salón comunitario.

—¡Hombre, déjeme en paz!

Tick, Paúl y Jefferson corrieron por el pasillo y vieron sobre el piso a un mexicano que gruñía, al tiempo que se tomaba el pie, sangraba por la nariz y gruesas lágrimas resbalaban por su cara. Uno de los guardias se sujetaba un brazo lesionado, mientras que otro tenía su Taser apuntado a un hombre corpulento.

—¿Qué pasa? —ladró Tick.

Nadie habló hasta que Tick se adelantó para confrontar al guardia herido.

—Este… Lloyd estaba metiéndose con los mexicanos —dijo el guardia—. Creo que me rompió la muñeca.

Cuando Tick giró hacia el hombre corpulento, el mexicano que estaba en el suelo dijo:

—Lloyd no estaba punzando a nadie.

—Lloyd, ¿cuál es tu versión?

El grandote levantó los ojos al cielo raso sin decir palabra.

—Lloyd, te escuchamos —dijo Tick—. Y ahora.

—Alguien le dio un pisotón a este muchacho y empezó a pe-
garle. Yo traté de separarlos.

Mirando a su alrededor, Tick dijo:

—Traeremos a un enfermero para que los atienda a los dos.
Pero escuchen con atención: El próximo que no se porte bien, ya
sea rufián o guardia, va a enfrentarse a un juicio, y usted, señor…

—Lloyd, Stephen Lloyd.

—¿Ya lo han interrogado?

—No, señor.

—Pues creo que ya es hora.

9

PAÚL AVANZÓ POR EL PASILLO para observar, curioso en cuanto a Stephen Lloyd. Quizás era un héroe, quizás un tipo conflictivo. Si Lloyd había intervenido por una buena causa y había a un guardia armado, había sido un imprudente, teniendo en cuenta toda la ayuda que tenía a mano allí mismo, pasillo abajo. Intervenir sin temor podía ser, en principio, noble o impulsivo, pero también era una conducta extremista típica.

Jefferson se sentó detrás de una mesa, frente a la puerta, casi oculto por los anchos hombros de Stephen Lloyd. Paúl calculó que Lloyd medía más de un metro noventa, y que pesaba unos ciento trece kilos. Llevaba una camiseta blanca y vaqueros de color claro, que caían sobre unas botas color cuero acordonadas. Llevaba apoyado su casco amarillo sobre el estómago, con las manos encima. Tenía pelo rubio más bien largo y estaba, por supuesto, sumamente bronceado.

Paúl le hizo un gesto de asentimiento a Jefferson por encima del hombro de Lloyd, y se echó para atrás apoyándose en el dintel.

Jefferson revisó un papel.

—Lloyd, ¿es usted de Childress?

—Tal y como se lo dije ayer a su gente.

—Bien lejos de casa.

—Más de seiscientos cuarenta kilómetros. Uno va donde haya trabajo.

—¿Y qué edad tiene?

—Veinticinco.

—¿Deportista?

—Fútbol en la secundaria.

—¿No jugó en la universidad?

Lloyd meneó la cabeza.

—Las calificaciones.

—Stephen, ¿por qué atacó al guardia?

—Le estaba pegando a los mexicanos.

—¿Por qué cree usted que lo hacía?

—Probablemente creía que tuvieron algo que ver con el incendio.

—¿Por qué piensa eso la gente?

—Ahí me pilla. Supongo que todos necesitan a alguien con quien descargarse. Nadie quiere pensar que esto sea algo hecho por un americano, pero yo no creo que los mexicanos hayan tenido algo que ver.

—Entonces, ¿quién?

—Nadie que yo conozca.

—Usted trabaja en el petróleo. ¿Cómo explica este incendio? ¿Cómo sucede?

—No soy un trabajador del petróleo. Soy un tipo fuerte. Hago lo que me dicen. Las cosas de debajo de la tierra están fuera de mi conocimiento.

—Pero usted tendrá su opinión.

Stephen suspiró.

—No le servirá de mucho. Pienso que es algo natural. Algo de la naturaleza.

Jefferson ladeó la cabeza.

—Algo que nunca ha pasado en la historia conocida...

—Usted preguntó.

Jefferson vació un sobre en la mesa.

—¿Es esta su billetera?

—Sí, señor.

—¿Sus llaves?

—Sí, señor.

—¿Y esto qué es? —preguntó Jefferson, levantando una moneda de color gris unida a una tira de cuero.

Stephen se encogió de hombros, pero Paúl vio que los músculos de la espalda se le pusieron muy tensos.

—Digamos que es un amuleto para la buena suerte.

—¿Lo lleva para la suerte?

—Puede decirse que sí.

En la moneda había grabado un libro anticuado. Jefferson lo miró.

—No he visto ninguno de estos desde que era niño. ¿De qué se trata?

—Solo un libro.

—Usted no tiene edad suficiente para acordarse de los libros. ¿Usted lee?

—No mucho.

Jefferson revisó la billetera, y luego volvió a meter las tres cosas en el sobre. Stephen se volvió a relajar.

—Déjeme ver eso —pidió Paúl.

Stephen pareció ponerse tieso cuando Paúl tomó el sobre. Paúl sacó el medallón y lo volteó. El libro grabado estaba abierto. ¿Qué había detrás? ¿Un tintero? *No, eso estaría delante del libro, no detrás.* Entonces Paúl lo reconoció: una penca de palma, y supo lo que significaba.

—Lloyd, ¿qué le parece si usted y yo damos un paseo?

• • •

Las sombras de la tarde se alargaban. Paúl llevó a Stephen, alejándolo del edificio, hacia los calzos sobrantes de ladrillos refractarios y vigas.

—Yo reconozco ese medallón —dijo Paúl.

Stephen hundió las manos en los bolsillos y se encogió de hombros.

—Me parece que lo identifica a usted.

Stephen se frotó la cara con las dos manos, pero aun así su color pareció desvanecerse.

—Usted sabe, no es único —presionó Paúl—. Lleva un dije para que la gente como ustedes pueda reconocerse mutuamente.

Stephen se puso las manos en las caderas, cerró los ojos y giró la cara hacia el sol.

—Y cuando le dijo a Jefferson que podía decirse que usted lleva el medallón para la suerte, lo dijo en forma totalmente diferente respecto de lo que él quiso decir, ¿no?

Stephen bajó la cara y abrió los ojos, mirando fijamente a Paúl.

—Y cuando dijo que el fenómeno del petróleo era algo natural, quiso decir sobrenatural, ¿no?

El hombretón hizo muecas, como si no estuviera seguro de qué responder.

—Se dice que es una señal —dijo Paúl—. Un milagro.

Paúl se sentía como un cazador rodeando a la presa. Se acordó, con rabia, del culto cristiano en San Francisco, de la viuda que hablaba de «señales de que se acerca la venida del Señor» y de «las tareas que debemos realizar a pesar de la ley, a pesar del peligro». Y pensó en el saludo, el santo y seña de los creyentes.

—Stephen, escúcheme, Él resucitó.

El sudor perló la frente del hombre.

—¿Quién resucitó? —susurró Lloyd.

Paúl sintió que los dos se encontraban al borde de un precipicio. *¿Lo negará?*

—Cristo resucitó.

Lloyd se tapó la boca con una mano, luego la retiró justo lo suficiente para susurrar roncamente

—¿Quién dijo?

Paúl repitió como un loro las frases que recordaba del servicio.

—El que dijo «yo soy la raíz y el retoño de David y el lucero de la mañana». El que dice «el que tenga sed, venga».

Stephen Lloyd parecía incapaz de permanecer quieto. Paúl usó las palabras de la carta de su padre que tenía esculpidas en el cerebro.

—«Él los conducirá a los ríos de agua viva. Y Dios enjugará toda lágrima».

Lloyd jadeaba. Paúl siguió hasta dar el golpe final.

— El que nos recuerda en el Apocalipsis que «vengo pronto».

—Sin duda resucitó —graznó Lloyd.

¡Di en el blanco!

Lloyd agarró a Paúl casi sollozando.

—¡Hombre, ay, hombre, hermano! Nunca me habían probado de esa manera. Uno nunca sabe si tendrá el valor... casi no pude... —se secó los ojos con la muñeca.

—Resulta duro estar tan aislado —dijo Paúl—. Trabado aquí, presenciando una señal tan sobrecogedora... Espero que no haya estado completamente solo.

—No, gracias a Dios, no —susurró Lloyd.

—¿Hay otros como nosotros?

—Unos cuantos. Mexicanos en su mayoría. Tienden a conservar las antiguas maneras, pero el resto de esta gente, ¿puede creerles?, tratando de culpar a los mexicanos, a los árabes, al sabotaje. Quiero decir, ¿a quién engañan? ¡Hombre, una columna de fuego! Si no es Dios, ¿quién es?

Una limusina que se aproximaba los interrumpió.

—Oigan ustedes —gritó Donny Johnson, desdoblando su corpachón desde el asiento trasero. Con su sombrero vaquero era más alto que todos, incluso que Stephen Lloyd—. ¿Cómo van las cosas?

—Estupendo —dijo Paúl—. Estoy efectuando un arresto.

Stephen Lloyd saltó para atrás.

—¿Quién? ¿Usted? —exigió Johnson. Y tomó los brazos de Stephen—. ¿Eres el incendiario?

—No, no, yo...

—Es cristiano —escupió Paúl—. Lo quiero en custodia.

—¿Por qué, basura?

Johnson se echó para atrás y golpeó fuertemente a Lloyd en el vientre, haciendo que este se doblara. Lo tomó por el pelo, lo levantó y lo golpeó con la mano libre a la vez que lo insultaba. Al oír el ruido, Tick y Jefferson llegaron corriendo desde las barracas.

—¡Johnson, deténgase! —gritó Thick a la vez que saltaba para tomarle el brazo.

Johnson se soltó, lanzó el sombrero y se arrojó nuevamente sobre Lloyd, empujándolo hasta los bloques de ladrillos. Antes de que Tick pudiera frenarlo, Johnson tomó un ladrillo y comenzó a golpear brutalmente al corpulento hombre.

—¡Lo va a matar! —gritó Jefferson, tirándose sobre Johnson, tratando de alejarlo por la fuerza.

—¡Ayúdeme! —le aulló a Paúl, que había estado mirando muy satisfecho. Johnson únicamente estaba haciendo lo que Paúl deseaba poder hacer sin perder su trabajo. Paúl se acercó lentamente ya cuando Johnson, por fin más tranquilo, soltó el ladrillo refractario.

—Pero, hombre, ¿qué pasó? —preguntó jadeando Jefferson, dirigiendo la pregunta tanto a Paúl como a Johnson.

Tick se arrodilló para examinar la inmóvil figura que yacía en el suelo, con la camiseta y los vaqueros oscurecidos de polvo y sangre. Miró hacia arriba:

—Donny, no encuentro el pulso. Voy a tener que arrestarlo.

Johnson bufó, y su cuerpo se aflojó. Había desgarrado las costuras de la manga de su camisa, de hechura cara.

—Perdí la cabeza... Esta inmundicia cristiana estaba armando problemas, haciendo sabotaje.

—¿Quién se lo dijo? —preguntó Tick.

—Lloyd me lo confesó —intervino Paúl—. Eso confiere a la jurisdicción de la fuerza de choque Clandestinidad Celote. Deje a Johnson en mis manos. Quiero que me ayude. Reúna a todos los mexicanos que haya en este campo petrolero para interrogarlos. Y traiga ahora a ese grupo que está en las barracas .

• • •

Siete mexicanos estaban de pie, hombro con hombro, formando dos filas, rodeados por cuatro guardias enormes.

—¿Dónde está el que tiene lesionado el pie? —preguntó Paúl.

Un guardia lo sacó a empujones de la fila trasera, tropezó, y avanzó cojeando con un yeso fresco de espuma plástica moldeada.

Paúl le tomó el brazo y lo llevó donde estaba el cadáver ensangrentado de Stephen Lloyd.

—¿Ve ahí a su amigo?

El hombre asintió.

—¿Sabe qué lo mató? Sus alianzas. Y me dijo que tenía mucha compañía aquí, entre los mexicanos. ¿Es usted cristiano?

No hubo respuesta.

—¿No lo niega? ¿Cree que es valiente? Se trata de una pregunta muy sencilla. ¿Es usted cristiano?

Silencio.

—Un tipo fuerte, ¿eh? Stephen también lo era, pero mírelo ahora. Yo sé, y usted sabe, quién está detrás del incendio.

Paúl empujó al hombre haciendo que se arrodillara.

—Quiero nombres —y apretó su arma contra la nuca del hombre—. Tiene cinco segundos.

Uno de los mexicanos que estaba detrás de él sollozó.

—¿Oí un nombre? —preguntó Paúl—. Su hombre está a punto de morir.

Se oyó una sirena. Todos giraron hacia el sonido, y Paúl vio una erupción de humo en la distancia.

Johnson maldijo.

—¡No, otro más no!

Giró bruscamente, precipitándose hacia la limusina. Paúl salió corriendo detrás de él, y tomó la manija de la puerta trasera del automóvil mientras Johnson se deslizaba en el asiento delantero, al lado del chofer. Tirándose al suelo, Paúl agarró la puerta trasera y la cerró en el momento mismo en que la limusina aceleraba. Rodó y giró hasta que el automóvil salió del terreno abrupto y llegó al camino. Bajolo entonces se las arregló para sentarse bien en el asiento.

En el piso, atrás, estaban las empolvadas chaquetas que se habían puesto por la mañana, junto con el sombrero que Johnson le había prestado a Paúl. A pesar del polvo acre de las chaquetas, Paúl se puso una, la misma que había usado, con la máscara y los anteojos protectores metidos en el bolsillo. El humo llenaba el aire cuando se acercaron al lugar.

El automóvil hizo una pausa en un portón al que abrieron de par en par centinelas manchados de ceniza.

—Apaguen esa alarma —aulló Johnson por la ventanilla—. ¡Que nadie deje entrar a los bomberos hasta que yo lo diga! ¡Pasen lista y revisen a todos ahora mismo!

Los guardias ya habían detenido a los matones a lo largo de la reja del perímetro —algunos con máscara, otros con el pecho desnudo y las caras tapadas con la camisa—. Un guardia estimó que la gente se desplazaba con mucha lentitud, así que tomó su Taser láser y disparó finos hilos de alambre de púas en un arco de unos seis metros. Cuando las púas se enganchaban en la ropa o en la piel transmitían una carga eléctrica que hacía chillar a los hombres, que se apresuraban a ponerse en fila.

El chofer se lanzó hacia delante, pero tuvo que frenar rápidamente en cuanto se empañaron las ventanillas. Los chorros de aire del parabrisas no podían hacer mucho contra el hollín aceitoso. Johnson no parecía intimidado, pues se puso los anteojos y una máscara, además de pedirle la gorra al chofer.

Este bajó el vidrio interior.

—Stepola, páseme una de esas chaquetas —ordenó Johnson—. La más grande.

—Johnson, ¿qué está haciendo? —inquirió Paúl—. Llame a los bomberos y espere en el automóvil. Está arrestado.

—Mire, señor, aquí yo soy la ley, no la ONP —dijo blandiendo una Walter Stealth—. Atrévase a detenerme y lo mataré.

Paúl alzó las manos.

—Está loco, mire que ir a meterse al fuego...

Johnson abrió un poquito su ventana.

—Hay una corriente ascendente. Espere cinco minutos —le dijo al chofer. Voy a aprehender a un terrorista.

El humo se precipitó dentro del automóvil cuando Johnson abrió la puerta. El chofer enterró la cabeza en el brazo y tosió. Paúl, con los anteojos colgando del cuello, se puso la máscara.

—Tenemos que pararlo —le dijo al conductor.

Tocó repetidamente el meñique con la punta del pulgar para activar los implantes de los molares, pero no había señal. Algo estaba enredando las frecuencias.

—¿Puede llamar para pedir socorro?

El chofer se estaba poniendo la máscara. Trató de activar una señal en el teléfono del automóvil. Nada.

—Voy a buscarlo —dijo Paúl.

—Señor, yo le daría los cinco minutos. Él conoce este campo como la palma de su mano. Usted se va a perder, y todos moriremos buscándolo.

Paúl vaciló y se quedó donde estaba. *Tick y los demás vieron la explosión. Tenían que haber llamado a los bomberos.*

Pasaron varios minutos. Paúl y el conductor, con la boca y la nariz tapadas, estaban en silencio.

Paúl no pudo seguir esperando más una vez pasados diez minutos.

—Johnson es un ranchero. ¿Tendrá una soga en el automóvil?

—En el maletero.

Con los anteojos puestos, envuelto en el guardapolvo, la máscara bien apretada sobre la boca y nariz, Paúl llegó al maletero, donde halló un gran rollo de soga color naranja para emergencias. Se ató la cintura con una punta, y le pasó el resto al chofer.

—Mantenga un poco abierta la ventana para que pueda ir desenrollando esto a medida que yo ande. Cada tanto le daré un tirón. Si no siente un tirón después de un par de minutos, háleme usted.

El humo que había cerca del automóvil era relativamente liviano, como un vapor aceitoso.

—¡Johnson! —gritó Paúl escrutando el suelo. Más adelante, el aire se veía más espeso. El pozo tenía que estar en esa dirección. Paúl se preguntó hasta qué punto sería efectiva la máscara en un humo denso.

El vehículo quedó oculto rápidamente, a medida que Paúl se internaba más en la nube. Se limpió los anteojos con la manga. Avanzó en zigzag hacia adelante. Luego hizo un arco a la izquierda, volvió al camino e hizo entonces un arco a la derecha para barrer el suelo en busca de un hombre caído.

—¡Johnson! —aulló una vez más con la voz sofocada.

Paúl se detenía de vez en cuando para fijarse puntos de referencia, atisbando en la neblina. Hasta su percepción del tiempo se había distorsionado. *Cuenta en voz alta.* Comenzó a canturrear los números, deteniéndose para tirar de la soga cada vez que llegaba a cien.

—¡Johnson!

En uno de los zigzag halló una placa más amplia de concreto en el suelo. Tenía que estar acercándose al pozo.

El viento arreció, y el humo giró en torno de Paúl. A la distancia oyó un zumbido creciente. Se caló más el sombrero y volvió a afirmarse la máscara, tirando de la soga para asegurarse de seguir atado. Se le fue nublando la vista a medida que los vientos que ascendían le arrojaban hollín aceitoso a los anteojos. Intentó limpiarlos, pero los dejó tan manchados que apenas podía ver.

El zumbido seguía creciendo en intensidad y velocidad. *Ese ruido de tornado.*

Un destello de luz, una llamarada, un chisporroteo. *¿Qué está pasando?*

Paúl, frenético, limpió los anteojos con la manga, luchando contra el pánico. El viento empezó a gemir. *¿Qué es esto?*

Por fin lo vio. Escudándose los ojos con los brazos se sacó los anteojos.

Una explosión de luz eliminó el humo. Un chorro de llamas blancas se disparó hacia el firmamento. Calor abrasador. Una columna de fuego. Dolor. *Un pozo eruptivo blanco.*

• • •

Vaqueros blancos, camisa blanca, sombrero vaquero blanco. Todos los demás estaban vestidos ostentosamente, así que la figura ni siquiera sobresalía en el Guepardromo de Houston. La refulgente estructura de acero y vidrio, situada al sur de la ciudad, era un gigantesco bol moderno con tres niveles de pistas, cientos de ventanillas para apostar y asientos para las decenas de miles que venían a mirar a las criaturas de belleza más exótica y más rápidas del mundo.

Rodeando los asientos y las pistas había jardines entremezclados con abundante gama de restaurantes, desde los más finos de Houston hasta los comederos más baratos para turistas. Precisamente a las ocho, la figura de blanco halló una mesa en uno de estos últimos, la Casa de Costillas Horacio, y pidió un trozo grande de carne, ensalada de repollo, ensalada de papas y una copa de la bebida que llamaban «vaca negra».

Mientras esperaba la comida, la figura le dio la vuelta el mantelito individual de papel que mostraba un «Cuestionario de la historia de Texas», y comenzó a anotar los sucesos del día: la brutal muerte de Stephen Lloyd, el arresto de los hombretones en el campo petrolero Sardis; el paradero desconocido de su propietario, el muy conocido magnate Donny Johnson, y la segunda conflagración misteriosa.

El mantelito individual estaba cara arriba cuando le trajeron la comida, y la figura estaba marcando respuestas para las preguntas de elección múltiple del cuestionario.

Cuando se fue el personaje vestido de blanco, el mantelito individual quedó doblado por la mitad, mostrando el cuestionario —completado correctamente con cada hecho— y con el vaso vacío puesto directamente encima de la ilustración del Spindletop, y dinero en efectivo suficiente para pagar la cuenta.

Antes del amanecer toda la prensa del estado tenía un helicóptero dando vueltas sobre el campo petrolero Sardis, captando la impactante imagen de las dos columnas de fuego blanco contra el cielo oscuro. Los noticieros de todo el mundo tenían en primerísima plana el reportaje: «Misterio en Texas: Columnas de fuego gemelas».

10

PAÚL TENÍA SENSACIONES contradictorias y sueños raros. Por momentos se sentía enardecido. Instantes después temblaba descontroladamente de frío. Apenas se dio cuenta cuando lo empujaron, movieron, levantaron, sentaron y amarraron. Oyó voces, pero no podía distinguirlas. Se dio cuenta de que había gritado de dolor, y entonces, otra inyección de aire comprimido le confirió la serena sensación de estar flotando, sensación que lo mareaba tanto que le pareció que podría dormir para siempre.

Tenía implantada en el cerebro la imagen de un chorro de luz blanca. Cada vez que se despertaba, lo sacudía. *Hollín. No puedo respirar. Humo. El pozo que revienta. El chorro blanco.* Terror.

Lo sacaron de un vehículo, y ahora estaba afuera. Tenía la piel tan sensible que quería aullar, pero no podía emitir sonido alguno. Estaba tapado, pero el viento helado se le metía hasta los huesos. Se encontraba sobre una camilla que rodaba por terreno disparejo.

Era una rampa. Chocaban, casi se volcaban. Sonidos de un motor en marcha. ¿Un aeropuerto? ¿Un avión? ¿Iba de regreso?

Más voces. A alguien lo trataban de doctor y también de «doc». ¿Estaban hablándole a Paúl? No podía responder. Otra inyección y un dulce alivio. Se dormía, se dormía... y soñaba con su familia. Jae, Brie y Connor, que lo abrazaban dándole la bienvenida en su casa. Manejaba al trabajo, pero Felicia era su jefe. Luego ella se incendiaba y el edificio de oficinas de Chicago se estrellaba en el río.

• • •

Cuando Paúl despertó tenía la cabeza más clara y los sentidos más agudos. Tenía los ojos vendados, y le pareció que la gasa le rodeaba toda la cabeza. El cuero cabelludo estaba frío, y estaba seguro de haber perdido el pelo. Inequívocos olores de hospital. Pasos muy acolchados de zapatos de suelas gruesas.

Paúl sintió el dolor claro e irritante de una sonda intravenosa en la mano derecha. Tenía los labios secos y partidos, pero cuando se los lamía sentía el sabor de la gelatina petrolada. Una sonda de oxígeno le irritaba la nariz. Tragó saliva, tratando de aclararse la garganta. Todo su cuerpo estaba dolorido, y tenía sueño aunque sentía que llevaba horas sin moverse.

—Agua.

Pero allí no había nadie. Buscó a tientas un botón, pero no sintió nada a través de la cinta adhesiva.

—¿Dónde estoy? —dijo elevando el tono de voz.

Alguien entró a toda prisa. Era una voz de mujer joven.

—Doctor Stepola, ¿está usted despierto?

—¿Estoy en Houston?

—No, señor. Está en el Hospital PSL de Chicago.

—¿PSL?

Ella respondió con un tono que parecía conspirador.

—Bueno, hace años era el Presbiteriano San Lucas, pero por supuesto, ya no lo llaman así.

La mujer le puso una esponjita entre los labios, y él la mordió con ansiedad, enviando el agua fría a la lengua y a la garganta. Tosió.

—Más.

—Despacio.

—¿He perdido el pelo?

—Voy a buscar a su médico.

—Dígamelo. Puedo soportarlo.

—Sí, temporalmente. Y si me permite decirlo, la verdad es que se ve bastante llamativo.

—¿Estoy quemado?

—Lo estuvo.

Paúl oyó que pasaban unas páginas.

—Pero ha tenido mucha suerte.

—¿Suerte?

—Llevaba un sombrero y una máscara, y las manos dentro de las mangas. Debe haber usado los brazos para protegerse la cara, salvo la línea que va de los ojos a las orejas.

—¿Qué pasa con los ojos?

La vacilación de ella lo atravesó.

—Tengo que ir a buscar a su médico. Dio orden de que le avisáramos cuando usted recuperara la conciencia.

Le dio un poco más de agua y se marchó apresuradamente. A los pocos minutos oyó dos tipos de pasos diferentes.

—¡Hola, Paúl! —dijo Koontz—. Eres un tipo duro. Empiezo a pensar que tienes nueve vidas.

—Bob, no tiene gracia.

—Compañero, no es ningún chiste. Oye, tu esposa y tu suegro van a venir pronto a verte y, cuando estés listo, los niños, por supuesto.

—Bob…

—Aquí está el doctor Raman Bihari, un especialista de primera en ojos, que también supervisará tu atención médica en general.

Paúl sintió una mano que se le posaba suavemente en el bíceps izquierdo.

—¿Doctor Stepola? —dijo un hombre con acento indio.

—Sí. ¿Qué tengo de malo en los ojos? Quiero la verdad.

—Seré muy franco con usted respecto de su vista. Después de haber evaluado y tratado las quemaduras, realicé un procedimiento que me dio acceso a sus ojos. Tenía los párpados muy quemados, pero afortunadamente la tecnología ha llegado a un punto en que creemos que se verán y funcionarán de forma normal.

—Francamente, me preocupan menos los párpados que los ojos.

—Por supuesto, y a mí también. La verdad es que aparentemente las llamas le tocaron directamente las pupilas de ambos ojos. Hay un daño considerable que solo se puede rectificar con transplantes quirúrgicos. No obstante, el cuerpo es un asombroso mecanismo que se cura a sí mismo. Mi plan es controlarlo cuidadosamente, manteniéndole los ojos medicados y tapados por unos dos meses aproximadamente, para ver cuánta restauración natural puede haber. Después de eso ya decidiremos sobre la cirugía.

—¿Pero por ahora estoy ciego?

—Sí señor, con o sin las vendas.

—¿Cuál es su cálculo más aproximado respecto de la recuperación de mi vista?

El médico inhaló largamente.

—No quiero especular…

—Dígame.

—Calculo que hay más de 90 por ciento de probabilidades de que usted necesite trasplantes quirúrgicos para recuperar algo de vista.

—Entonces, ¿por qué no hacerlo ahora mismo?

—Las probabilidades contrarias al éxito serían igualmente malas si no esperáramos a que su mismo cuerpo sane la zona de la retina.

—¿Y si no lo hace?

—Entonces los trasplantes quirúrgicos no servirían de nada.

—Dígame, ¿con qué frecuencia el cuerpo sana lo suficiente para hacer viables los trasplantes quirúrgicos en casos como el mío?

—Lamento decirle que es muy raro. Yo nunca pierdo la esperanza, porque uno nunca sabe y, como dije, el cuerpo es asombroso. Pero es probable que no pueda hacerse nada más.

—¿Qué seré capaz de ver? ¿Imágenes borrosas? ¿Sombras? ¿Algo?

—Sin una restauración significativa no percibirá siquiera los matices de la luz.

• • •

El doctor Bihari pidió ayuda para que Paúl pudiera levantarse de la cama. Paúl había oído que los otros sentidos se agudizan mucho cuando uno se queda ciego o sordo, pero se asombró por la rapidez con que se manifestó esto. Era como si pudiera oír todo lo que estaba pasando en el piso. También era sumamente sensible al tacto, y sentía la corriente de aire debajo del camisón de hospital.

Inmediatamente comenzó a exigir.

—Necesito una bata. No voy a dar ni un paso más con esta facha.

Pocos minutos después le cambiaron la ropa y lo devolvieron a la cama.

—Bob, echa afuera a todos y cierra la puerta.

—¿Quieres esperar y hablar cuando Jae y tu suegro…?

—¿Doy la impresión de querer esperar?

Paúl le hizo acercar una silla.

—Bob, quiero saber qué pasó en la región del Golfo.

—Tienes derecho a saberlo. Se incendió otro pozo petrolífero. El chofer de Johnson dijo que este salió para verlo, pero nunca volvió. Tú te ataste una soga a la cintura antes de salir a meterte al humo para salvarlo. Eso fue una idea muy buena, porque entonces estalló el pozo. El chofer estaba tratando de arrastrarte de vuelta cuando llegaron los bomberos. Siguieron la soga y te encontraron. Después que los médicos te estabilizaron, te trajimos de vuelta para acá en avión. Has estado entre inconsciente y consciente durante una semana.

—¿Qué le pasó a Johnson?

—No salió de esa. Inhalación de humo.

—Bob, yo dejé que se fuera. Debería haberlo detenido.

—Sabemos por Tick que tenía un revólver y que acababa de matar a golpes a un hombre. El suicidio no figura en la descripción de tu trabajo. Hiciste lo correcto.

—¿Te dijo Tick qué fue lo que llevó a eso?

—Dijo que tú estabas interrogando a un sospechoso cuando sonó la alarma.

—Koontz vaciló al continuar—. Para decirte la verdad, Tick está pasándolo muy mal por todo esto. Se filtró la noticia del segundo pozo. Ya estaba en todos los noticieros incluso antes que hallaran el cadáver de Johnson. Y, naturalmente, una muerte como esa no se puede mantener en silencio. La mitad del país parece pensar que esto es una especie de milagro, y la otra mitad quiere que despidan a toda la ONP por no poder prevenir el terrorismo. La gente de arriba cree que Tick falló totalmente en esto. Se le ha sugerido que se tome unos días de permiso.

—Qué enredo.

—Tiene una hija en Australia, puede ir a visitarla, pero la verdad es que está destrozado por la muerte de Johnson y por ti. Quiero decir, por tus lesiones.

—No quiero que me compadezca. Ni tú tampoco.

—Tranquilo. Todo lo que digo es que la gente se preocupa.

—La preocupación no me devolverá la vista.

—Paúl, te estás fatigando.

Oyó que Koontz se ponía de pie y movía la silla. Ahora su voz se oía más distante.

—Descansa un poco antes de que llegue Jae.

—¿Te molesta que me enoje? Perder toda mi vida, mi trabajo... ¿no debería molestarme?

—Paúl, vas a necesitar tiempo para adaptarte. No te culpo por cómo te sientes. Quiero ayudarte. Me pasaré todo el tiempo aquí si eso es necesario. Y no te preocupes por tu trabajo. En mi negocio hay un lugar para ti pase lo que pase.

—Sí, cómo no.

• • •

Paúl quería pensar más que dormir, pero no podía tolerar el dolor. Cuando le dieron medicación se durmió profundamente. Esa tarde se despertó temprano, todavía atrapado en ia oscuridad, pero sintió la tibieza del sol por la ventana a través de los vendajes.

—Hola, jefe.

Era Ranold. ¿Por qué todos sentían que debían hablarle con alegría?

—Aquí tengo a una jovencita que quiere verte.

—¿Jae?

—Hola, mi amor —dijo ella acercándose—. He estado tan asustada. Me alegro de que te vayas a poner bien.

—No me voy a poner bien. Casi no hay posibilidades de que vuelva a ver.

—¿Eso es lo que dijo el doctor?

—¿No me crees? Pregúntale. Hay cosas que se pueden intentar, pero llevará tiempo.

—¿Cuánto tiempo?

—Por lo menos dos meses. Pasaré aquí un buen rato.

—Bueno —dijo Ranold—, creo que debemos oírlo del médico. Vamos a traerlo. ¿Cómo se llama?

—Bihari.

—¿De dónde es ese apellido? —preguntó Ranold.

—Indio.

—Genial. ¿No pueden siquiera ponerle un doctor norteamericano a un agente del gobierno?

—Parece que sabe.

—¿De veras? Bueno, todos dicen palabras muy bonitas.

Pocos minutos después el doctor Bihari habló muy francamente con Jae y Ranold respecto de las posibilidades de recuperación de Paúl. Paúl oyó llorar a Jae.

—Cierra las fuentes de agua —dijo Paúl—, y deja de sentir lástima por ti.

—Ay, Paúl, esto me pone tan triste. Sé que eres suficientemente fuerte para enfrentarte a esto, pero será duro...

—¿Duro para quién? Yo soy el que está ciego. Lo único que estás consiguiendo es que me sienta peor.

—Paúl, no estoy para discutir. Estoy abrumada y lamento...

—¿Tú estás abrumada?

Paúl la oyó salir del cuarto, sollozando.

—Doctor Stepola —dijo Bihari suavemente—, las situaciones como esta afectan a toda la familia. Todos tendrán sentimientos que necesitan expresar, pero eso no significa que no quieran o que sean incapaces de apoyarlo. Y puede ser que usted necesite ese apoyo.

—Ahórrese la charla —dijo Paúl.

—Lo único que quiero decir es que hasta un hombre fuerte usa todos sus recursos, incluyendo a su familia.

Paúl meneó la cabeza suspirando.

—Ranold, ¿le puedes decir a Jae que lo siento?

—No, no lo sientes —dijo Ranold—. Créeme, he aprendido a las duras que las mujeres no quieren verse en una situación como esta. Ella se compondrá solita. Ahora, doctor, gracias. Si nos disculpa...

Cuando se quedaron solos, Ranold cerró la puerta y acercó una silla a la cama de Paúl.

—Veré qué puedo hacer para conseguirte un médico de verdad, un especialista.

—Bihari es un especialista, y no quiero a nadie más. Dice que van a usar técnicas de congelamiento, piel sintética, limpieza con láser de las zonas quemadas. Harán todo lo posible. Ahora, por favor, tráeme a Jae.

—Créeme Paúl, yo conozco estas cosas.

Sí, claro, ya me doy cuenta viendo tu maravilloso matrimonio.

—Las mujeres son emotivas —dijo Ranold—. Puede costarles tiempo captar toda la película.

—¿Qué es...?

—Que todos debemos admirarte, hijo, por arriesgar tu vida en la línea del deber. Saliste golpeado en San Francisco, pero no sabías que había una bomba en esa casa. Esta vez arriesgaste el cuello a sabiendas para salvar a un hombre; eso es lo que significa ser soldado. Pagaste un precio terrible, Paúl. Eso me enorgullece.

¿Orgullo? ¿Quedarse ciego es lo que hace falta para impresionarte?

—Bueno, no lo salvé.

—Lo intentaste, y eso es lo que cuenta. No te preocupes. Jae se recuperará.

A todo esto, ¿dónde está ella?

—Y vamos a agarrar a los terroristas que te hicieron esto. Puedes volver a la pelea cuando mejores. La agencia siempre necesitará una mente como la tuya.

—No seas condescendiente conmigo, Ranold. Eso es lo mismo que me dijo Koontz.

—Paúl, no seas tan negativo. Eres un experto en estos fanáticos religiosos.

No los entiendo en absoluto.

—Aunque solo sea por eso, esto debería fortalecer tu resolución de hacerlos desaparecer. Solo por esto te vas a convertir en un tremendo activo para la agencia, y me siento más seguro de ti, ahora más que nunca.

—¿Qué quieres decir?

—Vamos, Paúl, no es ningún secreto que tú y yo siempre hemos estado un poco en desacuerdo. Y luego murió Pass, el funeral...

—¿Qué pasó con eso?

Así que tú plantaste esa carta...

—No estoy seguro de cuán seriamente te tomaste la amenaza, pero tu trabajo con la fuerza de choque me ha demostrado la clase de hombre que eres. ¿Necesitas algo, o prefieres que te deje dormir?

—Pues hay una cosa. ¿Me puedes conseguir el Nuevo Testamento en disco? Hay muchas cosas que estoy tratando de entender de estos terroristas: qué creen, qué piensan.

—Ese es el espíritu. Mantén el enfoque. Yo he pasado por eso. La venganza puede ser un motivador real. Veré qué puedo hacer.

Ranold volvió pocos minutos después y leyó una nota de Jae: «Paúl, lamento que esto sea tan difícil para mí. Me duele verte dolorido y tan enojado, pero te prometo que trataré de ser fuerte por ti. Pronto traeré a los niños a verte. Mientras tanto, ten la seguridad de que pienso en ti».

11

DURANTE LOS TRES DÍAS SIGUIENTES, aunque el doctor Bihari mostró entusiasmo ante el progreso de Paúl —excepto por los ojos—, Jae se dio cuenta de que Paúl se estaba hundiendo en la depresión. Sabía que estaba furioso por lo de su vista, confundido por estar confinado y frustrado por lo poco que era capaz de hacer por sí mismo; y debido a eso la trataba muy mal. Los médicos tachaban su actitud de «sustitución»: Descargar su rabia y desesperación sobre una víctima inocente. Le aseguraron que eso era común, y que idealmente iría desapareciendo a medida que Paúl fuera aceptando su ceguera. Pero eso no le facilitaba aguantar que cada visita conllevara una nueva oleada de recriminaciones.

Paúl reprendía a Jae por cada intento de ayudarlo, además de cualquier otra falla que pudiera encontrar de sus diez años de matrimonio. Rehusaba aceptar las disculpas de ella por lo que él llamaba debilidad cuando se reunieron con el doctor Bihari por primera vez, y por su «egoísmo» al abandonarlo a continuación.

Jae lamentaba haberse descontrolado ese primer día, pero la verdad era que se había aterrorizado. Hacía mucho tiempo que ella y Paúl habían estado de acuerdo en algo.

Sus primeros años juntos habían sido idílicos. Hasta Ranold —impresionado porque Paúl pertenecía a Fuerza Delta, pero sospechoso de su trabajo como graduado en estudios religiosos— había aceptado a Paúl después de su ingreso a la ONP. Cuando llegaron los hijos, Paúl parecía estar en éxtasis, pero en aquellos días Jae lo atrapó en una aventura extramatrimonial. Paúl le presentó una defensa insípida —las presiones de ser un papá novato—, pero nunca mostró tener remordimientos. Al principio a Jae le había encantado la confianza de Paúl —«Soy como soy; lo tomas o lo dejas»—, pero no cuando empezó a usar la misma actitud ruda con su familia.

Después de aquella aventura extramatrimonial a ella le pareció que nunca más volvería a confiar en él. No ayudó para nada pensar que las mujeres se sintieran atraídas hacia Paúl —camareras, azafatas, incluso algunas amigas de ella—. Y Paúl estaba viajando constantemente, expuesto a miles de mujeres y tentaciones que, Jae estaba totalmente segura, él no podía resistir por falta de fuerza de voluntad. Así pues habían llegado a un callejón sin salida. Paúl no hacía nada para calmar los celos que se comían a Jae, y eso parecía empujarlo a un alejamiento pertinaz.

Ahora Paúl estaba ciego. ¿Podría una pareja tan resentida ya mutuamente soportar un golpe tan devastador? Jae no estaba segura de saber cómo llegar a él —en caso de que llegara a desearlo— ni si él se lo iba a permitir.

Una cosa estaba clara: Jae tenía que mantener controladas sus emociones. Se propuso no reaccionar ante los estallidos de Paúl. Le pareció una señal positiva que él empezara a preguntar por los niños, y se armó con la esperanza de que la visita de ellos pudiera mejorar el estado de ánimo de su esposo.

Pero Brie y Connor se pararon en seco en cuanto pisaron el umbral del cuarto de su padre. Jae había intentado explicarles la apariencia que tenía, pero llegado el momento los niños se asustaron mucho.

—Adelante, saluden a papá. Pueden tocarlo, pero tengan cuidado con la cara.

Brie y Connor se acercaron un poco.

—Hola, Papá.

—Hola, Papito.

• • •

Paúl brindó una sonrisa torcida a los niños, pues captó la incomodidad de ellos.

—¿Cómo están mis dos niños preferidos?

Ninguno de ellos contestó. Jae se acercó y le tocó el brazo, diciendo:

—Hola, Paúl.

—Gracias por venir —dijo Paúl, incapaz de ocultar su amargura.

—Ten paciencia —le susurró ella—, se han asustado.

—¿De qué? No los voy a morder. Ya sabes que esto no es contagioso.

—Papá, ¿cuándo vas a volver a ver? —preguntó Brie con voz temblorosa, otra vez en la puerta.

—No sé —contestó Paúl—. Espero que no sea dentro de demasiado tiempo.

Oyó gimotear a Connor.

—Mamá, vamos para fuera —dijo Brie—. Vamos, Connor.

—Jae, que se queden aquí.

—Tranquilo, Paúl. Deja que se acostumbren a esto.

—No se acostumbrarán hasta que tú lo hagas. ¿Qué les dijiste?

Jae suspiró.

—Pues que te habían herido de gravedad, y que ahora estabas con vendajes. Eso es bastante para ellos. Escucha, te traje esta cosa que Papá dijo que querías.

—¿El Nuevo Testamento?

—Dijo que está estrictamente prohibido. ¿Qué piensas hacer con esto?

—Pues ¿qué crees? Escucharlo, por supuesto. Tengo que estar por encima de esta gente.

—Me gustaría que te concentraras en sanarte. ¿Por qué no te traigo algo de música?

—Jae, no me digas lo que debo pensar. No tienes ni idea de cómo me siento.

—No estaba diciéndote nada. A propósito, Bob Koontz viene esta tarde. Tiene novedades.

—Dijo que iba a estar aquí cada rato libre que tuviese. Qué chistoso.

—Paúl, eso es mucho pedir.

—No partió de mí.

• • •

Jae se mordió la lengua, sacó de la caja el reproductor de discos y se puso a leer las instrucciones.

—¿Qué estás haciendo?

—Tratando de instalarte esta cosa.

—No puede ser tan difícil. Lo único que tienes que hacer es ajustarlo a la frecuencia de mis receptores.

Ella toqueteó el aparatejo.

—¡Pero lee las instrucciones!

—¡Eso es lo que estoy haciendo!

—¿Por qué no puedes manejar simples aparatos electrónicos? ¿Quién crees que te solucionará esas cosas ahora?

Ella no dijo nada.

—Una mujer adulta y ni siquiera eres capaz. No importa, ya conseguiré a alguien que lo haga.

—Lo siento, Paúl.

—¿Estás llorando otra vez?

Jae dejó caer la caja en la mesa lateral.

—¿Ahora qué? ¿Te vas? ¿Adónde vas?

Jae encontró a los niños en el vestíbulo, los llevó hasta la puerta del cuarto de Paúl y les dijo que se despidiesen de su padre.

—Adiós, Papá.

—Adiós, Papito.

• • •

Paúl todavía estaba llameando furia por causa de Jae cuando llegó Koontz.

—Conque cada rato libre, ¿eh? —dijo Paúl.

—¡Oye! Ya tienes esa cosa del Nuevo Testamento. ¿Quieres que te lo instale?

—Jae iba a hacerlo, pero sacó a relucir su condición de pobre e indefensa mujer.

Bob instaló el reproductor de sonido, luego acercó más la mesa de noche.

—Ahora ten cuidado. Aquí, palpa esto. Es un aparato corriente. Ya he instalado la frecuencia. La pila de discos está a tu izquierda. ¿Puedes manejarlo?

—Creo que sí, pero prueba el volumen.

Bob lo encendió, y el sonido reverberó en la cabeza de Paúl.

—Un poco más bajo —pidió—. Así. Perfecto. ¿Dónde está la palanca de prender y apagar?

Bob llevó la mano de Paúl a la palanca, y Paúl apagó el aparato.

Koontz se sentó.

—Tengo cosas que contarte. Me siento muy animado por tu interés en esta investigación. Mucho. Eso me indica que estás ansioso por volver a la acción. Te necesitamos. Cada día que pasa recibimos más novedades de posibles grupos cristianos.

—Estoy más que ansioso. Si estos ojos cooperaran…

—Uno no puede precipitar las cosas, Paúl. Concéntrate en tu estudio y deja que la salud llegue por sus propios pasos.

—Vamos, Bob. Ambos sabemos las probabilidades. Jamás podré realizar el trabajo que me diste.

—No digas eso.

—No me engaño, Bob. Mi carrera tiene las mismas probabilidades que mis ojos.

—Bueno, dime que estoy loco, pero me siento optimista porque te conozco.

Paúl le cortó la frase.

—Jae dijo que tenías novedades.

—Sí, escucha esto. En cuanto puedas viajar, te vas a la capital. La Casa Blanca. El gobernador regional te rendirá honores en el Jardín de las Rosas, por valor en el cumplimiento del deber.

—¿Sí?

—Muchacho, tremenda cosa.

—No sé si quiero una recompensa que no puedo ver.

—¿Qué estás diciendo?

—Todo eso huele a escena de relaciones públicas, algo para demostrar que la ONP estaba en el frente de Texas, incluso si Tick echó a perder las cosas.

—No seas cínico. Te ganaste este premio. Deberías enorgullecerte.

—¿De qué? Un hombre murió, y yo quedé ciego. Más bien diría que eso huele a derrota por todos lados.

—Entonces, ¿qué vas a hacer? ¿Decirle eso al gobernador?

—No. Supongo que no lo rechazaré.

—¡Por supuesto que no! Y yo estaré allá, en primera fila.

• • •

En cuanto Koontz se fue, Paúl se puso a tantear buscando el reproductor de sonidos. El Nuevo Testamento había figurado en momentos recientes de cambios mayores de su vida: aquel culto en San Francisco antes del allanamiento, cuando había matado por primera vez; en la trampa que había armado para extraer la confesión de Stephen Lloyd y, por supuesto, en la carta que, junto con la muerte de Andy Pass, lo había llevado a ingresar a la fuerza de choque. Todavía le daba la impresión de que Ranold había confesado haber plantado la carta cuando dijo que, por fin, se sentía seguro de Paúl.

Sin embargo, ¿sabría Ranold que Paúl le había pedido a Ángela Pass que la analizara? Todo lo que Ángela tenía era la dirección del correo electrónico de Paúl, que era seguro. Probablemente ya le habría enviado el informe de las muestras de tinta y escritura. Paúl iba a tener que buscarse una manera de saberlo.

Las ideas de la carta —los «ríos de agua viva», el «castigo y sufrimiento» de los incrédulos y, especialmente, la promesa de «vengo pronto»— habían hallado eco en la reunión de los subversivos de San Francisco. Estaba claro que los lacayos de Ranold habían cumplido su deber. Paúl estaba seguro de que el Nuevo Testamento era la clave para descubrir cuáles eran las «tareas críticas» que estaban tramando los rebeldes. Quizás el libro del Apocalipsis fuera el lugar para empezar.

Continuó avanzando el disco para encontrarlo, pero cada vez que se paraba para verificar, se hallaba atrapado por una historia fascinante. El Nuevo Testamento era una herramienta didáctica, como la mayoría de los textos religiosos. Se necesitaban historias buenas para mantener el interés de la gente. Las cartas de su tocayo, Pablo el apóstol misionero, dirigidas a las iglesias del primer siglo absorbieron a Paúl. Las cartas hablaban de la persecución constante, y Paúl se asombró de haberse olvidado completamente de que los primeros cristianos también fueron personas non gratas para el gobierno de la época, y de que tenían que reunirse en secreto y rendir culto virtualmente en la clandestinidad. Decidió retroceder para escuchar desde el comienzo.

Absorto como estaba, Paúl se adormeció cuando iba por la mitad de los cuatro evangelios que precedían a las cartas. La limpieza a láser de la carne quemada de las orejas y nariz, donde iban a hacerse los injertos sintéticos, era muy dolorosa a pesar de los analgésicos, y lo dejaba exhausto. Cuando se despertó ya había terminado el disco, y la tarde había avanzado.

• • •

Dado que la percepción de sus oídos había aumentado, a Paúl le resultaba una tortura el campanilleo de los teléfonos, la trepidación de las bandejas de comida en el pasillo, la cháchara de las visitas. Estaba tan cerca de la oficina de enfermeras que sus orejas latían con los chismes, las discusiones y las preguntas. Le habría gustado ponerse la almohada sobre la cabeza, pero tenía las orejas aún muy sensibles. Lo único que podía hacer era seguir echado allí y hervir de rabia.

Una voz comenzó a distinguirse entre las demás: un barítono, profundo y rico, cantarín, melodioso, contemplativo, que saludaba al personal a medida que se abría camino por el pasillo. Paúl no estaba listo para lo que parecía una visita enérgica, y se puso tenso cuando la voz pareció flotar por fuera de su puerta. Entonces Paúl oyó un carrito que rodaba y tembleaba al detenerse. Luchó contra la urgencia de darse vuelta hacia el sonido, esperando que quienquiera que fuera supusiera que él dormía.

—Señor, ¿está despierto? —preguntó la voz del barítono—. ¿Puedo molestarlo un momentito?

—Bueno, ahora no tengo opción, ¿no?

El hombre se acercó.

—Si me da permiso, ¿dónde puedo tocarlo para saludarlo?

—No me toque. ¿Qué quiere?

Paúl sintió un leve apretón en el hombro, que llegaba de una mano muy grande. Se encogió, pero eso no pareció disuadir al hombre.

—Me llamo Stuart Rathe. Stuart con *u* y *a*, y el apellido se deletrea Erre-a-te-hache-e. Me apodan el Franco; puede llamarme así si quiere. Vi su nombre y su título en el cartel de afuera, ¿Cómo puedo llamarlo?

—Rip van Winkle.

—Paúl, me dicen que usted ha estado durmiendo por la noche y casi todo el día, ¿sí? ¿Me puedo sentar?

—Deje de preguntar si no va a hacer caso a la respuesta.

El Franco arrastró una silla al lado de la cama.

—¿Así que usted es el ciego?

—Eso sí lo captó, ¿no?

—Bueno, espero que sea transitorio. Mientras tanto quiero ofrecerle mis servicios. Cuando se harte de mí, sencillamente me lo dice y yo me iré sin sentirme ofendido en absoluto.

—Ya se lo estoy diciendo.

—Me mandaron las enfermeras. Estoy aquí para ayudarlo en su recuperación, no para cansarlo. ¿Puedo continuar?

—No.

—Oiga señor, tengo cincuenta y nueve años y soy afroamericano. Mido poco más de uno noventa y tres, y peso ciento tres kilos. Hace ocho años perdí un pie en un accidente automovilístico con un conductor borracho, pero lo que importa más es que también perdí a mi familia. Afortunadamente no hubo otros vehículos comprometidos, pero por desgracia, eso *me* convierte en el conductor borracho. Como ya se imaginará, una experiencia como esa lo pone sobrio a cualquiera, y cuánto. Mi vida no volvió a ser la misma. Me jubilé como profesor de Historia de la Universidad de Chicago, y ahora estoy aquí todos los días como voluntario.

—¿Haciendo qué?

—Lo que quieran los pacientes. Les hablo. Les leo. A veces toco el saxo. Juego con ellos. Mi carrito está lleno de juegos. Damas. Diccionario. Parchís.

—Supongo que ajedrez no.

—Es uno de mis favoritos. Juego en clubes y torneos. Paúl, ¿también es lo que usted juega?

—Hace mucho.

—Bueno, tengo uno que servirá con usted. Piezas grandes y lindas que reconocerá fácilmente por tacto. Si eso le interesa, estoy aquí todos los días.

—Lo mismo que yo.

El Franco se echó a reír.

—Casi se me acaba el tiempo, pero encontrémonos para jugar mañana.

—No le garantizo que tenga ganas.

—No tiene más que decírmelo. ¿Qué es lo que está escuchando?

Paúl se sobresaltó. Esperó que no se viera el título. Solamente los familiares y sus colegas lo entenderían.

—Textos antiguos —dijo—. Trato de entender los motivos de la gente que arriesga la vida para propagar mentiras.

—Amigo, tarea digna. Me interesa saber qué descubre.

12

LOS BRUSCOS CAMBIOS DE ESTADO de ánimo se convirtieron en rutina para Paúl. Se despertaba diariamente para tomar conciencia fresca de su ceguera. Había hecho que le pusieran la cama cerca de la ventana a fin de alcanzar la cortina y había mandado que nunca cerraran las persianas. Le gustaba la tibieza del sol aumentada por el vidrio, aunque eso también le recordaba que su sensación visual de la luz era cero.

Los vendajes de los ojos eran ya delgados discos de gasa, sujetos por una capa de malla asegurada en la nuca. Le había empezado a crecer el pelo. Los parches estaban colocados de modo que pudiera abrir y cerrar los ojos, cosa que lo alentaban a hacer lo más que pudiera.

Aunque lo habían instado a que no dejara que el sol cayera directamente sobre lo peor de las quemaduras, Paúl comenzaba cada día girando su cara directamente hacia el calor. Por más que trataba, no lograba captar la diferencia de luminosidad al mirar hacia la ventana o a la puerta. Cada día esperaba que un rayito de luz atravesara los vendajes como heraldo del retorno de su vista. Pero no.

Poco después de desayunar Paúl se enfrentaba con lo que llamaba la cámara de las torturas, donde le congelaban la máscara quemada de su cara y orejas y se la limpiaban con láser para preparar los injertos de tejido sintético. Esto era la peor parte del día, por más que él mismo se diera ánimo, o por mucho remedio que le dieran. Tampoco servía de nada que el personal que lo torturaba le recordara que la mayoría de los pacientes con quemaduras graves tenían zonas mucho mayores que tratar, y que esos tratamientos solían hacerse a mano y eran mucho más dolorosos.

El dolor físico, el peor que había sentido en la vida, era lo de menos. Hervía de rabia, convencido de ser el único paciente de la unidad que tenía que enfrentarse con tamaña ordalía teniendo una familia tan insensible.

Lo amargaba que Jae viniera con los niños casi siempre al anochecer, después de cenar, aunque lo visitara diariamente. Se quedaban una hora o algo así, y cuando se hacía la hora de acostarlos ella se los llevaba a casa. Así que él estaba allí todo el día, mísero, aburrido y solo. ¿Por qué ella no estaba allí siempre? Tenía que llevar y traer a los niños de la escuela, pero ¿qué más tenía que hacer durante todo el día? ¿Qué era tan precioso en su rutina diaria? Paúl no tenía ganas de rogarle que pasara el día con él, pero resentía profundamente su ausencia.

Cierto era que él no era la mejor compañía. A menudo era duro con Jae y los niños. Se había enfurecido cuando Brie y Connor seguían asustándose en su cuarta visita, y les había gritado, haciendo que Connor llorara. Se había peleado con Jae por eso —todavía estaba convencido de que ellos abusaban de los temores *de ella*—, y eso pareció marcar la diferencia. Ahora venían derechos al cuarto, y hasta se acercaban a la cama o asiento donde él estuviera, de modo que podía tocarlos antes de que se fueran corriendo a jugar al pasillo. Pero todavía parecía que toda su familia andaba de puntillas a su alrededor, asustados de su mal genio. Le daba asco sentirse culpable por su rabia. ¿Qué esperaban? ¿Una especie de buen tipo, falso, un paciente modelo? *Claro que tengo rabia. ¿Quién no?*

Noche y día el mismo sueño lo perseguía a Paúl. Jae y los niños venían corriendo por el pasillo, mientras él se encontraba en cuclillas, esperando. Pero cuando uno de ellos saltaba a sus brazos, alguien lo tiraba bruscamente para atrás, y todavía estaba ciego.

Bob Koontz lo visitaba una vez por semana, y aunque siempre reiteraba que Paúl tenía un lugar en su equipo, Paúl no podía concebirlo y Bob no podía describirlo.

Lo principal que mantenía funcionando a Paúl era la visita diaria de Stuart Rahe todas las tardes. La rica voz y la risa fácil del Franco fueron levantando paulatinamente el ánimo de Paúl, y ya era algo que esperaba. El Franco hablaba y escuchaba, lo llevaba a dar una vuelta por los pabellones e instalaba el tablero de ajedrez en diferentes salas de estar, de modo que podían jugar varias partidas por día. Aunque había sido un jugador de club y torneo cuando estuvo en la universidad, habían pasado añares desde la última vez que Paúl le dedicó tanto tiempo a una partida. Jugar con el Franco entretenía la mente de Paúl, y le recordaba cuán entretenido podía ser el ajedrez. Paúl se asombraba de que pudiera visualizar todo el tablero y las ubicaciones de cada una de las piezas con tan solo rozarlas con los dedos entre jugada y jugada. Si servía para algo la ceguera, era para ayudarlo a enfocarse en la estrategia. Pero el Franco era bueno. Paúl lo venció solamente en una de cinco partidas.

El Franco notó un día que en la mesa lateral de Paúl había dos cuencos; uno lleno de clips para sujetar papel, y el otro que solo tenía unos pocos.

—¿Esto para qué es?

—Estoy intentando contar —dijo Paúl.

—Este texto antiguo que estoy escuchando menciona la ceguera tan a menudo que empecé a preguntarme cuántas veces lo oigo. La enfermera me ayudó con este sistema. Empiezo con un cuenco vacío y, entonces, pongo un ganchito cada vez que oigo algo relativo a la ceguera.

—Entonces, ¿cuántas veces?

—Hasta ahora cuarenta y nueve veces en las cuatro primeras secciones.

—¿Y qué dice de estar ciego?

—Bueno —dijo Paúl—, en su mayor parte se trata de ciegos sanados. Pero también hay varias referencias a la ceguera en lenguaje figurado, como «el ciego que guía a los ciegos», y hay un pasaje en que un hombre discute con dirigentes religiosos, y los llama guías ciegos que filtran el mosquito pero se tragan el camello.

—Me pregunto qué significa eso.

—Creo que quiere decir que ellos se preocupan por los detalles y se pierden el cuadro general.

—¿Y cuál es el cuadro general? —preguntó el Franco.

—Todavía estoy tratando de figurármelo.

—Bueno, sigue escuchando. Parece que te ayuda a aguantar.

• • •

Al establecerse una rutina entre ellos, Paúl se sintió lo suficientemente cómodo como para pedirle un favor al Franco.

—¿Me escribirías un mensaje? —le preguntó una tarde—. Es un asunto de negocios que no terminé del todo antes de lesionarme. Tendrás que buscar la dirección, si no te importa, porque dejé la tarjeta en mi oficina.

—No hay problema. Empieza.

Paúl dictó:

Estimada Ángela:
Debe parecerle raro que le haya escrito acerca de aquella carta
y que luego haya desaparecido. Lo que pasó apenas pocos días
después fue que terminé en el hospital por un accidente que
tuve en Tierra del Golfo. Me quemé y ahora —transitoria-
mente, espero— estoy ciego.
* Le agradezco su amabilidad en ayudarme con el análisis y*
quiero retribuirle invitándola a almorzar. Estaré en Wa-
shington en mayo. ¿Me contestaría informándome de su dis-
ponibilidad?

Hasta entonces, con los mejores deseos
Paúl Stepola

—Tierra del Golfo, ¿eh? —dijo el Franco—. Vi en los noticie-
ros que ocurrieron cosas raras por allá.
—¿Sí? —contestó Paúl.
—Sí, incendios o algo así.
El Franco se detuvo, pero no presionó para saber detalles, cosa
que alegró a Paúl.
—Ahora Washington es un lugar donde conozco gente —dijo
el Franco—. Es un pueblo agradable.

• • •

Ángela contestó de inmediato. Paúl le pasó la carta, anhelante, en
cuanto el Franco entró, y le pidió que se la leyera en voz alta.

Estimado Paúl:
* Me impresionó mucho saber de su accidente. Me interesa-*
ría saber qué pasó, si es algo de lo que le gustaría hablar. Le

adjunto la nueva edición, en audio, de «La historia de la
Fuerza Delta», que acabamos de recibir en la Biblioteca del
Congreso. Me dijeron que es muy buena, y espero que le guste.

Sí, naturalmente. Me gustaría mucho verlo cuando esté en
Washington. Solo tiene que comunicarme los detalles y man-
tendré disponible mi agenda. Mientras tanto, cuídese y mejó-
rese pronto. Después de perder a Brian, mi esposo, por un
cáncer de colon, hace dos años, sé lo duro que es mantener el
ánimo cuando uno está en el hospital. Así que, ¡sea fuerte! Su
nueva amiga de Washington piensa con afecto en usted y le
desea lo mejor.

Cariños

Ángela Pass Barger

—¡Vaya! ¿*Cariños*? —preguntó Paúl—. ¿Ella escribió *cari-*
ños?

El Franco hizo una pausa.

—Eso no es raro en los mensajes cordiales, Paúl. Yo mismo lo
pongo. ¿Qué edad tiene esta mujer?

—Unos treinta, algo así, y es increíblemente bella —Paúl no
pudo ocultar su entusiasmo—. Y viuda. No puedo creerlo.

—Pensé que eran cosa de trabajo.

—Francamente, espero que pueda ser algo más.

El Franco se quedó callado.

—¿No estás de acuerdo?

—No hablemos de eso.

—Vamos, Franco, di lo que piensas.

—¿Necesitas que te recuerde que eres un hombre casado?

—Pero, ¿qué clase de matrimonio? ¿Con qué frecuencia has
visto a mi esposa?

—Un par de veces.

—Tú pasas más tiempo aquí que ella.

—Paúl, ella tiene dos niños que atender.

—Que van a la escuela diariamente.

—¿Y qué crees que hace con su tiempo, Paúl?

—¿Tú qué crees?

—Bueno, no me sorprendería que estuviera buscando trabajo.

Paúl ni siquiera había pensado en esa posibilidad. Era obvio que Jae podía ver la escritura en el muro; por muchas que fueran las promesas formuladas, no creía que Koontz tuviera un trabajo esperando a Paúl más de lo que el mismo Paúl lo creía. Ella esperaba, en esencia, ser la progenitora única de tres. Hasta el cuidado de él recaería sobre ella.

—Entiendo. Ella supone que yo voy a depender de ella para siempre. Como no tiene el coraje de decírmelo, simplemente me deja aquí, instalado, echando humo todos los días.

—Todo lo que digo es que debes tener paciencia con tu familia. Ya quisiera yo que la mía todavía estuviera aquí. Paúl, no hagas nada de lo que te tengas que arrepentir.

—Franco, temo el día que tenga que irme a casa. Echo de menos a mis niños, naturalmente, pero ellos se están distanciando. Nunca van a aceptarme como padre si quedo incapacitado, sobre todo si Jae se maneja de esta manera.

—¿Por eso le escribiste a esta mujer, a Ángela?

—Bueno, Franco, no solo por eso. Nunca he tenido muchos problemas con este sector... las mujeres, quiero decir. Pero ahora que estoy perdiendo a Jae, me pregunto si otras mujeres me verán de la misma manera que ella. Incapacitado. Dependiente. Inútil. Así, pues, me *encantó* la respuesta de Ángela. Ella parece una mujer que podría enfrentarse con mi ceguera aunque fuera permanente.

—Paúl, te voy a decir una cosa, y quiero que me escuches. Aún sigues siendo el mismo que eras antes de perder la vista. La vida te ha asestado un golpe fuerte, pero eres un hombre con recursos profundos. Eres la clase de persona que puede salir adelante de esto. No te pongas difícil con Jae. Ponte en su lugar. ¿Ese libro que estás escuchando dice algo de situaciones como la tuya?

Paúl pensó un momento.

—Efectivamente sí. Este hacedor de milagros sana de su ceguera a un hombre y le dice: «Sigue tu camino. Tu fe te ha sanado».

—¡Paúl Stepola! ¿Te acordaste de eso? ¡Eres un buen estudiante!

—Franco, a decir verdad, yo mismo me sorprendo.

—Paúl, hay algo más en la carta de la señora Barger.

PD: Le daré los detalles cuando nos veamos, pero nuestro experto dice que la tinta tiene, por lo menos, treinta años de antigüedad, y las muestras de escrituras concuerdan definitivamente. Espero que esto le sirva.

—Franco, ¿te importaría que no jugáramos al ajedrez hoy? Creo que me vendría bien un descanso.

• • •

¿Era posible? Paúl se había convencido tanto de que la nueva confianza de Ranold en él se relacionaba con la carta que había dejado de pensar que podría ser auténtica. El papel antiguo podía fabricarse. La agencia podía conseguir tinta antigua, sin duda, y probablemente habría una manera de desvanecerla, pero la escritura concordaba «definitivamente», había dicho Ángela.

Aun así, a Paúl le resultaba difícil pensar que su padre hubiera escrito realmente la carta. Que no fuera el héroe en quien Paúl quería creer desesperadamente, sino un cristiano flagrante que adoraba fantasías. Que usara el mismo lenguaje incendiario de los que tenían las bombas en Pacífica y los incendiarios de Tierra del Golfo, jurando lealtad a ideales que causaron la muerte de Coker, su equipo y Donny Johnson, y casi la de su propio hijo. *Estoy ciego debido a las mismas creencias que intentaste endosarme.*

Paúl había escuchado un par de veces los discos del Nuevo Testamento. Sospechaba que el libro del Apocalipsis tenía la clave del levantamiento cristiano, pero hasta ahora no había logrado descubrirlo. De hecho, le costaba mucho concentrarse en el Apocalipsis, pues era muy gráfico y rico en detalles. En unas pocas semanas sin vista aún no había aprendido a absorber tanto escuchando como viendo una página impresa.

Entonces pasó una vez más el Apocalipsis, y escuchó la ya muy conocida presentación en la que Juan, desterrado, recibe la visita de un hombre con «una voz que sonaba como de trueno» y pies «como de bronce bruñido». Ese hombre tenía «siete estrellas en su diestra y una espada de doble filo aguzado salía de su boca».

¿Cuál era el código, el mensaje oculto?

13

EL PRIMERO DE MAYO Paúl ya estaba en casa, con una rutina que no lo hacía congeniar con Jae. El Franco lo visitaba diariamente, y se pasaban horas jugando ajedrez y conversando. El Franco traía ocasionalmente su saxo, y si aún estaba allí cuando volvían los chicos de la escuela, parecían fascinarse con su música. El Franco llevaba a Paúl a clubes de ajedrez por lo menos un par de noches por semana.

Jae solía sentirse aliviada de no tener encima a Paúl todo el tiempo, y de verlo ocupado y relativamente contento. Agradecía las cosas mínimas que el Franco hacía en la casa, como reparaciones menores, pero se sentía terriblemente sola la mayor parte del tiempo. Era como si Paúl usara al Franco como una distracción para evitar enfrentarse a su ceguera, y como un almohadón para mantener la distancia con ella y los niños. *Se comporta más como un invitado que como padre y marido.*

Jae llevaba a Paúl al médico dos veces por semana. Había llegado a temer esos viajes, porque terminaban inevitablemente en discusiones. Paúl rehusaba dejarla entrar en la sala de exámenes, o que hablara con el doctor Bihari.

—Jae, no estoy tan débil. No necesito que te pongas al mando.

—¿No tengo derecho a opinar sobre tu tratamiento?

—¿Tratamiento? Bihari sigue sin creer que los trasplantes sirvan de algo, y no hay nada más que probar.

—¿Por qué no buscamos una segunda opinión?

—¿Para darme falsas esperanzas? ¿O para confirmar que soy un caso perdido?

—Creo que deberías explorar todas las posibilidades.

—No te olvides que yo tengo más interés en esto que tú. Es mi vida.

—¿No es *nuestra* vida?

Paúl se encogió de hombros.

—No necesariamente.

—¿Qué quieres decir?

Él vaciló. Y luego dijo:

—Nadie te obliga a quedarte con un marido ciego.

—¿He dicho una sola palabra de irme?

—No hace falta que lo digas. Puedo oír en tu voz el «Pobre de mí».

Jae cambió de tema.

—Nunca terminamos de limpiar el sótano de la casa de tu madre y de arreglarla para venderla. ¿Por qué no voy a ver lo que queda allá?

—No. No vayas.

—No queda mucho. Y ya estamos en mayo. Probablemente el verano sea la mejor época para poner en venta la casa.

—Jae, te he dicho que no te metas. No quiero que nadie ande curioseando en las cosas de mi madre. Cuando pueda, yo revisaré lo que queda.

—Podría traer las cajas para acá. Tiene que haber espacio suficiente para ellas en nuestro sótano.

—Jae, ¿cuál es tu problema con la casa de mi madre? ¿Dinero? ¿Quieres venderla porque te sientes amarrada a un marido que nunca volverá a trabajar?

—Por supuesto que no.

—Entonces, deja que yo me encargue de la casa y de las cosas de mi familia.

• • •

La verdad era que Paúl no toleraba la idea de que Jae descubriera la carta de su padre. Paúl sopesaba esa desilusión en la misma escala de la pérdida de su vista. Obviamente la ceguera era más devastadora, pues alteraba profundamente todos los aspectos de la vida; pero, cosa rara, había un desafío en la lucha de dominar nuevas destrezas, en calibrar las compensaciones de los demás sentidos. Podía medir su progreso y recuperar cierta sensación de control. Pero la pérdida virtual del padre que creyó tener había dejado un hueco, y lo único que tenía para llenarlo era la rabia.

• • •

Una tarde Paúl encontró algo emocionante en el Nuevo Testamento. Al comienzo del Apocalipsis el visitante de Juan ofrece una evaluación de las diferentes iglesias o células cristianas del mundo antiguo. A cada una se le promete su propia recompensa si permanece fiel. A los creyentes de Sardis se les dijo que «el vencedor será revestido de vestiduras blancas, y no borraré su nombre del libro de la vida».

El corazón de Paúl galopó cuando recordó el medallón de Stephen Lloyd, que tenía impreso una rama de palmera y un libro. Y Lloyd vestía una camiseta blanca y pantalones de color claro que, incluso en aquel momento, le habían impresionado por inapropiados para el trabajo sucio de un fulano recio. Evidentemente, aquellos eran símbolos. ¡La clandestinidad cristiana se comunicaba usando las imágenes del Apocalipsis!

Sardis era también el nombre de la compañía petrolera de Johnson, cosa que a Paúl le costaba más entender. Pero con toda seguridad no era por pura coincidencia. Quizás el nombre inspirara a los terroristas a ponerla en su mira. *Pobre Donny. Su propio logotipo empresarial pudo haberlo matado.*

Aunque Paúl hubiera tropezado con la clave del código cristiano, aún se sentía obstaculizado por sus posibles confabulaciones, lo que llamaban sus tareas designadas. El libro del Apocalipsis estaba repleto de páginas y páginas de juicios del cielo, veintiuno en total, desde el hambre a la enfermedad, pasando por los insectos que picaban y las colas de los caballos con cabezas de serpientes. La bomba de San Francisco fue un indiscutible intento de simular el terremoto, pero con tantos castigos era difícil calcular dónde o cómo podían los subversivos asestar el siguiente golpe. En la aborrecida carta, el padre de Paúl hablaba de «castigo y sufrimiento más allá de lo que podemos imaginar o que hayamos podido infligirnos mutuamente».

Hasta ahora.

Sin embargo, una pista bastante firme como para comunicársela a Koontz era algo que Paúl todavía no tenía. El medallón de Stephen Lloyd era un símbolo evidente, pero él había adivinado qué era el libro antes de haber leído siquiera una palabra del Apocalipsis. Así que eso no era necesariamente parte de un código arcaico. Llamó al directorio telefónico nacional y se desanimó al hallar tantas variaciones de Sardis en las listas, incluyendo un restaurante histórico de Nueva York. Y la ropa de color claro, bueno, era Tierra del Golfo. Había estado allá en marzo, pero las temperaturas estivales superaban a menudo los treinta y ocho grados centígrados.

Mientras más pensaba su teoría, más inverosímil le parecía.

• • •

Paúl llevaba en casa unas pocas semanas cuando llegó el momento de ir a Washington a recibir su recompensa. La agencia había enviado dos pasajes de avión en primera clase. Llevar a Jae a cuestas le dificultaría conectarse con Ángela Barger, con la que fantaseaba desde que ella le había escrito cuando estaba hospitalizado.

Entonces Brie y Connor contrajeron la gripe peruana, que hacía estragos en la escuela.

—Paúl, perdóname —le dijo Jae—. Quiero ir a la ceremonia pero no puedo dejar a los niños con otra persona cuando están tan enfermos.

Paúl fingió decepción.

—¿Qué hago entonces con el pasaje que sobra?

—Ve con Koontz.

—Él ya está allá. Tuvo que ir antes por una conferencia.

—Bueno, no tenemos que usarlo necesariamente. Yo puedo llevarte al aeropuerto y los empleados de la aerolínea te ayudarán a subir y a bajar del avión. Papá te irá a buscar allá.

Paúl no había considerado la logística. ¿Podría arreglárselas solo de verdad? Se acordó de los días que pasó tan angustiado en el cuarto del hospital, cuando no sabía quién entraba. Volar solo, tantear el camino al baño, con todas las miradas fijas en él… Hasta imaginarlo dolía.

—Quizá no vaya —dijo.

—Por supuesto que irás.

—Oye, Franco dijo que tenía familiares en la capital.

—Entonces ve con él, Paúl, le va a encantar.

• • •

El Franco pensó, como Paúl, que era una idea estupenda. Paúl se quedaría con sus suegros y él con sus parientes.

Aunque el vuelo fue excelente, Paúl se sorprendió al darse cuenta de lo nervioso que se puso en el avión. Con sus sentidos aguzados oía cada gemido y cada golpe. Se agitó cuando subieron y bajaron el tren de aterrizaje, y se sobresaltó con cada turbulencia. Cuando aterrizaron, se sentía agotado y disgustado por sus temores y situación indefensa. Le parecieron ridículas todas las esperanzas que había albergado de llevar una vida seminormal y un poco independiente.

Paúl se volvió a dar cuenta de la agudeza de su olfato mientras iban a la casa de los Decenti en el vehículo, desde el aeropuerto.

—Cerezos en flor, Franco. Dime cómo son.

—Pues tal y como los recuerdas —dijo el hombre mayor.

—Cerezos por todos lados rellenos de capullos rosados y blancos. El festival de este año debe haber sido espectacular.

Paúl bajó la ventanilla, y la fragancia lo inundó.

—Ese perfume casi compensa estar incapacitado para verlos —comentó—. No, no es cierto. Me cuesta mucho acostumbrarme a esto.

—¿A qué?

—A vivir solamente con cuatro sentidos. Casi cambiaría estos cuatro por el que perdí, pero…

—No pierdas las esperanzas Paúl. El médico dijo que todavía no era el momento, pero no dijo que nunca lo sería.

—Franco, esto me está consumiendo. Pensé que me sentiría bien saliendo, pero no es así. Siento que se me escapa mucho del mundo. Mis hijos ya no me respetan. Soy un inválido al que tienen que tratar con amabilidad. Jae no puede aceptar que yo esté ciego. Siempre presiona para hablar con el médico, como si pudiera extraerle algo mágico. La vida ocurre a mi alrededor sin mí, a pesar de mí. Es como si yo fuera un intruso en mi propia casa. Eso me enfurece, y cuando estallo alejo más a Jae y los niños. Me siento indigno y desesperanzado, y soy tan inútil que ni siquiera puedo viajar en avión. Franco, la verdad es que hoy me asusté. Incluso este honor resulta deprimente. Es como el apretón de manos final antes de que el gobierno me tire por la borda. Puede que me mantengan a flote por un rato, pero será por caridad, y cuando llegue el nuevo apretón presupuestario, adiós. «Has hecho suficiente», eso es lo que significa la medalla.

El Franco dejó escapar un suspiro inmenso.

—¡Ay, muchacho, sí que tienes una depresión perfecta! Hombre, tenga fe. ¿Qué pasó con todo eso que has estado citando de aquel libro antiguo respecto de la ceguera? ¿Ese curandero no tocó los ojos de dos ciegos, diciendo «te sea hecho conforme a tu fe, y sus ojos fueron abiertos?»

—Sí, claro, Franco, pero ¿dónde está mi curandero?

—El tema es tener fe. Ellos no se habrían curado sin fe.

Paúl no se acordaba de haberle citado ese pasaje en concreto al Franco, pero pensar en eso le tocaba hondo en su melancolía. Por un momento se preguntó realmente cómo sería ser cristiano. Se había obsesionado con los subversivos escuchando repetidamente el Nuevo Testamento, tratando de penetrar en su manera de pensar. ¿Qué hacía que alguien se acercara a Dios? La adversidad. Bueno, él la tenía a espuertas, pero gente como Andy Pass y su padre no tenían excusas. Ahora, como ejercicio, él intentaba ponerse en el lugar de ellos.

Si yo fuera mi padre, buscando a Dios, ¿qué esperaría conseguir? ¿Qué provecho esperaría sacar? Torpemente, sintiéndose necio, Paúl invocó las palabras de la carta: *Si buscara la verdad, ¿qué encontraría? ¿Dios se me revelaría? ¿Sentiría un amor que trascendiera todos los dones terrenales? ¿Aceptarlo sería la decisión más satisfactoria de mi vida?*

Se obligó a creerlo, a rendirse, pero solo un instante. Entonces se sacó del embrujo, y se sintió imposiblemente necio. Tenía la cara tan caliente que creyó que en el espejo se vería roja y brillante. Si pudiera ver.

Se aclaró la garganta para sacudirse la vergüenza.

—Eh, Franco, podría conseguirte una entrada a la ceremonia. Te gustaría ver la Casa Blanca, ¿no?

—No, no. Tú pásalo muy bien con tu suegro. Yo tengo muchas cosas que hacer.

• • •

En el evento mensual en que el gobernador regional otorgaba variadas recompensas, Paúl se sentó en la plataforma con su suegro a la izquierda y Bob Koontz a la derecha.

Después de casi una docena de premios para grupos de atletas, de jóvenes y ciudadanos, el gobernador dijo:

—Hemos reservado nuestro honor más prestigioso para el final. El doctor Paúl Stepola, un operativo de la Organización Nacional de la Paz, recibió heridas muy graves en marzo en el cumplimiento del deber, lo que requirió injertos de piel para las quemaduras, y le ha costado la vista. Se acercó a un incendio provocado por terroristas, sin pensar en su propia seguridad, para rescatar a uno de los ciudadanos más prominentes de Tierra del Golfo. Casi lo mató una explosión.

Ranold se movió, al lado de Paúl, como si estuviera sacando pecho. Luego, cuando presentaron a su suegro y le pidieron que llevase a Paúl a la plataforma, sintió que el viejo se estremecía.

—Por el valor frente al peligro, me honro grandemente en presentar al doctor Paúl Stepola la Medalla Pérgamo.

Paúl oyó el cliqueteo de las cámaras, y se dejó bañar por el aplauso y los vítores. Ranold lo llevó de vuelta al asiento, donde Paúl escuchó al gobernador, que finalizó el festejo con un discurso de diez minutos relativo a la supremacía del Estado, concluyendo con esta frase: «Durante generaciones el mundo ha alabado a personas, personalidades, individuos. A algunos los deificaron. Debemos regocijarnos por vivir en un mundo que ha evolucionado intelectualmente hasta el punto de reconocer que el Estado es quien reina. ¡Vivan los Siete Estados Unidos de América! ¡Viva la región de Columbia! ¡Viva el Estado libre!»

Después de los festejos, Ranold tomó el brazo de Paúl y lo llevó al Jardín de las Rosas. Era como si Ranold quisiera que lo viesen con él, ostentarlo. Así que nunca fue cuestión de la carta. *De verdad pensó que me había probado a mí mismo.* Sintiéndose aún inútil, Paúl se volvió a maravillar por el nuevo respeto que su lesión había encendido en su suegro.

—No creo que jamás me haya impresionado el olor de este lugar —dijo Paúl.

—Puedo señalar las flores desde aquí solamente por la fragancia. Dime cómo se ve lo demás.

Ranold solo contestó para decir:

—Bien, bien.

Entonces se acercó y le susurró a Paúl:

—Aquí hay alguien que quiero que conozcas.

Se adelantó un poco, demasiado rápido, y Paúl casi tropezó. Estaba recuperando su equilibrio cuando Ranold lo presentó.

—Paúl, tenemos a una estrella naciente de la oficina de Washington de la ONP. La agente Balaam se ha desempeñado con mucha energía en la fuerza de tareas Clandestinidad Celote.

Una gran mano huesuda tomó la de Paúl, que se asombró cuando la voz resultó ser de mujer. Su aliento cálido lo golpeó directamente en la cara, así que ella tenía que ser, por lo menos, de su altura.

—Felicitaciones por su premio, agente Stepola.

—He llegado a apreciar a la agente Balaam por sus intervenciones creativas para invalidar el liderato de los cristianos terroristas de nuestra localidad.

—¿Intervenciones?

—No creería cuánto terreno ha ganado ese movimiento —dijo la mujer.

—Siento decirlo, pero sus incendios en Tierra del Golfo han ayudado a reclutarlos.

¿Mis incendios en Tierra del Golfo?

—Así pues, hemos enfocado nuestra mira en las cabezas de las células locales. En algunos casos hemos enviado la señal de que no es saludable ser cristiano.

Paúl odió la voz de la mujer. *¿Me siento amenazado porque ella es mujer? ¿Celoso porque ella trabaja y yo no puedo? ¿Envidioso de que sea protegida de Ranold?* No, lo que Paúl detestó fue la satisfacción de ella, tan pagada de sí misma.

—Esto hará que te sientas bien —susurró Ranold—. La semana pasada tuvimos un accidente en el Zoológico Asclepiano. Un visitante, pasado del horario, estaba drogado con algo y trepó la reja equivocada y lo mató una pitón gigantesca.

—Eso es horrible —dijo Paúl.

—En circunstancias normales lo sería, salvo que en este caso representa un terrorista menos. El accidente ocasional, con el horario bien coordinado, puede ser una herramienta muy efectiva. Según dicen nuestros informantes, muchos creyentes entraron en pánico.

—Tenemos operativos plantados tanto en la Biblioteca del Congreso como en la Smithsonian —acotó la agente Balaam—.

Dentro de poco capturaremos a los integrantes de las células terroristas. No van a poder dar ni un paso.

—Mira, Paúl, definitivamente habrá trabajo para ti en la agencia —dijo Ranold—. Recuperes la vista o no. La batalla se calienta. Esta gente ha proliferado delante de nuestras narices.

A pesar de la ley, a pesar de los peligros…

• • •

Camino al aeropuerto, según el plan, el Franco llevó a Paúl a la Posada Dover, uno de los lugares preferidos de Paúl para almorzar. Paúl esperó en un banco de madera mientras el Franco estacionaba. Olió a Ángela antes de oírla: agua de lluvia y lavanda.

Ella le tomó la mano.

—Lo habría reconocido en cualquier parte —dijo.

A él le impactó la exquisitez de su voz.

—¿Qué habría hecho usted si yo no fuera el único ciego de aquí?

—Bueno, esta es la primera vez que lo veo con anteojos que le tapan tanto, pero el resto de usted basta para recordarlo.

Los tres disfrutaron un almuerzo informal, riendo y recordando al padre de Ángela. Ella esperó discretamente para hablar de la carta hasta que fue hora de irse al aeropuerto, y Franco se había ido a buscar el automóvil.

—Aquí está esa muestra de tinta —dijo ella—. Aunque me imagino que desde que se lesionó, usted no habrá podido hacer mucho más con ese proyecto de conmemoración.

—No, pero he estado pensando mucho en eso. Aprecio realmente el informe de su analista. Me abrió los ojos… disculpe la expresión.

Ángela se rió y le rozó la mano. Paúl volvió su palma y tomó la de ella.

—Probablemente ese sea mi primer chiste de ciegos. Pero en serio, estar con usted hoy ha sido una inyección de moral, además de un placer.

—El placer es mutuo. Hace bastante tiempo que no he salido a almorzar con un hombre atractivo.

—Quiero decirle una cosa —*¿Qué estoy haciendo?*—. ¿Hay alguien que nos pueda oír, o estoy hablando muy alto?

—No hay nadie cerca. Yo soy la única que puede oírlo.

—Esto es sumamente irregular para mí —dijo Paúl—, pero quería mencionar solamente que hay agencias del gobierno que a veces escrutan sus propios patios traseros tan íntimamente como lo hacen con el público general.

—¿De veras?

—Algunas hasta plantan espías encubiertos en lugares como la Biblioteca del Congreso. Una célula subversiva tendría dificultades para crecer demasiado cerca del Hermano Mayor.

Ángela sonó divertida.

—Así que si estoy usando mi hora de almuerzo para tramar la caída del gobierno, será mejor que tenga cuidado, ¿Es eso lo que está diciendo?

—Bueno…

—No se preocupe —dijo ella con su risa musical—. Aquí llega su amigo. ¡Hola, señor Rathe!

14

PAÚL LLEGÓ A LA CONCLUSIÓN de que la adrenalina debía haberlo mantenido activo durante su primer día fuera de casa. Esperando el despegue en un asiento de primera clase junto al pasillo al lado del Franco, estaba exhausto y claustrofóbico. No le servía que el Franco mencionara que el avión iba lleno. Paúl rechazó un trago antes del vuelo, y se sentó con la barbilla metida en el pecho, tratando de dormir. Un anuncio que informaba que el clima en Chicago demoraría la salida interrumpió su sopor.

«Daley Internacional tiene tormentas con truenos muy fuertes —informó el capitán—. Así que, amigos, relájense. Queremos ver hacia dónde se va a mover el frente. Después de eso presentaremos nuestro plan de vuelo y obtendremos el permiso para despegar».

¿*Relajarse*? Paúl sintió que le aumentaban el pulso y la respiración. Trató de moderarlos, repasando mentalmente la visita —la ceremonia de premios, el orgullo de Ranold, conocer a esa ascendente agente de Washington en el Jardín de las Rosas—. Pero lo único que logró con eso fue acrecentar su ansiedad. Volvió a atemorizarse, y tuvo que concentrarse en la fragancia de Ángela, su voz, su estilo. *Tranquilo. Ten fe.*

Pero, ¿qué era la fe? Paúl no podía negar que el Nuevo Testamento estaba ejerciendo efecto sobre él. Jesús instaba a la gente a que tuviera fe, a que creyera en Él. La mayoría de los ateos optaban por creer que Jesús fue un personaje ficticio, pero los profesores de Paúl habían sido más generosos. Concedían que era una figura histórica y, quizás, un maestro sabio, pero —no hacía falta decirlo— se burlaban de toda proclamación de deidad. No podía ser el Hijo de un Dios que no existía.

Y no obstante, a Paúl le parecía que las enseñanzas de Jesús eran revolucionarias. Sus declaraciones eran paradójicas. Si uno quiere que lo exalten, humíllese. Si quiere ser rico, dé su dinero. Si quiere mandar, sirva. Paúl se daba cuenta de que, en cierto modo, le costaba cada vez más considerar que ese individuo fuera solamente un maestro. Él afirmaba ser el Hijo de Dios, decía que su Padre lo había enviado, y que a Él regresaría. También repetía que iba a volver. Las cartas del apóstol Pablo argumentaban las auténticas razones que hubo detrás de su muerte en la cruz, y trataban la Resurrección —durante tanto tiempo censurada por los escépticos— como un hecho histórico.

¿Podría ser? Paúl tenía un recuerdo vago de una verdad postulada por C. S. Lewis, un académico ateo del siglo XX que se volvió cristiano. Era algo referente a que Jesús tenía que ser una de tres cosas: mentiroso, lunático o quien decía ser. O lo uno o lo otro. No se lo podría llamar maestro sabio, a menos que uno creyera su afirmación de que era el Señor de todo.

Paúl se volvió a encontrar jugando en los bordes de la creencia, cavilando. Su propio padre había sido creyente, eso estaba claro. Paúl creía conocer lo suficiente el carácter de su padre a través de los recuerdos de su madre. Ella nunca había dicho que fuera estúpido. Y Paúl sabía, sin duda, que Andy Pass no había sido un intelectual de peso ligero. Pero cuando Paúl se permitía considerar que Jesús podía haber muerto por sus pecados, se sentía sobrecogido por la pena.

¿Era él pecador? Le había sido infiel a su esposa. Había mentido. Había sido egoísta, interesándose más por él mismo que por su familia. Había matado. El peso de eso era demasiado. No recordaba haberse sentido culpable de algo antes; apenas sabía lo que era eso.

Hasta ahora. Quería sacudirse a sí mismo para volver a la realidad, para salir de la espantosa vergüenza, recordándose que esos eran mitos, cuentos de hadas. Quizá este proyecto, este nuevo estudio en aras de su misión en la ONP, había sido un error garrafal.

El avión llevaba más de una hora en la pista, lo que ponía a Paúl aún más nervioso. No podía mencionarle nada de esto al Franco. Además, a juzgar por el sonido de su respiración, el hombretón estaba dormitando. *Debe ser lindo.* En la era de los viajes supersónicos las demoras eran raras. Paúl decidió caminar por la sección de primera clase, contando los asientos para mantenerse orientado.

• • •

El viejo Museo Nacional de la Aviación y el Espacio, el Smithsonian, era el lugar de visita preferido por los hijos de Ángela. Allí se pasaban muchos sábados lluviosos, maravillándose ante el avión de los hermanos Wright, una caja de pino y muselina —que el piloto tenía que pilotar recostado sobre el abdomen— y el antiguo *Espíritu de San Luis*, con sus tanques de combustible adelante, de modo que Lindbergh tenía que mirar por un periscopio para poder ver al frente. Por lo menos el primer navío espacial tripulado, de unos ochenta años atrás, tenía ventanillas para que los astronautas pudieran ver adónde iban. La máquina voladora que Ángela prefería era el globo Breitling Orbiter, de color escarlata, el primero que hizo un vuelo sin escalas alrededor del mundo poco antes del cambio de siglo, unos seis años antes de que ella naciera.

Ángela pasó más allá de una sencilla muestra de rocas lunares, y subió al planetario Albert Einstein, que aún ofrecía espectáculos al estilo antiguo de la visión del firmamento. Los espectáculos impacientaban a su hijo, acostumbrado, como su generación, a las torretas de los telescopios del Centro de Astronomía Espaciotemporal, confeccionados con lentes de aumento muy potentes, que parecían lanzar físicamente a uno al cosmos. Pero a ella le gustaba el sistema de proyección digital con sonido ambiental, que era lo último de la tecnología de antes de la guerra, y que provocaba la ilusión de ir volando por el espacio exterior, con ecos de una música dramática y remolinos con colores supersaturados.

Compró una entrada para el espectáculo de las tres de la tarde y eligió un lugar en un sector vacío. A esa hora de un día laborable, el teatro estaba a medio llenar —la mayoría turistas, supuso—. El mágico campo de estrellas estaba proyectado en el cielo —inexacto, como sabían ahora— todavía fascinante. No era de extrañar que desde las épocas más tempranas los seres humanos hubieran buscado a Dios en los cielos.

Entró una pareja que se sentó a ambos lados de ella. Los tres se tomaron de la mano y compartieron una oración silenciosa cuando tronó el potente bajo del sistema de sonido.

Ángela susurró:

—Puede ser que pronto hagan un allanamiento. Esa muerte del zoológico podría ser el comienzo de una purga.

—¿Quién está detrás de eso? —preguntó la mujer—. ¿Balaam?

—No sé, pero se han infiltrado.

Ángela reveló la disimulada advertencia de Paúl.

—Este tipo surge de la nada ¿y te precave así sin más, como venido del cielo?

—Este hombre sirvió al mando de mi padre. Estuvo en Washington para recibir un premio por recibir heridas en el cumplimiento de su deber.

—Tiene que ser un integrante de la ONP. Ángela, tienes que irte de la ciudad. Puede que te estén vigilando debido a tu padre. Está claro que te tienen en su radar. Incluso esto podría ser una trampa para ver a quién intentas advertir.

—Lo dudo, pero irme me parece sensato.

—Toma a tus hijos y vete hoy mismo —dijo el hombre—. Nosotros manejaremos la escuela y los trabajos, y nos cercioraremos de que Detroit esté listo para ti.

—¿Y la operación del reparto de libros...?

—Quizá deberías retirarte por un tiempito, solamente hasta que veamos de qué se trata toda esta presión. Cuando sea seguro moverse. No te preocupes por tu parte en esto. Nosotros te la cubriremos.

• • •

—¿Es que no sabían que estaba lloviendo en Chicago? —preguntó un hombre mientras Paúl caminaba por el pasillo—. ¿Por qué nos dejaron subir al avión? Si este fuera un avión normal, en lugar de uno de doscientos asientos, la tormenta no nos detendría. Nunca voy a volver a viajar en uno de estos aparatitos que solo son buenos para saltar charcos.

Otros se unieron al hombre, quejándose y apoyándolo. El coro de quejas hizo que Paúl volviera a su asiento. El Franco se había espabilado.

—¿Qué hora es? —preguntó Paúl—. La gente habla como si lleváramos horas aquí.

—Apenas pasadas las cuatro —dijo el Franco.

—No es tan tarde. Lo raro es que ya está oscureciendo. Aquí también vamos a tener lluvia.

—Espero que no.

El capitán volvió a hablar.

—Señores pasajeros, muchas gracias por su paciencia. La tormenta de Chicago se está desplazando hacia Detroit, pero hay otra que entra desde el sur. Nuestra mejor opción es despegar y adelantarnos. Tenemos permiso para despegar.

Los pasajeros, incluso Paúl, aplaudieron y vitorearon. Quizás él pudiese olvidar su tormenta privada.

· · ·

Mientras Paúl estaba en Washington, Jae había decidido que era hora de que él volviera con ella al piso de arriba. Desde que había vuelto del hospital se había instalado en el cuarto de estar. Había aprendido a controlar el primer piso y hasta podía salir solo al patio y volver, pero no hacía amagos de atreverse con la escalera y unirse con ella en el dormitorio.

Cuando Jae había tratado el tema, él había protestado, aduciendo que aún estaba inquieto toda la noche, dormitando un par de horas, luego despertando y escuchando sus discos hasta que podía volver a dormir. Adujo que no quería molestarla. Ella se había mostrado renuente a volver a pedírselo. Una segunda vez no sería humillante.

Mejor sería presentar a Paúl la cosa hecha. Aunque sabía que cambiarle las cosas sería una provocación, pensaba que también le daría oportunidad de ver qué clase de posición tomaría Paúl en el matrimonio. *Quiero ver qué va a pasar ahora, si avanzamos otro paso.*

Jae metió en la lavadora toda la ropa de cama de Paúl. Juntó en una cesta sus cosas de baño y sus medicinas. Sobre la mesita de noche estaba el reproductor de sonidos que la había derrotado en el hospital, junto con la ordenada pila de discos. ¿Dónde estaba la caja del juego del Nuevo Testamento? Afuera llovía muy fuerte, oscureciendo tanto la salita que tuvo que prender la luz para buscarla.

Por fin la encontró en el suelo, debajo del vuelo del sillón preferido de Paúl. También halló una nota, arrugada y blanda de tanto tocarla, de Ángela Pass Barger. Sus ojos se pasearon horrorizados por la nota. ¡Imposible! ¿Cómo podía su marido, ciego, evidentemente indefenso, definitivamente deprimido, haber conocido a otra mujer, mantener correspondencia con ella y organizar un plan secreto para encontrarla en Washington? ¿Y precisamente delante de las narices de su suegro?

No era de extrañar entonces que Paúl quisiera que el Franco fuera con él. *Debe haber sido cómplice de Paúl desde el comienzo.* ¿Quién más podía haberle leído el mensaje? Jae se sorprendía de haber sido tan ingenua y crédula, esperando las órdenes de Paúl, soportando sus cambiantes estados de ánimo y sus estallidos de rabia, protegiendo a los niños de su mal carácter. Y mientras ella albergaba la esperanza de que él aceptara su ceguera, él había estado navegando las aguas de un futuro diferente.

Era el mismo cuento de siempre. Paúl y sus mujeres, las otras. Y él siempre actuaba como si los celos de ella fueran locura. Puso la cesta con medicinas y artículos de baño sobre la mesita de noche, demasiado enojada para siquiera forzar el llanto. Ya había llorado como para toda una vida.

* * *

—Ya era hora —dijo el Franco mientras el avión tomaba altura—. Podríamos haber estado detenidos un par de horas más.

Pero aunque llegaron a la altura de crucero, muy por encima de las nubes, había muchas convulsiones. Los pasajeros no podían abandonar sus asientos, lo que hacía aumentar la claustrofobia de Paúl, aun cuando no se habría aventurado a caminar por el pasillo, con aquel avión cabeceando y convulsionándose. Franco tenía que haber percibido su incomodidad, pues puso una mano consoladora en el brazo de Paúl.

—Turbulencia delante —anunció alegremente el capitán—. No crean que durará mucho. Permaneceremos en el sur de Detroit, y podemos esperar un vuelo parejo.

—¿Cómo puede sonar tan alegre? —comentó Paúl—. Me está volviendo loco.

La verdad es que Paúl se estaba volviendo loco, pero intentando sacar de su mente la irritante enseñanza de los Evangelios. Era como tratar de no pensar en un elefante.

• • •

A Bia Balaam le parecía que los capullos de los cerezos todavía eran una atracción. Aún en esa época, cuando era posible tener una versión virtual de cualquier experiencia de la vida, los turistas seguían viniendo a Washington por el simple placer de caminar debajo de los delicados palios de los fragantes capullos. Reconociendo la atracción comercial de la costumbre —y con la ayuda de una horticultura de avanzada—, Washington había prolongado la temporada de los cerezos en flor desde unas pocas semanas a fines de marzo y comienzos de abril, a los meses completos de abril, mayo y junio. Ahora más que nunca, celebrar el florecimiento de los cerezos era parte del rito primaveral de la nación.

Los turistas que estaban cerca del Monumento a Washington escrutaron el cielo y salieron corriendo a refugiarse. La brisa transmitía el fuerte sabor y olor del ozono. El rumor de sorda expectativa, el fuerte sabor eléctrico del aire, hizo que todos se aceleraran y se pusieran nerviosos, deseando que se desencadenara la tormenta.

Bia deslizó fuera de su bolsillo el cartucho de titanio con tamaño y forma de lápiz, abrió la tapa con el pulgar y apretó el botón. Su paraguas se le disparó encima de la cabeza, desplegándose como un paracaídas, pero la lluvia no cayó. Una cuadra, dos cuadras... Bia se sintió estúpida con el paraguas abierto, pero no había nadie a su alrededor que lo notara.

Finalmente unas gotas suaves. La precipitación cobró rápida intensidad y su paraguas se puso pesado, pero Bia no olía el agua. Tenía secas las piernas y también los pies, y no había charcos de agua de lluvia en el pavimento. En cambio, vio caer ráfagas de pétalos rosados y blancos.

Los sacudió del paraguas. El aire se espesó con los pétalos de los capullos de los cerezos, cuya frágil dulzura le dejó paso a un empalagoso olor a podrido. A través de la ventisca de pétalos vio que los árboles estaban desnudos.

Sacudiéndose de la cara y el pelo los pétalos que se pudrían, se apartó de la acera para examinar los árboles. Las ramas estaban despojadas de capullos, y las hojas se encontraban marchitas, como si un invierno repentino las hubiera envejecido. Pero no hacía frío. El aire tibio crepitaba con electricidad estática y olía a descomposición.

Sosteniendo el paraguas por la punta enganchó una rama con la manija, inclinándola a su mano. La punta estaba mustia. La corteza se marchitaba y pudría lentamente, desde la punta de la rama hacia el tronco del árbol que se moría delante de sus ojos.

Los cerezos habían sido un venerado símbolo de renovación y una de las mayores atracciones de Washington durante casi doscientos años, desde que los japoneses se los regalaron a la capital de la nación. Ahora los árboles estaban destruidos, pulverizándose en el escaso tiempo que le había llevado a Bia caminar unas pocas cuadras.

¿Cuál era la fuerza natural que podía haber producido tamaño desastre, y con tanta rapidez? Los científicos se quedarían perplejos por esto, pero la agente Balaam ya sabía lo que diría su jefe. Reconocería que esto no era natural, ni tampoco un milagro, como dirían algunos. No, esto era un acto de terrorismo, chocantemente audaz y sumamente despreciable, digno de una retribución inmediata e implacable.

• • •

El piloto se equivocó en todo. La turbulencia nunca se calmó, y la porfiada tormenta se quedó circulando sobre Chicago durante horas, forzando al avión a volar en círculos. El chiste inicial de los pasajeros en cuanto a volar con carne de gallina se había desvanecido, dejando paso a un inquieto silencio. Paúl esperaba que no se notara su terror.

Incluso el piloto llegó a parecer, por fin, tenso. Comunicó en frases cortas y tensas:

—Viaje sacudido... ah... esperamos que esto pase... Más seguro aterrizar la máquina cuando esto pase...

Por fin dijo una frase completa:

—Bueno, amigos, vamos intentar aterrizar.

¿*Intentar* aterrizar? Paúl oyó ruidos de horror a su alrededor. ¿Podían estar en dificultades reales? ¿Sería posible que llegara a morir? ¿Qué pasaba si todo lo que había oído resultara cierto? ¿Qué pasaba si había un Dios y un plan de salvación y consecuencias por no conectarse a eso? Meneó la cabeza. No iba a convertirse en un converso clandestino. Eso era insensato. Se preguntó si siquiera tendría validez.

El avión se remecía y corcoveaba mientras volaba en círculos, azotado por fuertes vientos de altura. Desorientado, Paúl se encogía de ansiedad, que se convirtió en pánico cuando una mujer, detrás de él, gritó fuerte. Había sido un error pensar que podía volar. *Dios, ayúdame.*

Sabía que no había querido decir eso. Cualquiera podía haberlo dicho. Solo era una expresión cualquiera. *Agárrate.*

La profunda voz del Franco traspasó su terror.

—El cielo está espectacular. Pasa del negro profundo a un tinte verdoso, y las nubes van rodando sobre el horizonte.

Paúl se asió con fuerza a los apoyabrazos del asiento.

—Basta de detalles.

—Paúl, ¿estás bien?

—Un poco nervioso.

El corazón de Paúl le latía tan fuerte que le parecía que se le iba a reventar. *No quiero morir. No estoy listo.*

—Mucha turbulencia —ladró el capitán—. Prepárense para un aterrizaje forzoso, la cabeza abajo, los brazos por encima.

Gritos, llantos, aullidos. Alguien vomitó.

—¡Agáchense! ¡Protéjanse la cabeza! —aullaba una azafata por encima del griterío.

El avión se agitó, hundiéndose. Los gritos se convirtieron en gemidos. Paúl apretó fuerte los antebrazos sobre las orejas para ahogar los sollozos y los gruñidos de los pasajeros. Jadeaba con fuerza.

El avión bajaba, se remecía, y parecía chuparle los pulmones y el estómago. *La cuestión es tener fe. ¿Qué convierte a una persona en creyente? Si yo fuera mi padre, acercándome a Dios, ¿qué esperaría conseguir? Si yo fuera en pos de la verdad, ¿qué encontraría? ¿Se me revelaría Dios? ¿Sentiría un amor que trasciende todos las dádivas terrenales?*

Dios, sálvame, clamó Paúl en silencio, y se dio cuenta de que no estaba orando solamente por su vida física.

Un trueno restalló, haciendo que Paúl se enderezara de un salto; en medio del griterío se volvió hacia el Franco. Estiró la mano, pero solamente se topó con el aire, pues su amigo estaba doblado en la postura conveniente para un aterrizaje forzoso, como los demás pasajeros. Un tremendo relámpago flameó por la ventana, llenando la cabina con una luz enceguecedora. Paúl sintió la sacudida en la punta de los dedos, subiéndole por un brazo hacia la cara y el pelo.

Súbitamente, con el resonante trueno que siguió, el temor de Paúl desapareció, sustituido por un asombro emocionante.

¡Yo vi eso!

15

¿QUE HABÍA PASADO? A Paúl todavía le escocían los brazos y la cara, y detrás de los vendajes, los ojos latían con el deslumbrante temblor. ¿Le había restaurado la vista ese súbito estallido de fe? ¿Había sido válida esa aterrada oración? Él no sentía nada.

No había negociado con Dios, no había formulado promesas. ¿Había decidido recibir a Cristo, convertirse en cristiano? Su tocayo del Nuevo Testamento le había dicho a un carcelero que todo lo que tenía que hacer era invocar el nombre del Señor Jesucristo, y sería salvo. Era indudable que Paúl había clamado a Dios. ¿O acaso simplemente había barbotado algo de puro terror? Su vista estaba restaurada, pero eso era insensato. Parecía demasiado fácil.

¿Puede la fe surgir de la nada? ¿Puede uno sencillamente manifestarla y cosechar inmensos beneficios?

¿Y estaba al alcance de alguien como él? Paúl reconocía que había estado luchando con la cuestión de la fe desde la Inviernidad, cuando Andy Pass murió y él encontró la carta de su padre. Su desprecio por la debilidad de los dos hombres más importantes de su vida; su ira por la traición de ellos, que lo llevó a entrar a la fuerza de choque; el odio que lo llenó mientras escuchaba a los adoradores de San Francisco; su odio por Stephen Lloyd cuando confesó, todo eso fue batallar contra la fe. Pero Paúl había sido culpable de más que hostilidad. Había llegado a matar, todo por erradicar la fe como si fuera una enfermedad contagiosa, y además lo había hecho sin remordimientos, como le había dicho a Koontz, sintiendo satisfacción por un trabajo bien hecho.

¿Cómo era posible que la fe hubiera echado raíces en él, el enemigo? ¿Quién podía ser más indigno? Pablo, en el Nuevo Testamento, decía que él era «de los pecadores ... el primero». Bueno, pues le había salido un competidor.

Aunque él creyera que su mente la rechazaba activamente, la semilla quedó sembrada cuando Paúl escuchaba el Nuevo Testamento. ¿Había ganado terreno al darle vueltas en su mente repetidamente lo dicho en el funeral y en la carta de su padre? ¿Podía haber surgido cuando él fingía tener fe, imaginando cómo podía haberla experimentado su padre? ¿O hasta del deseo de su padre de que él madurara para buscar la verdad y llegar a ser hombre de Dios?

Todo lo que Paúl sabía era que algo había cambiado, algo aún más profundo que recuperar la vista.

El avión se enderezó cuando estalló otro trueno más. El Franco se sentó, poniendo la mano en el hombro de Paúl al preguntarle:

—¿Estás bien?

—¿Cómo?

—Paúl, pareces nervioso, como si no te sintieras bien.

—Franco —dijo—, ¡vi ese relámpago!

—¿Lo viste?

—Hombre, no fue imaginación.

—Pero tienes los ojos vendados, y llevas anteojos oscuros.

—¡Sé que lo que vi!

—Espero que tengas razón, pero no te hagas muchas ilusiones.

—Es cierto. Quiero sacarme estas vendas ahora mismo y ver lo que pueda ver.

—No —dijo el Franco—. Tus ojos estarán sensibles ocurra lo que ocurra, y no querrás arriesgarte a un daño mayor.

—Lo que pasó es lo que me dijiste antes, en el automóvil.

Paúl bajó la voz a un susurro:

—«Te sea hecho conforme a tu fe... y sus ojos fueron abiertos».

—Mmm.

Entonces le quedó claro a Paúl. La razón de que él no reconociera la cita era porque nunca se la había recitado al Franco. ¡El Franco conocía la Biblia! ¡Su amigo tenía que ser un creyente secreto! La manera amable con que llevaba a Paúl de vuelta al libro, haciendo frecuentes preguntas inocentes sobre lo que decía de este o aquel tema...

Si el Franco es un creyente, ¿lo soy yo?

El avión tocó tierra. Algunos pasajeros aplaudieron débilmente, pero la mayoría estaba demasiado exhausta para hacer otra cosa que no fuese ponerse de pie y buscar desmañadamente su equipaje. Paúl se puso en pie de un salto, jubiloso. Tenía una meta: llegar a casa y volver al Nuevo Testamento. Todos los pasajes sobre la ceguera y la vista eran solo una cosa. Había mucho más allí, tanto más que él necesitaba volver a escuchar hasta que entendiera.

• • •

Paúl entró como un estallido en la casa. Él y el Franco tiraron el equipaje en el vestíbulo. Paúl corrió a abrazar a Jae —por primera vez, se dio cuenta, desde que se produjo la lesión—. Le contó la novedad de su vista. Ella se puso tiesa, y él se retiró, sintiéndose herido. *Ella no quiere hacerse ilusiones.*

—Sé que es imposible creerlo, pero Jae, es verdad. Miré a la ventana y hubo un relámpago increíble, ¡y yo lo vi!

Se sacó los anteojos oscuros de sus ojos aún vendados.

—Puedo ver las luces de esta sala. Hay una lámpara…

—Paúl, habla despacio. No quiero que los niños se despierten y escuchen esto. Te acuerdas de dónde están las lámparas. Quizás el Franco debería llevarte a Urgencias…

—No, no. No puedo explicarle todo esto a gente desconocida y pasarme la noche realizando exámenes.

— Veremos al doctor Bihari mañana por la mañana. Paúl, quizá sea un vuelco neurológico.

—Jae, no iré. Olvídalo. Son mis ojos, no mi cabeza…

De repente se quedó sin combustible, desinflado emocional y físicamente.

—Estoy muy cansado. Ha sido un día tan loco. Ese vuelo fue una montaña rusa…

• • •

Jae llevó a Paúl a la consulta del doctor Bihari a primera hora de la mañana. Le llevó varios minutos para que los ojos se adaptaran a la luz, y estaba claro que el médico dudaba. Hacía rodar de aquí para allá un pequeño instrumento frente a Paúl.

—Dígame qué cree que está viendo.

—Todo está borroso —dijo Paúl—, pero *veo*. Anoche supe cuáles eran las lámparas encendidas de la casa, y esta mañana vi las líneas de los muebles…

—Paúl, usted lleva muchos años viviendo en esa casa.

—Usted no me cree —dijo Paúl—. Entonces examíneme.

—Por supuesto. Ahora no se ponga tenso y, además, no se haga ilusiones.

¿Cuántas veces voy a tener que oír eso? ¡Claro que me estoy haciendo ilusiones!

—La visión limitada e intermitente no es algo que no se dé —decía el doctor Bihari—, pero cuide de no llegar a conclusiones.

Paúl solamente veía la letra grande de la línea superior de la tabla y la siguiente línea, de letras bastante grandes.

—Pero tiene que aceptar que esto es algo.

—Más que algo —dijo Bihari—. Tengo que hacer otra cosa, y le advierto que le producirá un poco de dolor.

—Listo.

El doctor examinó a Paúl con una luz sumamente fuerte. Paúl parpadeó entrecerrando los ojos, pero se obligó a mantenerlos abiertos el tiempo suficiente como para que el médico encontrara lo que buscaba.

—Estoy atónito —dijo el doctor Bihari—. Sus córneas, los iris, las pupilas y la membrana coroidal muestran lesiones permanentes. Si puede ver algo, tiene que estar borroso por las formas borrosas del tejido cicatrizado dentro del ojo.

El médico le pidió a Jae que se acercara.

—¿Ve la deformación de la lente en ambos ojos, justo por detrás del iris?

Ella asintió.

—Paúl, ¿pero usted no ve eso? —preguntó el médico.

—Solamente veo lo que le dije. Está borroso, pero se está aclarando. Ahora, ¿qué pasa con esos trasplantes?

—Puede que no sean necesarios. No lo entiendo, pero no quiero entrometerme con la naturaleza. Veamos cuánto mejora.

• • •

Jae estaba confundida. No sabía cómo sentirse. Debería estar muy gozosa, pero sin embargo estaba furiosa con Paúl por la carta. Ahora no sabía cómo enfrentarlo. Él se enojaría y diría que la correspondencia era inocente, aunque estaba firmada con «cariños», y evidentemente él había tramado una cita con la mujer. Si la relación era platónica ¿por qué no la había mencionado? ¿Cómo podría Jae volver a creerle? Ella estaba asqueada de sus engaños, harta de preocuparse, de andar buscando señales, de consumirse por la duda y la sospecha.

Incluso si Paúl confesaba —un sí inmenso— ¿qué podía hacer ella? ¿Estaba lista para echar a un hombre que empezaba a recuperar la vista? ¿Podría él funcionar solo en un lugar extraño, nuevo? Forzarlo a irse ahora sería imperdonable, el golpe final a su matrimonio. Jae no estaba preparada para dar ese paso. Necesitaba tiempo y espacio para repensar las cosas y —si nada más ocurriera— para demostrarle a Paúl que ella se tomaba todo muy en serio.

La única solución era empacar, tomar a los niños e irse. Eso tendría que esperar unas pocas semanas más, cuando terminaran las clases. Entonces podría plantear la partida como algo positivo: aventura, vacaciones de verano. *Les debo eso después de todo lo que les hemos hecho pasar.*

Hasta entonces tendría que ocultar sus sentimientos a Paúl, lo cual resultó más fácil de lo que ella esperaba. La rutina de él siguió siendo la misma: escuchar los discos en la salita, a puerta cerrada, durante toda la mañana, esperando que llegara el Franco; encerrarse con él toda la tarde y, luego, ir a los clubes de ajedrez varias tardes por semana. Por primera vez ella agradecía su falta de atención.

• • •

La restauración gradual de la vista fue para Paúl un misterio que le puso el mundo patas arriba. Si ahora tenía fe en Dios, ¿qué significaba eso? ¿Qué se esperaba de él? Su vida, su trabajo, hasta su matrimonio tendrían que cambiar. Dado quién era su suegro, Paúl no podía imaginarse cómo explicarle el cambio a Jae. ¿Qué pasaría si la asustaba, si hacía que ella se lo dijera a su padre? La vida de Paúl terminaría.

Primero, él mismo tenía que entender bien esto. Había estado estudiando el Nuevo Testamento desde el punto de vista de un extraño. Había escuchado una y otra vez las palabras, pero había muchas cosas que no comprendía. Las enseñanzas de Jesús eran la antítesis de todo lo que se le había enseñado a Paúl. Jesús decía que amara a sus enemigos y que fuera bondadoso con quienes lo maltratasen. ¿Cómo podría aplicarse eso en la ONP?

Otro enigma para el intelecto de Paúl era la aseveración de que Jesús había vivido una vida perfecta, sin pecado, para que fuera el cordero sacrificado por Dios por todos los pecados del mundo. Eso hacía que el cristianismo fuera único entre las religiones, por lo menos las que Paúl había estudiado. ¿Qué otra religión fundamentaba la salvación en una dádiva, en algo que había hecho otro? ¿Qué otra religión tenía un héroe que no solo resucitó de entre los muertos, sino que, supuestamente, todavía vivía? La mayoría de las religiones demostraba enfocarse en los intentos humanos para llegar a Dios, pero estaba claro que Jesús era el intento de Dios de llegar al hombre.

El tocayo de Paúl, un hombre muy instruido, parecía escribirle directamente a él en una de las cartas del Nuevo Testamento: «Porque la palabra de la cruz es necedad para los que se pierden, pero para nosotros los salvos es poder de Dios».

¿Yo estaba perdiéndome? Eso es lo que dice el apóstol Pablo. Moriré sin Dios a menos que crea esto.

El pasaje continuaba: «Porque está escrito: Destruiré la sabiduría de los sabios, y el entendimiento de los inteligentes desecharé. ¿Dónde está el sabio? ¿Dónde el escriba? ¿Dónde el polemista de este siglo? ¿No ha hecho Dios que la sabiduría de este mundo sea necedad? Porque ya que en la sabiduría de Dios el mundo no conoció a Dios por medio de su propia sabiduría, agradó a Dios, mediante la necedad de la predicación, salvar a los que creen».

Paúl escuchó repetidamente ese pasaje. La cabeza le daba vueltas. Había estado buscando razones inteligentes para considerar que todo esto solamente eran palabras que sonaban lindas para la mente religiosa. Lo que él pensaba que era necio *tenía toda intención de* ser necedad, para confundir al sabio. Bueno, él estaba confundido.

Después venía la promesa de que Jesús regresaría un día a la tierra. Les había dicho a sus discípulos que se iba al cielo a preparar lugar para ellos, y que regresaría a recibirlos a sí mismo. Y había añadido: «Si así no fuera, yo se lo habría dicho».

Paúl había estudiado el libro del Apocalipsis, que describía las condiciones del retorno de Cristo, y la promesa de que Él vendría pronto. El padre de Paúl, como los adoradores de San Francisco, creía que ese momento estaba casi al alcance de la mano. ¿Cómo encajaba eso con la nueva aceptación de Paúl de la fe?

Paúl necesitaba un confidente espiritual, alguien más maduro, con quien pudiera hablar de sus dudas y sus preguntas.

• • •

La siguiente vez que vino el Franco a verlo, en cuanto estuvieron tras la puerta cerrada, Paúl dijo:

—Tenemos que hablar. Tengo que preguntarte algo.

—Suéltalo.

—¿Te acuerdas que en el automóvil me citaste el pasaje de los dos ciegos? Ese de «te sea hecho conforme a tu fe. Y los ojos de ellos fueron abiertos».

El Franco pareció ponerse tieso.

—¿Sí?

—He estado pensando en eso, y sé que nunca te conté ese cuento.

—Hum.

—Entonces, ¿cómo lo sabías?

El Franco se echó para atrás en el asiento, y puso sus manos detrás de la cabeza.

—¿Crees que eres la única persona que lee?

—Franco, la Biblia es contrabando. Está prohibida. Yo tengo acceso a ella debido a mi trabajo.

—Paúl, ¿estás buscando una confesión? ¿Qué quieres de mí?

—Quiero saber si lees la Biblia

—¿Y si así fuera?

—Quiero saberlo.

—Paúl, ¿somos amigos? No parece que tengas otros amigos aparte de mí.

—Somos amigos.

—Le pides a tu amigo que le confiese un delito capital a un operativo de la Organización Nacional de la Paz.

—Entonces es cierto.

—Paúl, mi vida está en tus manos.

—¿Es cierto?

—Es cierto.

Un escalofrío recorrió a Paúl. *¡Lo sabía!*, y necesitaba la sabiduría del Franco.

—Paúl, ¿me vas a denunciar? ¿Vas a cumplir con tu deber o vas a ayudar y ser cómplice del enemigo?

Paúl dejó caer la cabeza y cerró los ojos.

—Franco, nunca podría considerarte un enemigo.

—Esa es una decisión sumamente importante.

—Lo sé. Esto lo cambia todo.

—Sí, así es. ¿Estás seguro?

—No sé.

—Dios te salvó y restauró tu vista. Ya no cuestionas eso, ¿verdad?

—Ya no.

—Cuando Pablo le preguntó al Señor quién era Él, ¿recuerdas la respuesta?

—Lo recuerdo cada día —contestó Paúl—. Pablo dijo: «Yo soy Jesús, a quien tú persigues». Yo me resistí a eso por mucho tiempo. Decía que aunque estuviera persiguiendo a los cristianos clandestinos no estaba persiguiendo a Jesús.

—Pero hay un lazo entre nosotros y Él. Si nos persigues a nosotros, lo persigues a Él.

—A eso es exactamente a lo que llegué.

—¿Se lo has dicho a Él?

—¿Decirle qué?

—Qué crees en Él. Él te devolvió la vista, y todos los días te demuestra quién es. ¿Y me dices que puedes ignorar eso y considerar el Nuevo Testamento como un montón de cuentos, tal como esos de las demás religiones que has estudiado?

Paúl se halló temblando.

—No.

—Ya sabes qué hacer.

—Creo que ya lo hice de alguna manera.

—¿De alguna manera?

—Franco, me tuve miedo de morir en el avión. Clamé a Dios, y le pedí que me salvara. Y entonces pasó todo esto, pero yo no me lo gané. No lo merezco. No parece justo.

—Paúl, no que yo sea justo. Yo tampoco me lo he ganado, nunca. ¿Te acuerdas lo que le escribió Pablo a los romanos en cuanto a lo que él llamaba «la palabra de fe que predicamos»?

—Vagamente. No me lo he aprendido de memoria.

—Él dijo: «Si confiesas con tu boca a Jesús por Señor, y crees en tu corazón que Dios le resucitó de entre los muertos, serás salvo».

Paúl se quedó callado. Toda su vida le había importado mucho entender la lógica de las cosas, y saber con toda certeza cómo funcionaba el mundo. Había aprendido a confiar en la mente y a desconfiar del corazón, y de acuerdo con eso, el mundo resultaría sensato. Pero ahora, en cosa de pocos días y horas, todo estaba al revés. Había experimentado cosas que no podía entender, cosas ilógicas. Su mente le daba vueltas, y estaba confundido. Su vista no era más milagro que el hecho de que Dios lo salvara aunque él no lo mereciera. Y no obstante, muy adentro, de algún lugar que no era su mente, había algo más... ¿Una sensación? ¿Una voz? ¿Un susurro? Lo que fuera, asentía, susurraba *sí*, diciendo *No te lo mereces, pero estoy aquí contigo.*

Los ojos de Paúl se llenaron de lágrimas. Tenía que dar el paso final.

—Sí —musitó—. Creo.

16

LA BIBLIOTECA HABRÍA RESULTADO impresionante en cualquier parte. Las paredes de su área de nueve por dieciocho metros, desde los relucientes pisos blancos al abovedado cielo raso titilante a más de siete metros de altura, estaban forradas de libros antiguos, impresos en papel. Largas mesas de madera de cerezo con detalles esculpidos y sillones de cuero almohadillados, que les hacían juego, dominaban el lado izquierdo del salón, mientras que el derecho era un panal de celdillas, cada una con su propia conexión a la Internet.

—Me asombra lo cálido y cómodo que se está aquí —comentó el Franco.

—Un entorno perfecto para los libros y el mobiliario —dijo su anfitrión—. Usted sabe que después de la Segunda Guerra Mundial se encontraron cofres con objetos de arte saqueados ocultos en las minas de sal de Europa. Era el mejor lugar: seco, limpio y puro, con una temperatura constante entre los trece y los veintitrés grados centígrados. Nada de insectos ni de ratones —aquí nada sirve para su sustento—. Aunque sí me preocupa que entren cucarachas de polizón, especialmente en los libros.

—Es una colección preciosa —dijo el Franco.

—Estamos pasándolo todo a los medios electrónicos. Me gustan los tomos viejos, pero son frágiles y la idea es volver a ponerlos en circulación.

—¿Cuánta gente vive aquí?

—Como ciento cincuenta permanentes, y de cincuenta a cien visitantes en cualquier momento dado.

—Me asombra que puedan alimentar y albergar a tantos.

El anfitrión del Franco se encogió de hombros.

—Aquí abajo tenemos poco más de cuatrocientas hectáreas y ochenta kilómetros de túneles. Los sistemas de agua y ventilación son inmensos; tenían que ser así para acomodar toda la maquinaria de minería. Aun en aquellos días podían bombear casi doce mil metros cúbicos de aire por día. Estas minas fueron muy bien explotadas durante casi doscientos años.

—¿Qué pasó? ¿Se acabó la sal?

—¡Oh, no! Fue cuestión de dinero; resultaba más barato mandarla desde Canadá. Aún estamos rodeados por setenta trillones de toneladas de sal, suficiente para abastecer al mundo entero durante mil años.

En esos momentos entró una pareja casi sexagenaria, acompañada por un hombre rubio, más joven. El anfitrión comentó:

—Estaba aburriendo al profesor con historias de nuestra ciudad. Ya hacía mucho que no venía por aquí. Stuart, ya conoces a Abraham y a Sara.

Ellos lo abrazaron.

—Y este es Isaac.

—No soy su hijo —dijo el joven, estrechando la mano del Franco.

—Ni yo lo pensé.

Simeón, el anfitrión del Franco —que había sido Clarence Little cuando creció junto con él, y fue compañero suyo en la Universidad de Chicago— era el hombre al cual este le acreditaba «el haberme salvado y salvarme la vida».

—Permíteme que te presente a tres recién llegados más —dijo Simeón—. Son Silas, Bernabé y Damaris, que podrían aportar ideas a tu propuesta. Señores, les presento al profesor.

El Franco saludó a los dos hombres, pero se detuvo cuando llegó a la mujer llamada Damaris.

—Nada de nombres —dijo el Franco—, pero creo que nos conocimos hace poco en un almuerzo en Washington D.C.

—Así fue —dijo Ángela.

• • •

El comité de siete tomó sus puestos a un lado de una mesa larga, frente al Franco, que comenzó diciendo:

—Me he involucrado mucho con un converso muy diferente; uno que está en una posición única para ayudarnos, pero también hay riesgos enormes. Su suegro fue uno de los capitostes originales de la ONP. El converso mismo es un agente suyo.

Y les contó cómo había conocido a Paúl.

—Las enfermeras me habían pedido que lo fuera a ver. Su rencor interfería en su mejoría, y había alejado a su familia, pero también estaba escuchando el Nuevo Testamento en discos.

El Franco relató conversaciones que habían tenido, y lo que él consideraba la metafórica apertura de los ojos de Paúl.

—Entonces presencié un milagro. Volviendo de Washington en avión —el mismo día del milagro de los cerezos floridos—, Paúl recuperó la vista.

El comité cruzó miradas.

—Entonces fue cuando yo me marché de Washington —dijo Ángela, y explicó lo que Paúl le había advertido, y cómo llegó al oeste con sus hijos para que la clandestinidad de Ohio la acogiese—. Yo iba un paso adelante de Bia Balaam, que fue la responsable de las muertes que siguieron al milagro de los capullos.

—*Bia* significa «fuerza» o «poder» en griego —acotó el Franco.

—En la mitología griega, Bia comienza el tormento de Prometeo.

—Eso encaja —afirmó Ángela—. Su especialidad es intimidar. Ella organizó la muerte de mi padre y un ataque con serpientes en el Zoológico Asclepiano, y ahora las últimas atrocidades: un dirigente cristiano aplastado por la maquinaria de la Oficina de Imprenta y Grabados, y dos más gaseados con pesticidas en un invernadero de los Jardines Botánicos Nacionales. Eso suma cinco líderes asesinados en Washington. A otros, como a mi tío Jack, los forzaron a pasarse a la clandestinidad.

—Evidentemente, estas últimas dos muertes tuvieron como propósito relacionarnos con los capullos de los cerezos y aprovecharse de la ira pública —dijo Silas.

—Y eso es lo que me preocupa. Bia Balaam es precisamente el talento. Ella es una sádica creativa, un monstruo que ideó estas muertes espectaculares y aterradoras para sabotear nuestros grupos; y ha sido sumamente eficaz. No solo ha invalidado nuestro liderato, sino que también hemos tenido desertores y quizás hasta espías.

—Sin embargo, de quien tenemos que preocuparnos de verdad es del titiritero que hala sus cuerdas. Hasta ahora, Washington ha hecho un trabajo maestro en cuanto a mantener nuestra existencia fuera de la prensa y del ojo del público, aun cuando nos denuncian y nos matan. Han tratado de encubrir los evidentes actos de Dios, atribuyéndolos a bromistas —como en el caso de la

Piscina de los Reflejos—, al sabotaje industrial en Texas y hasta a células terroristas aleatorias, como las de San Francisco. Pero mientras más actos como estos nos atribuyan —como parece que hacen con lo de los capullos de cerezos— más azuzan a la opinión pública en contra de nosotros. Luego podrán montar una ofensiva mucho más sistemática. Eso es lo que me temo que se nos viene encima.

—Un contacto en la ONP podría mantener los oídos bien alertas —dijo Isaac—. Podría avisarnos cuando esa clase de ofensiva sea inminente, como asimismo ayudar a evitar tragedias como las que hemos visto este año. Esas muertes y la carencia de furor público sofocan nuestro movimiento. De todos modos no queremos cobardes, pero allá afuera podría haber cientos de miles que se unirían a nuestra misión.

—Un contacto podría ayudarnos también a realizar nuestra misión con mayor efectividad —dijo Silas—. Alguien que pudiera soslayar al gobierno nos ayudaría a mantenernos en contacto y a compartir recursos, como los materiales físicos y electrónicos que ustedes producen aquí, así como también ideas referentes a cómo repartirlos. Como mínimo queremos que otros creyentes sepan que no están solos.

Abraham se puso de pie y se inclinó hacia delante, con las manos sobre la mesa.

—Profesor, no sé —dijo—. Esta idea me perturba, pedirle a un hombre que sea un espía en la agencia gubernamental de seguridad más grande del mundo... Él pondría su vida en la línea de fuego todos los días. Y para hacerse de renombre podría delatarnos, denunciarnos y organizar un allanamiento que podría terminar nuestra causa.

—Lo conozco bien —dijo el Franco—. Le tengo confianza. No soy necio. Si pensara que habría una posibilidad entre un millón de que él no fuera quien yo creo que es, nunca lo habría mencionado aquí. Necesitamos ayuda en los lugares altos. No vamos a conseguir a nadie más alto que este tipo.

Sara se acercó a Abraham, y este se volvió a sentar.

—No me gusta la alternativa —dijo ella—. Si no fuera por las muertes que hemos visto, no recomendaría que corriéramos ese riesgo. Pero está claro que el gobierno nos ha declarado la guerra.

Entonces Bernabé habló por primera vez.

—Nos estamos olvidando de algo. Dios restauró la vista de este hombre milagrosamente. El profesor aquí presente, al cual la mayoría de ustedes parece conocer bien, lo ha observado diariamente y ha presenciado su recuperación. ¿Cómo podemos poner en duda una dádiva tan evidente de Dios?

—Abraham —dijo Simeón—, yo he conocido al profesor casi toda mi vida, y nunca dudaría de su criterio. Pero el riesgo es inmenso. ¿Por qué alguno de nosotros no va a conocer a este hombre? Yo podría ir, o…

—No —dijo Abraham—. Iré yo mismo a conocerlo si el profesor puede hacer los arreglos.

· · ·

Ángela salió de la biblioteca con Simeón y el Franco.

—¿Qué le toca ahora? —preguntó el Franco—. ¿Quedarse aquí?

—Unos pocos días más —respondió ella—. No soy tan conocida como para tener que ponerme fuera de circulación para siempre, como algunos de los que están aquí. Yo supervisaba los repartos de libros en Washington, trabajaba desde la Biblioteca del Congreso para plantar textos cristianos en las salas de lectura y archivos computarizados de la costa este. Ahora he estado preparándome para una misión nueva, y probablemente me vaya al oeste. Hay muchos lugares donde podría servir.

Entraron en el túnel principal de la mina, que era tan amplio como una carretera de cuatro carriles. El Franco pasó su mano por la blanca pared de sal.

—Como mármol pero más traslúcida. Brilla.

—Esas hileras más oscuras son de polvo que quedó atrapado ahí cuando se estaba formando la sal, hace eones —dijo Simeón.

—Bello.

Ángela se detuvo en el distribuidor izquierdo, que llevaba a los dormitorios y departamentos para familias.

—Profesor, supongo que Paúl no sabrá nada de esta reunión.

—Por supuesto que no. Yo sé que todos los aquí presentes son anónimos.

Él le tomó la mano.

—Me alegro de verte otra vez. Que Dios te guarde y te bendiga en tu nueva misión... Damaris.

El Franco siguió a Simeón al distribuidor derecho, donde vivían los miembros permanentes de la comunidad. Simeón tenía un par de modestos cuartos para dormir y estar, amueblados con sobras de la antigua operación minera —armarios viejos y un gabinete para películas donde él guardaba su ropa—, así como unas pocas reliquias de su antigua vida, que se había tomado la molestia de pasar de contrabando, como su sofisticado sistema de sonido decasónico. Sabiendo cuánto amaba la música, el Franco siempre le traía un par de discos nuevos.

Simeón sirvió café de su anticuada cafetera eléctrica, y echó dos terrones de azúcar en la taza del Franco.

—¿Alguna vez sientes claustrofobia? —preguntó el Franco.

—Pues no —dijo Simeón, levantando una mano al cielo raso, muy alejado de los paneles de madera de siete metros y sesenta y dos centímetros de altura que formaban las paredes—. El techo está tan alto que nunca nos sentimos encerrados. Y mira la escala, esas columnas que sostienen el techo tienen más de dieciocho metros de ancho. Los seres humanos parecemos enanos. Obviamente, se echa de menos el aire libre, pero yo salgo de vez en cuando. Tenemos todo lo que necesitamos: adoración, hermandad y paz. Para alguien como yo, que ama los libros y el estudio, este es un lugar estupendo.

—Es increíble el trabajo que ustedes hacen aquí. Mantienen una biblioteca. Copian libros antiguos. Imprimen y reparten volantes. Preparan maestros para establecer o dirigir comunidades cristianas. Envían misioneros. Mantienen una red de grupos cristianos que difunden las noticias. Son un refugio para las víctimas de la persecución. Es mucho.

—Bueno, solamente mantenemos la fe.

* * *

—Te eché de menos ayer —dijo Paúl—. ¿Arreglaste tus asuntos?

—Claro que sí —contestó el Franco—. Estuve pensando en ti. Estaba pensando en que vas a volver al trabajo.

—¿Te acuerdas cuando me dijiste que estaba tomando una decisión sumamente importante?

—Sí.

—¿Sabes lo que estaba pensando yo?

—Creo que sí.

—Estaba penando que eso significa que tendré que irme de la ONP.

—No te me apresures.

—Vamos, Franco. Si conoces la Biblia, conoces la historia de Saulo antes de que se volviera Pablo. Perseguía a los cristianos. ¿Qué voy a hacer si me quedo en la agencia? Ese es mi trabajo.

—Me dijiste que tu trabajo era asesorar, interpretar e interrogar. ¿Has perseguido a alguien?

—Claro que sí. He sido responsable, directa o indirectamente, de cinco muertes. Ya no puedo seguir haciendo eso.

—Se podría ver desde otro punto de vista.

Paúl meneó la cabeza lentamente.

— No veo cómo podría regresar a la ONP.

—Conozco a alguien que te podría ayudar a tomar esa decisión. Alguien que entiende las ramificaciones. Eso es todo lo que te puedo decir por ahora. ¿Quieres que organice una reunión?

—Creo que sí, seguro.

. . .

La noche siguiente Paúl cenó con su familia, y luego anunció que iba a salir con el Franco.

—¿Qué? —preguntó Jae con tono exigente, casi por pura costumbre.

—Hay alguien que él quiere que yo conozca, algo que tiene que ver mi trabajo.

—¿Todavía estás con permiso médico y estás trabajando?

—Es alguien que podría ser útil más adelante.

—Mmmm... bueno... —Jae se encogió de hombros y notó la sorpresa de Paúl. Él no tenía ni idea de que ella ya se sentía tan traicionada que una salida por la noche con el Franco era solamente un desliz más.

En cuanto terminen las clases, me voy de aquí.

. . .

El Franco recogió a Paúl a las nueve y cuarto y se dirigió al centro. Estacionó cerca de las avenidas Michigan y Chicago. Paúl llevaba meses sin ver la Torre de Agua que durante más de 150 años había sido el monumento al final del gran incendio de Chicago. Ahora yacía en el suelo, bañada en rayos láser de colores, como recuerdo del gran terremoto de Chicago ocurrido el 2 P.3.

El Franco y Paúl caminaron hacia el norte, hasta el parque Lincoln, que a esa hora estaba desierto. El Franco llevó a Paúl hasta un banco que había debajo de la estatua de los alcaldes Richard J. y Richard M. Daley, padre e hijo. La neblina había entrado desde el lago Michigan.

—Qué suerte haber llegado derechitos hasta aquí —dijo Paúl—. Aborrezco salirme del sendero por tratar de hallar el camino.

Unos pasos ligeros se acercaron.

—Justo a tiempo —dijo el Franco.

Una figura en una chaqueta con capucha salió de la niebla. Pasó el banco, y luego regresó a él.

—Hola, amigo —le dijo al Franco.

—Hola. Paúl, me llamo Abraham.

Un hombre robusto de unos sesenta años, con bigote y barba blancos y mechones de canas sobresaliendo de la capucha, se deslizó en el banco al lado de Paúl, dejándolo encerrado entre él y el Franco. A pesar de la hora, el hombre llevaba anteojos oscuros.

—Doctor Stepola, le agradezco que se reúna conmigo —comenzó a decir Abraham—. Vengo con una propuesta. Somos responsables de muchas vidas, y como usted bien sabe, estamos envueltos en actividades que se castigan con la muerte.

—Un momento. ¿Quién es *nosotros*?

—Nos llamamos los Centinelas. Dios le dice a Su pueblo elegido, en el libro de Isaías: «Sobre tus murallas, oh Jerusalén, he puesto centinelas; en todo el día y en toda la noche jamás callarán. Los que hacéis que el Señor recuerde, no os deis descanso, ni le concedáis descanso hasta que la restablezca, hasta que haga de Jerusalén una alabanza en la tierra». Doctor, creemos que eso va a suceder. Pronto.

Paúl giró para mirar al Franco.

—Así lo tengo entendido. Y estoy luchando por entender.

—Paúl, por favor, ten fe —dijo el Franco.

—Doctor, creemos que se acerca el tiempo de la llegada del Señor, porque ha habido muchas señales.

—¿Qué señales?

—Estoy seguro de que supo lo que pasó con la Piscina de los Reflejos, en Washington. Luego, el terremoto de San Francisco...

—Sabía que no podía haber sido una bomba. Fue como si la cima de la colina hubiera explotado hacia dentro.

—Exactamente —dijo Abraham.

—Pero no fue como ningún terremoto conocido. Luego las columnas de fuego de Tierra del Golfo, y recientemente, la pudrición de los cerezos floridos en Columbia. La mayoría de estos milagros tiene antecedentes bíblicos. Y ha habido muchos milagros más, señales de que se acerca el fin. —Por medio de un hombre sabio supe que el Señor podría venir durante mi vida —dijo Paúl—, y yo experimenté un milagro en mi propia vida. En realidad, dos: la inversión de mi ceguera y el don de la fe.

—Ese es el don que compartimos entre nosotros en la adoración, el estudio y el compañerismo.

Paúl miró al Franco, diciendo:

—Yo necesito eso.

—Todos —comentó el Franco.

—También les ofrecemos ese don a los demás, como lo instruyó Jesús: «Id, pues, y haced discípulos de todas las naciones» —dijo Abraham—. Paúl, nuestros números están creciendo asombrosamente. No somos solamente unos pocos fanáticos aislados, como el gobierno quisiera que se creyera. No puedo decirle cuán importante sería para nosotros tener de nuestro lado a alguien de su posición.

—¿Entonces sí están organizados?

—Usted entenderá que ahora mismo no le puedo explicar cómo, pero sí, hay cristianos en todo el país, con un centro nervioso aquí, en la región Central. Somos un movimiento, un verdadero ejército de Dios.

—¿Y qué podría hacer yo exactamente? Mi trabajo consiste en cazar cristianos.

—Amigo, podrías salvar vidas —dijo el Franco—. Nunca te habría sugerido esto si no te necesitáramos.

—Usted sabe que el gobierno ha estado suprimiendo las noticias de los milagros —dijo Abraham—. Usted podría ayudar filtrando cosas a la prensa.

—Es arriesgado, y mucho. No sé cómo lo manejaría.

—Tendrá acceso a información gubernamental en lo relativo a las facciones de los Centinelas de cada región, así que podría advertirnos de allanamientos, o podría poner en contacto a varios grupos.

—Aún más peligroso. No estoy seguro de nada de esto. No es una decisión fácil.

—Ya lo sé —dijo el Franco.

—También hay grupos cristianos falsos —dijo Abraham—. Usted podría servir para alertar a los Centinelas sobre ellos. Con su trasfondo sería capaz de reconocer sus características.

Paúl se había estado preguntando cómo podría aceptar este reto y seguir pareciendo legítimo en la ONP. No tardarían mucho en darse cuenta si él fuera inefectivo en detectar cristianos. Pero la organización no distinguiría la diferencia si denunciaba cultos falsos.

—¿Hay suficientes chiflados de esos para poder lucirme?

—Probablemente.

Paúl se pasó la mano por el pelo.

—Bueno, ya conoces la expresión «no embromes a un bromista». Tendría que estar loco para pasarme a la clandestinidad en una agencia de espías.

—Dios lo ayudaría —dijo Abraham—. Él le daría fuerzas, le mostraría qué hacer. Deje que Dios lo lleve a tomar la decisión correcta.

—Yo nunca he tenido deseos de morir, pero si la jerarquía de la ONP supiera de mí... —Paúl se pasó el dedo por el cuello.

—No quiero convencerte de nada —dijo el Franco—, pero ¿no parece que hay un motivo por el que Dios te puso en ese puesto?

—Ya lo he pensado.

—Piénselo; ore por ello —dijo Abraham—. Vuelva a trabajar, y vea cómo se siente.

—Podría hacerlo.

El Franco le puso una mano en el hombro a Paúl. «Si decides hacer esto, serás un agente doble. ¿Alguna vez te lo habías imaginado?

17

PAÚL VOLVIÓ AL TRABAJO durante la segunda semana de junio. Sobre su escritorio colgaba una enorme pancarta de bienvenida, y sus colegas le hicieron señales de triunfo y le palmotearon la espalda como si fuera un héroe conquistador. Paúl disfrutó el caluroso recibimiento a pesar de la punzada que sentía en las tripas. Era un impostor, tanto si se comprometía a trabajar con los Centinelas o no. Ya había trabajado antes de forma encubierta, pero no en contra de «su propia gente». Esta era, literalmente, una propuesta de vida o muerte. No podía evitar preguntarse si era un error volver como si nada hubiera cambiado.

Koontz hizo que sirvieran el desayuno para el personal en el salón de conferencias. Agasajó a Paúl, concluyendo con estas palabras:

—Ha recuperado la vista por una razón: para ver claramente su camino, para abrir el camino de la destrucción de la amenaza subversiva.

Paúl se pegó una sonrisa y levantó ambas manos para sofocar el aplauso de sus colegas. Cuánto hubiera disfrutado esto tan solo unas pocas semanas antes.

Después de eso Koontz le preguntó en privado:

—¿Cómo te sientes? ¿Cómo está tu nivel de energía, tu resistencia?

Paúl se encogió de hombros.

—Estoy recuperándome.

—¿Listo de verdad para volver a la acción?

—Si no lo estuviera, no estaría aquí.

—Sé sincero conmigo, Paúl, porque tu próximo caso no es fácil. Podemos postergarlo, poner a otro.

—No, jefe. Quiero lo que tenga.

Estoy engañándolos a todos menos a mí.

—Te necesitamos en tu mejor forma. Te irás el miércoles por la mañana a la ciudad de Nueva York... Si es que no es muy pronto.

—Me encanta Nueva York.

— Allá están pasando cosas raras, Paúl. Casi te envidio.

Le pasó a Paúl una carpeta rotulada «Demetrius y Demetrius».

—¿Has oído hablar de ellos?

Paúl negó con la cabeza.

—Firma de agentes de Bolsa en Wall Street. Metales preciosos. Evidentemente un soplón le soltó a los polis que la compañía intentaba armar una treta en el mercado de la plata con la intención de arrinconarlo. Lo cual, como sabes...

—Es ilegal.

—Por supuesto. De todos modos, este soplón dice que hay cosas raras.

—Ya estamos otra vez.

—Correcto. Algunas cosas raras, no la ley, han estado impidiendo la treta. Es algo complicado, y hemos heredado las órdenes de investigación de las autoridades locales, incluyendo tenemos la autoridad para inspeccionar la bóveda principal. Hubo un informe de Éfeso, el mayor de los dos hermanos Demetrius, en cuanto a que una mujer de su personal lo acusó de manipular el mercado. Él le echó un rapapolvo, al que ella respondió con un mensaje que contenía un versículo de la Biblia. Él lo tomó como una maldición y la despidió. Está en tu carpeta.

—¿Una maldición?

—Manhattan es uno de los lugares más supersticiosos de la Tierra. Todos esos cuellos estirados se dedican a especular —por lo menos en Las Vegas lo llaman por su nombre—. En Nueva York todos tratan de conseguirse una ventaja en el mercado de valores, así que recurren a visionarios, psíquicos y horóscopos, cualquier cosa que les dé ventaja. Así que, por ridículo que parezca, una maldición tiene asustada a la empresa. La empresa ha estado comprando plata con mucha agresividad, pero después de la maldición se paró en seco. Sus propios compradores se confundieron, la plata disponible se fue al hoyo, y el mercado enloqueció. Éfeso Demetrius ha desaparecido, y a los últimos dos guardias que entraron a la bóveda los hallaron en un ascensor, casi catatónicos, con el pelo encanecido instantáneamente. Algunos dicen que ha pasado algo sobrenatural. Así que es tu turno.

—En eso estoy.

—Paúl, puede resultar desagradable. Quedas advertido. Personalmente creo que el mayor de los Demetrius se ha fugado con el dinero. Sea como fuere, tu trabajo es eliminar el matiz religioso.

• • •

Paúl llamó al Franco esa noche y le preguntó si tenía contactos en la clandestinidad cristiana de la región Atlántica.

—No, pero sabemos que los hay. Y hay una cosa que vas a necesitar, así que te la voy a llevar.

El Franco parecía entusiasmado, pero no preguntó si eso significaba que Paúl había decidido unirse a los Centinelas. Paúl le agradecía que desde la reunión con Abraham no hubiera vuelto a abordar el tema, pues evidentemente era algo que él tenía que decidir por sí solo.

Mientras tanto, Paúl revisó el archivo para leer el versículo de la así llamada maldición. Era Job 27:19: «El hombre impío se acuesta, pero no volverá a hacerlo; abre sus ojos, y ya no hay nada». Éfeso se había burlado de la mujer, calificándola de bruja y retándola a que hiciera desaparecer su riqueza. Ella negaba tener esa habilidad, pero advertía que la ambición desmedida y la duplicidad se castigaría de alguna manera, si no por el gobierno, entonces por un poder superior. Ella lo castigó con Apocalipsis 21:8, «Pero los cobardes, incrédulos, abominables, asesinos, inmorales, hechiceros, idólatras y todos los mentirosos tendrán su herencia en el lago que arde con fuego y azufre, que es la muerte segunda».

Éfeso había dicho: «¿Juicio? Pruébalo». La despidió, y ella desapareció con prontitud. Las autoridades la estaban buscando para interrogarla. Mientras tanto, la bóveda parecía tener la respuesta, pero desde el incidente con los guardias, nadie se había atrevido a acercarse.

¿Sería una trampa cazabobos? O ¿habría ocurrido algo sobrenatural? Paúl, como agente de la ONP, nunca podría preguntar eso.

• • •

El Franco llegó una hora después con un puñado de hojas verdes.

Paúl le preguntó:

—¿Qué es eso? Parecen de morera.

—Lo son. Hojas de morera.

—Nunca he oído mencionarlo.

—El árbol es originario de China, pero es resistente y crece en todas partes —dijo el Franco, pasándole a Paúl las hojas, que eran hendidas.

Paúl las olfateó y exclamó:

—¡Mantequilla de maní!

—No intentes comértelas. No saben lo mismo que huelen, aunque en el cielo van a tener buen sabor.

—Repite eso que has dicho.

—La morera también se conoce como árbol del cielo. Los cristianos de Atlántica las usan como símbolo para identificarse. En la Biblia hay muchas referencias al árbol del cielo. «Bienaventurados los que practican sus mandamientos; su alabanza permanece para siempre para tener derecho al árbol de la vida y para entrar por las puertas a la ciudad». El cielo es eso. «En medio de la calle de la ciudad. Y a cada lado del río estaba el árbol de la vida, que produce doce clases de fruto, dando su fruto cada mes; y las hojas del árbol eran para sanidad de las naciones».

Paúl recordaba vagamente eso por los discos.

—Un árbol en el cielo —dijo.

—Y precisamente para nosotros. Escucha bien: «Al vencedor le daré a comer del árbol de la vida, que está en el paraíso de Dios». Paúl, no puedes superar eso.

• • •

El vuelo desde el Daley Internacional a Giulani Internacional llevó un poco más de una hora en el proyectil supersónico. Paúl empleó el tiempo estudiando el archivo Atlántica y orando. Raro, pensó, que ahora fuera tan natural hablarle a Dios. Después de toda una vida de suponer que Él no existía, ahora Paúl le hablaba de todo, especialmente de Jae y los niños.

También oraba —sin necesidad, le había dicho el Franco—
por su residuo de culpa por matar a gente que ahora sabía eran sus
hermanos y hermanas en Cristo.

—No estoy disminuyendo tu pecado —le había dicho su amigo—. Te digo que una vez que hayas confesado y pedido perdón,
Dios arroja tu culpa tan lejos como el este está del oeste. Sé que
eso no es algo que puedas sacarte de la mente tan fácilmente, pero
seguir trancado en eso significa temer que Dios no cumplió Su
parte. Paúl, eso es falta de fe. Si Dios te pudo salvar y sanar tu ceguera, Él puede perdonarte, y ya lo ha hecho.

Paúl deseó poder sentirlo.

Hoy, sin embargo, sus oraciones adquirieron un nuevo matiz
de urgencia. Esta era la primera incursión en su nuevo papel doble. Paúl esperaba que Dios le diera sabiduría, y le mostrara qué
hacer, como Abraham había prometido, pero él iba a mantener
abiertas sus opciones. La cosa podría resultar imposible, y en realidad él aún no se había comprometido con la causa. Tal paso iba a
poner en peligro mucho más que su persona. Tenía que tener en
cuenta a su esposa y a sus hijos. Oró, pidiendo que un día ellos
también llegaran a ser personas de fe. Pero mientras tanto, ¿quién
era él para zambullirlos en tamaño peligro?

• • •

Paúl tomó un taxi al Hotel Pierre. Le maravillaba la oscura belleza
de Manhattan. Había visitado Nueva York un par de veces cuando era joven, pero parecía que desde entonces todos los edificios
nuevos eran negros. Eso le confería a la isla, sobre todo al centro,
un aspecto y una sensación ultramodernos. Aunque algunos
sitios antiguos —el que fuera alguna vez Empire State (ahora Torre Atlántica) y el antiguo Edificio Chrysler (ahora Edificio del
Noreste)— retenían su encanto del granito gris, los rascacielos

negros y esbeltos, con ventanas pintadas de negro, dominaban el perfil de la ciudad.

Después del almuerzo, Paúl tomó el tren bala al distrito financiero de Wall Street, que ostentaba unos de los ejemplos más espectaculares de la nueva arquitectura y paleta de colores. Se bajó a cuadra y media del Edificio Demetrius y Demetrius para poder captar toda la gama de la celebrada estructura. No se decepcionó. El cuerpo principal del edificio se erguía en una altura de treinta pisos, con otra pirámide de seis pisos encima, que hacía que todo el complejo pareciera una versión magnífica, pero no puntiaguda, del Monumento a Washington, claro que en negro.

Mientras contemplaba el edificio, Paúl recibió un empujón que lo hizo darse vuelta para quedar frente a un mendigo. Hacía años que no había visto a uno, dados los modernos remedios contra las alucinaciones, las estrictas leyes contra el pillaje y los programas de asistencia más provechosos que andar mendigando. Claro que siempre había unos cuantos renegados que se filtraban por la red de la seguridad social —drogadictos o alcohólicos que huían del tratamiento—. El andrajoso personaje, con un raído sombrero y un enorme impermeable, a pesar del calor del verano se veía incongruente por completo contra todo el refulgente vidrio negro, como un despeinado polizón de otro siglo.

Embargado por una compasión que nunca había sentido, Paúl le puso un billete en la mano abierta y entró en el frío vestíbulo de vidrio.

18

LAS OFICINAS EJECUTIVAS de los hermanos Demetrius estaban ubicadas en la pirámide situada sobre el edificio. El guardia del vestíbulo le dijo a Paúl que tomara el ascensor de vidrio a retropropulsión hasta el piso treinta. Una vez allí podría pasar a otro grupo de ascensores o, para captar el pleno impacto espectacular del diseño, caminar lo que quedaba —subir cinco pisos por una escalera de vidrio— hasta la oficina del menor de los Demetrius, Arturo.

Los dos primeros pisos de la pirámide eran oficinas para operaciones de apoyo. Cientos de empleados se inclinaban sobre computadoras y calculadoras de alta velocidad, sin prestar atención a la vista espectacular que se extendía fuera del laberinto de cubículos. Nadie parecía tener siquiera tiempo para conversar; todos estaban muy atareados en mantener las masivas fortunas de los hermanos Demetrius.

Paúl halló igualmente fascinantes los dos pisos siguientes, pero por otra razón. Aquí había menos gente en los despachos, pero trabajaban de la misma forma obsesiva, instalados ante bancos de pantallas chatas, comerciando como esclavos con los corredores de Bolsa de todo el mundo. Se decía que ese lugar nunca cerraba. Había tres turnos que trabajaban las veinticuatro horas para mantenerse conectados con todos los mercados internacionales.

El quinto piso de la pirámide ostentaba una extravagante oficina de recepción que dividía el piso en dos partes. Maravillado por el mármol y el oro, la plata y la caoba, Paúl no podía imaginarse un trozo más opulento de realeza en ningún lugar del mundo. Letreros discretos indicaban que a la derecha estaban las oficinas de Éfeso Demetrius, presidente y director ejecutivo, y a la izquierda las de Arturo Demetrius, presidente y jefe de operaciones.

Paúl sabía que el sexto piso y el del techo alojaban los servicios de toda la estructura.

En las entrañas del lugar, bajo el nivel de la calle, se encontraba una de las bóvedas más grandes de los Estados Unidos, que se suponía que estaba llena de más metales preciosos que cualquier otro depósito que no fuera Fort Knox.

La recepcionista confirmó que Paúl tenía una cita con Demetrius, el menor. Se le pidió que esperara en la recepción, donde le llamaron la atención las primeras ediciones impecables de libros raros, exhibidas en elegantes bibliotecas de madera labrada. Tal y como lo había comentado Koontz, muchos de los títulos se relacionaban con la adivinación —interpretaciones financieras del I Ching? y del tarot—, así como con la astrología occidental, asiática y de la India, entre otros sistemas. Antes de que pudiera examinar los libros, un asistente escoltó a Paúl al ala de Arturo Demetrius.

—Ambas alas de este nivel son idénticas —maulló el asistente—. Los dos hermanos disfrutan del mismo espacio e instalaciones.

Pasaron varias oficinas y salones de conferencias y reuniones, hasta que Paúl se halló en otro recibidor, el último tampón entre la oficina de Arturo Demetrius y el mundo real. El asistente pasó a Paúl a una secretaria personal, que lo hizo entrar al despacho privado de Arturo.

Paúl intentó impedir que se le abriera la boca. Esa sola oficina era tan grande como toda la planta baja de su casa. No solo estaba decorada por profesionales, sino que también tenía paisajes: árboles, arbustos, flores, mesas, sillones, un sofá, dos chimeneas, estantes de libros, columnas. El escritorio de granito y vidrio ahumado, con forma de media luna, estaba centrado entre un banco de ventanas que daban al parque Battery y al río Hudson, con una vista tan amplia como uno quisiera ver. Un telescopio enorme añadía aún más potencia. En días soleados y despejados como este, Paúl estaba seguro de que no se habría podido concentrar en su trabajo.

El suelo de cada lado del escritorio no era de mármol, sino de plexiglás, y uno podía ver a los corredores que trabajaban más abajo. ¿Cuántas horas del día de Arturo Demetrius se gastaban en el control de sus mercenarios más importantes?

La secretaria le indicó un lujoso sillón de cuero que estaba en un grupo de sofás a unos tres metros frente al escritorio. Paúl se sentó, con el maletín sobre las rodillas, pero luego lo puso al lado de los pies, y se cruzó de piernas. Eso también parecía demasiado informal, y sabía que tenía que ponerse de pie cuando entrara Demetrius, pero ¿de dónde vendría? ¿De atrás? ¿Del lado que Paúl supuso llevaba a sus habitaciones privadas?

Paúl se recordó que aquí él era quien mandaba. Él era el de la agencia, las órdenes, las preguntas. El diseño de este lugar podía ser parte de una estrategia para intimidar a la competencia, pero no debía tener efecto en él. Por lo menos el piso de mármol imposibilitaría que el hombre lo espiara.

Por suerte, Arturo Demetrius hizo su entrada desde sus habitaciones privadas, desde donde Paúl lo vio llegar. Sus zapatos blandos de cuero apenas hacían ruido. Era alto y esbelto, bronceado y vestía un exquisito traje negro con raya diplomática, con camisa blanca y una resplandeciente corbata blanca acentuada con un alfiler de plata. También eran de plata el reloj y el anillo que llevaba en cada mano. Tenía el pelo negro, corto y crespo; los ojos oscuros y los dientes perfectos.

—Doctor Stepola —dijo mientras Paúl se ponía de pie—, ¿voy a necesitar un abogado?

—No, no lo creo. Deberíamos poder tratar sin asperezas todo lo que necesito saber.

—¿Qué puedo hacer por usted?

—Tengo unas cuantas preguntas, señor. Nuestros informes indican que usted y su hermano, en representación de la firma, tuvieron un período de compra de plata sumamente activo durante el último mes. Esto cesó abruptamente, lo que causó mucha especulación en el mercado: rumores de un intento de estrangular el mercado y ese tipo de cosas.

—Usted va derecho al grano —comentó Demetrius, aclarándose la garganta—. Primero, tenemos un largo historial en el mercado de metales preciosos, y no hemos violado leyes. No sé si debería discutir nuestra estrategia, y no creo que esté obligado a eso.

—Le aseguro —dijo Paúl— que las finanzas no son mi especialidad. No trabajo para la Comisión de Valores y Acciones. Mi papel en la Organización Nacional de la Paz se relaciona más con la investigación de las proclamas de lo sobrenatural.

Demetrius no parpadeó, su rostro siguió tan impenetrable como la piedra.

—Señor, yo soy un capitalista, y no me disculpo por eso. Mi hermano y yo no tendríamos por qué trabajar ni un día más de nuestra vida, pero nos gusta la cacería, el desafío. Pero también conocemos y entendemos la ley, así que no intentamos estrangular el mercado de la plata. En cuanto a lo sobrenatural, usted tendrá que explicar qué papel juega en todo esto y, de una vez, quién se lo cree.

Mientras hojeaba el archivo, Paúl pensó en los libros de adivinación. Resultaba gracioso que tratar de leer el futuro no contara como creencia de lo sobrenatural según Arturo Demetrius. Paúl supuso que todas las firmas de Wall Street tenían libros semejantes en sus arsenales de instrumentos de negocios.

—Empecemos hablando de la bóveda. ¿Es cierto que en un ascensor se halló a dos de sus guardias uniformados, los últimos que visitaron la bóveda, en estado de shock?

—No sé de qué me habla.

—Señor Demetrius, ¿qué vieron en esa bóveda?

—Nuestra bóveda tiene, por supuesto, metales preciosos, dinero en efectivo, acciones, bonos originales, esa clase de cosas.

—¿Es cierto que estos guardias están al cuidado de profesionales de la salud mental y que no han vuelto a trabajar?

—Le dije que no sé de qué me habla.

Por primera vez Paúl percibió algo en los ojos del hombre.

—Con el debido respeto, pero el cuento de los guardias ha barrido su empresa, dando pábulo a especulaciones de que *ha* ocurrido algo sobrenatural.

—Tonterías.

—¿Usted se da cuenta de que la otra posible explicación es que su hermano se ha ido, llevándose con él el contenido de la bóveda

—cosa que cree una parte importante de su plantilla—, y que por eso nadie lo ha visto desde hace días?

—Eso es ridículo. ¿Por qué iba a robarse a sí mismo?

—Se rumora que los guardias vieron una bóveda vacía, y que sufrieron un colapso por temor a que los inculpen, pues la bóveda estaba llena la última vez que la abrieron.

—Usted está muy equivocado.

—¿Dónde está su hermano?

—En el extranjero. Nos solemos turnar para viajar.

—¿Dónde?

—Vamos a diferentes...

—¿Dónde está él ahora, en este momento en que hablamos?

—Su gente podría darle esa información.

—¿Se ha vuelto a abrir la bóveda desde el incidente de los guardias?

—Niego todo conocimiento del incidente; pero que yo sepa, la bóveda lleva varios días sin abrirse.

—¿Por qué no?

—No suele usarse con tanta frecuencia.

—¿Entonces no es verdad que nadie, incluyéndolo a usted, se ha atrevido a entrar a la bóveda desde que los guardias vieron lo que vieron, sea lo que fuere?

—Eso es correcto. No es verdad.

Paúl revisó papeles de su archivo para causar efecto. Una histeria débil estaba empezando a colorear las respuestas de Arturo.

—Bueno, aquí dice que el misterio de la bóveda y la desaparición de su hermano, debidos a una supuesta maldición, hicieron que la oficina ONP local me invitara a venir desde Chicago.

Arturo se paró.

—Venga conmigo, doctor. Permítame que le muestre algo.

—No he acabado con mis preguntas...

—Le contestaré todo, pero por favor, venga.

Paúl siguió al hombre hasta un extremo de las cortinas, a la izquierda de su escritorio.

—La única puerta que da al exterior —dijo Arturo. Apretó un botón que hizo que el vidrio girara, dando acceso a un balconcito cercado por una reja de hierro con postes como lanzas.

Había más viento que al nivel de la calle, y el pelo de Demetrio revoloteaba. El sol se reflejaba en las ventanas negras. Paúl tuvo que quedarse cerca de Arturo para escucharlo y Demetrius parecía querer confiarle algo.

—Escuche —dijo—, usted debe saber que esta no es la primera vez que me hacen estas preguntas. La oficina ONP local ha estado en esto, y hay una explicación.

—Bueno, pero ahora esto está bajo mi jurisdicción, y tengo que oírla.

—Todo surgió de un acto de venganza de parte de una empleada descontenta. Quizá más de una. Siempre habrá resentimiento y celos cuando uno tiene un negocio tan obviamente exitoso con gente de alto nivel que disfruta las prebendas. Usted comprende.

—¿Venganza? ¿Se refiere a la maldición?

—Aquí hay una facción religiosa —dijo Demetrius, suspirando— que viola abiertamente la ley. Quizá porque somos una empresa grande en una ciudad grande, son más audaces que en otro lugar. Una mujer le hizo graves comentarios amenazadores a Éfeso. Andaba tratando de persuadir a otras personas para que creyeran de la misma forma que ella, hasta que por fin, Éfeso la despidió.

—Señor, hacer proselitismo es un delito. ¿Por qué no se informó de esto a las autoridades?

Demetrius se encogió de hombros.

—Nuestro negocio depende de la respuesta rápida. No necesitamos que la policía o el gobierno anden curioseando por aquí, demorándonos. Le pareció más simple quitársela de encima.

—¿Curioseando por aquí? ¿Está ocultando algo? ¿Dónde puedo hallar a esa mujer?

—No tengo ni idea. Me han preguntado repetidamente el paradero de ambos, de la mujer y de mi hermano. A mis empleados los han interrogado repetidamente respecto de esos dos guardias que se dice que quedaron espantados. La investigación no ha llegado a nada, y lo único que ha resultado de ella ha sido la interrupción de nuestros negocios.

—¿Podría ser que su hermano haya herido a la mujer para impedir que ella lo denunciara?

—¡No! Doctor Stepola, los informes que lo trajeron hasta acá solo son rumores. Wall Street está repleto de rumores, y las fortunas se hacen o se deshacen basándose en ellos. Las mentiras de la facción religiosa tienen como resultado que se haya despedido a uno de ellos. Intentan sabotearnos.

Paúl lanzó una mirada hacia abajo, por la pared angular, hacia el techo del edificio base, que se extendía poco más del metro veinte más allá de la base de la pirámide.

—No quiero que los saboteen, señor. Las firmas como la suya que actúan dentro de la ley son las que mantienen funcionando este país.

Cuando volvieron adentro, Paúl sacó un sobre de su maletín, y lo puso en el bolsillo interior de su chaqueta.

—¿No es cierto que antes de los recientes incidentes era normal que ustedes entraran y salieran diariamente de la bóveda?

Demetrius frunció los labios y dijo:

—Nunca mantuve registro de eso. La bóveda tiene un regulador de tiempo, y puede abrirse solamente a las 8 de la mañana o a las 8 de la noche. Últimamente no he tenido nada que hacer ahí.

Paúl miró el reloj. Eran las cinco pasadas. Sacó el sobre del bolsillo y se lo pasó a Arturo.

—Aquí tengo una orden para explorar la bóveda. Volveré a las ocho de esta noche y requeriré su presencia para abrirla.

Demetrius contempló el documento, y a Paúl le dio la impresión de que podía oír el aumento de la frecuencia respiratoria del hombre.

—Por supuesto. Obedeceré —dijo Arturo poniéndose de pie, y Paúl volvió a notar algo en su voz. El tono, el timbre, algo era diferente. Paúl llegó a la conclusión de que lo que había detectado era puro terror al desnudo.

—¿Supongo que no le importará que eche una mirada por ahí cuando salga? Me gustaría captar la idea global de sus operaciones.

—No tenemos nada que ocultar. Dentro de algunos minutos empieza el turno de dos a diez, antes de que abran los mercados de Tokio.

• • •

Paúl deambuló durante varios minutos por el piso de comercio, y luego bajó un piso más para ver una operación casi idéntica. Muchos corredores estaban terminando conversaciones y cerrando negocios. Se dirigió a una salida, pero un olor especial lo hizo sobrecogerse.

Mantequilla de maní.

Paúl siguió el aroma hasta un arbolito metido en un cubículo de vidrio donde había una mujer delgada y de pelo oscuro, que supuso sería de su misma edad, arreglando sus cosas y metiéndolas en la cartera. Paúl se puso al lado de ella cuando se dirigió, con otros, a los ascensores a retropropulsión.

Ya abajo, Paúl siguió a la mujer, que salió a las calles atiborradas, desapareciendo entre el remolino de gente de la hora pico. Paúl escrutó frenéticamente a la muchedumbre, abriéndose camino a empujones con la esperanza de vislumbrarla, pero sin lograrlo. *Pero qué suerte la mía. Probablemente es del turno de día, y ahora regresa a su casa. Ahora ya puede estar a cuadras de distancia en el tren bala.*

Alguien le tironeó la manga. Trató de soltarse, pero el tirón era insistente. Se dio vuelta y encontró al mismo mendigo al que le había dado dinero; estaba tirándole de la manga de la chaqueta, apuntando más allá de él con una mano sucia. *¡Allí está!*

—Gracias —dijo Paúl y se abalanzó tras su presa. *¿Cómo lo sabía el hombre?*

Finalmente frenó y se colocó junto a ella, evidentemente sin despertar sospechas, pero no dijo nada hasta que pasaron la Bolsa de Comercio. El antiguo edificio estilo georgiano, con columnas de mármol, tenía ahora una gigantesca escultura móvil de planetas en órbita. Detrás de eso se veía una carta zodiacal.

—Oiga, discúlpeme —dijo—. ¿Trabaja aquí, en el distrito?

Sin detenerse, ella le lanzó una mirada estilo neoyorquino.

—Quizá, ¿por qué?

—Entiendo el letrero que parpadea en la Bolsa, allá, con los precios de las acciones, pero ¿qué es eso con los signos del zodíaco? Parece que muestra las posiciones relativas de los planetas cada tantos segundos.

Ella se detuvo.

—Eso es para los inversionistas supersticiosos. Les da una lectura instantánea de su suerte.

—Qué estúpido, ¿no?

—Así lo creo yo también.

Este es el momento de la verdad. ¿Me hablará?

—Me llamo Paúl —dijo dándole la mano en la que tenía una hoja de la morera.

Ella le tomó la mano con cautela, y se le agrandaron los ojos. Atisbó la hoja y se heló, luego siguió caminando.

Paúl se apuró para alcanzarla.

—Quisiera un minuto de su tiempo —dijo.

—Delante, a la izquierda, hay un café.

Al rato estaban sentados frente a frente en un reservado. Paúl se presentó más formalmente.

—Llámeme Filis —dijo la mujer.

—Acabo de venir de su oficina, donde estuve entrevistando a Arturo Demetrius.

—Ya me pareció —dijo ella mirándolo con sospecha.

¿Qué debo decir?

—Oficialmente estoy aquí como agente de la ONP, investigando la posibilidad de un hecho sobrenatural.

Ella se rió.

—¿Y qué haría la ONP si hubiera habido algún acontecimiento sobrenatural?

—Probablemente lo mismo que hicieron en Washington, Tierra del Golfo y San Francisco.

Ella arqueó las cejas.

—¿Por qué tengo que hablar con usted?

Él sacó de su bolsillo un puñado de hojas.

—Por esto. Sé lo que significan: «Bienaventurados los que practican sus mandamientos para tener derecho al árbol de la vida y para entrar por las puertas a la ciudad».

Ella siguió callada.

—«Al vencedor le daré a comer del árbol de la vida, que está en el paraíso de Dios».

Vio que ella se distendía.

—Parece que sabe de qué habla. ¿Qué quiere de mí?

—Bueno, primero, ¿por qué una creyente trabaja para Demetrius?

—Estudié finanzas —dijo ella—. No es peor que en otra parte. Todos los financieros adoran el dinero. Además, no estoy sola. Ahí somos casi treinta, los creyentes. No somos nada comparados con el total, pero hemos progresado. Aquí las cosas son un poquito más abiertas que en el resto del país y nosotros somos discretos. La gente llega a saber que somos creyentes y ellos quieren saber de cosas como los incendios de pozos petroleros en Texas y eso de los cerezos en flor. Quieren saber qué significan esas cosas. Creemos que indican el comienzo del fin y así lo decimos.

—Arriesgado.

—Así es nuestra vida. La suya también si trabaja para el Tío Sam.

Paúl se encogió de hombros.

—No puedo discutir eso.

Se quedaron en silencio un momento.

—Filis, dígame —se aventuró por fin Paúl—, ¿qué cree que está pasando en la empresa?

—Pienso que es Dios.

—¿Qué quiere decir? Tengo que preguntárselo, yo soy nuevo en estas cosas.

—¿En la ONP?

—En ser creyente. ¿Qué hizo Dios?

—Bueno, Éfeso era un avariento. Arrogante. Ridiculizó a Dolores y desafió a Dios. Pensó que estaba por encima de la ley y fuera del alcance de Dios.

—¿Dolores? ¿La desaparecida? ¿La conocía?

—No muy bien. Ella era una de las recién contratadas para comprar plata. No le gustaba lo que Éfeso quería que hiciera.

—¿La lastimó?

—No sé. Ruego que ella haya escapado cuando se supo de esa «maldición» para que no la arresten por ser cristiana. Nunca sabremos si él le hizo algo. Él es suficientemente rico para taparlo para siempre.

—¿Qué pasó con los guardias? ¿Es cierto ese cuento?

Ella asintió.

—Los conocía a los dos. Y desde entonces no los he vuelto a ver.

—¿Qué cree que vieron en la bóveda?

Filis se encogió de hombros.

—Dios. Una demostración de Dios.

—¿Qué pasa con Arturo?

—Arturo idolatra a su hermano mayor, pero nunca fue tan despiadado. Estamos orando por él.

—Ustedes… ¿qué? ¿Por Demetrius?

—Por supuesto, se supone que tenemos que amar a nuestros enemigos.

—Filis, eso no es fácil, ¿no?

Ella vaciló.

—No, pero cuando uno lo analiza, es un privilegio.

—Creo que yo me sentiría tentado a orar para que tuviese un mal final —dijo Paúl.

—Qué va, señor. Nosotros oramos por su salvación.

19

PAÚL Y FILIS ACORDARON que ella volviera a la oficina unos cinco minutos antes que él. Eran poco más de las seis y media, y aunque el sol aún estaba muy por encima de los rascacielos, se había puesto de color naranja oscuro y arrojaba sombras largas a la calle.

Al ir acercándose al edificio desde el oeste, a Paúl le impresionó el resplandor de joya que tenía la pirámide en el ocaso. Entrecerró los ojos para divisar el balconcito que se había fundido con el vidrio la primera vez que vio el lugar. Parecía que allá arriba había una figura oscura apoyada en la reja de hierro forjado. Solamente podía ser Arturo.

Cuando Paúl se bajó del ascensor a retropropulsión en el primer piso del complejo de arriba, se halló en medio de una multitud que regresaba a los pisos del comercio de más arriba. Dejando que los demás pasaran adelante, él se detuvo a mirar la magnífica vista del temprano sol vespertino sobre las torres de vidrio negro, más allá de las ventanas. De repente, oyó arriba un feo golpe sordo y un alarido. Paúl saltó y miró hacia arriba justo a tiempo de ver una forma oscura que caía, golpeándose contra el lado de la pirámide de vidrio.

Todos se helaron en torno de Paúl. La gente jadeaba. El cuerpo rodó, se ladeó y luego se fue deslizando en la caída sobre el techo chato del rascacielos. La gente se apretujaba contra el vidrio para mirar. Unos se colgaban de otros. Paúl luchó abriéndose paso entre el gentío y buscó frenéticamente alrededor hasta que divisó una puerta contra incendios, trotó hacia ella y salió al techo.

El cuerpo desplomado tenía pelo oscuro y vestía un traje a rayas, negro.

Mientras corría hacia el cuerpo, Paúl se sintió inexplicablemente abrumado por la pena. ¿Por qué tenía que importarle? Viendo a Arturo Demetrius totalmente golpeado, dolorido, Paúl se dio cuenta de que también allí había un hombre que Dios había amado. Arturo podía haber desdeñado el cielo pero aún era un alma perdida, alguien que necesitaba perdón y salvación tanto como cualquiera. Como había dicho Filis, debería ser un privilegio orar por él; pero ahora, con toda seguridad, era demasiado tarde.

Paúl se arrodilló, luchando contra sus desconcertadas emociones.

—¡Arturo! ¡Oh Arturo! ¿Por qué?

El cuerpo estaba como desparramado, boca abajo e inmóvil. Aun sabiendo que no tenía sentido, Paúl apretó dos dedos contra el cuello del hombre para verificar si había pulso en la arteria carótida.

Paúl se mareó, perdió el equilibrio y se cayó sentado al hallar no solamente un latido, sino además, fuerte y rápido.

Imposible. Nadie podría sobrevivir a esa caída.

Paúl luchó por ponerse de pie, y se inclinó, acercándose para escuchar la respiración. Nada.

Volvió a verificar el cuello. No había equivocación. El corazón del hombre latía, fuerte y firme. Paúl estaba entrenado para no mover a una víctima gravemente herida, pero tenía que hacer que el hombre respirara de nuevo. Deslizó una mano debajo del hombro de Arturo, y afirmando la cabeza y la columna con la otra, le dio la vuelta suavemente y lo puso de espaldas.

Los pulmones de Arturo soltaron un enorme *juoch*, y los ojos aletearon. Paúl estuvo a punto de llamar a los servicios de urgencia, pero dudó.

—Arturo —dijo muy conmovido— quédese quieto. Respire profundamente, y no se mueva.

Arturo tenía ahora los ojos abiertos, y contemplaba fijamente a Paúl como si se acabara de despertar. Sus labios se movieron, pero no salió sonido alguno de ellos.

Paúl lo hizo callar, luego lanzó un vistazo a las ventanas donde los empleados seguían apelotonados contra el vidrio, con la boca muy abierta.

—¿Vivo? —susurró Arturo.

—Así es —contestó Paúl—. Resista.

—¿Cómo?

—Es un milagro —dijo Paúl.

Los ojos de Arturo se abrieron de par en par, y se estiró para tocar a Paúl. Enroscó sus brazos en el cuello de Paúl y se incorporó. Empezó a llorar, agitándose con grandes sollozos.

—Arturo, ¿qué pasó?

—Doctor, salté —dijo roncamente—. Pero ni siquiera me caí del borde.

—¿Por qué?

La voz de Arturo era débil y laboriosa.

—Estoy tan harto de esto. Éfeso... quizás él la mató. No sé. Mi hermano ha desaparecido.

—¿Mató a quién?

—A esa mujer...

—Arturo, escuche. Usted no puede creer que lo hayan maldecido a usted ni a Éfeso.

—Él se burló de ella, la desafió... Quizás le hizo algo. Quizás ella está en la bóveda. Los guardias se volvieron locos...

—Éfeso recibirá su castigo si cometió un crimen, pero usted no sabe lo que hizo. ¿Por qué trató de matarse?

—Tuve miedo... los guardias... yo también era malo, despiadado con lo que tiene que ver con la plata... Una vez que se sepa la verdad, estoy arruinado.

—Arturo, está claro que usted no podía morir.

—Pero, ¿por qué? ¿Por qué Dios me salvó? No me lo merezco.

Paúl pensó en lo que le había dicho el Franco: *Paúl, yo no quisiera que fuera justo. Yo nunca me lo habría merecido.*

Contuvo el aliento durante un largo rato, antes de aventurarse.

—Hay gente que ora por usted.

—¡Lo sabía! —susurró Arturo—. Algo me ha estado atormentando desde hace varios días.

Se aferró a Paúl.

—Y usted... ¿Es usted uno de ellos?

Paúl asintió.

Arturo se dobló y estiró las piernas, luego estiró los brazos encima de la cabeza.

—No se pare todavía. Espere un minuto.

Paúl dio la vuelta y le lanzó una mirada a la multitud, obviamente impresionada, que estaba congregada junto a las ventanas. Ellos se echaron para atrás cuando Arturo insistió en ponerse de pie con ayuda de Paúl. Se quedó allí, trémulo, tratando de orientarse. Los espectadores se echaron para atrás, finalmente, cuando Paúl empezó a ayudar a Arturo para que pasara por la puerta de emergencia.

Los hombres llegaron al ascensor y subieron a la oficina de Arturo. El personal desviaba la mirada, como si no lo hubieran visto saltar. Paúl ayudó a Arturo a llegar a sus habitaciones privadas, donde una salita separaba el dormitorio y el baño.

Al sentarse en sillones cómodos, uno frente al otro, Arturo parecía exhausto. Paúl se inclinó hacia adelante y preguntó:

—¿Hay alguien a quien pueda llamar? ¿Su esposa, alguien?

—Ya no tengo esposa —dijo él—. Ya no tengo a nadie.

—Tiene a Dios. Él ni siquiera ha permitido que se matara. ¿Qué le dice eso?

Arturo enterró la cara entre las manos.

—Quizá tiene un destino peor que la muerte para mí. Yo hice que los cristianos fueran críticos pasivos, condescendientes. Ellos tenían ideas sobre lo que Éfeso y yo debíamos hacer con nuestros recursos. Me hartaron.

Oh doctor Stepola, no quiero ver lo que hay en la bóveda. ¿Qué pasa si *es* esa mujer... o si es algo sobrenatural?

—Arturo, no puede evitarlo. Pero se encuentre lo que se encuentre en la bóveda, no se puede comparar con el juicio venidero. Jesús dijo que no nos asustemos de los que quieran matarnos. Ellos solamente pueden matar el cuerpo; no pueden tocar el alma. Tema solamente a Dios, que puede destruir en el infierno el cuerpo y el alma.

—Entonces es cierto que Dios me va a destruir.

—Jesús dijo: «El ladrón viene a robar y matar y destruir. Yo he venido para que tengan vida, y vida eterna».

Paúl se puso de pie.

—Ahora tiene que calmarse y recobrarse. Pronto serán las ocho y yo volveré, y lo necesitaré para que me abra la bóveda.

—¿No puedo darle los códigos de acceso y decirle cómo hacer todo?

—La orden exige su presencia.

Arturo se desplomó.

• • •

Cuando Paúl regresó, Arturo parecía un reo camino al patíbulo. Se arrastró adelante de Paúl hasta un ascensor especial para la bóveda. Para que el ascensor llegara al subsuelo, Arturo tuvo que someterse al escáner de ojos y manos con máquinas y girar simultáneamente dos llaves. La tecnología acústica y de reconocimiento de ADN abrieron el ascensor, y entonces tuvo que pasar por todo eso y más para abrir la bóveda misma que iba del suelo al cielo raso.

—Tengo sesenta segundos a contar desde el tono de las 8 en punto para meter los códigos en el tablero. Tengo tiempo suficiente como para cometer un error, pero no dos. La bóveda no permite un tercer intento hasta doce horas después.

Arturo temblaba mientras las tremendas puertas se fueron abriendo lentamente. Le dijo a Paúl que fuera de una pequeña bóveda interior, el primer piso estaría lleno de divisas, certificados de acciones, bonos, algunos archivos y carpetas.

—Principalmente papeles. Los pisos inferiores están prácticamente llenos hasta el techo de barras de plata, plata esterlina marcada, 92,5 por ciento plata, y el resto cobre para dar la suficiente dureza para mantener la cohesión.

—¿Puedo? —preguntó Paúl, parado en la entrada abierta.

Arturo asintió, aún claramente presa del pánico.

—Se encenderá una luz.

Eso fue una forma muy pobre de decirlo, pues el lugar se iluminó como si fuera de día. Paúl miró rápidamente para atrás, y constató que Arturo parecía más tranquilo. Como hasta ese momento no parecía faltar nada, se acercó a Paúl. Sin embargo, este se detuvo después de su primer paso hacia el fondo. Había algo en el aire que casi bloqueaba la luz, al tiempo que la reflejaba esplendorosamente. Inicialmente parecía ser una neblina muy fina, pero como colgada pesadamente del aire, brillando. Los estantes delanteros, llenos de papeles de acciones, parecían recubiertos de oropel. Paúl sacó un pañuelo del bolsillo, y se tapó la boca con él.

Oyó resollar a Arturo, y se dio vuelta para verlo barrer lentamente el aire con la mano, tomando el polvo en la palma y frotándolo entre el pulgar y los dedos. También tenía tapada la boca.

—¡Plata evaporada! —exclamó Arturo detrás de la mano—. Se hizo polvo.

—¿Cómo ocurre eso? —preguntó Paúl.

—No ocurre. Es imposible.

—Arturo, ¿qué es esa puerta interior?

Pero el hombre estaba sobrecogido, temblando.

—¿Adónde da?

—A una reserva de plata pura, puesta en contenedores especiales —respondió Arturo con la voz plana—. La llamamos plata nativa o libre. Aún no se le ha agregado nada. Es casi blanca.

Paúl abrió la puerta de un tirón, y una nube fresca de plata evaporada salió para mezclarse con el resto. Paúl entró con el pañuelo firmemente apretado contra la boca y la nariz. Sabía que Arturo estaba detrás de él y que no habría forma de protegerlo de esto.

Ahí, en el suelo de la sala especial, había un hombre que se parecía mucho a una estatua de Arturo. Con los ojos abiertos. No se movía. Y estaba cubierto, milímetro a milímetro, de pies a cabeza

—pelo, cara, camisa, corbata, traje, medias y zapatos— de plata pulverizada.

Paúl retrocedió lentamente.

—Arturo, ¿es su hermano...?

—¡Éfeso! ¡Éfeso! —gritó Arturo, empujando para pasar—. ¡Te has convertido en lo que tanto amabas!

Abrazó el cadáver recubierto de plata, que se le deslizó de las manos y se cayó al suelo.

• • •

Paúl se pasó los siguientes días tratando con Arturo Demetrius y arreglando el lío. Se impuso a la compañía de seguros para pasar por alto las horas de los cerrojos de la bóveda, hizo que se llevaran el cadáver de Éfeso Demetrius a la morgue, y que un experto metalúrgico examinara el residuo de plata para ver si se podía salvar algo. El resultado fue negativo.

Arturo era un hombre quebrantado. Se pasaba la mayor parte de sus horas de vigilia llorando, orando, pidiendo perdón y pidiéndole a Paúl que le hablara más de la Biblia. Encontró su mayor consuelo en las palabras de Jesús, de Juan 5:24: «En verdad, en verdad os digo: el que oye mi palabra y cree al que me envió, tiene vida eterna y no viene a condenación, sino que ha pasado de muerte a vida».

—Dios ha estado tratando de llegar a mí —decía Arturo—, ¿y a quién envió para explicarse? A un agente de la ONP que podría haberme enviado a la cárcel.

— Lo que yo he aprendido —le dijo Paúl— es que el amor de Dios trasciende todas las dádivas terrenales. Dios amó tanto al mundo que sacrificó a su único Hijo, que murió en la cruz para salvarnos. Aceptar ese amor ha sido la decisión más importante y satisfactoria de mi vida.

Finalmente, una noche, muy tarde, en su opulenta casa, Arturo le pidió a Paúl que orara con él para recibir a Cristo. Paúl lo consoló, hablándole de los creyentes de Atlántica en la clandestinidad y le dio una hoja de morera.

—Quiero aportar algo concreto. Supongo que esta clandestinidad necesita fondos.

—Estoy seguro de que esa es una manera educada de decirlo. Puedo conectarlo con gente que siempre se alegrará de saber de usted. Va a querer conocerlos personalmente para que también aprenda y crezca.

• • •

En su informe para Koontz, Paúl culpó al hermano muerto de los tratos informales de Demetrius y Demetrius. Evidentemente, aquel había desfalcado plata y fondos, así como un cargamento enorme que compró y que nunca llegó a la empresa. Murió por asfixia en un accidente tonto al quedarse encerrado en la bóveda entre dos horas de apertura. Exoneraron al hermano menor y seguiría a cargo de la firma.

—Así que nada de tejemanejes religiosos —dijo Koonz.

—Nada de travesuras —afirmó Paúl.

—¿Y el asunto de los guardias? ¿Fue porque vieron el cuerpo en la bóveda?

—Correcto.

—¿Qué pasó con la maldición? ¿Está infestado el lugar de subversivos?

—Bob, no puede haber muchos. La mujer que se dice que los maldijo era una recién contratada, sin contactos con sus colegas de trabajo. Se desvaneció, con toda probabilidad para evitar que la detuviesen, aunque la policía no halló pruebas de juego sucio. En cuanto a nosotros, pienso que debemos mantener un ojo en la empresa y ver si Arturo Demetrius se queja más de proselitismo o de otras manifestaciones de la clandestinidad.

• • •

El Franco estaba eufórico. Abrazó a Paúl y le dijo:

—¡Mira lo que hiciste! Vaya la rapidez con que aprendes. La primera vez que sales, vas y haces un converso.

—Franco, no podía creerlo cuando sentí el pulso y me di cuenta de que estaba vivo. Sentir realmente el poder de Dios obrando en otra persona. Fue algo increíble. Y, de alguna manera, me vinieron las palabras precisas.

—Dios te dirigió.

—Definitivamente.

—¿Y qué pasó con el cuadro general? ¿Has decidido ya si te vas a subir a bordo?

—Franco, la respuesta es sí. Parece que ya lo decidí.

20

—EL FRANCO QUIERE LLEVARME A un torneo regional de ajedrez este fin de semana.

—Tienes que estar bromeando —dijo Jae—. Te quedaste atascado en Nueva York hasta el domingo y ahora, en lugar de pasar un fin de semana con tus hijos, quieres ir a jugar.

—No es que lo «prefiera». Los torneos donde uno logra jugar con gente de verdad, de carne y hueso, no únicamente en línea, no se celebran tan a menudo. El Franco piensa que estoy listo.

—Bueno, que sea lo que piensa el bueno del viejo Franco.

—Mira, estoy orgulloso de haber llegado a ser lo bastante bueno en tan corto tiempo como para volver a participar en torneos.

—Sí, Paúl, es realmente impresionante. Pero lo cierto es que no has tenido nada más que hacer durante meses. Si puedes irte de aquí con la conciencia limpia, entonces tú y el Franco vayan y pásenlo bien.

—Puedo decir que no quieres que yo vaya.

Ella meneó la cabeza y puso sus brazos en jarra.

—Gracias por aclarar lo evidente. De todos modos, ¿dónde es este torneo?

—En Toledo.

—¡En Toledo! A más de trescientos kilómetros de distancia.

—¿Qué tiene que ver la distancia?

Paúl, ¿sería diferente para ti saber que tu familia te va a abandonar la semana entrante?

• • •

—Quizá no deberíamos haber venido —dijo el Franco cuando Paúl le contó la discusión.

—Quizá. Últimamente ella ni siquiera parece quererme allá. Es como si se hubiera rendido en lo que respecta a mí, pero supongo que no puedo culparla. Yo tampoco he sido una joya.

Se quedó callado.

—¿Paúl?

—Franco, me preocupa mi familia. En especial los niños. ¿Qué significa para ellos que yo sea cristiano? Una cosa es poner en juego mi vida, pero ¿tengo derecho a arrastrarlos a esto? No los puedo poner a ellos ni a Jae en peligro diciéndoles toda la verdad, aunque eso me hiciera sentir mejor. Las cosas serían mucho más fáciles si pudiera decirle a Jae todo lo que me ha estado ocurriendo, cómo Dios me devolvió la vista, lo que he estado estudiando, las decisiones de volverme creyente y agente doble. Pero su padre es un antirreligioso de los más furibundos. Una vez dijo, respecto de los cristianos: «Odio a las culebras», y dirige una especie de servicio secreto en la ONP.

—Es como tener la cabeza en la boca del león. Pero Paúl, vas a tener que resolver esto. ¿Quieres proteger a Jae y a los niños del peligro físico y perderlos por toda la eternidad?

Paúl tuvo que contener la respiración después de eso.

—Ya antes de que me hirieran, nos estábamos distanciando —principalmente por mi culpa—, pero siempre pensé que habría otra oportunidad de mejorar las relaciones. Ahora parece imposible. Ni siquiera puedo imaginarme volver a acercarme a Jae lo suficiente para confiarle esto. Tú conoces ese versículo del Nuevo Testamento que dice: «El que ama a Dios, ame también a su hermano». Bueno, pues yo tengo problemas amando a mi esposa.

—Estas son las cuestiones más difíciles, Paúl. En cuanto a Jae, las cosas pueden estar difíciles ahora, pero tienes el mismo deber de honrarla y servirla. Mantén eso, y te asombrarás del cambio que verás en ella. Es una inversión. Haces esto porque es bueno, no por lo que recibes a cambio. Pero *recibirás* lo que des. Invierte amabilidad, servicio, amor y comprensión y lo recibirás todo de vuelta en abundancia.

—La verdad es que me pregunto cuándo sucederá eso, si es que sucede.

—La fe significa confiar en que Dios lo arreglará todo.

—Bueno, mientras tanto, detesto estar en casa. Me siento tan solo, como un agente triple en mi fe, mi trabajo y mi casa.

• • •

Al acercarse a Toledo los ojos de Paúl seguían clavándose en el espejo retrovisor externo.

—Mmm....

—¿Qué pasa?

—No te pongas en evidencia, pero ¿ves ese sedán gris allá atrás?

—¡Sí!

—¿Cuánto tiempo lleva detrás de nosotros?

—Quizá todo el camino, desde Chicago, contestó el Franco.

—Toma la próxima salida.

—¿El área de descanso de camiones?

—Sí, perfecto. Y hazlo en el último segundo.

Cuando el Franco salió del tráfico y subió la rampa de salida, Paúl notó que el sedán cambiaba de pista demasiado tarde.

—Entremos tranquilamente, comamos algo, y veamos si ese vehículo nos espera más allá, en la interestatal.

Efectivamente, allí estaba el sedán, que había tomado la siguiente salida. Se había detenido arriba, y era obvio que esperaba que Paúl y el Franco pasaran otra vez antes de volver a la carretera.

—No me gusta esto —dijo el Franco.

Paúl meneó la cabeza

—A mí tampoco.

Cuando volvieron al camino, Paúl le dijo al Franco que tomara la siguiente salida después de donde estaba el sedán, doblara a la izquierda para cruzar el puente y volviera al tráfico en sentido contrario. Cuando el sedán comenzó a hacer lo mismo, tenía al Franco haciendo lo contrario, y pronto estuvieron en ruta hacia Toledo, varios kilómetros adelante de sus perseguidores.

—Parece que nos libramos de ellos.

—Mejor será que no nos durmamos en los laureles —acotó Paúl.

—¿Crees que volverán a aparecer?

—Quizá. Sal aquí y tomemos carreteras secundarias hasta el hotel.

Paúl estaba asustado, aunque trató de encubrir su preocupación en aras del Franco. Estaba claro que los que los seguían no eran de la ONP, pues los agentes entrenados nunca habrían sido tan evidentes a menos que desearan que los viesen, pero ¿por qué? Y si sus perseguidores no eran de la ONP, ¿quiénes eran? Paúl no lograba imaginarlo.

No había señales del sedán gris cuando llegaron al hotel. El Franco se identificó por el escáner de retina, pero el de Paúl no sirvió debido a las heridas. Una impresión de la mano bastó para que les dieran las llaves infrarrojas.

El Franco aún parecía nervioso, y movía los ojos de acá para allá.

—Paúl —dijo—, refresquémonos, juntémonos en mi cuarto para una partida de práctica, y cenemos temprano para estar listos para el torneo de la mañana.

• • •

Después de una ducha Paúl volvió a sentirse casi normal. Estaba listo para una partida, pero se frenó cuando se acercó al cuarto del Franco. La puerta estaba entreabierta. Eso no significaba nada, pero también halló apagada la luz. El Franco no solía dejar su cuarto sin llave, especialmente después del susto en la carretera.

Paúl abrió cuidadosamente la puerta. Su agudo sentido del olfato detectó sudor. Entró cautelosamente, sin hacer ruido en la alfombra de pared a pared ¿Estaría el Franco durmiendo una siesta? No con la puerta abierta. Paúl entrecerró los ojos en la oscuridad, mirando de soslayo la puerta cerrada del baño. Tampoco había luz allí.

Súbitamente la puerta del baño se abrió de par en par, y dos grandes figuras se abalanzaron sobre Paúl, golpeándolo contra la pared y tirándolo al suelo. Paúl hizo una llave mortal en una muñeca carnosa, pero antes de que pudiera dañar a alguien se les unió otro hombre más.

Él no era rival para tres. Soltó la muñeca y unos dedos grandes y toscos le apretaron las manos contra los lados, mientras le metieron la cabeza en una funda de almohada. Luego le pusieron una correa —parecía de cuero— alrededor del torso. La ataron atrás, inmovilizándole los brazos.

Paúl oyó ruedas que chirriaban, y sintió que algo le rozaba el muslo. Los hombres lo levantaron y lo pusieron en algo que parecía un carrito de lona.

—Postura fetal —dijo uno.

Paúl pensó en intentar soltarse, pero estaba en evidente desventaja. Lo taparon con sábanas y frazadas y oyó la voz del Franco.

—Los veo allá. Paúl, confía en mí.

Sintió que el carrito se movía, y supuso que hacia la puerta. ¿Sería posible que el Franco fuera un agente doble? Si era así, Paúl estaba muerto.

—¿Estamos solos? —preguntó.

—Tranquilo.

—¿Adónde vamos?

—Paúl, no hagas esto más difícil.

Paúl oyó abrirse la puerta, y cuando el Franco lo empujó al corredor, sintió que un lateral del carrito se golpeaba. Ellos iban en la dirección opuesta de donde Paúl había salido del ascensor, así que cuando se pararon y oyó que apretaban un botón supuso que era el ascensor de carga.

Las puertas se abrieron, al carrito lo empujaron para meterlo, se cerraron las puertas, y Paúl oyó un gemido y percibió movimiento del descenso. Cuando se volvieron a abrir las puertas, olió un garaje subterráneo, y oyó el ir y venir de vehículos eléctricos y de hidrógeno. El carrito fue frenando cuando lo empujaron rampa arriba. Una puerta metálica se deslizó al abrirse. y el carrito se bamboleó sobre un terreno desigual. La puerta se cerró.

Todo estaba en silencio salvo el ruido del motor de un camión, y empezaron a moverse. El Franco sacó las frazadas y las sábanas.

—Paúl, ¿te puedes sentar?

Paúl pisó con un pie, y trató de incorporarse, pero necesitó ayuda. El Franco lo jaló para dejarlo sentado, entonces soltó la correa de cuero.

—¿Estás bien?

—Habría podido matar a alguno de ustedes en ese cuarto.

—Te lo creo —contestó el Franco, tirando a un lado la correa y sacando la funda de almohada.

En el furgón del camión no había ninguna luz.

—Así que ahora somos solamente los dos —dijo Paúl—. ¿Dónde están los forzudos?

—Adelante, con el chofer. Ahora tómate de mi brazo y sal de ahí. Aquí hay un banco. Va a ser un viaje largo.

—Franco, ¿adónde vamos?

—Lo verás cuando lleguemos allá, Paúl, pero déjame decirte que será más de lo que te hayas podido imaginar.

—Tengo que saber...

—Paúl, tienes que tener fe. Relájate.

Dos horas más tarde, según calculó Paúl, el camión se detuvo finalmente, pero el motor siguió en marcha. El Franco volvió a tapar la cabeza de Paúl con la funda de almohada. Paúl dijo entonces:

—Acepto la venda, pero no me ates. Si no puedes tenerme confianza...

—Paúl, aquí no mandas. No se trata de mí ni de mi confianza. Esto es para tranquilidad de las personas que vienes a ver. No me obligues a pedir ayuda.

Paúl escuchó afuera lo que parecía ser una enorme puerta de metal que se abría deslizándose. El Franco golpeó dos veces en la parte trasera del camión, y la puerta se abrió. Paúl sintió la fría brisa de la tarde filtrándose por la funda de almohada, y se dio cuenta del brillo de las luces delanteras. Lo ayudaron a bajarse del camión, a caminar por un sendero de grava y a entrar. Por el traqueteo de la puerta, y por la forma en que se producían ecos en su queda conversación, Paúl llegó a la conclusión de que era una estructura metálica.

Lo movieron a través de un crujiente piso de madera, y oyó un ascensor que se abría ruidosamente.

—Cuidado —dijo el Franco, guiándolo a lo que parecía una plataforma flotante—. Apenas hay espacio suficiente para nosotros cinco, y no te caerás.

Paúl sintió una corriente de aire frío desde abajo, y aunque el ascensor comenzó a bajar con traqueteos metálicos, la muralla se sentía como de malla de alambre. Parecía que hubieran estado bajando por siempre.

—¿Qué lejos vamos? —preguntó Paúl.

—Un buen trecho. Más de trescientos treinta y cinco metros.

Cuando el ascensor por fin rebotó y se detuvo muy por debajo de la superficie, Paúl olfateó el aire, y lo encontró frío, seco y salobre.

El Franco dijo:

—Ustedes dos vayan manejando adelante y díganles que ya llegamos.

¿Manejando? ¿A trescientos treinta y cinco metros debajo del suelo?

El Franco ayudó a Paúl a que caminara unos sesenta metros, y luego lo guió hasta otro camión. Viajaron mucho tiempo, antes de que el Franco lo desatara y le sacara la funda de la cabeza. Se encontraban en una avenida muy ancha con enormes columnas transparentes, aunque neblinosas, que se elevaban al techo abovedado. Una mina de sal.

—Sudoeste de Detroit o nordeste de Ohio, ¿correcto, Franco? —preguntó Paúl.

—Si quisiera que lo supieras, no te habría arrojado a la parte de atrás de un camión, ¿no? Esta veta de sal cubre decenas de miles de kilómetros. Podríamos estar en cualquiera de varios estados de los de antes de la guerra.

Pasaron por una maquinaria dilapidada pero enorme, que hizo que Paúl se preguntara, en voz alta, cómo había sido posible llevarla hasta ese nivel. Solamente los neumáticos tenían más de dos metros de diámetro.

—Por partes —explicó el Franco—. Se armaron aquí. Cuando las minas funcionaban, justo antes del final de la guerra. Había toda clase de esas cosas aquí abajo.

Mientras más se adentraban, mejor iluminada se volvía la mina. Cada pocos metros había carteles adosados a las paredes, que advertían de la radiactividad.

—Falso —dijo el Franco.

Pasaron por lo que parecían enormes salones para banquetes o salas de baile.

—¿Hay gente viviendo aquí?

—Más de la que te imaginas. Vas a conocer a tres.

—¿Y nadie sabe que están aquí abajo?

—Nadie que no tenga que saberlo. No les gusta en absoluto que tú lo sepas.

Paúl no oyó nada, y solamente vio paredes blancuzcas.

—¿Es muy lejos?

—Como otros cuatrocientos metros más. Este laberinto se extiende kilómetros y kilómetros.

—¿Qué es todo esto? —preguntó Paúl señalando hacia arriba a una red de cañerías y cables.

—Solía abastecer de electricidad todos los equipos de minería. Se conectaban a los cables como los carros eléctricos de superficie. Nosotros hemos ampliado mucho para el abastecimiento de energía eléctrica para la vida cotidiana. Paúl, esta es una ciudad debajo de otra ciudad. Cualquier extraño que llegue hasta aquí es detectado por sensores que informan a los guardias. En ese caso se detiene toda actividad en nuestra pequeña comunidad. Se apagan las luces, dejan de zumbar los refrigeradores, las congeladoras, lo que digas. Los curiosos se cansan de andar en la oscuridad, así que se marchan y salen sin saber nada.

—¿Alguien ha llegado tan lejos como para encontrarse con los centinelas?

—Nunca.

—¿Y si alguien llega?

—No queremos pensar en eso, pero tenemos un plan.

—¿Cuál?

—Como te digo, preferimos no pensarlo.

—Tendrán que matarlos, y entonces, ¿qué?

—El procedimiento exige llevar el cuerpo a la superficie, ponerlo en el vehículo en el que vino y mover ese vehículo a una parte donde al cadáver no se lo relacione con la mina.

—¿Cómo justifican eso?

—No lo justificamos, Paúl. Oramos para que nunca pase.

—¿Cómo impiden que la gente venga a curiosear?

—Estamos muy lejos del camino habitual, y realmente uno tiene que querer llegar hasta acá. No hay absolutamente nada de valor que se sepa. Las puertas funcionan solamente con nuestro código, sumamente cifrado, y en cuanto cruzamos la reja, podemos esconder nuestros vehículos. Hay carteles que advierten del alto voltaje, de los perros y, repito, radiación. Cuando se cerró la mina, un grupo planeaba botar aquí basura radiactiva, cosa que habría funcionado bien. Nunca lo hicieron, pero nuestros carteles asustan a la gente que tiene mala memoria. Me atrevería a decir que la mayoría de los lugareños cree que este es un vertedero de basura radiactiva.

—Eso me mantendría alejado.

Finalmente doblaron en un recodo que se abría a un largo corredor, todo derecho.

—Otros doscientos setenta metros más por ese camino, doblamos a la izquierda y llegas a la comunidad. Derecho por aquí, a tu derecha, deberían estar nuestros anfitriones.

A Paúl le asombró que la zona pareciera una sala para almorzar de una oficina pequeña. Sillas indescriptibles, una mesa, un refrigerador, un horno de microondas y hasta un perchero. Cuando entraron, tres personas se pusieron de pie. En el medio estaba Abraham, el hombre que Paúl había conocido en el parque, ahora sin capucha, pero aún con anteojos oscuros.

—Doctor —dijo abrazándolo cálidamente—. Bienvenido a nuestra comunidad. Esta es Sara, mi esposa —le sonrió una mujer que parecía casi en los sesenta, con pelo entrecano—, y este es Isaac.

—No soy su hijo —comentó Isaac con tanta rapidez que Paúl supuso que lo decía muy a menudo.

Él y Sara llevaban puestos lentes de sol, igual que Abraham. El pelo de Isaac era de un rubio rojizo, con unas pocas canas visibles. Paúl estimó que tendría unos cuarenta años.

—Aquí todos usamos nombres en clave —dijo Abraham—. Muchos residentes son fugitivos. Casi ninguno conoce las identidades verdaderas de aquellos con quienes vivimos y trabajamos. Por cuestión de seguridad.

—Por eso todo ese tremendo misterio para traerme.

—Entiendo que le haya parecido un poco exagerado, pero transportamos a todos, de entrada y salida, de la misma manera, salvo honrosas excepciones. Imagínese si las agencias ejecutoras de la ley se enteraran.

Abraham señaló sillas para el Franco y para Paúl. Él, Sara e Isaac llevaban unos alfileres de solapa con unas coronitas, idénticas a la que había visto en la solapa del Franco. ¿Una clase de insignia cristiana?

Paúl nunca había pensado en preguntarle al Franco por eso —de hecho, apenas la notaba—, pero ahora lo haría. Cuando Isaac se sentó, Paúl se dio cuenta de que le colgaba un brazo, inutilizado, aunque estaba bien formado.

Al advertir la mirada, Isaac dijo:

—Un balazo. Me volaron el hombro en un motín del gobierno en Pacífica. Yo fui el único de nuestro grupo que sobrevivió.

Paúl ahogó un jadeo. Pacífica, ¿Querrá decir San Francisco? *¿Me atrevo a preguntar?*

—Nos emocionó el éxito de sus esfuerzos en Nueva York —dijo Abraham para comenzar.

—Lo que presencié allá fue sorprendente —dijo Paúl—. Y, como usted predijo, Dios me mostró qué hacer.

—El profesor dice que eso lo ayudó a decidirse sobre nuestra propuesta.

—Así fue. Y mi respuesta es sí. Estoy con ustedes hasta las últimas consecuencias.

Abraham sonrió. Sara se apoyó en su marido, levantando una mano para limpiar unas lágrimas. Isaac estiró el brazo bueno para tomar el de Paúl.

—Gracias —dijo—. Sabemos que está en un lugar mucho más vulnerable que cualquiera de nosotros, viviendo dentro del campo del enemigo. Usted es una respuesta a nuestras oraciones, y seguiremos sosteniéndolo en oración.

—Paúl, uno de los nuestros ha empezado a orar y a estudiar diariamente con su nuevo converso —dijo Abraham—. Y le debemos un agradecimiento especial. Él ya ha efectuado una donación importante que nos permitirá ejecutar unos esfuerzos nuevos que hemos planeado. Hablamos un poco de nuestra misión cuando nos encontramos en el parque.

—Sí, ofrecer confraternización y guía a los creyentes, además de difundir la palabra.

—Sí, eso y ayudar a coordinar el trabajo de los grupos cristianos locales, pero nuestra misión es más profunda que eso. ¿Qué sabe del rapto?

Paúl miró perplejo al Franco.

—Puedes considerarlo como la fase de apertura de los sucesos descritos en el libro del Apocalipsis —dijo el Franco—. Jesús se manifestará en las nubes en un instante, en un abrir y cerrar de ojos, y con un grito y el sonido de una trompeta llamará a todos los que están listos —los verdaderos creyentes— a reunirse con Él en el aire, y les dará la bienvenida al cielo.

—¿Literalmente levantarlos de la tierra?

El Franco asintió sonriendo.

—Y la Biblia nos dice que sucederá a una hora inesperada.

—¿Qué pasará con todos los demás? —preguntó Paúl.

—Los que queden atrás y sobrevivan el caos —imagínate lo que puede pasar durante la hora de mayor tránsito, cuando la gente desaparezca de los volantes de sus vehículos— tratarán de sobrevivir el período de tribulación, cuando Dios ha de enviar veintiún juicios desde el cielo en un último esfuerzo por captar su atención. Muchos recibirán a Cristo, pero muchos más seguirán rechazándolo a pesar de todo lo que vivan. Como los creyentes verdaderos estarán en el cielo, no habrá nadie que quede para enseñarles, salvo gente que debería haberlo sabido bien.

—Y como los textos religiosos están prohibidos desde hace décadas —dijo Isaac— podría suceder que, al no tener nuestra ayuda, no haya nada para que aprendan.

—¿Qué hacemos?

—Empezamos a plantar ejemplares de la Biblia y tratados cristianos en todo el mundo, en incontables lugares y en todo medio concebible para asegurar que la Palabra de Dios nunca sea erradicada de la Tierra. Hemos comenzado a mandar ediciones impresas, digitales, en vídeo, audio, y hasta vídeos en el lenguaje internacional de señales para sordomudos. Queremos que sea accesible a todos a pesar de los cambios tecnológicos, el analfabetismo o los trastornos ambientales, como apagones, que surjan de los desastres naturales o provocados por el hombre o por las privaciones de los últimos días. Por ejemplo, la Biblioteca Americana del Congreso, que llega a todo el mundo, tiene funcionando nuestro programa de entrega de libros. Mediante este programa, situamos Biblias o tratados, a menudo empastados dentro de otros libros o monografía, en todas las bibliotecas del mundo.

—La Biblioteca del Congreso —repitió Paúl, pensando en Ángela Barger.

—Yo trabajé en estudios de grabación —dijo Abraham—. Uno de los nuevos programas que queremos empezar tiene como propósito que un disco, de cada tantos miles que se hacen, tenga un tratado del Nuevo Testamento en lugar de lo que pidió el cliente. Lo mismo vale para las copias de cosas de Internet; uno espera Thelonius Monk y recibe Tesalonicenses.

Paúl se rió.

—Corintios en lugar de *Carmen*. Gálatas en vez de Garth Brooks. Muy ingenioso.

—Tenemos que continuar pensando en nuevas estrategias para estar un paso por delante del gobierno —dijo Abraham—. Uno de los proyectos favoritos de Sara tiene que ver con textiles con textos entretejidos.

—Sería muy fácil —dijo Sara—, y piensen lo valioso que podría ser en lugares menos desarrollados del mundo.

—Y su amigo, el profesor, trabaja con profesionales de la medicina para aprovechar la red de comunicaciones de hospitales en toda la nación.

—¡Franco! Siempre pensé que estabas demasiado cualificado para ser un cuidador de pacientes hospitalizados.

—Oh, no, Paúl, mi trabajo como voluntario también es importante. Por eso estás aquí. No te olvides.

Tenemos nuestras tareas designadas —que son críticas— y que debemos llevar a cabo con diligencia...

—Así es, Paúl —añadió Abraham—. Nuestro trabajo es vital. Luchamos por ganar corazones para Cristo en tiempos que son, con toda seguridad, los de mayor represión de la historia humana, cuando los gobiernos del mundo no solamente han prohibido la religión, sino que también tienen capacidad tecnológica para poner en vigencia esa prohibición espiando a cada ciudadano. Mantenemos una biblioteca, entrenamos a maestros y ofrecemos servicios de apoyo a los creyentes, pero también, por medio de nuestro programa de comunicaciones masivas, debemos sentar las bases de un futuro que nunca veremos y que podría empezar en cualquier momento. Al nuevo esfuerzo lo hemos llamado *Pronto*.

—Oremos.

Todos se tomaron de la mano. Paúl asió la inválida de Isaac.

«Dios, Padre nuestro, te traemos a Paúl, tu hijo, que se embarca en un viaje tan peligroso que su vida está en tus manos. Rogamos para él tu guía y protección, tu sabiduría y fuerza mientras te sirva. En el nombre de Cristo, Amén».

Abraham levantó la cabeza.

—Queríamos traerlo acá, Paúl, para que sintiera que verdaderamente es uno de los nuestros, un soldado del ejército de Dios, que está creciendo. Puesto que Él está con nosotros, nadie tiene por qué sentirse solo, nunca.

21

EN CUANTO SE ALEJARON UN POCO del lugar de la reunión, volvieron a atar a Paúl y a vendarle los ojos. Su mente giraba como una turbina al pensar en la ciudad dentro de la mina de sal, catacumba moderna, refugio contra la persecución y nodriza para grupos cristianos. El rapto, cuando Dios lleve a los creyentes al cielo. La Operación Pronto, una audaz iniciativa para mantener en circulación la Palabra de Dios hasta el final de los tiempos. Isaac, que quizá fuera el hombre que Paúl intentó asesinar en San Francisco, y esos alfileres de solapa...

El Franco lo desató cuando estuvieron instalados en la banca del camión.

—Cuando me diste las hojas de morera, eso encajó en mi teoría de que los diferentes grupos usan diferentes símbolos para identificarse.

—¿Sí?

—¿Por qué no me hablaste de esos?

El Franco vaciló y habló lentamente, escogiendo sus palabras con mucho cuidado.

—Bueno, este... antes de que te comprometieras a unirte a nosotros, no era sensato darte mucha información relativa a los símbolos de identificación cristianos.

—Muy apropiado, pero ahora me lo puedes decir. Esas coronas que tú y la gente de la mina de sal usan, son los símbolos de identificación de ustedes, ¿correcto? Los sacaron del tercer capítulo del Apocalipsis, cuando Dios le dice a la iglesia de Filadelfia: «Retén firme lo que tienes, para que nadie te arrebate tu corona».

El Franco arqueó una ceja.

—Bueno, sí...

—Así que mi teoría era correcta. Me figuré que la resistencia estaba usando imágenes del Apocalipsis, especialmente del comienzo, esa parte de las iglesias. Por ejemplo, podrían haber atacado Petróleos Sardis en la Tierra del Golfo porque una de las iglesias del Apocalipsis estaba en Sardis. Los creyentes conectados a ese operativo escogieron un medallón con un libro, y ropa de color claro como símbolos. Nunca lo elaboré bastante como para informárselo a mi jefe, pero es cierto, ¿no?

El Franco meneó la cabeza.

—Asusta darse cuenta de lo cerca que llegaste, Paúl. Sin embargo, recuerda que los hechos de la Tierra del Golfo y otros lugares han sido milagros. Los cristianos nunca han perseguido ni atacado nada. Así que no, tu teoría no era totalmente correcta.

—¿Qué he pasado por alto?

—Piénsalo. ¿Cuántas iglesias —o candelabros o estrellas— aparecen en ese pasaje?

—Siete.

—¿Y cuáles son las siete divisiones en que se podrían agrupar a los cristianos?

—Bueno... Somos los Siete Estados Unidos de América.

—Correcto. Las afiliaciones no son aleatorias. Tú sabes que soy perito en historia. Revisa la historia de esas siete iglesias del Apocalipsis, y te darás cuenta de que cada una se corresponde claramente con uno de nuestros siete Estados.

Paúl decidió que eso era la cosa más asombrosa que había escuchado esa noche, y eso teniendo en cuenta que lo habían secuestrado y arrastrado a una mina.

—Fíjate en Éfeso —dijo el Franco—. Era una ciudad portuaria, conocida como «el mercado de Asia» por ser el centro financiero más importante del Mediterráneo. Además de la banca, tenían como industria principal la fabricación de santuarios de plata para la diosa Artemisa. La Biblia nos dice que además de creer en dioses falsos asociados con la plata, muchos efesios creían en la magia, y que cuando se quemaban sus libros de adivinación era como si se hubieran hecho humo cincuenta mil piezas de plata. ¿Éfeso no te recuerda ningún sitio?

Paúl miró fijamente, muy confundido.

—Así lo pensé —dijo el Franco—. Y como dato aparte, recuerda que llaman al apóstol Pablo, en Hechos, para que reviva a un hombre que se había caído de la ventana desde un tercer piso en Troas.

Paúl se echó para atrás, enmudecido.

—Mira, Paúl, una vez que comienzas a buscar señales de que el final está encima de nosotros, las hallas por todas partes.

• • •

Paúl dormitó, exhausto. El siguiente ruido que oyó fue que se abría la puerta trasera del camión. Estaban en el garaje de un estacionamiento.

—Afuera hay un taxi —dijo el Franco—. Te llevará de regreso al hotel. Yo iré más tarde. Te veo en el torneo de la mañana.

—Casi me olvidé que vinimos a jugar al ajedrez.

Paúl salió a la calle, que estaba desierta a esas tempranas horas de la madrugada, salvo por el taxi. El chofer sabía adónde iba, y ya le habían pagado. El vestíbulo del hotel estaba vacío, salvo por dos hombres que leían el periódico. ¿Dos hombres sentados en el vestíbulo a medianoche? Las probabilidades eran astronómicas. Paúl se entretuvo mirando folletos de las atracciones del lugar. Ninguno de los hombres dio vuelta a una página. ¿Lo habían pillado? Se acercó al mostrador y preguntó si tenía recados. Nada.

Paúl tomó el ascensor a su piso, pero en lugar de ir a la habitación se deslizó en un descansillo de la escalera, desde donde veía la puerta. Los hombres no aparecieron. Cerró la puerta con cerrojo y cadena, y además puso una silla trabando el picaporte. Finalmente fue capaz de relajarse. No podían haber sido de la ONP. Demasiado evidentes.

Paúl durmió unas pocas horas, se dio una ducha y bajó para juntarse con el Franco. No vio más a los dos hombres. *Aficionados.*

• • •

Paúl no pensaba que en esa mañana sabatina podría concentrarse lo bastante en el ajedrez como para ganar algo. Encontró su nombre en una pantalla de plasma, colocada en el salón de baile del hotel, entre los catorce jugadores de la categoría Novicios. El Franco estaba un par de niveles más arriba. Jugadores de varios niveles se reunieron con los organizadores del torneo para recibir instrucciones, y Paúl le echó un vistazo a la competencia. Muchos jugadores parecían antisociales, hasta algo sucios. Algunos llevaban libros de tapa blanda sobre las diferentes estrategias en el ajedrez, con las esquinas dobladas.

Paúl se atarantó y jugó demasiado rápido, por lo que perdió dos de las primeras cuatro partidas que le tocaban, lo que lo situó en el medio del grupo. Eso era realmente mejor de lo que había esperado, pero estaba convencido de que ambas derrotas podrían haber sido triunfos si hubiera pensado con claridad. Buscó la estadística del Franco, y vio que le pasaba lo mismo en su nivel. Paúl se sintió agradecido por la preparación que el Franco le había dado en los últimos meses. Aún no había enfrentado a nadie que hubiera podido igualarse al Franco.

Paúl se calmó, después de comer algo, y se convirtió en la sensación del torneo al ganar nueve de las siguientes diez partidas, incluyendo siete de una sola vez, con lo que ganó su división. El premio en efectivo era minúsculo, pues no alcanzaba ni para pagar una cena, y el trofeo no era más que un juguetito, pero Paúl vio que la experiencia le daba vigor. Se sorprendió de su energía, de que su mente hubiera permanecido aguda, simplemente de haber podido relajarse y concentrarse.

Parecía que el Franco, que terminó en el cuarto lugar de la división más difícil, estaba aún más contento de que Paúl hubiera ganado.

—¡De veras que me enorgullezco de ti!

• • •

Brie y Connor se quedaron fascinados con el pequeño y barato trofeo de Paúl, pero Jae los sacó rápidamente.

— Más tarde pueden hablar con papá. Vayan arriba a jugar.

—¿Jae, qué pasa? —preguntó Paúl cuando se fueron los niños.

—¡Ay, Paúl! ¿Dónde estuviste anoche?

—¿Qué quieres decir?

—¿Dónde estuviste hasta que regresaste solo al hotel, justo antes de que amaneciera?

—¿Me hiciste seguir?

—Y te llamé. Bien pasada la medianoche. E hice que golpearan la puerta de tu cuarto a todas horas.

—Eso no lo creo.

—¿Estuviste con otra mujer?

—¿Qué?

—Paúl, confiésalo. ¿No te parece que ahora ya lo sé? Leí su carta.

—¿Su carta?

—Paúl, la conociste en Washington, y ahora, en Toledo también. ¿Cómo puedes mentirme mirándome a la cara?

—¿Ángela Barger? ¿Estuviste curioseando en mis cosas? Jae, no sé cómo decirte cuán ofendido estoy.

—¿Tú? Bueno, he aquí cuán ofendida estoy *yo*. La próxima semana se terminan las clases, y me llevo a los niños a Washington durante todo el verano. Eso nos dará a ambos tiempo para pensar.

—Si dejaras de gritar y escucharas un minuto…

—¿Escuchar qué?

—Jae, esto es totalmente injusto

—¿Te duele la verdad, Paúl?

—Podemos hablar.

—Paúl, nos vamos. Está decidido. Los niños están entusiasmados.

Jae le pidió a Paúl que llamara solamente los sábados, y únicamente para hablar con los niños.

—Cuando yo quiera hablar contigo —dijo— te llamaré.

Y se fue.

• • •

Paúl, solo en la casa, se aborreció por dejar que la discusión se le fuera de las manos. Le daba vergüenza que las cosas se hubieran deteriorado. Así que su nueva vida no lo había curado todo.

A mediados de semana encontró una distracción, un informe en la oficina relativo a un caso en Las Vegas. Habían encontrado muertas a dieciséis personas, todas por sobredosis de drogas, delante de un altar y bajo una cruz. Las muertes se las atribuyeron a un autoproclamado profeta que decía ser la reencarnación de Jonás. Los amigos de las víctimas decían que «Jonás» había fabricado el cuento de que una ballena se lo había tragado mar afuera de San Francisco hacía unos cuantos años; luego, a los tres días, lo había vomitado en la playa con quemaduras superficiales por el ácido del estómago de la criatura.

Cuando estuvo en la ballena, decía Jonás, Dios le había dicho que edificara una congregación que tuviera acceso directo al cielo mediante el milagro de las drogas alucinógenas. Según los amigos de las víctimas, aquel profeta también patrocinaba el amor libre, Según él, Dios le había dicho que esa había sido su intención desde el momento de la creación.

Se informaba que había centenares de personas de Las Vegas y sus alrededores ya metidas en el culto de Jonás.

—Un chiflado sumamente peligroso —le dijo Paúl al Franco mientras cenaban—. Imagínate si pudiera derrotarlo y juntar a los demás. Podría salvar unas cuantas vidas y, también, librarnos de una secta.

—¿Vas a Ciudad Pecado? —preguntó el Franco.

—A comienzos de la semana entrante. El jefe piensa que esto parece muy serio.

El Franco se echó para atrás y contempló a Paúl.

—Mejor que te consigas un antifaz, muchacho. Eres muy nuevo en la fe para ir allá, sobre todo con tu familia lejos de ti. Todo es juego de azar y sexo.

—Yo me las arreglo.

—Célebres últimas palabras. Parece que ya te decidiste.

—Así es.

• • •

Ese fin de semana, como tenía tiempo libre, Paúl decidió terminar la tarea que había descuidado por tanto tiempo: desocupar la casa de su madre. Antes de ir allá, llamó a un corredor de propiedades para que fuera y la viera el lunes, poco antes de irse a Las Vegas.

Estacionando en la entrada de automóviles, Paúl se quedó contemplando la compacta casa de ladrillos donde había crecido. El pasto estaba cortado, gracias al servicio de jardinería, pero los arbustos y las flores estaban muy crecidos, silvestres. No había vuelto por allí desde la Inviernidad, hacía más de seis meses. Era el tiempo más largo que había pasado sin ir a la casa, contando el tiempo de la universidad y del servicio militar. *Desde entonces ¡cuántos cambios! Todo lo que creía y hasta lo que pensaba que creía.*

Paúl se bajó del automóvil y abrió la puerta principal. El aire estaba denso, cálido y rancio. Pasó por los cuartos vacíos, y se detuvo delante de la puerta del sótano. Hacía ya seis meses, pero se acordaba claramente de haber cerrado con llave dicha puerta, empujado el botón, probando la manija, sellado allí la carta, que o bien había sido puesta por la ONP, o —como entonces le pareció peor— era una destructiva traición de su padre, muerto hacía tanto tiempo. Y ahora la puerta estaba entreabierta.

Paúl se quedó inmóvil para intentar oír algún ruido, tiró calladamente de la puerta hacia él y la cerró. Revisó rápidamente las habitaciones de la casita, arriba y abajo. Nada. Volvió a la puerta del sótano, la abrió silenciosamente y volvió a escuchar; entonces bajó.

El sótano parecía vacío, pero detectó un matiz de algo fuera de lugar en una casa que se había mantenido cerrada durante tanto tiempo: aire fresco. Revisó las ventanas que había en la parte superior de las paredes de concreto. La más cercana a la bodega estaba abierta.

Las cajas seguían en la bodega, donde las había dejado, pero a todas las habían roto y vaciado, con el contenido desparramado por el suelo. Se arrodilló y encontró las viejas tarjetas de saludo que felicitaban a sus padres por su nacimiento.

¿Quién lo había hecho? ¿Un vago buscando cosas de valor? ¿Alguno de sus colegas de la ONP armando el escenario de una búsqueda para que pareciera un robo? ¿O lo más probable: Jae abriendo la ventana para que entrara aire y luego olvidándola, mientras buscaba quién sabe qué, después de haber hallado la nota de Ángela?

Paúl revisó el desorden durante más de dos horas, y aceptó finalmente su temor más grande: la carta de su padre había desaparecido.

22

PAÚL SE PASÓ EL RESTO del fin de semana empacando lo que quedaba de las pertenencias de su madre, y luego hizo un recorrido final. Nada parecía fuera de lugar en el piso de arriba, cosa que le hacía sospechar más del desorden del sótano. El lunes le mostró la casa al agente inmobiliario y le dio las llaves.

A eso de las dos de la tarde del martes, después de registrarse en un hotel de la calle Fremont, Paúl se halló en medio de la zona conocida como Las Vegas Strip. La llamaremos La Franja.

La Franja dominaba la mayor parte del bulevar Las Vegas, fuera de los límites de la ciudad. Estaba llena de los hoteles más grandes del mundo, que ofrecían diversiones durante las veinticuatro horas del día: máquinas de fichas, cartas, ruleta y toda otra forma concebible de juego de azar. La gran mayoría del medio millón de habitantes trabajaba en la industria del turismo, que mantenía a la ciudad. A Paúl le asombró que tanta gente viajara tan lejos, al calor del desierto, para perder su dinero.

En el perfil de la ciudad, que se reconocía al instante, se destacaban dos inmensas imágenes hechas de tubos de neón: Apolo, el dios del sol y la música, y Dionisos, el dios del vino y de los placeres carnales. Nuevos para Paúl resultaron los sugerentes hologramas frente a cada establecimiento, que destacaban lo que parecía como gente realizando en varios actos sexuales explícitos.

Antes de dormirse cada noche, entre sesenta y noventa minutos, Paúl había estado estudiando cuidadosamente el Nuevo Testamento, en particular el Apocalipsis. Pensaba en los paralelos que había hecho el Franco entre las iglesias del Apocalipsis y los mayores centros poblados de los Siete Estados Unidos de América. Si aún dudaba un poco de cuál sería la iglesia primitiva correlacionada con Las Vegas, eso se eliminó con el lugar adonde se dirigía Paúl: Tiatira.

Paúl sintió que lo empujaban durante la larga caminata al lugar, pues la multitud de la tarde era tanta como la de toda la noche. Se sorprendió al ver transeúntes a la luz del día, y supo que aún habría más después del crepúsculo.

Igual que los otros, este casino ostentaba un holograma que mostraba a una mujer que iba perdiendo la ropa mientras la imagen giraba y danzaba, pero como siempre, justo antes del momento más revelador, velos muy finos de gasa la cubrían estratégicamente.

La propietaria de Tiatira, una mujer que se hacía llamar Jezabel, supuestamente conocía personalmente a Jonás. La mayor parte de lo que Jezabel hacía con su casino era legal en Las Vegas, pero Paúl iba a estar alerta a las irregularidades en caso de que necesitara presionarla. La necesitaba para llegar a Jonás.

Tiatira era el hotel-casino más grande del mundo, con capacidad para más de seis mil huéspedes, y un piso principal con más hectáreas de parafernalia para juegos de azar que la suma de otros dos establecimientos. Todas las máquinas de fichas y las mesas de juego tenían dibujadas mujeres seductoras, y la decoración estilo burdel, con rojos y rosados chillones, acomodaba a las cientos de camareras que atendían las mesas exhibiendo relámpagos de carne. Todos los crupieres eran mujeres vestidas provocativamente.

Paúl se paró en seco al mirar por el piso. Una de las mujeres parecía conocida. Dio unos pasos más y ella se dio vuelta. ¡Ese perfil! ¿Podía ser? Imposible.

Paúl se abalanzó entre la multitud, empujando, dando codazos y disculpándose, pero siguió perdiendo de vista a Ángela. Tenía que ser ella, y sin embargo, ¿cómo podía ser? ¿Qué estaría haciendo ahí, tan lejos de su casa? Paúl nunca había llegado a la conclusión de si sabía la verdad sobre su padre o si ella misma era una creyente clandestina. De todos modos, él nunca la había considerado como la clase de mujer que podía hallarse en Tiatira.

Cuando Paúl llegó a la entrada principal, la gente entraba y salía con un apuro enloquecido, como si el lugar acabara de abrir. Parecía que Ángela se había esfumado. Eso no era lógico. Sencillamente no habría sido ella.

Un séquito se abrió paso, rodeando a una mujer de buena figura, y vestida de forma un tanto conservadora, de unos cincuenta y cinco años, que llevaba un maletín de cuero. La mujer vestía un traje color lavanda, ajustado, corto y que le sentaba muy bien, pero nada como el atuendo sugerente de sus empleadas.

Paúl se apresuró para alcanzarla, pero al acercarse lo bastante como para llamarla, su séquito lo cortó.

—Ella no está disponible —dijo un hombre corpulento que llevaba puesto un traje.

—Ella está disponible para mí —terció Paúl, haciendo relampaguear sus credenciales.

El hombre asintió.

—En la oficina. Sígame.

Cuando llegaron a la oficina, el guardaespaldas ya le había susurrado algo al oído, y le había pasado la tarjeta de Paúl. Ella giró, y sus ojos lo midieron.

—En realidad, hoy no estoy aquí.

—Me temo que esto no puede esperar, señora. Solo necesito unos pocos minutos. Si usted no está aquí, en realidad no debería haber interrupciones.

Jezabel fulminó a Paúl con la mirada, y giró hacia su secretaria.

—No estoy aquí —dijo, y Paúl la siguió hasta su oficina.

Él se sentó en un sofá de cuero de los llamados confidentes, y ella, en una silla frente a él.

—Entonces ¿qué quiere la ONP de mí? Yo manejo un negocio legítimo.

—Necesito saber cuál es su relación con Jonás.

Ella puso los ojos en blanco.

—Si anda detrás de él, estamos en el mismo equipo.

—Se sabe que él usa las supuestas prostitutas legales para sus ritos, y nadie las emplea más que usted.

—No diga «las supuestas», agente Stepola. Todo es legal en mi lugar y sobre la mesa.

—Bueno. ¿Emplea él a sus muchachas?

—Sí, ha seducido a unas cuantas.

—¿Ha perdido alguna en la reciente tragedia?

Por fin Paúl caló en ella. Jezabel empezó a hablar, pero luego se controló.

—Usted ya sabe que él se toma muy en serio esta cuestión.

—¿Cuestión?

—La charlatanería religiosa. Le sirve si sus parroquianos se lo creen, porque significa más dinero para él. Pero para él es más que un truco.

—Señora, ¿ha perdido usted a alguien?

Jezabel se puso llorosa. Trató de hablar, pero solamente levantó dos dedos.

—¿Perdió dos?

Ella asintió, mientras sacaba de su escritorio un pañuelito de papel.

—Les dije repetidamente que no se dejaran envolver en eso. La mayoría de mis niñas, por lo que sé, ni siquiera toman drogas. O si lo hacen, solamente es por recreo. A la primera señal de adicción, se van de aquí.

Jezabel hizo una bolita con el pañuelito y lo tiró a un canasto que estaba a unos tres metros en un rincón.

—Mire, cuando conocí a Jonás era un pelele de dos centavos, que se llamaba Morty.

—¿Morty qué?

—Morty Bagadonuts, así se llamaba entonces. Creo que el apellido real es Bagdona. Mortimer siempre ha sido un rufián, pero tenía cierta ventaja. Tenía unas cuantas niñas en los hoteles de Fremont, hasta que se dio cuenta del potencial de Franja.

—No le permito acceso completo a mis muchachas, pero lo que hagan en su tiempo libre es cosa de ellas. La prostitución legalizada es una partida ya bastante fuerte. No tiene sentido hacer que las niñas también se droguen. Pero si se las puede enganchar, entonces tienen un trato. Eso es parte de la cosa religiosa de Morty. Hay droga —por precio— y hay amor gratis, pero realmente tampoco es gratis. Él dice que Dios le dijo, cuando estuvo dentro del pez, que esos eran los dos caminos a Jesús. Así que pague, tire, juegue y ore.

—¿Y él está de verdad en eso? ¿No es una estafa?

—Me preocuparía menos si así fuera. Vamos, yo vendo sueños. ¿Usted cree que mi nombre verdadero es Jezabel? Mary Anderson, de Cleveland. Puede averiguarlo. La gente viene para acá creyendo que van a vencer a la casa, aunque saben —*lo saben*— que todo está inclinado para nuestro lado. Sí, necesitamos solamente unos pocos puntos porcentuales del tope de cada período de veinticuatro horas en que se juegan muchos millones, así que les dejamos pensar que ganan, pero ambas partes sabemos que eso es un engaño. Y nuestras niñas también reciben entrenamiento para convencer a estos tipos de que son los hombres más impresionantes que hayan visto. En otro escenario, en otras circunstancias, podría ser amor verdadero. Mientras más se lo creen, más gastan. Así que Morty encontró un cuento que la gente se tragaba. Más poder para él. ¿Pero hacer de verdad que *ellas* se crean esa cosa? ¿Hacer que mis niñas se droguen lo bastante como para morirse? No, eh, eh, eso es pasarse de la raya. Tiene que pagar.

—¿Dónde cree *usted* que está Jonás?

—Creo que Jonás, como lo conocemos, con la túnica y todo eso, es historia, pero Morty no está lejos. No hay forma de que vaya a abandonar esta gallina de los huevos de oro. Alquila un departamento de lujo en el Babilonia, con su nombre verdadero. Allí nadie sabe que Morty es Jonás. Cuando hace el papel de Jonás lleva una túnica descolorida, una peluca de pelo largo, una barba falsa. Hubo tantos que se tragaron el cuento que tuvo que repartirlos en lo que él llama congregaciones. Literalmente son demasiados para juntarlos a todos en el mismo lugar sin que lo descubran. Así que están en grupitos por aquí y por allá, y él emplea a muchachas diferentes en diferentes lugares para los ritos. Pero cuando anda de ronda por los casinos, reclutando gente, solamente parece un pelirrojo de mediana edad, un poco calvo, con una barba incipiente y ojos inyectados en sangre. Si quiere hallarlo, el Babilonia es el lugar para comenzar.

—Es el responsable de dieciséis muertes, por lo que sabemos. Los «polis» deben estar encima.

Ella se rió burlona.

—Ellos están encima de todas las noticias, llevar cadáveres, hacen declaraciones. Hasta ahora no han relacionado a Morty con Jonás, y si alguien lo relacionó, digamos que los sobornos no son desconocidos en esta ciudad. Yo ni siquiera estaría aquí hablando con usted si no fuera por las chicas. Para mí la única manera de tratar con él es en sus propios términos. Alguien tiene que denunciarlo.

—Si puedo convencerla de que le harán juicio con todo el peso de la ley, ¿me ayudará?

Jezabel lo contempló.

—Usted parece tan limpio que realmente tiene que ser de confianza.

—Como usted dijo, aquí estamos en el mismo equipo.

Jezabel le dio a Paúl una lista de seis empleadas que habían trabajado a jornada parcial para Jonás. A ninguna se la había visto desde hacía días.

—Son adultas, pero me preocupan. Si las encuentra, póngalas a salvo.

—Trato hecho.

• • •

Existían varias formas de recorrer Las Vegas, desde las limusinas de los ricos a los autos de alquiler, los taxis, un monorraíl elevado y las veredas. Paúl optó por mezclarse, y usó el monorraíl que recorría todo el largo de La Franja. Siempre se bajaba unas pocas cuadras antes de su destino, y trataba de parecer un turista boquiabierto al mirar los gigantescos hoteles, casinos, curioseando aquí y allá.

Compró fruslerías en un par de tiendas del Babilonia, el segundo establecimiento más grande después del Tiatira y, con las bolsas en las manos, anduvo por el piso de juegos de azar y entrando y saliendo de los teatros, en un intento por captar el trazado del lugar.

Paúl se halló estudiando las caras mientras iba por La Franja, siempre a la sombra del Babilonia. El pelirrojo Morty, de ojos inyectados, naturalmente era su blanco principal, pero también se encontró buscando constantemente a Ángela Barger.

Una vez, cuando iba en un monorraíl tan lleno que tocaba los hombros de los pasajeros de al lado, Paúl creyó verla otra vez. No estaba seguro, porque ella le estaba dando la espalda, pero parecía que estaba conversando con dos o tres mujeres de la noche que, por supuesto, no se limitaban a la noche de esa ciudad.

Paúl se abrió paso al frente del tren y se bajó tan pronto como pudo. Corrió de vuelta hacia donde creyó haber visto a Ángela. Las prostitutas todavía estaban allí, pero ella se había ido.

Se aproximó, con las bolsas de compras aún colgando del brazo.

—Forastero, ¿buscas una cita? —insinuó una de las mujeres.

—No, disculpe —contestó él—. No quiero molestarla, pero…

—¿Eres «poli»? —preguntó otra—. Porque estamos trabajando y tenemos licencia.

—No, estoy buscando a la mujer que estaba aquí hablando con ustedes.

—¿Es más de su estilo?

—Bueno, no, yo…

Las muchachas se rieron, mirándose entre sí.

—Lindo, ella ni siquiera es una muchacha de las que trabaja. No es lo que tú quieres.

—Sí, sí lo es. ¿Les dijo su nombre? ¿Saben dónde está?

Ellas se encogieron de hombros.

—Mira, estás bloqueando el tráfico. Si no compras, sigue adelante.

—Solamente díganme dónde la puedo encontrar —dijo Paúl.

Una de las mujeres se rió fuerte.

—Prueba en una iglesia. Oh, claro, ya no hay más de esas cosas.

23

CUANDO POR FIN PAÚL SE DESPLOMÓ en la cama, pasada la medianoche, tres cosas resonaban en su cerebro: cuán peligroso era Morty/Jonás, cuánto deseaba volver a ver a Ángela y lo que había dicho la ramera sobre la iglesia.

Paúl escuchó sus discos del Nuevo Testamento durante una hora, durmió de a saltos y se levantó temprano. Las Vegas seguía haciéndose propaganda como la ciudad que nunca duerme, y la actividad y el gentío no parecía disminuir ni siquiera a las seis de la madrugada. La verdad es que Paúl no tenía ganas de pasarse el día interrogando a mujeres de la calle para intentar detectar a las empleadas de Jezabel y, naturalmente, a Ángela Barger.

Paúl sentía un interés nulo por las mujeres atractivas y seductoras que hacían negocio del sexo. Sin embargo, se sintió extrañamente emocionado al hacer sus rondas públicas. Mientras conversaba con diversas mujeres —se dio cuenta de que era más fácil hablar con una cada vez que con dos o tres—, realmente sentía compasión por ellas. Paúl pasaba eso por su colador mental. Si Dios nos ama a todos y se interesa por cada alma, y si Él, como el Franco citaba una y otra vez, «no quiere que nadie perezca», también tenía que amar a estas mujeres. Vivían en pecado flagrante, vendían sus cuerpos; sin embargo, eran dignas de amor, compasión y perdón. Entonces se sintió impactado: Si Ángela era creyente, y hacía que una profesional pensara en el concepto antiguo de iglesia, quizás eso era lo que ella también sentía por esas mujeres, y les hablaba de eso.

Muchas mujeres se lo sacaban de encima rápidamente en cuanto se daban cuenta de que él no era un cliente. Otras eran amables y trataban de ayudar. Ninguna admitía conocer a las muchachas de Jezabel, y pocas recordaban haber visto a alguna que respondiera a la descripción de Ángela.

Dios, oró Paúl en silencio, *sé que ella está aquí. Ayúdame a encontrarla.*

Esa tarde Paúl vio a una mujer de la calle que parecía tan dopada, distraída y distante que casi evitó hablarle.

—Ando buscando a alguien, y quizás usted pueda ayudarme.

—¿Qué le gusta? —dijo ella sin entusiasmo.

—Estoy buscando a una rubia espectacularmente bonita, de unos treinta años, que puede andar por aquí hablando con las mujeres del oficio.

—¿De Dios?

—Posiblemente. Sí.

—Ella me habló. Me dijo que podía irme de la calle, que ella conocía gente que me cuidaría, que me protegería de mi empleador, que me ayudaría a encontrar a Jesús.

—¿Cuándo la vio?

—Ayer, al final de la tarde.

—¿Dónde?

—Como a seis cuadras más al norte.

—Si le diera mi teléfono, ¿me llamaría si la vuelve a ver?

—¿La va a meter en líos? Lo que ella hace es peligroso. E ilegal.

Paúl consideró la ironía, tomando en cuenta la fuente.

—No, ella es una amiga. Solo necesito encontrarla. ¿Me llamará?

—Lo pensaré.

—Realmente se lo agradecería; y mire, aunque no me llame, probablemente valga la pena escuchar lo que ella diga.

—¿Sí?

—Seguro.

—Si usted lo dice...

Paúl se dio vuelta para irse.

—Oiga, señor.

La muchacha buscó en su carterita y sacó una tarjeta.

—Ella no me dijo su nombre, y no la culpo, pero me invitó a una reunión esta noche en un lugar que se llama Los Prados. Aquí está la dirección. En el sótano de un bungaló.

Paúl la anotó rápidamente.

—¿Va usted? —preguntó.

—No. Tengo que trabajar hasta medianoche. Ella me dijo que fuera a las diez, y si alguien más entraba a la misma hora, que diera la vuelta a la manzana y entrara sola. También me dio esto. Supongo que es como una entrada. Puede quedárselo. Yo no voy a usarlo.

Era una piedrecita blanca, lisa y suave. Paúl supuso que era un símbolo, como la hoja de morera, que los creyentes clandestinos usaban para identificarse entre sí. La noche anterior había oído un versículo del Apocalipsis que tenía que haberles dado la idea: «Y le daré una piedrecita blanca, y grabado en la piedrecita un nombre nuevo, el cual nadie conoce sino aquel que lo recibe».

Ese sería el emblema de Pérgamo, que Paúl suponía se correlacionaba con Washington D.C. Con toda seguridad, estaba sobre la pista de Ángela.

—¿Seguro que no quiere esto? —preguntó.

—¿Y si cambia de idea?

—No. Usted no conoce a mi empleador.

• • •

El resto del día resultó inútil para detectar a Jonás, pero Paúl no pudo sacarse de la cabeza la posibilidad de ver a Ángela esa noche. Alquiló un coche, y luego llamó a Bob Koontz desde el hotel.

—¿Cuándo vas a necesitar refuerzos? —preguntó Koontz—. ¿Estás cercando al tipo o qué?

—Tengo información bastante buena de su alias y de dónde se aloja, pero en estos momentos me está resultando difícil dar con él. Confía en mí, lo encontraré.

—Comunícame cuando necesites un equipo, y los tendremos allí en cosa de minutos.

—Gracias. Mientras tanto, ¿podrían revisar el nombre de Mortimer Bagdona, alias Morty Bagadonuts, y enviarme lo que encuentren?

—Seguro. Haré que te lo revise alguien de la oficina local.

—Bueno, pero no quiero que ellos se metan en mi caso.

• • •

Paúl estuvo pensando en cuál sería la mejor forma de acercarse a la reunión de Ángela. Se preguntó si habría hombres invitados, y si los había, ¿serían patronos? El antiguo concepto del rufián había desaparecido al legalizarse la prostitución, pero los hombres aún desempeñaban un papel enorme en la vida de esas mujeres. Por el aspecto de la muchacha que lo había puesto sobre la pista de Ángela, tenía la certeza de que era una adicta, y que su patrono era un proxeneta.

Así pues, no era probable que se acogiera bien a los varones en la reunión. ¿Qué parecería, apareciéndose con una piedrecita blanca? Quizá su presencia resultara intimidante. ¿Qué pasaba si no lo dejaban pasar, antes de que tuviera una oportunidad de ver a Ángela? Decidió quedarse al acecho, fuera de la casa, y esperar su oportunidad.

A las nueve y media de la noche estacionó a unas pocas casas del bungaló, y se agazapó detrás del volante. Vio a una joven —¿una ramera?— saltar de un taxi a media cuadra del lugar indicado y esperar a que se fuera antes de dirigirse a la casa.

No había luces en el segundo piso, y las ventanas del sótano estaban tapadas con tablones. Mirando a su alrededor, la joven llegó a la entrada de automóviles. Paúl le dio un momento y la siguió. Una masa oscura grande se destacaba en el patio, al final de la entrada de automóviles. Era un furgón. Se cobijó en las sombras de la casa durante el mayor tiempo que pudo, y luego se deslizó detrás del furgón.

Atisbando por la ventanilla del lado del chofer, vio en la parte de atrás del bungaló a la mujer que estaba en la puerta del sótano. No tuvo que llamar a la puerta. Alguien de dentro debía estar mirando, alguien que no lo vio a él, porque la puerta se abrió.

—Bienvenida, bienvenida —dijo una joven—. ¿La siguieron?

—No. Tuve mucho cuidado.

No el suficiente.

Desde atrás del furgón, Paúl vio llegar a ocho mujeres más. Siete parecían de la calle —dos llegaron juntas— y una daba la sensación de parecer fugitiva.

• • •

Ángela se emocionó con la cantidad. Le sonrió a cada mujer, recordando a la mayoría por su nombre, lo que parecía hacerlas sentirse más cómodas.

—En primer lugar —dijo— aplaudo su valor al venir esta noche. No pienso retenerlas mucho, porque sabemos que es tan peligroso para ustedes como para nosotros. Así que permitan que vaya derecho al grano. Esta noche puede cambiar su vida.

»Como les dije en la calle, creo en Dios. Creo en Jesús. Venimos hasta aquí, desde muy lejos, porque Dios nos ha puesto en el corazón llegar a mujeres de la calle como ustedes. Ustedes no estarían aquí si estuvieran felices con la vida, con el estilo de vida que tienen, y con quien sea al que rinden cuentas. Les ofrecemos una vía para que salgan de este modo de vida y se vuelvan a Dios. Tenemos un refugio donde podemos esconderlas, alimentarlas y enseñarles a ser creyentes en Cristo. Tengo unos tratados que me gustaría repartirles, y que ustedes pueden estudiar como quieran.

»Ahora, esta es la emocionante noticia. Sé que todo esto es nuevo para ustedes, y que quizá les parezca que tienen muchos cabos sueltos que atar antes de siquiera considerar algo como esto, pero escúchenme. Puede que sean como muchas mujeres de su oficio, que nos han dicho que estaban listas para romper inmediatamente. Puede que en este momento tengan problemas con sus empleadores. Él no sabe dónde están, y si no llegan con una mentira muy convincente y creativa, van a sufrir por haber estado aquí esta noche.

»Esta es nuestra oferta: Dejen todo atrás. Desaparezcan. Podemos llevarlas esta misma noche a nuestro centro, y tenemos ropa y comida y todo lo necesario para empezar de nuevo. No las presionamos, no las obligaremos a ninguna decisión, y nunca les pediremos que hagan nada contra su voluntad. Se les presentarán las proclamas de Cristo para su vida y esperamos que vean que Dios las ama y que Jesús murió por ustedes. Si en cualquier momento ustedes deciden que esto no es para ustedes, por supuesto tienen la libertad de irse. Y nunca les pediremos ni un centavo.

»Ahora, mientras lo piensan, le voy a pedir a mi compatriota, a quien conocieron en la puerta —llamémosla Freda— que les cuente su historia».

Freda contó que había sido prostituta en Washington D.C. Un día alguien la invitó a una reunión.

—Era una reunión como esta. Les digo que se me hizo largo el tiempo de espera para asistir. De alguna forma estaba lista para el cambio, y sabía que estaba arriesgando mi vida por solo estar fuera de contacto con mi patrono. Vine y escuché. ¿Y saben qué? Descubrí que ya creía en Dios. Toda mi vida supe que existía un Dios, sin que importara lo que dijeran el gobierno, mis padres, profesores o la sociedad. Yo sabía que había un Dios. Vamos, miren a su alrededor.

»Pero yo no me sentía digna. Era una drogadicta. Había pasado por tres abortos. Me había casado dos veces. Mi historial medía varios kilómetros. Gané mucho dinero y lo desperdicié todo. Dependía tanto de mi patrono que pensaba que me iba a morir antes que él. Les aseguro, señoras, que me fui corriendo tras esto con todo lo que era. Estaba lista. Y cuando supe que no tenía que cambiar nada, que podía ir a Jesús tal como era, bueno, no necesité. Él produjo todos los cambios.

»Si esto suena demasiado bueno, demasiado bonito para ser verdad, créanme, es verdad. Quizá la vida de ustedes no llegue a ser en absoluto más fácil. Piénsenlo. Como prostitutas, pueden vivir en la luz pública, y los cristianos tenemos que andar escondiéndonos, en la oscuridad, pero ustedes deciden. ¿Qué vida es mejor? ¿La vida con Jesús y con los pecados perdonados? ¿O volver a las calles y venderse para beneficio de un tercero? Espero que todas ustedes hagan ese viaje esta noche. Si no lo hacen, todo lo que les pedimos es que crean nuestros motivos y no le hablen a nadie de nosotras. Queremos solamente lo mejor para ustedes, y apreciamos su confianza. Y, por lo menos en el mes entrante, pueden encontrarnos aquí todas las noches».

Ángela se sintió compensada al ver que todas las mujeres se prendían de lo que decía Freda, que era una oradora fuerte, sin pelos en la lengua y que realmente llegaba al corazón de las mujeres que la escuchaban. Era un activo tremendo para el ministerio.

—¿Alguna pregunta? —inquirió Ángela.

—¿A qué hora parte el bus? —dijo una muchacha, y las otras se rieron.

—En cuanto terminemos aquí. Tenemos un chofer, y Freda irá con ustedes. ¿Cuántas quieren ir?

Cinco levantaron inmediatamente la mano. La que parecía fugitiva esperó hasta que las contaron, y entonces preguntó:

—¿Esto es solamente para prostitutas? Yo no lo soy todavía, pero si me quedo en la calle no tendré opción.

—Querida, también es para usted —contestó Ángela.

—Entonces, cuenten conmigo.

—¿Willie?

El socio de Ángela apareció, y les dijo a las mujeres que las escoltaría hasta el furgón. Salieron de dos en dos, mientras Ángela hablaba con las tres que habían decidido no ir.

—Ángela, estamos completos —dijo Willie, después de llevar al último grupo—. ¿Quiere usted llevarlas, y luego volver a buscarme?

—Oh, no, todavía estamos conversando. Estaré bien hasta que vuelvas.

Cuando partió el furgón se marcharon dos de las mujeres. Una se quedó diez minutos más, claramente arrepentida de no haber tenido fuerzas para romper con todo. Ángela no la convenció, y al final se fue, tras prometer que volvería a la siguiente reunión.

—Creo que entonces estaré lista —dijo—. Ore por mí.

Ángela la acompañó a la salida, y esperó hasta que ella se dio vuelta, la despidió con la mano y se encaminó hacia la salida de automóviles. No había luna, y Ángela se sintió atemorizada por las impenetrables sombras. Le pareció haber oído algo. *¿Hay alguien en el patio?*

Con un estremecimiento volvió a la casa. Cuando cerró la puerta, oyó un golpe suave. Saltó para atrás. Nuevamente el golpe.

—¿Hola? —dijo suavemente—. ¿Se olvidó algo?

—No —dijo una voz masculina—. Vine a verla.

—Yo no, este...yo no veo a nadie ahora —dijo Ángela—. Es tarde y...

—Ángela, soy yo. Paúl Stepola.

—¡Paúl! —dijo ella, abriendo la puerta de par en para—. ¿Vino como miembro de la ONP?

—No —contestó él—, como uno de ustedes.

Una vez dentro, con la puerta cerrada, él le contó todo: su curación, el Nuevo Testamento, el Franco, su conversión, el haberla visto en Tiatira y en la calle, absolutamente todo.

Temblorosa, ella se abalanzó a abrazarlo.

—¡Pícaro! ¡Casi me mata del susto!

—La seguridad de ustedes no es gran cosa —dijo Paúl—. He estado fuera todo el tiempo. Tienen que vigilar más.

—Obviamente.

—Dígame qué hace aquí.

—Bueno, tenía que desaparecer durante un tiempo, y este pareció ser un lugar donde podría hacer algo bueno.

—¿Tarea misionera?

—Exactamente.

—¿Dónde están sus hijos?

—Lo crea o no, están aquí. Tenemos jóvenes que hacen de niñeras.

—Pero no estarán aquí, donde podrían allanarlos.

—No, no. Están en el centro. Estamos en las Torres Fremont.

—¡Ángela! Yo estoy exactamente calle arriba. ¿Cómo va a volver?

—Willie y Freda me llevarán después de que dejen a las muchachas.

—Llámelos y dígales que usted vuelve conmigo, y vamos a comer juntos un postre o algo así.

—Me encantaría, Paúl, y usted puede contarme entonces qué está *haciendo* aquí.

24

EN EL RESTAURANTE, Paúl no podía dejar de contemplar a Ángela. Le encantaba su mirada, su compasión, en fin, todo. Ella lo había atraído desde la primera vez que la vio, y ahora, tal y como estaban las cosas con Jae...

Ángela estaba radiante —«estupenda», decía ella— por ver a todas esas mujeres que tomaban las decisiones correctas, y también por volver a ver a Paúl, pues había sabido por el Franco que se había hecho cristiano, y que Dios le había restaurado la vista.

Por supuesto, ella sabía del horrible incidente Jonás.

—Eso hace precisamente que nuestro trabajo sea más importante —comentó—. Sigo buscando muchachas que hayan estado relacionadas con él, pero hasta ahora, ninguna ha venido, o no confiesan que trabajaron para él. Todas le tienen terror.

Paúl le habló de la joven que lo había dirigido a la reunión y le había dado la piedrecita blanca.

Ella asintió.

—Conozco a esa chica. Se llama Lucy. Por lo menos así la conocen. He conversado con ella más de una vez. Tiene un patrono realmente malo. Ella se petrifica de terror. Él no comparte el dinero con las chicas. Las hace adictas, las obliga a que le compren las drogas, también las obliga a venderlas, y luego les quita todo el dinero y les da un poquito para que vayan viviendo.

—Encantador.

—Sí. Lucy parece tan dulce y tan perdida. Me gustaría mucho que se alejara de él y viniera a vernos, pero incluso cuando estoy hablando con ella, mira por encima de mí, preocupada de que Mort la esté vigilando. Para que aceptara mi tarjeta tuvimos incluso que caminar fuera de su zona.

—Espera, ¿de quién se preocupa tanto?

—Ella es una de las muchachas de Morty Bagadonuts. No creo que ese sea su verdadero nombre, pero así es como se le conoce. Vive en un lujoso…

—…un departamento de lujo del Babilonia. Así que…

Paúl le contó lo que sabía, y ella se puso lívida.

—¿El Mort de Lucy es Jonás?

Paúl asintió.

Podrías ayudarme a atrapar a este tipo.

—Con todo gusto.

Se quedaron hasta altas horas de la madrugada organizando un plan, y en cierto momento, Ángela estiró una mano por encima de la mesa y tomó con las suyas las dos de él. Mirando profundamente sus ojos, dijo:

—Esto es emocionante. Eres brillante.

Paúl se dio cuenta entonces de que ella no tenía idea de que él era casado. Nunca había dicho ni una palabra sobre su familia.

Llevó a Ángela de regreso al hotel, y la acompañó a su cuarto. Ella lo miró con expectación.

—Entonces será hasta mañana —dijo él.

Entonces ella se le acercó. Lo aproximó hacia sí, tomándolo por los hombros y él le presentó la mejilla. Dándole un leve beso, Ángela susurró:

—La caballerosidad vive.

. . .

De vuelta en su hotel, Paúl se detuvo en la recepción para recoger el paquete de Koontz con el informe de Bagdona. Mientras subía la escalera, sintió una mezcla confusa de emoción, vergüenza y sorpresa. Durante la mayor parte de su matrimonio había sucumbido —incluso la había buscado activamente— a la tentación de mujeres por quienes se interesaba poco, teniendo a Jae que lo esperaba en casa. Pero esta noche, alejado de Jae, había estado con la mujer con la que llevaba meses soñando, que satisfacía más que plenamente esas fantasías y que estaba sola y a disposición. Sin embargo, había cumplido sus votos matrimoniales.

Qué irónico resultaba que, después de un simple roce en la mejilla, él se sintiera consumido de remordimientos por traicionar a Jae, así como también por crear falsas expectativas en Ángela. Él había actuado una mentira, amándola con los ojos y el lenguaje corporal, hasta con el tono de su voz. Ella era viuda, con hijos pequeños y tenía toda la razón del mundo para creer que él estaba disponible. Ella actuaba como si él fuera exactamente lo que había estado buscando. Él tendría que aclarar las cosas.

Si algo reflejaba que Dios estaba obrando en su vida, fue eso.

. . .

Mortimer Eugene Bagdona, para sorpresa de nadie, tenía un historial de negocios sucios en California antes de llegar a Las Vegas hacía varios años. Sus andanzas tenían más de seis años de antigüedad, pero le dieron a Paúl algo para empezar.

Bagdona se autodenominaba importador y exportador de joyas, pero evidentemente nunca había practicado el oficio. Su última residencia conocida antes de instalarse en Las Vegas había sido Chula Vista, California. Paúl se preguntó si la policía local relacionaría la cercanía de esa ciudad con San Diego, y por lo menos, si sospecharía de un enlace entre él y Jonás. No era probable. De alguna forma, a Morty Bagadonuts nunca lo requirieron por causas relacionadas con drogas.

Al día siguiente, por intermedio de Ángela, Paúl conoció a dos de las mujeres de Tiatira que habían trabajado a media jornada para Jonás. Por lo sucedido la semana anterior, las dos se habían asustado del trabajo extra. Conocían a dos de las mujeres que habían muerto.

—Al principio parecía un trabajo normal —dijo una—. Danzábamos en esos ritos con instrucciones muy específicas de Jonás, hacíamos trucos y repartíamos drogas. Se nos permitía hacer un poquito por nosotras mismas si queríamos, pero solamente para animar a la congregación —así llamaba él a esos tipos (todos eran hombres)— a que comprara más y más. Realmente nos presionaba para que pasáramos a trabajar con él a jornada completa, pero ahora, con lo sucedido, ¿quién se atreve?

Avanzada esa tarde, Ángela iba a intentar acercarse a Lucy. Paúl le había advertido que decidiera sobre la marcha cuánto le revelaría a la mujer. Todo lo que Ángela tenía que hacer era explicarle a Lucy que tenía una buena oportunidad de alejarse de Mort.

Paúl se reunió con Ángela justo después del mediodía en un restaurante pequeño, fuera de La Franja, para echar a andar el plan. Ella parecía entusiasmada.

—Puede ser que esto parezca divertido —dijo él—, pero es peligroso.

—Lo sé, Paúl, pero todo lo que he estado haciendo en Las Vegas es cosa de vida o muerte, y tú no permitirías que me pasara nada, ¿no?

—Ángela, ni por todo el mundo. Quisiera poder garantizarlo.

Ella volvió a tomarle las manos y la sangre de él empezó a acelerarse. *Mejor que hablemos. Y pronto.*

Paúl le pasó a Ángela un juego de fundas de botones para que se las pusiera sobre los botones de la blusa.

—Asegúrate de que este tape el segundo de arriba —dijo—. Se ve como los otros.

—Precioso.

—Sí, pero ¿te puedes imaginar? Un juego como este cuesta una fortuna. Es un transmisor sintonizado a la frecuencia de los receptores de mis molares. Puedo oír lo que esté pasando hasta una distancia de dieciséis kilómetros de ti.

—Eso me hace sentir segura.

—Eso debería ayudar, Ángela, pero en realidad tienes que decidir si quieres continuar en esto.

—¿Yo? —preguntó ella—. Estás bromeando. ¿Con la posibilidad de atrapar a un fulano como este? No lograrías convencerme para que no participara.

—Lo primero que queremos saber es si Mort sigue en la ciudad. No hay señales de él en el Babilonia; pero si se fue, ¿por qué está tan asustada Lucy? Haz que te diga cuándo fue la última vez que habló con él y, mejor todavía, la última vez que lo vio en persona.

—Bien.

—No digas ni una palabra de que yo sé quién es él. Lucy tiene que saber que él es Jonás. Probablemente él la haya usado en los ritos. Solamente dile que soy un amigo tuyo que lo va a mantener ocupado el tiempo suficiente para que ella pueda irse.

—Ella no parece todavía dispuesta a eso, Paúl.

—Solamente porque le tiene un miedo terrible. ¿Por qué guardó tu tarjeta y la piedrecita blanca? Incluso eso tenía que ser peligroso. Si no tuviera la recóndita intención de que podría llegarle el momento oportuno, ¿no los habría botado sin más?

—¿Ves? *Eres* brillante.

Paúl quiso decirle que ella también, y además, hermosa. Pero no pudo.

• • •

Paúl estacionó a unas tres cuadras de donde Ángela esperaba reunirse con Lucy. La fidelidad del equipo era tan buena que podía oír la respiración de Ángela.

—No la veo —musitó ella—. Seguiré mirando. Espero que puedas oírme.

Minutos después, Paúl oyó una voz de hombre.

—Bien, bien, hola, preciosita.

¿Uno que le hablaba a Lucy? Paúl se sintió tentado a ponerse en una posición en la que pudiera ver.

—Dije hola, orgullosita.

—Sí, hola —contestó Ángela.

—¿Qué, eres demasiado buena para mí? —dijo el fulano, y otros que estaban cerca se rieron.

Paúl sintió que se hundía. ¿Iba a tener que rescatar a Ángela antes de que ella hallara a Lucy?

—Amigo, ¿cuál es su problema? —dijo Ángela, con un valor que impresionó a Paúl.

—Solo ando buscando un poco de acción, eso es todo.

—¿Le parezco una ramera?

—Bueno, no, yo…

—Entonces, déjeme en paz.

—Sí, señora. Perdone, señora.

Más risas.

—Paúl, ¿oíste eso? —dijo ella un momento después—. Supongo que lo de prostituta es del color del cristal con que se mira.

Paúl deseó que ella hubiera ignorado al infeliz. Si él se había sentido humillado delante de sus amigos, no era posible saber qué podría hacer.

Paúl se estaba poniendo nervioso. *Vamos, vamos.*

Finalmente oyó:

—La estoy viendo. Como a cuadra y media delante de mí. Te mantendré informado.

Pocos minutos después, Ángela susurró:

—Estoy pasando a su lado. Puede ser que tenga un cliente. Sí, están negociando. Ahora la acabo de pasar, pero me ha visto. Vi que sus ojos se abrieron. Parecía que quería hablar. Quizá ahuyente al tipo.

El silencio fue un poco largo para los nervios de Paúl, pero Ángela volvió a hablar poco después.

—El tipo se ha ido. Voy a retroceder. Espera.

Paúl había estado en muchas situaciones así, pero ninguna lo había puesto nervioso. Sabía que si intentaba pedir permiso para meter a un civil en una operación como esa, se lo negarían y se ganaría una reprimenda, pero se dijo que Ángela no trabajaba para la ONP. Ella trabajaba para él; pero de cierto modo, eso no lo hizo sentirse mejor. Sea como fuera, él la estaba exponiendo a peligros.

—Hola, chica, ¿cómo te va? —dijo Ángela.

—Hola —contestó Lucy—. Las cosas están lentas. Así me gusta. Estoy tan harta de todo esto.

—¿Echaste al tipo ese?

—Le pedí el doble cuando la vi a usted. Esperaba que diese la vuelta.

—¿Qué ocurre?

—¿Su amigo la encontró?

—¿Mi amigo?

—Ayer un tipo me dijo que era amigo suyo y que la andaba buscando. Espero no haber hecho nada malo. Le di esa piedra y la dirección.

—Sí, me encontró.

—¡Fiu! Espero que no la haya metido en líos.

—Hoy no estás tan nerviosa.

—Estamos fuera de su alcance visual.

—¿De quién?

—De Morty. Muchas veces él me puede ver desde su piso de lujo, pero ahora estamos a la vuelta de la esquina. Si no me pongo a la vista otra vez dentro de un momento, él vendrá a buscarme. Uno pensaría que yo soy su única mujer.

—Tiene muchas, ¿no?

—Montones.

—¿Crees que ahora te está vigilando?

—Cuando estoy a la vista, sí.

—¿Segura?

—Él está de vuelta en el Babilonia. No estuvo durante unos días.

—¿Y estás lista para dejarlo?

Lucy hizo una pausa.

—Arriesgaría mi vida.

—Estás arriesgando tu vida aquí, Lucy. Vamos. ¿Qué tal si te dijera que yo podría hacer que esto funcione, y que él nunca te hallará?

Paúl escuchó atentamente, pero Lucy no contestó. Parecía que las dos mujeres estuvieran caminando.

—¿Adónde vas? —preguntó Ángela.

—No sé.

—Tú odias esta vida. Es hora de algo nuevo. ¿De qué tienes miedo?

—Por supuesto que de él.

—Lucy, escúchame.

—No sé. ¿Puedo hablar contigo en otra ocasión?

—Lucy, no te voy a presionar para que hagas algo que no quieres hacer. Esto es todo cuestión tuya. Pero se trata de tu libertad.

25

PAÚL Y ÁNGELA SE REUNIERON en el automóvil de él y discutieron en lo que habían quedado ella y Lucy, que Ángela la volvería a buscar al día siguiente en el mismo lugar, fuera del alcance de Morty. Paúl se alegró de que Lucy hubiera dicho que Morty estaba de regreso en el Babilonia, pero parecía menos segura de dejarlo.

—La experiencia me dice que ella no va a aceptar —dijo Paúl.

—Yo creo que ella está lista. Para estas muchachas es un paso grande, enorme decidir esto. Ella está a punto de darlo. No hace falta mucho para que salte.

Antes de que Paúl dejara a Ángela, tuvo la fea sensación de que los estaban vigilando. No había notado nada en los retrovisores. ¿Podía haber sido un transeúnte, algo en el rincón de su ojo? Había aprendido a no preocuparse hasta tener la plena certeza.

Ángela tenía razón en cuanto a la disposición de Lucy. Mientras Paúl escuchaba la conversación de ellas al día siguiente, quedó rápidamente claro qué era lo que estaba mal.

—Lucy, ¿por qué usas anteojos oscuros?

—Es un día soleado.

—Sí, pero aquí es tan raro, ¿no? Ayer fue igual y tus lindos ojos tristes estaban a la vista. Déjame ver.

—No.

—Vamos... ¡Ay, Lucy! ¿Qué te hizo?

La voz de Lucy temblaba.

—Fue un solo golpe con el revés de la mano. Su anillo dio en el hueso.

—¿Por qué te pegó?

—Ayer estuve fuera de su vista durante mucho tiempo.

—¿Y todavía no estás lista para irte? Lucy, tienes que irte. Ahora mismo podemos llevarte a un refugio.

—No puedo ir.

Paúl sacudía la cabeza, suponiendo que Ángela también lo hacía.

—Piensas que soy tonta.

—No, Lucy, no. Lo siento, pero no puedo permitir que vuelvas a él. Tienes que dejar que te saque de la calle ahora. Solamente di que sí, y ya estás fuera de aquí.

Lucy vaciló.

—Señora, no estoy lista. Quizá pronto, pero dejar a Morty no es una cosa pequeña. No saber dónde conseguiré mis drogas...

—Tú sabes que tienes que salir de eso.

Pausa.

—Sí, pero...

—Querida, la salida no es fácil. Tienes que romper con todo, empezar de nuevo.

—Dicho por quien nunca ha sido adicta...

—Lo sé, pero podemos ayudarte. Muchas mujeres que están en nuestro lugar estaban dónde tú te encuentras ahora. Ellas se han convertido en parte de nuestra familia. Ellas te ayudarán a superar esto.

—No digo que no me tienta, pero esta es la única vida que conozco desde hace más de cinco años.

—¿Cinco años? ¿Eras adolescente cuando empezaste?

—Ah, ah.

Más lejos, Paúl oyó un automóvil y una voz de hombre.

—¿Decían las damas?

Lucy sonó como muerta.

—Oh, no. Oh, no, es…

—¿Me pregunto si usted sería tan amable de darme una dirección?

Paúl arrancó el automóvil.

—Yo soy nueva aquí —comenzó Ángela—, pero mi amiga podría ayudar…

Lucy musitó:

—¡No! Es Morty.

Paúl retrocedió y se metió entre el tránsito, preguntándose si no sería mejor saltar del vehículo y correr tres cuadras con el arma en la mano.

¿Por qué no me metí en el Babilonia anoche y lo arresté en cuanto hubiese aparecido?

El tránsito se encontraba a esa hora embotellado. *Debería haber llamado a Chicago, hacerlo conforme al libro, conseguir ayuda.*

—¿Puede verme claramente? —preguntó el individuo con amabilidad.

—Sí, señor.

La voz de Ángela había pasado de ser servicial a un temor resignado.

—Entonces mejor es que haga lo que yo digo, o tendré que usar esto.

—¿Qué quiere?

—Suba al automóvil como si me conociera y no pasara nada.

—¿Adónde vamos?

Ahora la voz sonaba enojada.

—Demórese más y la mataré ahí mismo donde está parada. Lucy, tú te quedas donde estás.

Paúl oyó que Ángela subía al vehículo y cerraba la puerta. Tocó la bocina y se subió a la acera, provocando gritos y gestos. Al quedar a la vista de Lucy, divisó un sedán negro, último modelo, que partía. No había forma de alcanzarlo en medio del tránsito, y si eso fuese posible, era muy poco lo que podía hacer si Morty apuntaba a Ángela con un arma de fuego.

—¿Dónde está tu novio?

La voz de Morty volvió a captar la atención de Paúl.

—No tengo. Yo tengo familia —dijo Ángela, pareciendo ocultar su terror.

—No me diga. Bueno, has estado jugando con fuego para ser mujer de familia, hablando con mis chicas. Pero yo necesito a mujeres como tú...

—¿Por qué?

—Necesito conectar a la gente con Dios.

—¿Y cómo haría eso yo?

—Yo te enseñaré. Oye, eres preciosa. ¿Alguna vez has pensado en ganar dinero de verdad? Lucy gana más de lo que tú alguna vez hayas soñado.

—Pensé que usted hablaba de llevar a la gente a Dios. Oh, el Babilonia, ¿se aloja aquí?

Bien, Ángela, habrías sido una agente estupenda.

Paúl oyó que el auto se detenía, que se abrían y cerraban puertas.

—Vamos hacia los ascensores, y tú vas a subir a mis habitaciones. Un indicio de que no estás emocionada, y lo lamentas. ¿Entiendes?

—Ahora mismo le digo que no me interesa lo que usted ofrece.

—Puede que quieras cambiar de idea. Yo sé quien eres.

Paúl llamó a Koontz.

—Voy a allanar a este tipo, espero que dentro de una hora. Manda gente local al Babilonia, pero diles que no se muevan hasta que yo se los diga. Morty Bagdona es Jonás. Tiene un rehén. Todo esto ha ocurrido muy rápido.

Paúl revisó el arma que llevaba asegurada a su pierna, luego llamó al teléfono de la tarjeta que Ángela le había pasado a Lucy. Contestó Willie.

—Paúl Stepola. ¿Está usted a la espera para rescatar a Lucy?

—Mañana, seguro.

—Necesito que lo haga ahora mismo.

—Pero esta noche tenemos reunión y...

—Lucy está lista para que la recojan ahora. Más tarde llevaré a Ángela. ¿Entendido?

—Creo que sí pero...

—Willie, confíe en mí. Más tarde le explico. Haga eso ahora.

• • •

—Te has portado como niña mala —decía Morty—, metiéndote en mi territorio.

—No entiendo.

—Claro que sí. Tratas de quitarme gente. Tienes tu propia idea de lo que Dios quiere.

—¿Quién le dijo eso?

—Bueno, Lucy no, si eso es lo que te gustaría saber, pero debería haberlo dicho. Esa fue una grave falta de lealtad. Por eso también recibirá lo que le espera.

—Usted no me hará daño, ¿no?

—No a menos que me obligues. Quédate tranquila en el ascensor.

Paúl estacionó en el Babilonia, dejando su vehículo en la cuneta. Subió por el ascensor a los pisos exclusivos, y buscó a la seguridad del hotel. Le hizo señas a un hombre cercano, con un gesto de cabeza y le mostró sus credenciales.

—Estoy en un allanamiento y tengo refuerzos a punto de llegar. Necesito que me preste sus esposas y una llave que abra las suites del nivel de los penthouse. Vamos, sé que tiene una... Gracias. Miembros de la oficina de la ONP local estarán abajo muy pronto. Llamaré cuando los necesite.

El hombre parecía como si Wyatt Earp lo hubiera nombrado ayudante suyo.

• • •

—¿Se hospeda en el 2200? Seguro que es muy grande.

Ángela, eres una profesional. Sigue hablando.

—Espera hasta que lo veas.

Se abrió la puerta.

—¡Dos pisos! ¿Toca el piano?

—Viene con la habitación. Póngase cómoda.

—Eso es pedir mucho. ¿Cómo podría sentirme cómoda?

Paúl se colocó al final del pasillo, desde donde veía la entrada a la suite, además de a quien saliera del ascensor.

—Te dije que no te haré daño a menos que me obligues.

—No lo haré.

—Entonces, ¿te unes a mí?

—¿De qué forma?

—Tú te consideras una mujer de Dios. Yo soy un hombre de Dios. Te quiero en mi equipo.

—¿Haciendo qué?

—Reclutando. La gente necesita a Dios, señora. De verdad. Y Él me ha dicho cuáles son los caminos verdaderos hacia Él. Yo te enseño esos caminos; tú enseñas a los que buscan.

—No lo creo.

—Bueno, yo sí lo creo. Dios me dijo que te buscara, que te contratara. Dijo que Él te prepararía. Si te niegas, Él se enojará y me dirá qué hacer contigo.

26

PAÚL SE ARMABA ESCENARIOS mentales. Si Jezabel tenía razón, Morty Bagodonuts realmente creía que tenía línea directa con Dios, así que no había forma de saber con qué se saldría. El instinto le decía a Paúl que tenía al hombre situado justo donde lo quería, en un lugar confinado y delimitado. Lo último que Paúl deseaba era una persecución a alta velocidad.

—Me temo que voy a tener que atarla a una silla —dijo Morty.

La verdad es que su tono era amable. No era de asombrarse que pudiera persuadir a la gente; tenía en primerísimo plano los intereses de ellos.

—No es necesario. Cooperaré.

—Cuánto deseo que sea cierto —dijo Morty—. Pero vamos a estar aquí un buen rato. Espero persuadirla para que esta noche venga voluntariamente conmigo a una reunión de peyote y espectáculo.

—¿Dónde?

—Al oeste de acá.

—¿Y eso qué conlleva?

—Le presento a mi congregación dos vías hacia Dios, vías prescritas por la divinidad. Una natural, un compuesto creado que coloca a la mente en un plano sagrado, y el amor físico que Dios creó.

—Drogas y sexo.

—Si va a ser la reina del cielo, no tiene que ser tan burda.

—Como ya le he dicho, no tiene que atarme.

Paúl oyó que Morty hacía algo con lo que sonaba como rollos de cinta adhesiva.

—Más tarde deberemos consumar nuestra unión, convirtiéndonos en uno bajo el cielo.

Ángela no contestó.

—Ángel, estás desorientada —dijo Morty, y a Paúl le impresionó que se hubiera acercado tanto al nombre de ella—. Tu corazón está donde debe estar, pero no es bueno convertir gente a menos que no tengan religión. Mis niñas ya tienen fe.

Paúl llamó a la central del Babilonia y pidió hablar con el jefe de seguridad.

Ángela dijo:

—Yo también tengo fe, entonces, ¿por qué trata de convertirme?

Paúl preguntó a seguridad si estaba ocupada la habitación 2202, inmediatamente a la derecha de la 2200.

—Dos caballeros están registrados en esa habitación, agente Stepola. Nuestros detectores de movimiento y térmicos nos dicen que actualmente no están allí.

Paúl avanzó rápidamente por el pasillo y usó la llave universal para meterse en la 2202. Los hombres eran razonablemente ordenados y la camarera ya había limpiado la suite de dos dormitorios. La gigantesca pantalla chata de televisión estaba empotrada en una pared y, en la otra, había una ancha columna de cromo que iba del suelo al cielo raso, con un panel de correderas en el centro.

—Cuando nos vayamos a la ceremonia —decía Morty— no te sentirás obligada, pues te habrás convertido. Dios hizo la sustancia que liberará tu mente.

—¿Peyote?

—Precisamente.

—Eso no es más que mezcalina y, natural o no, aún es ilegal.

—Conforme a las leyes humanas, pero ¿te imaginas la presunción del hombre al tratar de declarar ilegal algo que Dios creó?

Una llamada entró por los receptores de Paúl. Se precipitó hacia el dormitorio de atrás y se metió en el armario para que no lo oyeran a través de la pared.

—Stepola —dijo.

—Señor, los ocupantes de la 2202 van subiendo.

—Deténgalos. No deje que entren en esta habitación.

—Lo siento, pero los vimos demasiado tarde. A propósito, la ONP también está aquí.

—Por ahora, téngalos abajo. Tengo que salir de aquí.

Paúl se apresuró hacia la puerta, atisbando por el orificio de seguridad. Dos hombres trajeados salían del ascensor; el más alto era negro. Paúl se metió de nuevo en el dormitorio a toda prisa y se agazapó al lado de la puerta. Oyó una llave y miró cuando se abría la puerta principal y entraban los hombres. El negro encendió el televisor y se instaló en un sillón, mientras que el otro se sacaba los zapatos y se desplomaba en el sofá.

Paúl no quería sobresaltarlos, así que pensó en llamar, desde el armario, y decirles que él estaba ahí y por qué, pero se dio cuenta de que ambos estaban armados. Antes de hacer algo, quería saber de qué lado estaban. Se quedó quieto y escuchó.

—Por lo menos me gustaría verla primero —dijo el negro alto.

—A mí también, pero Morty dijo que esperáramos aquí.

—Todo lo que hacemos es estar sentados, Jimmy.

—¿Qué tenemos que hacer si ella no coopera?

—No creo que a él le importe. No quiere saber.

—¿Están allá? —preguntó Jimmy.

—No oigo nada.

Jimmy se movió, pasando más allá del otro, que estaba sentado enmudecido mirando el televisor, y se paró al lado de la puerta de servicio.

—Danny, están hablando —susurró—, pero no logro oírlos.

Volvió al sofá.

—Me muero de hambre, ¿quieres algo?

—Claro que sí, lo mismo que tú.

Jimmy telefoneó por su pedido.

Paúl estaba en tierra de nadie. Eran tres contra dos, y Ángela no estaba armada ni entrenada, y además estaba amarrada. El problema era que al matar a uno, tendría que matar a los tres. Quizás eso pasaba en las películas, pero raramente en la vida real.

—Él debería habernos usado para atrapar a la muchacha —dijo Danny—. Aunque no, porque nosotros hubiésemos hecho una tremenda escena. Tenía que hacerlo él.

—Bueno, lo hizo, ¿no?

—Sí, y nosotros somos las habas que se comió el burro, aquí esperando… Jimmy se rió.

—¿Nosotros somos qué? ¿Las habas que se comió el burro?

—O lo que sea que dicen.

Paúl oyó a Morty, que seguía tratando de convencer a Ángela.

—Mira, con peyote tu mente entra en una dimensión diferente y Dios te habla.

—Tendrá que hacérmelo tragar a la fuerza.

—No quisiera tener que hacerlo. Quiero que entiendas que este es un momento tremendo de tu vida. Puede ser que antes pensaras que estabas sirviendo a Dios, pero hoy lo oirás hablar.

—¿Amarrada y contra mi voluntad?

—Eso es solamente una precaución. Tenemos una hora y no puedo quedarme todo el tiempo aquí, apuntándote.

Jimmy se levantó del sofá y fue al baño. Paúl sacó su arma de la cartuchera de la pierna y se arrastró tras él, esperando. En cuanto Jimmy se subió la cremallera, Paúl le apretó el cañón del revólver en la base de la nuca.

—Ni un ruido —susurró, tomando el arma de Jimmy.

Palpó al hombre, sin hallar más armas.

—¿Cuántas armas lleva tu amigo? —preguntó Paúl, dándose cuenta de que Jimmy temblaba al levantar un dedo.

—Si mientes la recibes tú primero. Ahora te voy a seguir cuando salgas. Le dirás a Danny, muy quedamente, que ponga su arma en el suelo y que me la tire de una patada.

Mientras caminaban de puntillas para ponerse detrás de Danny, Jimmy graznó:

—Danny, enséñame tu arma.

El grandote no se dio vuelta.

—¿Mmm?

—¿Danny?

Danny giró y se levantó instintivamente, tratando de desenfundar su arma.

—No —susurró Paúl—. Puedo matarlos a los dos en medio segundo.

—Pon tu arma en el suelo y patéala para acá —dijo Jimmy—. Por favor, Danny, hazlo.

Danny hizo lo que le decían, haciendo muecas y sin apartar sus ojos de los de Paúl. Con el arma de Jimmy en un bolsillo y la de Danny en su mano izquierda, habló bajito, diciéndole a Danny que se acostara de bruces en el sofá.

—Cualquier ruido, cualquier señal, esa es toda la excusa que necesito.

Hizo que Jimmy sacara la sábana de la cama del dormitorio de atrás y la rompiera en tiras.

—Ata las muñecas y los tobillos de Danny por detrás, y los unes con otra tira. Voy a revisar tu trabajo, y si no es perfecto no vuelves a casa esta noche.

Jimmy puso tanto empeño que hizo que Danny se enojase más. Primero le amarró las muñecas por detrás, luego los tobillos, luego levantó los pies de Danny y trató de atarlos juntos, dejándolo en una postura sumamente incómoda, con los pies hacia arriba por detrás, y atados a las muñecas. La unión de muñecas y tobillos imposibilitaba que Danny ni siquiera pudiera retorcerse.

Paúl hizo que Danny abriera la boca y le dijo a Jimmy que envolviera la cabeza de Danny con varias tiras, pasándolas entre los dientes como si fueran una brida. El grandullón no podía emitir ni un sonido. Paúl examinó todas las ataduras.

—Bien hecho, Jimmy —susurró Paúl—. Ahora pon tu mano izquierda entre las piernas, desde atrás, y la derecha entre las piernas, desde adelante.

Jimmy miró de soslayo como si no entendiera, pero poniéndose un poco en cuclillas pudo hacerlo. Paúl le puso las esposas en las muñecas, luego lo empujó al suelo, donde cayó de espaldas. Paúl le ató los tobillos y lo amordazó. Después de eso revisó a Danny una vez más para confirmar que solamente tenía un arma.

El partido se había emparejado, finalmente. Parecía que Morty estaba a punto de perder la paciencia.

—Escucha Ángel, puedes tener una vida como nunca la has soñado.

—¿Cómo la de Lucy? No, gracias.

—Vamos, damisela. Ella se droga con las fuertes. Si se hubiera quedado con lo natural, podría estar sentada ahora donde tú estás.

—¡Qué privilegio! —dijo Ángela—. Morty, ¿de dónde saca ella las fuertes?

—Jonás. La única razón por la que las consigue de mí es que no quiero que cualquier imbécil la estafe. Ella podría dejarlas si se cambiara al peyote e hiciera lo que yo digo, espiritualmente.

Durante los veinte minutos siguientes parecía que Ángela trataba de entablar conversación con Morty para impedir que este le metiera las drogas a la fuerza.

Paúl dio un salto cuando oyó un ruido detrás de él, proveniente de la columna cromada de la pared más distante. El panel se abrió para mostrar un amplio montaplatos con la orden para el cuarto de Danny y Jimmy. Paúl sacó la bandeja y la puso en el suelo, luego apretó el botón de recibido, con lo que el panel se cerró.

Paúl estudió el mecanismo, y se dio cuenta de que todas las suites de lujo tenían que tener el mismo equipo. Examinó la pared adyacente al 2200 sin encontrar nada hasta que llegó al baño. Ahí, sobresaliendo de la pared, como un metro dentro de un clóset de servicio, estaba lo que tenía que ser el lado trasero del montaplatos que servía a la habitación de al lado. Estaba pintado, pero cuando Paúl la golpeteó levemente con una uña, vio que era de metal.

Regresó a la sala de estar e intentó determinar a qué distancia de la columna cromada estaban Morty y Ángela. Llegó a la conclusión de que estaban bastante lejos para lo que había planeado, pues la vida de Ángela dependía de eso.

De vuelta en el clóset del baño, Paúl vio que la parte trasera de la columna estaba tapada con una lámina delgada de material de cañería metálica y tornillos. La llave del automóvil fue todo lo que necesitó para sacar el panel sin hacer ruido. Eso se abrió al montaplatos, donde había un piso horizontal cada metro y medio o algo así. Un reborde en cada piso podía programarse, evidentemente, para activar una palanca que abría la puerta corrediza en el cuarto y mostraba la entrega.

Paúl metió a la fuerza una pierna entre los pisos expuestos y probó la carga que soportaba la plataforma. Flotó un poco, pero parecía bastante sólida. Se deslizó con mucho tiento hasta que estuvo agazapado, enfrentando la puerta corrediza que se abría al 2200.

Olores de cocina subían por el túnel desde veintidós pisos más abajo, y eran vapores. Paúl sabía que solo era cuestión de tiempo hasta que alguien de un piso de abajo pidiera algo y se moviera el mecanismo. Tenía que actuar ahora.

—Nos iremos dentro de una media hora, así que quiero que tomes voluntariamente la prescripción de Dios —decía Morty—. Será el sentimiento más maravilloso que hayas tenido. Y Dios confirmará lo que me dijo, que tienes que ser mía. Y tú me ayudarás en una misión para Él, que llevará muchas almas al cielo.

Paúl sacó su arma, deslizándola desde la cartuchera bajo la pierna del pantalón, y tomó la palanca, con la cara goteando de sudor.

—Recibe esto en tu boca.

—No.

Ahora Morty estaba claramente enojado.

—Las tragas o lo lamentarás. Abre la boca.

—Le dije que no.

—Quizá te gustaría un cañón de revólver en la garganta. Abre.

Ángela, evidentemente, obedeció.

—Ahora mastícalas.

Ángela gimió

—¡No!

—Muy bien —dijo Morty—. Te llenaré la boca de agua, y tendrás que tragar para respirar.

Paúl espero un instante, y oyó que Morty salía de la habitación. Empujó la palanca, y el panel se abrió. Ángela estaba atada con cinta adhesiva a una silla. Paúl se puso un dedo en los labios.

Los ojos de ella se abrieron mucho y escupió la droga. Paúl se deslizó detrás de una puerta, entre ella y donde había escuchado agua corriendo.

El agua se detuvo. Morty volvió, con un vaso en una mano y un arma en la otra. Ahora Paúl estaba detrás de él.

Morty se arrodilló delante de Ángela. Le metió un dedo gordo en la boca mientras ella trataba de esquivarlo.

—¿Las escupiste? —preguntó, incrédulo.

—Tenía la esperanza de que no tuviésemos que hacer esto por las malas.

Paúl se acercó más y levantó el arma sobre su cabeza. La bajó con tanta fuerza sobre el antebrazo de Morty, que oyó la fractura del cúbito y del radio, mientras el arma de Morty salía volando. Este aulló y se desplomó sobre un costado, mirando aterrorizado fijamente el arma de Paúl.

Paúl soltó a Ángela con la mano que tenía libre.

—Llama a seguridad —le dijo—. Di que tenemos a Jonás y a dos lacayos suyos en custodia y que manden para arriba a la ONP.

27

ANTES DE QUE PAÚL PUDIERA SACAR a Ángela, apareció la prensa. Paúl llamó a Bob Koontz, que predijo que volverían a agasajarlo en Washington.

—Compañero, muy bien hecho. Tengo muchos deseos de oír los detalles.

Una vez de vuelta en el hotel de Ángela, Paúl la acompañó hasta el ascensor, y vio que ella aún temblaba. Ángela se apretó contra él, rodeando su cuello con los brazos. Temiendo que se desmayara, la sujetó con firmeza. Ella acercó el rostro de él hacia el suyo y lo besó con fuerza. Él se heló, sin responder, por más que quería.

Ángela se echó para atrás, sonriendo al decir:

—Eres tímido en público. Yo tengo que ducharme y cambiarme para la reunión de la noche. ¿Te importaría llevarme?

—¿A la reunión? ¿Estás segura de que puedes ir?

—Tengo que reconocer que hoy fue un día terrible, pero el resultado ha confirmado en demasía mi misión aquí; y Paúl, gracias por rescatar a Lucy. Le salvaste la vida.

• • •

Esa noche, mientras Paúl la llevaba al bungaló, Ángela se acercó y puso una mano en la pierna de él.

—Hemos pasado mucho juntos —dijo mirándolo—. Nada como un trauma compartido para poder conocer realmente a una persona.

Si eso fuera verdad...

—Ángela, tenemos que hablar.

—Yo podría hablar por siempre contigo.

—Eres una persona maravillosa. Valiente, bella, yo...

—Paúl, el sentimiento es mutuo. Estoy segura de que lo sabes.

—Gracias, pero yo no he sido totalmente sincero contigo.

—Ah, ah —dijo ella—. Esto suena a despedida, y eso que ni siquiera hemos empezado.

—Ángela, no es una despedida. Sucede que yo no estoy disponible.

—¿Qué? ¿Ahora me vas a decir que eres casado?

—Lo soy.

Ángela se apartó de él.

—Perdóname —dijo Paúl—. Debería habértelo dicho antes.

—¿Qué? ¿No lo pensaste? ¿No te diste cuenta de lo que estaba pasando, o no pensaste que podía enamorarme de ti?

—Ángela, el hecho es que también yo me enamoré de ti.

—¿Se supone que eso me ha de hacer sentir mejor? Por lo menos no fue unilateral...

—Lo siento. No sé qué más decir.

Ella se quedó moviendo la cabeza negativamente.

—Así que ustedes, los muchachos de la ONP, no usan alianzas de boda en el trabajo.

—Protocolo.

—Qué bueno. ¿Entonces cómo iba yo a saberlo?

—Yo te lo debería haber dicho.

—Claro que deberías.

—Ángela, perdóname.

— Paúl, eso es lo de menos. Me va a costar un tiempo acostumbrarme a esto.

Permanecieron en silencio durante la mayor parte del resto del viaje.

—Déjame a un par de cuadras al sur —dijo ella, finalmente.

Él se detuvo, pero ella no se bajó de inmediato.

—¿También tienes familia? —preguntó.

—Una niña y un niño. Siete y cinco. Jae y yo llevamos diez años de casados.

—Así que estás *muy* casado.

—Lo estoy.

—No tenías que haberte enamorado.

—Como si no lo supiera —respondió Paúl.

Bueno, me alegro por ti. Siéntete mal. Laméntate un poco. Échame de menos y regresa a tu familia. Yo sobreviviré.

• • •

Paúl manejó lentamente de regreso al centro y al hotel, luego se quedó en el estacionamiento, pensando. Ángela era todo lo que Jae no era, por lo menos lo que Jae no había sido en mucho tiempo. Y la había tenido en sus brazos. ¿Por qué se quedaba casado, en ese matrimonio?

Jae había sido injusta, pero quizá tenía razón. Paúl se acordó de cuando se acababan de conocer, cuando se bebían mutuamente con los ojos, cuando vivían el uno para el otro. Eso duró unos cuantos años, hasta que él comenzó a rendirse a la emoción de la aventura. A veces había parecido divertido, pero tenía que reconocer que, últimamente, era una emoción superficial, quebrada, la satisfacción del dulce en lugar de la comida decente.

El Franco tenía razón. La nueva fe y nueva vida llegan junto con nuevas responsabilidades Paúl tenía una idea de la clase de marido que debería ser. ¿Qué iba a hacer con su matrimonio? No había opciones. Tenía que hacer que funcionara. Reconstruir con Jae parecía una tarea enorme, pues su corazón deseaba poder comenzar con Ángela. Esto sería una verdadera prueba de su fe.

Las noticias transmitidas por la radio del auto clamoreaban el arresto de Jonás, la figura religiosa que había dopado a centenares, y que era responsable de dieciséis muertes por sobredosis. Paúl decidió ver cómo se veía en la televisión. Además de derribar a un monstruo, estaba agradecido por lo que eso significaría para él, como agente doble en la ONP. La jerarquía no distinguiría entre Jonás y sus desorientados seguidores, y los creyentes verdaderos.

El camino del ascensor a su cuarto le pareció interminable, y se dio cuenta de que estaba fatigado hasta los huesos, tanto por la tensión del día como por la conversación que tuvo con Ángela. Se sentía capaz de dormir doce horas. Y quizá lo hiciera.

Abrió la puerta, pero antes de prender la luz, notó la gruesa silueta de un hombre sentado en la cama. Paúl se agazapó y sacó su arma.

—Guárdala —gruñó una voz conocida—. No le dispararías a tu suegro, ¿no?

Paúl contuvo el aliento.

—Dime que Jae y los niños están bien.

—Siéntate. Están bien.

Paúl se desplomó en una silla. *¿Entonces qué? ¿Jae le mostró la carta? ¿Me habían seguido? ¿Me reventaron?*

—Vas a decirme quién es... Y luego te vas a librar de ella.

—¿Perdón?

—Paúl, ¿crees que soy tan ignorante? Usaste una mujer en el operativo de hoy.

—Ella trabaja localmente. Tenía un contacto con mi sospechoso.

—¿Sí? Bueno, ¿sabes qué? Estuvo en el trasfondo de unos reportajes de la televisión. Me pareció muy conocida, ¿sabes por qué?

—No, no me lo imagino.

—He visto fotos de ella.

Paúl luchó por mantener la compostura.

—¿De verdad?

—Vamos, Paúl, ¿cómo se llama?

—Nunca comparto los nombres de los informantes.

—¿Ahora es una informante?

—Ella estuvo en este caso.

—¿Y qué fue en Washington y Toledo?

—¿Cómo?

—Sabes muy bien a qué me refiero.

—¡No!, no sé de qué...

—Paúl, estoy seguro de que lo sabes.

—Eres muy inteligente, dímelo...

—Muchacho, no uses ese tonito conmigo. Esa es la hija de Andy Pass. La tenemos en archivo.

¿Qué?

—¿Cómo sabes que ella no es una subversiva como su viejo? Paúl, mejor que arregles las cosas. A quien engañas es a *mi* hija.

—No estoy engañando absolutamente a nadie.

—Paúl, arréglalo.

De todas las cosas del mundo, que me vengan a agarrar por...

—Pero no estoy aquí por eso —dijo Ranold—. Se están produciendo problemas en Solterra. Se está formando como una crisis terrible.

—¿Qué está pasando?

El viejo se sentó más arriba para apoyar la cabeza en la cabecera.

—Cristianos. El mismo gobernador regional apeló a la agencia. La fuerza de choque Clandestinidad Celote participará, pero ustedes no saben cómo ni tiene la fuerza —ni el valor— para una operación mayor como esta. Esto le toca a Proyectos Especiales.

Ranold sonrió.

—Siempre supe que llegaría este día, Paúl, desde que vi a esas primeras culebritas en la hoguera. Al Congreso y a la Agencia le faltó voluntad para aplastarlas entonces. La nueva generación es un manojo de liberales blandengues —gente de carrera y políticos sin experiencia personal de guerra—, y se asustaron del clamor público. Por lo menos se dieron cuenta de que necesitaban un mago fuerte entre bambalinas. Fue entonces cuando fundé Proyectos Especiales.

Armé el mejor protocolo que me permitieron: Corté líderes para intimidar; establecí una fuerza de tareas; hice filtrados selectivos a la prensa para evitar que crearan mártires. Todo el tiempo les advertí que trataban de cazar un oso con un revólver de juguete, y ahora ven que tengo razón. En solo seis meses las culebritas han invadido nuestro país. Los terroristas no se escabullen; proliferan.

Así que mientras ustedes, los integrantes de las fuerzas de choque, han estado investigando y realizando arrestos, yo he estado vigilando a la espera del momento oportuno para dejar caer la bomba en el nido de las víboras. Paúl, este es el momento. El Congreso me ha otorgado poderes de emergencia y también he solicitado la ayuda del ejército. Solterra es el lugar donde aplastaremos esta insurrección de una vez por todas.

—Ranold, estoy… *impresionado* esa es la palabra, supongo. Ya me imaginaba que estabas manejando algo importante pero…

—No sabes qué difíciles se han vuelto las cosas. Paúl, estuviste fuera de servicio por mucho tiempo. Lo que has visto apenas es la punta del iceberg. Estamos encontrando Biblias por todas partes, junto con lo que llaman «tratados», unos folletitos con el Evangelio. Muchos aparecen en el jardín de uno, en todo Michigan y Ohio. No sabemos dónde los imprimen. Y la misma cosa inunda Internet. Tenemos leyes en contra, pero es casi imposible ponerlas en vigor.

Paúl casi estalló de orgullo por lo que estaban llevando a cabo sus hermanos y hermanas —tal como le habían dicho en la mina de sal—, pero mantuvo una mirada desconcertada.

—El movimiento es mayor y más fuerte, más mañoso y astuto, y más extendido y atrevido de lo que uno se imagina. Por eso ha llegado el momento.

—¿Qué está pasando en Los Ángeles?

Ranold se dio vuelta y apoyó los pies en el suelo, entusiasmándose con su tema.

—Los celotes de allá son audaces y dominantes —dijo—. Y estoy seguro de que sabes lo importante que es la industria cinematográfica para nuestro gobierno.

—Tanto como para haber aglomerado todos los estudios en uno —dijo Paúl frotándose los ojos.

—Un estudio manejado por el gobierno, correcto. Corporación Los Ángeles Idea Co. ¿Y por qué? Porque las películas son algo más que nuestra herramienta más importante de propaganda. Se cuentan también entre nuestras exportaciones más valiosas, tanto en cuestión de propaganda cultural como de ingresos. Bueno, los celotes intentan sabotear el negocio, pero han hecho un cálculo fatal.

—¿Qué están haciendo?

—Ya lo verás. Nos vamos para allá mañana.

—¿Koontz lo sabe?

—Por supuesto. Y tú aún le rendirás cuentas a la ONP por medio de la oficina principal de Los Ángeles. El nepotismo engendra disensiones, Paúl. Además, para esta operación he decidido desempeñar el papel del general Decenti, consultor militar, soldado viejo llamado de su retiro para aconsejar. Esa es la belleza de Proyectos Especiales. Me ahorra la carga del escrutinio público y —sonrió— la ley. Me permite dirigir el espectáculo como me parezca. Para las cuestiones diarias puse a Balaam al mando.

—¿Esa agente que conocí en la ceremonia de premios?

—Paúl, te dije que ella era una triunfadora. Ha aportado cosas importantes a mi equipo, estratégicamente y en situaciones de detenciones, y eso que no la hemos probado sobre el terreno. Pero te mantendré cerca de mí. Viajaremos juntos y tendremos el mismo cuarto.

Ranold se puso de pie.

—Tengo un cuarto dos pisos más abajo. El vuelo es a las ochocientas.

—Papá, tienes que saber que entre la hija de Andy Pass y yo no hay absolutamente nada.

—Como tú digas, pero a menos que estés intentando acercarte a ella para obtener información de la clandestinidad, estás jugando con fuego.

• • •

Paúl telefoneó al cuarto de Ranold pocos minutos después para asegurarse de que estuviera ahí.

—¿A qué hora dijiste que era el vuelo?

—A las ochocientas. Me junto contigo para desayunar a las seis y treinta.

—Entendido.

Paúl telefoneó a Ángela, pero fue Willie quien respondió.

—Ella todavía está conversando con unas muchachas.

—Willie, esto es sumamente importante. Dile que no vuelva a su hotel. Ocúpate de que alguien vaya a buscar sus cosas y a los niños, y búscales otro lugar para que se alojen. ¿Entendiste?

—Sí señor, pero…

—Willie, esto no es negociable.

• • •

La última llamada de Paúl fue para el Franco, que se horrorizó al saber de la ofensiva que planeaban.

—Paúl, tengo que decirte que hemos estado esperando esa clase de reacción. Uno de los nuestros en Washington hasta supuso que había gente de alto rango detrás de Balaam, pero nunca pensamos que la cosa se iba a desatar tan fuerte y tan pronto.

—Necesito contactos con creyentes de Los Ángeles, y los necesito rápido —dijo Paúl—. Ojalá estuvieras aquí conmigo.

—Es interesante que hayas dicho eso, Paúl. Ahora que la batalla va encendiéndose, he deseado a menudo estar en el frente. Pero todavía no.

El Franco prometió tener listo todo lo que Paúl necesitaba para las veinticuatro horas siguientes.

28

EL DESAYUNO Y EL VUELO agotaron a Paúl por causa de la fanfarronería de su suegro. Todo era en cuanto a la emoción que debía sentir Paúl por esta oportunidad.

—Nos alojaremos en lo de Tiny Allendo, en Beverly Hills —informó Ranold cuando bajaron del avión en el Aeropuerto Internacional de Los Ángeles—. Nunca has visto un lugar como ese.

Allendo era el jefe del estudio.

—¿Nos vamos a *hospedar* allí? —preguntó Paúl—. Esto parece un conflicto de intereses.

—Él también trabaja para el gobierno, ¿te acuerdas?

—Le pagan según las utilidades, papá. Por eso nadie más que trabaje para el gobierno vive en Beverly Hills.

Una limusina se acercó con una tarjeta en el parabrisas que decía *Decenti*.

—Así es Tiny con uno —afirmó Ranold mientras el chofer ponía sus maletas en el maletero.

Ranold le pidió al chofer que atravesaran Hollywood para llegar a la casa de Allendo.

—Te vas a formar una idea de lo que está pasando aquí —le dijo a Paúl.

Paúl iba disfrutando el masaje vibrante de los asientos de pasajero, así como el despliegue de señales de radio y televisión disponibles por medio de los receptores de sus molares.

—Deténgase aquí un momento —le dijo Ranold al conductor, señalándole a Paúl el anuncio de una película, con el holograma que mostraba otra—. Eso me molesta.

El cartel anunciaba una nueva película barata erótica, pero la imagen holográfica era de *Los Diez Mandamientos*, donde Charlton Heston, en el papel de Moisés, arrojaba con disgusto las Tablas de la Ley por el pecado de los israelitas. Se mostraba una y otra vez: las Tablas despedazándose y Moisés castigando a la gente.

—¿Qué pasa? —inquirió Paúl.

—¿Qué crees?

—Son los celotes. Están convencidos de que Hollywood es inmoral, y están decididos a cambiarlo. No podemos dejar que eso pase.

Que Hollywood y sus productos fueran inmorales no era nada nuevo. Aun en la vida anterior de Paúl, apenas podía tolerar las películas nuevas. Todas eran holográficas ahora, y la mayoría interactiva, pero difícilmente había algo que él pudiera disfrutar con la familia. Ahora nada estaba fuera de los límites.

—Esto es vandalismo tecnológico de avanzada —rabiaba Ranold—. Y como esta industria la maneja el gobierno, eso es un delito federal.

—¿Es difícil detener esto? —preguntó Paúl.

—Para eso estamos aquí.

—¿Travesuras con las vallas de anuncio?

—¡Paúl, no hemos podido encontrar el origen! Podemos detenerlo solo por un tiempo con los interceptores, pero no podemos detenerlo. Eso será tarea tuya. Al menos, una parte. Esto es solamente el comienzo.

—Así lo espero, porque dijiste...

—Dije que era una crisis y lo es. Esta es solamente una manifestación. Chofer, llévenos donde podamos ver el letrero «Hollywood».

Parecía que cada casa de la zona intentaba superar a la de al lado. Todas tenían fuentes y piscinas. Muchas contaban con varios hoyos de golf y un paisaje neblinoso.

—Deberías haber visto cómo era esta ciudad antes de que tú nacieras. Tenía tanta polución que no habrías podido ver las casas. Hay que dar gracias a la tecnología, principalmente a los automóviles y camiones eléctricos, por limpiarlo.

Pocos minutos después la limusina volvió a estacionarse, y Paúl atisbó las colinas de Hollywood donde durante prácticamente un siglo había estado el famoso letrero blanco. En los últimos veinte años las letras eran imágenes luminosas a láser, y ahí los vándalos habían golpeado otra vez. Habían apagado una de las *L*, y ahora decía *Holywood*, que quiere decir «madero santo».

—¿La misma gente? —preguntó Paúl.

—Pues por supuesto que son los mismos —contestó Ranold escupiendo—. El problema no solo es la existencia de esta gente, sino que están descontrolados.

• • •

Tiny [Chiquito] Allendo no era, por supuesto, pequeño. Su apodo era una ironía en este hombre de más de dos metros, pelo negro ondulado, brillantes ojos azules según cabía suponer y sonrisa fácil. Paúl no vería esos ojos hasta avanzada la noche, porque Allendo usaba gafas de sol doradas del tipo que se opacaban, hasta dentro de la casa, hasta que oscurecía. Se vestía de negro sobre negro, dechado de la moda, y se mostraba como un anfitrión generoso. Cerca de los cincuenta, parecía diez años más joven. Disfrutaba de la conversación y, aunque agradable, era incapaz de esconder la furia subyacente por lo que estaba sucediendo en Hollywood.

Tiny disponía de personal en turnos rotativos de ocho horas, y después de que el mayordomo —al que simplemente llamaba portero—, dio la bienvenida a Paúl y Ranold, unos ayudas de cámara los llevaron a sus respectivas habitaciones —en alas opuestas de la casa, de casi cinco mil metros cuadrados—, y desempacaron sus maletas, colgando incluso la ropa. Luego los invitaron a descansar hasta la hora de un desayuno tardío que se iba a servir a las diez al lado de la piscina.

Paúl no se sentía cómodo con la situación, aunque Tiny era, técnicamente, un empleado del gobierno. La casa de mármol y cemento era lo más lujoso que Paúl había visto en su vida. Todo era estilizado y ultramoderno, hecho a medida, desde el mobiliario a los cortinajes y la mantelería. El baño privado de Paúl era tan grande como la sala de estar de su casa. Las luces se encendían solas cuando él entraba en una habitación, y se apagaban cuando salía. Había un ayuda de cámara de guardia al final del pasillo esperando que lo llamara si necesitaba algo, cualquier cosa.

Paúl no sabía si vestirse para piscina o para trabajar. Concluyó que se hallaba allí por trabajo, y que debía vestirse con atuendo de trabajo aunque estuviera comiendo al lado de la piscina con uno de los hombres más ricos de Hollywood. Se puso unos pantalones livianos y una chaqueta deportiva. Su única concesión al clima y al lugar fue un suéter ligero en lugar de camisa y corbata.

Su ayuda de cámara lo escoltó hasta la piscina, y llegó al mismo tiempo que Ranold con su chaperón. Ranold llegó con un traje de tres piezas, parecía totalmente incómodo, y prometió comprar un traje de baño ese mismo día, para nadar por la noche. La piscina estaba llena de por lo menos dos docenas de bellezas bronceadas y en biquini.

Tiny llevaba una pequeña tanga dorada, que hacía juego con las gafas, sandalias negras y una camisa blanca, de vestir, para taparse. Acogió con entusiasmo a sus huéspedes, y los invitó a sentarse, frente a él, en una mesa redonda, y ubicó a cada lado suyo a su secretaria y a su asistente, un muchacho joven. El personal que los rodeaba les sirvió un ligero desayuno de mariscos y pescados frescos.

—Y ustedes están emparentados de cierta manera, ¿estoy en lo cierto? —dijo Tiny.

Ranold explicó el parentesco y acometió las formalidades de los saludos de Washington.

—Me siento muy agradecido de que ustedes estén aquí —dijo Allendo.

—En cosa de pocos días estará aún más agradecido —dijo Ranold.

—Washington trabajará con la oficina de la Organización Nacional de la Paz ubicada en Los Ángeles, a la cual Paúl tiene completo acceso debido a su papel de asesor de la fuerza de tareas de la Clandestinidad Celote. La agente Bia Balaam y yo, en representación del Congreso de los Siete Estados Unidos de América, tenemos a nuestra disposición todos los recursos del gobierno federal. Le aseguro, señor Allendo, que estos ataques a Hollywood nunca podrán difundirse. No nos iremos de aquí hasta que aplastemos los esfuerzos de esos celotes por destruir la industria cinematográfica.

—Eso sería un alivio —dijo Tiny—. Esto es más que una molestia, ya lo saben. Esta gente intenta acabar con nosotros. Y, sin que importe lo que piensen de nuestra producción, ¿soy yo o esta gente viola la ley simplemente por practicar la religión?

—Por supuesto que son ellos —contestó Ranold—. Por eso resulta imperativo aplastar el levantamiento y desmantelar la clandestinidad lo más rápidamente posible. Hemos reunido un contingente militar formidable. Esta noche rodeará no solamente Hollywood sino toda la ciudad de Los Ángeles.

—No lo dice en serio.

—Completamente. Es una zona enorme, naturalmente, pero no es tan difícil hacerlo. Nuestros hombres harán interfase con su oficina local de la ONP que, dirigida por nuestra agente Balaam, ya han estado investigando, infiltrando e intentando arrestar a los responsables de los ataques contra sus operaciones.

¿Infiltrando? De eso se había jactado Balaam, de que también lo hacía en Washington.

Allendo resultó ser alguien que comía poco para ser tan grande. Se enjuagó las manos en un bol con agua para quitarse la mantequilla de los dedos, y se las secó con una toalla.

—A la prensa le encantará el operativo, señor Decenti, así que…

—Puede llamarme general Decenti.

—Muy bien. ¿Cómo mantendremos esto fuera del alcance de la prensa?

Ranold se limpió la boca con una servilleta.

—Hasta ahora nos hemos arreglado para controlar bastante bien el giro de la situación.

—El vándalo de los letreros es solamente un pirata informático que tiene acceso a una película vieja —dijo Tiny—. Y los que borran el letrero de Hollywood son bromistas. La campaña de desinformación de ellos es un fracaso. Aún radiamos nuestros mensajes para todo el mundo.

—Exactamente. Y continuaremos alimentando a cucharaditas a la prensa con lo que queremos que digan.

Allendo sonrió y asintió.

—¿Cuánto tiempo cree que puede mantenerse el «apagón» de la prensa?

—Excelente pregunta —comentó Ranold—. No por mucho. La naturaleza de la bestia. Así que haremos un rápido golpe quirúrgico. Créame, señor Allendo, venimos con una política de tolerancia cero, dedicada a exponer y diezmar a esos celotes.

—Veo *película*, escrito sobre toda una misión como esta.

Ranold sonrió.

• • •

Cuando terminaron de desayunar, Allendo dijo:

—Tengo reservaciones para esta noche en un club maravilloso: el Studio General. Usted mencionó que quería hacer unas compras esta tarde. Por favor, use mi limusina y mi chofer.

—Sumamente generoso —dijo Ranold—, pero tengo automóvil y chofer del gobierno a mi disposición.

—¿Y usted, doctor Stepola?

—La agencia me va a entregar un automóvil.

—Su automóvil acaba de llegar —le dijo la secretaria a Paúl.

Allendo acompañó a Paúl al frente de la propiedad, donde había una sólida réplica en oro de la fuente de Buckingham lanzando agua al aire a treinta y tres metros de altura. Estrechando nuevamente la mano de Paúl, Tiny maulló qué feliz estaba de tenerlo como invitado.

—Solamente quería agregar que tenemos compañía para la noche a su disposición. Tragos fuera de hora, conversación, esa clase de cosas. No tiene más que decirle a su ayuda de cámara lo que le gusta.

—Eso no será necesario —respondió Paúl.

—¿No?

—No, gracias.

—Como desee. Si no está ocupado, siéntase bienvenido para acompañarme el resto de la tarde en la piscina.

—¿Me disculparía? —dijo Paúl—. La verdad es que tengo que hacer unas llamadas telefónicas y encargarme del trabajo de campo.

—Por supuesto, pero ¿vendrá con nosotros al Studio esta noche?

—Sí, naturalmente.

Allendo desapareció, mientras dos sedanes, del gobierno, sin marcas, se aproximaron a la vereda que rodeaba la fuente. Ambos choferes se bajaron. Uno era una mujer de unos sesenta años, el otro un hombre de unos cuarenta.

—Fuentecita que se gastan —comentó el hombre—. Para lo que importa la escasez de agua, ¿eh?

—Sí —dijo la mujer—. ¿Quiere alojarse en mi casa y dejarme su cuarto de aquí?

Paúl trató de parecer divertido.

—No parece justo, ¿no?

—Mala suerte que no le den un Mercedes como a Triple D.

—¿Cómo dice?

Ella señaló la limusina, con su chofer, que estaba esperando más cerca de la casa.

—«Delegado Director Decenti». Ese es para él.

—«Ex Delegado Director» —explicó Paúl—. Aquí está como general Decenti.

—Lo que sea. Señor, mañana empezamos con una reunión de información a las nueve de la mañana en la oficina central. ¿Quiere asistir él a esa?

—Le informaré.

Al irse los dos, Ranold salió y Paúl le comentó sobre la reunión.

—No esperes que participe en reuniones donde el ciego guía al ciego, Paúl. Balaam y yo nos reuniremos con el gobernador regional y su gente mañana por la mañana, y después tengo una reunión con el comandante general del ejército. Tú, encárgate de tu programita, y te comunicará cuando yo quiera que me rindas cuentas. ¿Qué te parece?

—Perfecto.

• • •

Paúl salió a dar una vuelta por el lugar para hacerse una idea del terreno. Las inundaciones de la época de la guerra habían destruido las comunidades costeras de Los Ángeles, pero ahora, la resplandeciente ciudad de cinco millones de habitantes parecía muy próspera. La nueva tecnología permitía que los rascacielos resistieran los frecuentes sismos, incluso los más fuertes.

Paúl vio desde un punto particularmente elevado de la carretera las playas del Pacífico hacia el poniente y las montañas nevadas hacia el nordeste. La oficina de la ONP estaba en el complejo del centro cívico entre la histórica municipalidad blanca, de veintiséis pisos, y el centro de convenciones. Paúl se detuvo cerca para comprar un mapa.

El mapa mostraba las ocho zonas grandes de la ciudad: Central Sur, Central, Centro Cívico, Valle de San Fernando, Puerto de Los Ángeles, Los Ángeles Poniente, Bahía Sur y Los Ángeles Oriente. Según el Franco, la gente de las minas de sal, debajo de Detroit, tenía relaciones con facciones clandestinas de esas zonas. Paúl anduvo manejando por los alrededores, orando por sus hermanos y hermanas de la ciudad.

• • •

Esa noche Paúl y Ranold se apretujaron en el extravagante descapotable de dos asientos de Tiny. Vestían trajes oscuros. Tiny llevaba un caftán negro y dorado. El Studio resultó ser el nuevo arrendatario del histórico Teatro Chino de Grauman, ahora convertido en un deslumbrante club nocturno, con bar, que presentaba películas interactivas, música, baile y cena.

Los tres comieron sushi y otras delicias traídas de Asia en avión ese mismo día, acomodados en un círculo central hundido.

En unas gradas situadas por encima de ellos estaban los clientes que no bailaban o no se golpeaban mutuamente, pero que sí participaban en el entretenimiento principal del Studio, las películas de realidad virtual. Por un arancel elevado uno podía entrar en una sala de vidrio especial y meterse en cualquier película que quisiera, desempeñar un papel y comprar una copia de las escenas en que había participado.

Paúl notó que la mayoría de la gente de su edad, y más joven, elegía erotismo o pornografía, y nadie parecía fijarse en lo que veían o hacían. La gente mayor se inclinaba por los clásicos. Paúl se preguntó como sería estar al lado de Humphrey Bogart cuando él interactuaba con Ingrid Bergman en *Casablanca*.

Ranold dijo que le gustaría ser «John Wayne, por una sola vez».

Esas cosas eran remanidas para Tiny, pero insistió en que Ranold y Paúl satisficieran su curiosidad. Ranold no pudo, después, dejar de contar que fue Rooster Cogburn en una balacera. Paúl se inclinó realmente sobre el hombro del pianista Sam en el club nocturno de Rick Blaine y tocó «Chopsticks», luego se sentó al piano, y tomó durante diez minutos el lugar de Sam, que fue el pianista de *Casablanca*. No quiso comprar su escena.

Cuando Paúl volvió a la mesa, Tiny y Ranold estaban ocupados con las últimas hazañas de aquel en *Valor verdadero*. Pensando que allí era más seguro que en la casa de Tiny, Paúl se deslizó a un pasillo más tranquilo para llamar al Franco. Lo puso al día, y el Franco le dijo que transmitiría la información —principalmente sobre la presencia militar— al centro de Detroit. El Franco también le dio pistas de la comunidad cristiana.

—¿Por dónde empiezo? —preguntó Paúl.

—Por Kirk Quinn —contestó el Franco—. Se lo conoce como Gafas porque, en realidad, sigue usando anteojos. Es un lobo solitario, un técnico en computación, pero que conoce a todos. Puede ponerte en contacto con quien necesites. Es el cerebro que está detrás de la mayoría de las travesuras que se hacen allá. Pero Paúl, ten mucho cuidado. Si estás bajo la mano de Decenti, deja que las diversas facciones se transmitan los mensajes tuyos. Limita tus contactos directos. Evidentemente te van a vigilar.

29

POR LA MAÑANA, MIENTRAS PAÚL ESPERABA el automóvil, personal militar se acercó en un vehículo de seguridad de esos que Paúl solamente conocía por los libros. Se suponía que el vehículo podía soportar ataques con misiles. Parecía lento y pesado, hasta que Ranold, espléndidamente bien recibido a bordo, se subió, y el vehículo partió como una centella.

Paúl se dirigió al centro en su sedán eléctrico, proporcionado por la ONP. El personal de la oficina ejecutó las formalidades de acoger al asesor religioso procedente de Chicago, pero Ranold tenía razón. Parecía que un ciego estaba guiando a otro ciego. Esta gente no tenía, evidentemente, pistas reales, y parecían desmoralizados de que la dama Balaam estuviera a cargo del operativo. Ella ya había estado ahí, echando los cimientos del trabajo, y Paúl dedujo que ya había creado fricciones al sugerir que la gente local había resultado incompetente para controlar la rebelión. Ella los trataba como lacayos que tenían que redimirse.

. La jefa de la oficina de Los Ángeles era una mujer muy sensata, de unos sesenta años, que se llamaba Harriet Johns, y que le mostró un elaborado plano de las ocho zonas principales de la ciudad, y le señaló los lugares más probables que los subversivos elegirían para reunirse. Habían detectado actividad clandestina, dijo ella, en una universidad abandonada que había sido católica, no lejos del Aeropuerto Internacional de Los Ángeles. También creían que una celulita podía habitar un club nocturno abandonado en Central Sur.

—Tal y como aconsejó Washington —dijo la mujer con cierto dejo, sin mencionar el nombre de Balaam—. Tenemos informantes en ambas células, pero aún no han sido muy efectivos, y podría ser que no tengamos tiempo para sacarlos antes del allanamiento.

¿Dejaría La ONP expuesto a un infiltrado? A Paúl le preocupaba aún más encontrarse con uno de esos.

Se ofreció a revisar sitios posibles de reunión y a buscar señales de actividad subversiva, y después de eso se marchó. Paúl se sintió serenamente gratificado por tener más información que la fuerza de choque. Por desgracia, tal y como le había dicho el Franco, la fuerza de choque tenía razón en cuanto a la universidad abandonada y a Central Sur. Paúl lo llamó desde el automóvil.

—Conozco la ubicación de esa universidad —dijo el Franco—. Era la Universidad Loyola Marymount. Después de la guerra el gobierno la convirtió en un centro de reprogramación. Enseñaban a la gente a vivir sin las trabas de la religión. ¿No fue bueno de su parte?

—Oye, Franco, ¿los creyentes de acá tienen alguna clase de identificación?

—Sí. Un centavo.

—¿La antigua moneda inglesa?

—La americana. Vale el uno por ciento de un dólar. Los usaron hasta el fin de la guerra. Abraham Lincoln está en un lado y dice «Confiamos en Dios». Marrón oscuro porque las hacían de cobre.

—¿Eso se relaciona con el Apocalipsis?

—Es un poco más complicado que los otros símbolos. A Lincoln se lo conocía como el Honesto Abe; por supuesto, es una virtud por la cual deseamos que se nos conozca. Y la palabra «Dios» es lo que hizo que se sacara de circulación, pero debido al color, el centavo representa también el oro.

—Seguro que debe haber muchos por ahí.

—Bueno, los creyentes no son los únicos que la tienen. La leyenda del centavo se relaciona con «Les aconsejo que compren de mí oro, oro refinado por fuego».

—Entonces Los Ángeles es Laodicea, pero aún no estoy seguro de por qué.

—Por una parte, Laodicea tenía que traer el agua por un acueducto, igual que en Los Ángeles. Y recuerda que el pasaje te dice que compres «colirio para tus ojos para que puedas ver». Laodicea era un centro importante de fabricación de colirio en el mundo antiguo.

—Las películas de Los Ángeles podrían considerarse hoy como productos para los ojos.

—Lo captaste, por no mencionar que ellos acostumbraban llamar «regalo para la vista» a la gente hermosa.

—Increíble. ¿Dónde podría encontrar un centavo?

—¿Fuera de la clandestinidad de allá? Pues me agarraste. Usa la frase clave de ellos para establecer conexión, y entonces ve si te pueden proporcionar uno.

Con el mapa en el asiento de al lado, Paúl se aventuró a salir para buscar su primer contacto clandestino. No había visto a nadie con anteojos desde que era niño. Según el Franco, Kirk Quinn era un tipo al que no le sirvió la cirugía láser para los ojos, pero eso no había alterado la tarea actual de Quinn. Aunque nadie fuera de la clandestinidad sabía quién era él, su trabajo lo veían y comentaban diariamente millones de personas de Los Ángeles.

Paúl tomó por la autopista Santa Mónica, al oeste de la encarnación de posguerra de Venecia en el mar. Allí localizó una hilera de edificios de ladrillos de un solo piso, que albergaban instalaciones de posproducción de películas.

Paúl se estacionó a unas cuantas cuadras de distancia, y pareció no llamar la atención al caminar por los estacionamientos hacia los edificios. En un sencillo directorio encontró «K. Quinn», que en la lista aparecía como editor autónomo, suite J, la segunda al fondo.

La suite tenía la puerta cerrada con llave, con un agujero para atisbar y una ventanita en la pared, cercana a él, que tenía la persiana baja. Paúl apretó el botón del intercomunicador.

—No recibo trabajo por ahora —fue la insolente respuesta.

—¿Y si fuera un amigo de un amigo?

—Aun así, no recibo trabajo.

—Solamente quiero conversar.

—Estoy muy ocupado.

—¿Y si fuera de la Organización Nacional de la Paz y tuviera una orden judicial para revisar el recinto?

—Entonces lo invitaría a pasar, cordialmente. Ponga su tarjeta contra el orificio.

La puerta se abrió casi instantáneamente, dejando ver a un hombre bajo, pálido, calvo, a mediados de los treinta, con —sin duda— unos anteojos de marco de asta negra. El lugar era un desorden de órdago: platos, tazas y equipo eléctrico por todas partes.

Paúl vio un calentador portátil y una sartén sucia.

—¿Usted vive aquí *también*? —preguntó, dándole la mano a Gafas.

—Confección creativa de paredes —dijo el hombre—. Mis habitaciones están detrás de esa cortina. ¿Su orden judicial llega tan lejos?

Gafas sacó una silla plegable de detrás del refrigerador y la puso ante Paúl. Él se instaló en un mostrador, después de echar a un lado unas cuantas cosas.

—¿De qué sospechan ahora de mí y qué puedo hacer por usted?

—Se sospecha que usted es el proyeccionista que vandaliza carteles y el letrero «Hollywood».

—¿Quiere decir *Holywood*? —dijo Gafas sonriendo.

Paúl asintió.

—¿Cómo lo hace?

—Quien lo esté haciendo, todo es cuestión de pirateo electrónico. Me encanta la palabra *proyeccionista*, aunque, naturalmente, es arcaica e inapropiada. Todos esos visuales de tecnología de punta los manejan computadoras. Si alguien *quisiera* echarlos a perder, tendría que saber cómo funcionan por dentro las máquinas, y cómo entrar en las imágenes y manipularlas. Luego tendría que cablearlas para que salgan automáticamente cada vez que alguien trate de pasar por alto la nueva programación.

—Fingiré que entiendo eso, y le preguntaré si eso es lo que yo encontraría en sus computadoras si las confiscara y las hiciera estudiar.

Gafas se pasó una mano mugrienta por su brillante cabeza.

—Si yo tuviera el cerebro para hacer lo que acabo de describir, ¿no le parece que también tendría la capacidad de codificar la programación para que fuera indetectable?

—No sé tanto de eso —dijo Paúl—, pero debería pensar que alguien de su nivel podría descifrarlo.

—Ese sería el reto para ambas partes. Su sospechoso que trata de impedir que alguien lo descifre, y el otro bando que trata de descifrar el código.

Paúl entrelazó los dedos detrás de la cabeza.

—Así están las cosas. Usted, renuente a admitir que es usted, y nosotros, incapaces de hallar pruebas en su equipo. Si estuviésemos jugando ajedrez, ¿podríamos considerarlo como tabla?

—Dadas esas variables...

—¿Qué tal con otra variable? ¿Qué tal si yo le dijera que soy su hermano en Cristo y que la única razón por la que no tengo el centavo para probarlo es que aún no me he contactado con los dirigentes de la clandestinidad local? Gafas ladeó la cabeza y se cruzó de brazos.

—Ahora tenemos un enigma.

—¿A qué se refiere?

—Si yo fuera quien usted piensa que soy, querría con tantas ganas que esto fuese cierto que me delataría, pero si usted no es quien dice ser, mis palabras me condenarían.

Paúl se inclinó hacia adelante, con los codos sobre las rodillas.

—Yo soy quien digo ser, y puede creerlo porque lo digo en el nombre de Cristo resucitado, quien dijo: «Mi propósito es dar vida... en toda su plenitud».

— Gafas meneó la cabeza.

—¿Así que usted es ese tipo? ¿De verdad es usted ese tipo?

—¿Ese tipo?

—Como ya se imaginará, se corre la voz de que tenemos un contacto en lugares altos.

—Soy yo.

Kirk Quinn se sacó lentamente los anteojos y los puso sobre el mostrador. Se tapó la cara con ambas manos y empezó a llorar. Paúl se paró y le puso una mano en el hombro, entonces Gafas se le acercó y lo abrazó con más fuerza.

—Nos hemos sentido tan solos, tan aislados, durante tanto tiempo.

—Es un honor conocerlo, señor —dijo Paúl.

Entonces, imitando a John Malkovich en *Con Air*, dijo:

—Me encanta su trabajo.

Eso hizo reír a Gafas, que se enjugó la cara y se volvió a poner los anteojos, luego buscó en su bolsillo y le pasó a Paúl una tarjeta con el número de su celular.

—Esto es un trabajo continuo, ya sabe. Desgraciadamente es sumamente fácil anular mis protocolos para el proceso automático y volverlo todo a como estaba.

—No entiendo.

—Bueno, como sé que están tratando de cambiar lo que he hecho, hago que mi nuevo programa sea el que salga primero. Pero eso no es más que una simple molestia para ellos, y rápidamente reconstruyen una plataforma nueva para la operación. Tengo que estar constantemente alerta en cuanto a eso y empezar de nuevo. A menudo varias veces al día.

—¿Por qué no pueden figurarse lo que usted hace y hacérselo imposible?

—¿La verdad?

—Por supuesto.

—No es humilde.

—Adelante.

—No son tan buenos como yo.

Paúl le estaba hablando a Gafas sobre el peligro para Loyola y Central Sur cuando oyó un tono en su cabeza.

—Discúlpeme, señor Quinn —dijo volviéndose a la puerta, y apretó los dedos—. Habla Paúl.

Era Ranold.

—Donde estés, anda a Central Sur.

—¿Qué está pasando?

—Apúrate. Te va a gustar ver esto.

Y le dio una dirección a Paúl.

Paúl le dijo a Gafas que le advirtiera a la gente de Loyola.

—Tengo que correr.

Gafas asintió.

—Pronto —dijo.

Paúl sonrió.

—Pronto.

Salió corriendo hacia el automóvil. Justo al otro lado de la nueva Marina del Rey se metió en el tránsito, con lo que tardó una hora en llegar a Central Sur. Allí se encontró a su suegro en medio de un nudo de militares vestidos de combate, felicitándose mutuamente por el éxito de una balacera que había matado cinco cristianos, herido a seis y capturado una docena.

Cuando Ranold vio a Paúl, se apresuró a acercársele, con la palma levantada. Paúl ignoró el gesto.

—Ranold, ¿cómo hemos pasado de sospechar de una celulita en este lugar a este holocausto?

Su suegro se ruborizó, se acercó más al oído de Paúl y le susurró:

—Escúchame, exploradorcito, nunca me desafíes frente a mis subordinados. Y deberías enorgullecerte de participar en esto. ¿Qué te pasa?

—¿Es normal que la clandestinidad celote esté armada? ¿Respondieron ellos al fuego?

—Nunca has estado suficientemente cerca de la acción como para ver nada sino una bola de fuego que se te venía encima. Crece, Paúl.

Una figura alta y de piernas largas, vestida en traje de combate, se separó del grupo y se puso junto a ellos. Paúl tardó un momento en darse cuenta de que era una mujer. *Tiene que ser Balaam*. Él estaba ciego cuando se la presentaron en el Jardín de las Rosas.

—Doctor Stepola —dijo ella, alargando la huesuda mano que él recordaba—. Me alegra de tenerlo con nosotros.

Paúl le dio la mano, recordando la presunción de su voz cuando había hablado de hacer que el ser cristiano fuera «insalubre». Sus ojos lo hipnotizaban. Como el pelo, eran plateados y parecían latir y moverse como pocitas de mercurio. También parecían robarle los pensamientos de su cabeza. La mujer parecía casi inhumana.

—Lo pasó mal en Tierra del Golfo.

—No tan mal como los que murieron. Tuve suerte.

—Mucha suerte —dijo Balaam—. Y con la guía de su suegro, este operativo también va a ser de mucha suerte.

—Estoy seguro de que tiene razón.

Los soldados, que estaban abordando sus vehículos, llamaron a Ranold y a Baalam.

—Ven con nosotros —dijo Ranold.

—Estoy siguiendo una pista. Pongámonos al día esta noche.

Paúl volvió a su automóvil, donde se sentó jadeante. Llamó al Franco.

—Acabo de oírlo —dijo el Franco—. Esa gente no estaba armada, y no tenía municiones. Nos dijeron que estaban empacando, tratando de salir de allí.

—Franco, ¿quién ha quedado? ¿A quién puedo contactar ahora?

—Quinn debería poder decírtelo. ¿Ya lo conociste?

—Acabo de venir de allá. Oh, no.

—Paúl, ¿qué pasa?

—Uno de los letreros se acaba de apagar.

—No te preocupes —dijo el Franco—. Ellos van por todos lados ganando terreno contra Gafas, pero entonces él recupera el terreno. Llámalo.

Paúl marcó, pero no tuvo respuesta. Tenía que asegurarse de que Gafas le había comunicado a la facción de Loyola lo que había pasado en Central Sur, advirtiéndole que ellos podían ser los siguientes.

El tránsito se iba aclarando a medida que se alejaba del allanamiento, pero Paúl se dio cuenta de que todos los letreros de las películas estaban apagados. ¿Había visto las noticias Gafas? ¿Sería esto un intento suyo de hacer una declaración, un homenaje de alguna clase? ¿O estaba cerrando todo por su propia seguridad? ¿Había abandonado su estudio?

Paúl se obligó a dejar de pensar lo peor. Sencillamente Gafas estaba ocupado.

Demasiado ocupado para contestar el teléfono.

30

PAÚL SIGUIÓ LLAMANDO a Kirk Quinn mientras se dirigía a Venecia a toda velocidad. Entró en el estacionamiento y se detuvo directamente frente a la suite J. Se le hundió el corazón cuando vio gente arremolinada cerca de la puerta.

—Asuntos del gobierno, ONP —anunció mientras se abría paso.

En la puerta donde estaba la manija había ahora un agujero enorme. La oficinita parecía como si una tormenta la hubiese arrasado. Todas las computadoras y pantallas se encontraban trituradas.

Y allí en el piso junto a la pared de atrás estaba Gafas, tirado sobre un charco de sangre roja oscura, con sus ojos sin vida abiertos bajo sus gruesos lentes, y una herida de oreja a oreja en el cuello.

Paúl sintió náuseas y temblores, pero se obligó a sacar una libreta y una pluma de su bolsillo y a preguntarle a la gente qué había visto.

—Un equipo de comandos —dijo un joven—. Entraron aquí en tres o cuatro jeeps del ejército, y cuando me di cuenta, *ibum!* La puerta se abrió y entraron gritando. Oí que rompían cosas, muchos gritos. Entonces se fueron. No puede haber durado más de treinta segundos. ¿Es ese hombre, verdad, ese hombre de los anteojos?

Paúl acababa de conocer a Quinn, pero se sentía como si hubiera perdido a un hermano querido. *Qué desperdicio. Qué pérdida tan trágica.*

• • •

El peligro debía haber sido evidente: un automóvil proporcionado por la ONP, ahora bajo control de una agresiva agente de Washington que no confiaba en nadie, especialmente en la competencia. Paúl era un operativo al que habían herido dos veces y al que consideraban un héroe en la agencia, y aún más amenazador por ser el yerno de Ranold Decenti. No, Bia Balaam nunca le daría a Paúl la oportunidad de ponerla en evidencia siguiendo sus propias pistas y, posiblemente, realizando sus propios arrestos. Ella insistiría en saber en qué andaba él en todo momento para cerciorarse de que no fuera un desafío a la autoridad de ella.

• • •

Con la atención de los espectadores aún puesta en el caos del estudio de Gafas, Paúl se puso de rodillas y miró rápidamente debajo del automóvil. Encontró un artilugio detector exactamente detrás de la rueda delantera derecha. Ahora, ¿dónde ponerlo? Al fondo de la cuadra había una coupé deportiva de brillante color amarillo, que probablemente se movía mucho, día y noche. La detección mantendría bastante ocupados los monitores, y con los allanamientos en ejecución —y tan exitosos— era improbable que a Balaam le quedara tiempo para concentrarse en Paúl.

De vuelta en el automóvil, llamó a Harriet Johns.

—¿Sabes qué? —dijo ella—. El ejército encontró al proyeccionista de los letreros.

—Estoy aquí, en la escena.

—Era de imaginar. Ellos hablan con usted, que es uno de ellos, pero nosotros nos acabamos de enterar hace unos minutos. Parece que Washington espera que nos pongamos en fila a esperar, solo un paso delante de la policía y la prensa.

—No es así cómo pasó —dijo Paúl—. Yo estaba en las cercanías y me paré a ver lo que estaba pasando. Según testigos, el ejército voló la puerta, destrozó el lugar y, entonces, un minuto después se fueron a toda velocidad. El cadáver sigue allí en el suelo, cubierto de sangre.

—Suena feo.

—Es feo. Y yo voy a tener que empezar a dejar de papar moscas. ¿Viene alguien a limpiar este desastre?

—El forense y un equipo de limpieza están en camino —dijo ella. —Oiga, tengo puesto el noticiero. Todos los letreros están funcionando otra vez. Si va por las colinas de Hollywood, verifique el letrero.

—¿De vuelta a lo normal? —preguntó Paúl.

—Mejor que normal. Tiene que verlo. Supongo que supo lo de Central Sur.

—Supe.

—Se llevaron a los sobrevivientes al Centro Médico King-Drew. ¿Quiere ir por ahí a entrevistarlos?

—Sí, señora.

—Cuando termine, venga por acá e infórmeme.

Cuando Paúl llegó a Central Sur y al hospital carcelario, enfrentó miradas fijas y fulminantes. Este era un lugar no acostumbrado para las visitas de los agentes del gobierno.

Paúl interrogó a tres supervivientes heridos, pero como parecían tan desorientados, optó por no revelarse como hermano de la fe. En la unidad de cuidados intensivos encontró a Tyrone Perkins, un joven negro cuyo torso estaba encerrado en vendajes, con aparatos para vigilar sus signos vitales. Estaba consciente y lloraba.

Mostrando sus credenciales, Paúl le pidió a la enfermera que les diera un momento.

Tyrone preguntó:

—¿Es usted de la ONP?

Paúl asintió.

—Yo era su hombre infiltrado —dijo Tyrone, con el rostro bañado en lágrimas.

—¿Nuestro hombre?

—Sí, y lo hice por dinero. Nunca pensé que los iban a matar...

—Tyrone, ¿qué pasó? ¿Estaba armada esa gente?

—Ni un arma.

—¿Nada de armas ocultas en alguna parte?

—No. Señor, me estoy muriendo y esa gente muerta está en mi cuenta. Buena gente. Los maté...

—Yo tampoco quería verlos muertos, Tyrone.

El pecho del joven se agitaba, y Paúl se fijó en el monitor, que mostraba un pulso peligrosamente irregular.

—Mejor que vaya a buscar a alguien.

—No —resolló—. Merezco morir.

—Tyrone, ¿sabías de la existencia de otros grupos?

—No puedo decirlo... Ahora no.

Su respiración se hacía dificultosa. Paúl le tocó la mano vendada.

—Si yo lo convenciera de que yo soy uno de ellos, ¿me lo diría para que pudiera precaverlos?

—¿Qué?

—¿Quiere compensar lo que pasó? Dígame a quiénes puedo avisar.

—No puedo confiar...

—Tyrone, puede confiar en mí. Conozco la frase clave.

—No le dije a nadie la frase...

—No tiene que decírmela. La conozco.

—Dígala.

—Mi propósito es dar vida...

Los ojos de Tyrone se desorbitaron.

—... en toda su plenitud —susurró.

Paúl tuvo que agacharse más para oírlo.

—El puerto... Pescadores de Hombres...

—Gracias —susurró Paúl.

—Bendito sea.

Las máquinas de Tyrone empezaron a sonar, y el personal acudió corriendo.

• • •

Paúl manejó de vuelta al centro, pasó a una colosal caravana del ejército que se dirigía en sentido contrario, y subió a las colinas de Hollywood, donde volvió a ver el famoso letrero. Ahora decía «Viva Hollywood». Los automovilistas tocaban la bocina y saludaban al pasar.

Ver eso lo llenó de pesar y rabia. Se sintió enfurecido por lo que había presenciado esa tarde. *¿Yo era así de malo?* Se asustó al pensarlo. Había sido emocionante apretar el gatillo en San Francisco; se había sentido justificado al matar cristianos. Había atrapado a Stephen Lloyd, luego se había quedado sin mover un dedo cuando Donny Johnson lo golpeó hasta matarlo. Hasta aquel agente, Jefferson, se había ofendido.

—Hombre, ¿qué te pasa? —había preguntado.

Y si el claxon no hubiera sonado, Paúl habría matado al muchacho mexicano de un tiro en la cabeza.

Yo actuaba con rabia, no de forma inhumana, por lo menos eso creo.

Le horrorizaba el despiadado asesinato de Gafas a manos de Balaam, y que el sadismo de sus «intervenciones» de Washington se repitieran aquí, en un escenario más público. Paúl oró que pudiera mantener el control suficiente para lograr un impacto positivo en lo que parecía una situación desesperanzada. Y Paúl sabía que su suegro, Ranold, era inmisericorde, pero ¿cómo iba a tolerar la sed de sangre de Ranold durante el tiempo que estuviera junto a él en lo de Tiny? Si Paúl no podía contener su disgusto, ¿qué sospechas podía suscitar eso? Ya había provocado la ira del viejo esa tarde.

Quizá Ranold me mantiene cerca para vigilarme. ¿Puso las manos en la carta de mi padre?

Aun así, Paúl no podría mantenerse callado en lo que tenía que ver con los asesinatos.

Tendré que mantener el valor de mis convicciones, seguir firme en la fe y tomar mis riesgos.

¿Cómo podía Jae haber crecido en la misma casa que un monstruo como Ranold? De repente, Paúl se desesperó de ganas de hablar con ella. No hubo respuesta en su teléfono portátil, así que dejó un mensaje y marcó el número de su suegra.

—Jae no está aquí en este momento —le informó ella.

—¿Dónde está?

—No lo sé exactamente, pero le diré que llamaste. Se ha ido fuera unos días.

—¿Adónde?

—No me dio detalles, pero va a llamar. Estoy segura.

—Déjame hablar con los niños.

—Paúl, aquí son tres horas más tarde. Están durmiendo.

• • •

Paúl nunca se había sentido tan solo. Era demasiado tarde para intentar hallar Pescadores de Hombres en el puerto; los mercados abrían al alba y cerraban temprano. Ahora ya había pasado la hora de cenar. Recordando que Harriet Johns le había pedido que se presentara, pasó por la oficina de Los Ángeles, seguro de que ella aún estaría allí. Hasta hacía poco, Paúl la había mirado con respeto. Ella había ascendido por rango, y se había ganado la admiración de los agentes.

Su burocrática oficina verde estaba en un rincón del cuarto piso, y ella lo acogió con calidez.

—Por fin me enteré del cuento completo del proyeccionista —dijo—. Una especie de vagabundo de la playa, eso parecía, pero muy armado. Trataron de prenderlo, pero él no iba a salir sin luchar. Tuvieron que dispararle.

Vaya balazo. ¿Cómo se degüella a un hombre muy armado?

—¿Qué supo en Central Sur? —preguntó ella.

—No mucho. Me sorprende que usted no fuera para allá.

Ella sonrió.

—Ni muerta voy a Central Sur en algo que no sea un tanque. Se informará del allanamiento como de una guerra de pandillas que mató a civiles inocentes. Eso es más creíble aquí. La policía de Los Ángeles está armando el rompecabezas.

—Jefa Johns, tengo que decírselo. Estoy perplejo. En la reunión de esta mañana me pareció que estábamos como aplastados. Ahora, de repente, nos enfocamos en un blanco mayor. ¿Estoy fuera del círculo o qué está pasando aquí?

Harriet arqueó sus cejas y contempló el techo.

—Es la intervención de Washington: su suegro, la jefa Balaam y todos los recursos que trajeron. El sector de la inteligencia del cuerpo de ejército juntó suficiente información para acercarse e intimidar a la clandestinidad de forma que se delataran mutuamente. He dejado de hacer preguntas, doctor. Quizá debería avergonzarme, pero tengo que reconocer que ellos han hecho más en las últimas horas de lo que nosotros hemos hecho en los últimos seis meses.

—¿Qué viene ahora? ¿Otros blancos?

—No tengo acceso a ello, Paúl. Todo está en manos de Washington. Eso es lo que pasa cuando uno recurre a la artillería pesada. Ahora nosotros no somos más que soldados de infantería, seguidores de pistas.

—Jefa, ¿qué pasó con el infiltrado en Central Sur? Todos los de la fuerza de tareas *tienen* que saber quiénes son los infiltrados. Podríamos matarlos sin saberlo.

Paúl temía que otros infiltrados ya lo hubieran denunciado.

Harriet se encogió de hombros.

—Él era un hombre de la calle, un drogadicto. Daño colateral.

—Me gustaría pensar que si tuviéramos a uno dentro —como un agente de verdad— podríamos no ser tan rápidos como para hacerle eso a esa gente.

—Paúl, usted no entiende. No estamos haciéndole «eso» a esa gente. Ellos se lo hacen a sí mismos. Y en cuanto a un agente de verdad como infiltrado, ¿qué tal usted?

¿Infiltrado?

—¿Yo?

—Usted puede hablar su idioma.

—Es un trabajo sumamente peligroso.

—Creí que una vez usted estuvo en la Fuerza Delta. ¿No es *Peligro* su segundo nombre?

Paúl se obligó a sonreír, y se dio cuenta de que hacía mucho que no sonreía.

—Harriet, le digo una cosa: si lo llegara a hacer, insistiría en ser el infiltrado más conocido de la historia. Quisiera que cada uno de su personal, para no mencionar a la fuerza de choque, y aun cada uno del ejército, supieran de qué lado estoy yo. Los cristianos clandestinos de esta ciudad tienen cierta afinidad por terminar muertos.

—Y habrá más acción.

No cuentes con eso.

• • •

Paúl se dirigió de vuelta a la mansión de Allendo.

—Déjelo en marcha —le dijo a uno de los choferes cuando se detuvo en la puerta principal. El portero lo hizo entrar y lo escoltó escaleras abajo a una sala de juegos. Tiny Allendo cortaba las cartas en una amplia mesa tapizada con fieltro verde, y él y Ranold estaban fumándose un puro con bellas mujeres atisbando por sus hombros. Paúl reconoció a los otros dos hombres que estaban en la mesa: eran ejecutivos de la Corporación Los Ángeles Idea. Varias de las mujeres que había visto antes en la piscina estaban jugando al billar.

—¡Pase, adelante! —dijo Tiny—. Estamos de fiesta. Ni siquiera yo esperaba tanto éxito desde la última vez que nos sentamos juntos.

—Yo no juego —terció Paúl.

Tiny hizo una demostración, dejando caer las cartas de las manos y desparramándolas por toda la mesa.

—Entonces nosotros tampoco —dijo—. Mejor que contemos historias de guerra, ¿no, muchachos?

—¡De acuerdo! —exclamó Ranold, demasiado fuerte y ebrio.

—Paúl, ven para acá. Qué día, ¿eh?

Paúl se sentó, incapaz de fingir entusiasmo.

—Fue un tremendo día.

—Por fin dimos con el vándalo de los letreros —dijo Tiny.

—Lo sé —dijo Paúl—. ¿Una especie de brujo de la computadora?

—Pirata electrónico adicto. Con armas.

—¿Había algo en sus computadoras?

—¡Arrasadas! —dijo Ranold—. Pulverizadas. Nadie recuperará nunca ese programa de sabotaje.

Eso era un alivio. Paúl supuso que Gafas mantenía mucha información de sus hermanos oculta en alguna parte de las computadoras.

—Me he enterado de que la policía de Los Ángeles va a investigar el allanamiento —dijo Paúl—. Ustedes ya saben, para mitigar los temores del público.

—¡Más les vale que no lo hagan! —dijo Ranold.

—¿Dónde oíste eso? No me importa lo que piensen esos locos de Central Sur, no vamos a quedarnos ahí para que nos destrocen. Ahora, ¿qué es eso de la policía de Los Ángeles? Voy a hacer una llamada telefónica ahora mismo…

—Ranold, estoy bromeando. Estoy seguro de que están plenamente satisfechos con que el sitio esté repleto de los restos incinerados de los arsenales de armas, arsenales como nunca ninguno de nosotros ha visto antes.

—Paúl, los locales no controlan a los federales. Tú sabes eso. Nosotros los controlamos a ellos. Me gustaría investigar por qué la policía de Los Ángeles nunca reconoció las amenazas que nosotros encontramos en cosa de horas.

—¡Oigan, oigan! —dijo Allendo levantando un vaso.

31

PAÚL SE DESPLOMÓ en una de las camas más cómodas que había disfrutado jamás, pero el sueño lo eludía. Estaba atormentado, y se preguntaba cómo podría detener la matanza y, al mismo tiempo, seguir siendo miembro de la fuerza de choque, que estaba decidida a ejecutar dicha matanza. Empezó a orar por los creyentes clandestinos de todo el país, por su esposa e hijos e incluso por Ángela Pass, a quien sabía que había tratado mezquinamente.

Dios, ¿por qué estoy aquí? No puedo ser testigo de la carnicería de mis hermanos. Te ruego que me hagas conocer el propósito que tienes conmigo.

Finalmente se quedó dormido, y se despertó a las cinco y media, sorprendentemente descansado. Le dijo a su ayuda de cámara que expresara sus disculpas por saltarse el desayuno debido a un compromiso temprano, y pidió que le trajeran su automóvil. Aunque no eran las seis cuando salió de la casa, los chorros de la torre de agua de treinta y tres metros de altura que brotaba de la chillona fuente de oro enviaban un leve rocío que jugueteaba sobre su cabeza y cara. Paúl sintió como si lo estuvieran escupiendo. Costaba detectar cuál era el peor mal gusto de Tiny Allendo, entre todos sus míseros excesos, pero la fuente tenía que estar sin duda cerca del primer lugar de la lista.

Paúl tuvo que reconocer que era agradable que lo sirvieran continuamente, que le estacionaran el automóvil y se lo trajeran, pero eso no formaba parte de la vida real. ¿Quién vivía así? Gente que no lo merecía.

Valiéndose de su pantalla del SGP (Sistema Global de Posición), Paúl fue hasta el puerto. Cuando llegó al rompiente que protegía la bahía del mar, reconoció inmediatamente que esta no sería tarea fácil. Las bodegas y los muelles forraban una pared que debía tener kilómetros de largo.

El puerto echaba chispas, como casi todos los días. La bahía San Pedro ya estaba llena de embarcaciones de todo el mundo, que se colocaban y maniobraban para descargar pescado y mercancías. En cualquier otro momento, Paúl habría disfrutado el aire fresco y salado, pero parecía que él les acarreaba problemas a sus hermanos creyentes y esperaba que no fuera a hacer daño a este grupo solamente con mirarlos.

El sedán sin características especiales de Paúl no parecía llamar la atención al ir abriéndose paso en la bulliciosa zona. Estacionó en una calle lateral y empezó a caminar. Ninguno de los letreros le daba indicios de nada, pero no esperaba que el grupo en cuestión se llamara abiertamente Pescadores de Hombres. Al salir el sol, el sudor le llenaba la frente y su misión le pareció inútil. Paúl supuso que estaba a más de seis kilómetros del automóvil cuando un letrero le llamó la atención.

Había llegado a un edificio oxidado de metal azul y gris, situado sobre un muelle justo al lado del agua. El frente no tenía nada llamativo, pero un cartel pintado a mano sobre la puerta lateral de servicio decía «Pesquerías Sapiens».

Inteligente.

Golpeó la puerta fuertemente, enviando un eco metálico que retumbó por el frente oceánico.

—¡Está abierto! —se escuchó desde adentro.

Los aromas que afuera atrajeron a Paúl lo enfermaron en el recinto cerrado. El lugar hedía. El sucio piso de concreto llevaba a un mostrador de acero y madera que tenía balanzas de varios tamaños. Había una horquilla mecánica cerca de una enorme hoja de plástico que separaba el frente del patio trasero, donde había personal descargando pescados.

El edificio estaba pobremente iluminado, y aunque Paúl oyó actividad en la parte trasera, la única alma en el frente era un joven robusto, probablemente a fines de la veintena, con ropa y botas impermeables. Su sucio pelo rubio, que asomaba desde debajo de una gorra grasienta, estaba húmedo y enredado. Tenía una barba rojiza y labios casi inexistentes.

—Usted no parece pescador —dijo el joven—. Y nuestros permisos están al día. Así que, ¿qué quiere?

—Ustedes son pescadores de hombres, ¿no? —preguntó Paúl.

Barba Roja vaciló.

—En realidad somos trabajadores, descargamos para un mayorista de pescado que atiende mercaderes de la localidad, tiendas y restaurantes. ¿Le puedo ayudar en algo?

—Doctor Paúl Stepola —dijo Paúl alargando la mano—. De Chicago.

—Barton James —dijo el joven, sacándose unos guantes mojados antes de estrechar la diestra de Paúl.

—¿En qué puedo ayudarlo?

—Mi propósito es dar vida... —dijo Paúl.

Barton palideció.

—... en toda su plenitud —dijo sonriendo—. Me ha dado un susto de muerte. No creo que haya visto a nadie entrar por la puerta lateral en años. Pensé que nos habían allanado. Todos están nerviosos ahora con lo que pasó ayer. Perdí a un amigo en Central Sur.

—Eso fue una burda parodia.

—Una abominación. Vamos para atrás. Conozca a los demás.

Barton empujó el plástico colgante, abriéndose paso hacia una bodega llena de cajones que hedían a pescado podrido. Sonrió al ver la mueca de Paúl.

—Desanima las visitas.

Afuera, en el patio de carga, había unas doce personas, la mayoría menores de treinta años, que estaban cargando un camión de entregas.

—Están casi terminando —dijo Barton, levantando una hoja de madera compactada que mostró unas escaleras que daban a una zona escondida.

Llevó a Paúl hacia abajo por una angosta escalera de madera que parecía terminar en una sala de calderas. Detrás de una de las paredes de planchas había un amplio espacio, sin ventanas, amueblado con restos de muebles que hasta los vagabundos habrían rechazado. Una anciana envuelta en un chal tenía una Biblia abierta en su regazo. Un anciano estudiaba un comentario, mientras tomaba apuntes.

—Nuestros maestros —dijo Barton, presentando al matrimonio como Carl y Lois—. Carl era pastor antes de la guerra. Tiene una colección de libros y Biblias que, solo eso, lo llevaría a la cárcel por el resto de su vida.

—Tráelos —dijo Carl, guiñando y blandiendo su puño como boxeador.

—Vaya, yo debería...

Lois, sonriendo, le hizo un gesto de silencio.

—Es maravilloso que tenga una biblioteca —comentó **Paúl**.

—Inapreciable en nuestra misión. Estamos en la publicación de tratados. También abastecemos de literatura impresa a la mayoría de los demás grupos del oeste.

—Me sorprenden que la necesiten —dijo Paúl—. Puede ser que cueste hacerse de un documento original, pero en cuanto los grupos los tienen —digamos de usted o hasta de Internet— ¿no pueden hacer tantas reproducciones como quieran?

—De ciertas cosas, sí —dijo Carl—. Volantes, folletos, hasta fotocopias de libros para repartir —todos hacen eso—, pero aquí hacemos algo especial. ¿Ha visto alguna vez un libro de la época anterior a la impresión computarizada?

—Lo dudo. ¿De cuándo es?

—Hace setenta u ochenta años. Le aseguro que son completamente diferentes.

Lois hojeó su Biblia y sacó un folletito.

—Este es uno de nuestros tratados —dijo—. Ya ve que es a dos colores. Ya sé que las computadoras pueden imprimir millones de colores, pero pálpelo. Cierre los ojos y pase los dedos sobre la página.

Paúl lo hizo.

—Las letras parecen prensadas sobre el papel.

—Correcto, y por eso lo llaman impresión tipográfica. Es un método de imprenta muy antiguo y de un tipo que puede hacerse independientemente de computadoras, impresoras, hasta de electricidad si es necesario. Esa es una de las razones por las que son tan valiosos. Creemos que pronto la Tierra será muy diferente de lo que es ahora.

—Después del arrebatamiento.

—Quizá no inmediatamente después, pero si ha leído todas las cosas que van a suceder, no cuesta imaginar que el equipo electrónico se convertirá en algo inútil hasta cierto punto.

—Es cierto.

—Pero esa no es nuestra razón primordial para usar la impresión tipográfica en la Operación Pronto. Vea usted, pensamos que si la gente encuentra cosas como estas, sea hoy o después del arrebatamiento, aunque no estén seguros de qué son, las preservarán. Si algo es diferente, agradable al tacto y bello, indica claramente que alguien se tomó la molestia de crearlo. Evidentemente, debe ser valioso. Así que intentarán leerlo y, esperamos, conservarlo.

—Buena teoría —dijo Paúl—. Yo desde luego no tiraría esto.

—Voy a mostrarle la imprenta —dijo Barton, llevando a Paúl más adentro de la sala y a través de una cortina para mostrarle una antigua impresora a tipos—. Es difícil encontrar repuestos, tinta, lubricación, esa clase de cosas, pero funciona muy bien.

Paúl se acercó para tocar las placas impresoras, pero Barton lo detuvo:

—No, el aceite de sus dedos podría echar a perder la impresión.

—Perdone.

—Ya ve que no somos tan productivos como la gente de Detroit, pero hacemos nuestra parte. Obviamente, reservamos la imprenta para cosas especiales. La mayor parte de nuestros folletos regulares, y también transmisiones, la hacemos por computadora. Y ahora, con todos los trastornos, estamos preparando un empuje grande.

Barton le mostró grandes paquetes de folletos.

—Vamos a ponerlos en las manos de los otros grupos, y empezar a inundar de ellos el Gran Los Ángeles.

Los folletos se titulaban «Arriesgamos nuestra vida por la suya». La copia decía claramente que los cristianos clandestinos de Los Ángeles no estaban armados y nunca pensaron en armarse.

«La carnicería de creyentes secretos es un genocidio —leyó Paúl— puro y simple. No somos ninguna amenaza para el gobierno ni para lo establecido. Únicamente creemos que Dios es real, que Jesús vive, que murió por los pecados del mundo y que vuelve pronto. Seguiremos difundiendo estas palabras hasta que no quede ninguno de nosotros».

El folleto concluía con varios versículos de la Biblia, que explicaban cómo se podía aceptar a Cristo, recibir el perdón de los pecados y la seguridad de la vida eterna junto a Dios.

—Por supuesto —dijo Barton—, el castigo por distribuirlos es la cárcel.

—Y la muerte por hacerlos —agregó Carl.

—Yo no sé de qué tienen tanto miedo —acotó Lois—. Nosotros solamente hablamos del libre intercambio de ideas.

—Pero ideas peligrosas —terció Paúl.

—Tiene que reconocerlo. Yo estudié religión, y a lo largo de la historia de la civilización hay un legado enorme de atrocidades relacionadas con la religión.

—Pero la religión y el cristianismo verdadero son dos cosas totalmente diferentes.

—Señora, le está predicando al coro. Pero es importante que sepamos de dónde proviene nuestra oposición, cuál es su mentalidad. Están aterrorizados de lo que la verdadera espiritualidad y la fe pueden hacerle a la gente. Llevadas al extremo, *han* desembocado en guerra.

Los trabajadores del patio de carga empezaron a entrar de uno en uno, y Paúl, presentaciones mediante, los fue conociendo. Se sacaron los guantes y las chaquetas mojadas y se sentaron en el suelo.

—Les traigo saludos de sus hermanos y hermanas del Corazón de la Tierra —dijo Paúl—. Están orando por ustedes.

—No hemos sabido de ellos después de lo de Central Sur —dijo Barton—. Hay un contacto que suele pasar sus mensajes.

—¿Quinn? —preguntó Paúl.

—Sí, Gafas —contestó. Otros sonrieron asintiendo.

—Tengo malas noticias —dijo Paúl.

Les contó lo de Gafas, y varios resollaron. Otros se taparon la cara y lloraron...

—Es una gran pérdida —dijo Barton con voz ronca.

Todo lo que quería era ayudar a la gente y difundir la Palabra. ¿Qué vamos a hacer? No podemos seguir escondidos por mucho más tiempo, y tampoco queremos, pero si van a echarnos el ejército encima, ¿qué posibilidades tenemos? Estamos en una posición de debilidad total. No tenemos nada contra ellos.

—Tenemos que hacer algo grande —dijo Carl—. Algo que llame la atención de la nación. Tenemos que paralizar a este ejército a menos que queramos ver eliminados a más de los nuestros.

Barton se paró.

—La enseñanza de Carl en los últimos meses nos ha encendido, hasta el punto de que estamos listos para resistir porque creemos mucho en nuestra causa. Si nos van a matar de todos modos solamente por difundir la palabra de Jesús, bien podemos llevárnoslos por delante. Estoy de acuerdo en que tenemos que hacer algo que frene la campaña de ellos. Si no lo hacemos, no vamos a estar aquí por mucho más tiempo.

—Todos los grupos van a tener que unirse —dijo Paúl—. Tiene que haber fuerza en la cantidad.

—Pero no estamos al mismo nivel que el ejército.

—Tampoco lo estaba Gedeón —dijo Paúl—. No es la fuerza lo que hace justo a alguien, porque en ese caso el gobierno sería justo. Tenemos a Dios de nuestro lado, y necesitamos que Él nos dé la victoria, igual que a Gedeón.

El anciano Carl luchó por pararse.

—Gedeón es un modelo perfecto, amigos. Permitan que les recuerde su historia.

Volvió rápidamente las páginas de su Biblia y leyó:

Y el ángel del Señor se le apareció, y le dijo: El Señor está contigo, valiente guerrero.

Entonces Gedeón le respondió: Ah señor mío, si el Señor está con nosotros, ¿por qué nos ha ocurrido todo esto? ¿Y dónde están todas sus maravillas que nuestros padres nos han contado, diciendo: «¿No nos hizo el Señor subir de Egipto?» Pero ahora el Señor nos ha abandonado, y nos ha entregado en mano de los madianitas.

Y el Señor lo miró, y dijo: Ve con esta tu fuerza, y libra a Israel de la mano de los madianitas. ¿No te he enviado yo?

Y él respondió: Ah Señor, ¿cómo libraré a Israel? He aquí que mi familia es la más pobre en Manasés, y yo el menor de la casa de mi padre.

Pero el Señor le dijo: Ciertamente yo estaré contigo, y derrotarás a Madián como a un solo hombre.

—Ya ven —dijo Carl—. Dios libró a los israelitas del cautiverio en Egipto, pero cuando se olvidaron de Él y le desobedecieron, los entregó a los madianitas, que los atormentaron durante siete años. Ahora, cuando el Señor le llamó guerrero valiente a Gedeón, y le dijo que fuera con la fuerza del Señor (mucha gente no sabe o no recuerda esto), Gedeón se armó un ejército de treinta y dos mil hombres.

Dios le dijo que eran demasiados, que si ganaba con ese ejército tan grande los israelitas se atribuirían el mérito. Así que le dijo a Gedeón que dejara marcharse a los tímidos o timoratos. Se fueron veintidós mil, y solamente quedaron diez mil. Recuerden que era una pelea contra un ejército de ciento treinta y cinco mil. Pero Dios le dijo que aún eran muchos. Gedeón tenía que llevar a sus diez mil hombres a un arroyo y mandarles que bebieran. A los que se arrodillaron en cuatro patas y metieron la boca en el arroyo los enviaron a su casa. Solamente trescientos tomaron el agua de sus manos. Y ellos fueron el ejército de Gedeón.

Cuando Gedeón atacó a los madianitas, estos se asustaron tanto que ciento veinte mil se mataron entre sí y los restantes quince mil huyeron por el desierto. Finalmente Gedeón los mató a todos.

Yo no sé cómo va a usar Dios lo que queda de los creyentes clandestinos de Los Ángeles para derrotar al ejército, pero creo que quiere que seamos como los hombres de Gedeón: valientes y dispuestos a hacer lo que sea necesario. Y *Él* ganará la batalla.

32

BARTON JAMES ACOMPAÑÓ a Paúl hasta su automóvil.

—Si anda visitando a todos —dijo—, salude a los demás de parte nuestra. Dígales que estamos listos para morir por la causa.

—Espero que eso no sea necesario —contestó Paúl.

—Debería decirle que estamos planeando algo estrafalario para el crepúsculo de hoy.

—¿Es algo que yo deba oír? —preguntó Paúl.

—Seguro que sí. No es exactamente estilo Gedeón, pero algo es algo. Tenemos acceso a un avión robot que yo puedo controlar desde el suelo, o mejor dicho, desde el agua. Despega y aterriza en la bahía. Vamos a cubrir la ciudad de folletos, y esperamos que no derriben el aparato a balazos. Si así ocurriese, perderíamos un avión caro, pero gente no.

—Es audaz —acotó Paúl—. Tengo que concederles eso,

—Usted lo ha dicho. No es el tipo de cosas que va a impedir que el ejército elimine a los creyentes, pero me gusta. Es restregárselo en la cara y, además, difunde la Palabra. ¿A alguno de su grupo lo han capturado ya?

—No. Casi, pero no. A tres de nuestros miembros los persiguieron una noche, a pie, durante kilómetro y medio, pero escaparon sin mostrar sus rostros y, esperamos, sin conducir a nadie a nosotros. ¿Hay creyentes que mueren en otros estados como pasa aquí?

—No a esta escala —contestó Paúl—. Sí, ha habido individuos martirizados, pero meter el ejército en esto es un vuelco horrible. Es como si el gobierno hubiera decidido una guerra frontal contra nosotros. Los más miedosos van a empezar a delatarnos si creen que existe la posibilidad de no sobrevivir.

—Aquí no hay miedosos, señor —dijo Barton—. Este no es un movimiento para espectadores.

—Barton, si pudiéramos hacer algo estilo Gedeón. Algo que uniera a toda esta gente y le mostrara que Dios va a obrar por medio de ellos, aun para desbaratar el poderío del ejército. ¿Qué pondría de rodillas a esta ciudad?

—Cuando vaya de regreso voy a orar por esta ciudad —dijo Barton—. Oraré que Dios le dé una idea.

—Quizá Él le dé a *usted* una idea.

—Yo no tengo esa clase de mente —dijo Barton—, y no necesito esa carga, pero puede apostar que ayudaré a ejecutarla.

—Usted fue a quien se le ocurrió la idea de esta noche, ¿no?

—¿La verdad? Fue idea de Lois.

• • •

Mientras Paúl se encontraba en el estacionamiento de un restaurante de comida rápida comiendo algo, recibió una llamada de su suegra.

—Jae me pidió que te llamara —le dijo ella—. Me pidió que te expresara su pesar por haber perdido tu llamada y que te dijera que te llamará cuando pueda.

¿De verdad? Eso no parece de Jae.

—¿Sabes dónde está?

—No, todavía no me lo ha dicho.

Eso tampoco parece de ella.

—Supongo que Ranold la mantiene informada de lo que está pasando aquí.

—Oh, no. No me llama cuando está de viaje. Está ocupado con reuniones de alto nivel desde el alba al anochecer. Estoy segura de que lo sabré cuando regrese.

Paúl llamó al Franco, que contestó al primer timbrazo, y parecía desolado.

—¿Qué pasa? —preguntó Paúl.

—¿No lo sabes?

El Franco estaba sobrecogido y no podía hablar.

—Tómate el tiempo que necesites, amigo —dijo Paúl, revisando los canales de televisión en su computadora de bolsillo hasta que halló un noticiero.

¿Qué? El ejército había atacado la antigua sede de la Universidad Loyola Marymount, en el sector Westchester de Los Ángeles, a pocos minutos del Aeropuerto Internacional de la ciudad.

—Paúl —pudo articular por fin el Franco—, las llamadas internas recibidas al mismo tiempo que estaba sucediendo informaban de que había unos doscientos miembros lamentando los muertos de Central Sur. Estaban en una capilla improvisada, y no había armas en el lugar. Los dirigentes vieron que el ejército se reunía e intentaron negociar. Bueno, no hubo negociaciones. Los mataron a balazos en la puerta; luego los jefes militares se retiraron a sus puestos y destruyeron el lugar. Fue una carnicería.

Paúl metió los restos de su comida en la bolsa y salió disparado, castigándose por no haber hallado alguna forma de advertir a los creyentes de Loyola. Le dijo a Gafas que se comunicara con ellos, pero este no alcanzó a hablar con ellos.

Había un atasco de varios kilómetros alrededor de la humareda negra que flotaba sobre el sitio de la masacre. Al final, Paúl se deshizo del vehículo y corrió más de kilómetro y medio hasta el sitio. Jadeando y sudando, encontró a su suegro al lado de Bia Balaam con un reportero de una red de informativos que les tenía metido un micrófono en la cara.

—Aquí estamos transmitiendo en vivo con la jefa táctica Bia Balaam y el general Ranold Decenti, héroe de la Tercera Guerra Mundial y ahora asesor militar de la nueva fuerza de tareas Nacional Anticristiana. Jefa Balaam, ¿qué pasó aquí?

—Nuestro contingente recopilador de inteligencia ha estado controlando las actividades subversivas antiamericanas de una fuertemente armada y peligrosa facción de fanáticos religiosos, más de mil, que estaban planeando tomar Los Ángeles y, en el momento oportuno, toda la región Pacífica. Rodeamos el lugar antes de que amaneciera, despertamos a sus dirigentes y les ordenamos que se entregaran y se rindieran pacíficamente. Prometieron discutir una resolución amistosa con sus colegas y les dimos hasta el mediodía de plazo para rendir sus armas, diciéndoles que los pondríamos bajo custodia sin incidentes.

Al no recibir respuesta de ellos nos preparamos para lo peor. Un minuto después del plazo abrieron fuego contra nuestras fuerzas, y nos vimos obligados a defendernos. Felizmente no sufrimos bajas ni heridos, y evidentemente ellos usaron contra sí mismos su masivo arsenal. Tuvimos que retirarnos mientras ellos bombardeaban, quemaban los edificios y se mataban.

—¿Cuántos muertos suponen?

—Varios centenares.

—General Decenti, ¿qué hay de verdad en informes de testigos presenciales de la zona, que dicen que vieron llegar personal militar después de las once y media, y que usted, señor, llegó justo antes de la batalla?

—Están equivocados. Yo he estado aquí desde el amanecer. Será que ellos deben haberme visto llegar desde otro sector de la vigilancia.

En cuanto Ranold quedó libre, Paúl lo confrontó.

—¿Por qué no me informaron de que esto estaba planeado? Yo estoy aquí para interrogar sujetos e interpretarles sus respuestas a ustedes en lo que tenga que ver con el cuadro religioso general. Estoy enterándome de las cosas al mismo tiempo que el público, y nunca queda nadie para poder interrogar.

—Paúl, antes que nada, esto es un operativo de la jefa Balaam. Y en segundo lugar, apenas si hay sitios. Nos gustaría mucho que esta gente respondiera apropiadamente y que cooperara, y así poder darte infinidad de sujetos para interrogarlos. Pero son celotes, extremistas. No escuchan razones. No negocian. A la primera señal de que el gobierno está a sus puertas, empiezan a disparar.

—¿Disparar?

—Ese es el mismo tono discutidor y autosuficiente que usaste en Central Sur, y te preguntas por qué no supiste que íbamos a atacar.

—Merecía saberlo. De lo contrario, ¿para qué estoy aquí?

—Paúl, ¿quieres saber la verdad? No pensé que estuvieras a la altura de las circunstancias. Por eso Balaam, no tú, es quien dirige estas acciones. Quizá sea tu lesión. No sé, hijo, pero te me estás ablandando. Hombre, han pasado meses. Ya es hora de dejarlo atrás. Mientras tanto, debes ver el valor de un ataque quirúrgico.

—¿Quirúrgico? Esto se parece más a una carnicería. ¿Y es idea suya la censura de prensa?

Ranold le lanzó una mirada mordaz.

—Paúl, eres un caso sin esperanzas. ¿Cuántas veces hemos hablado sobre la conveniencia de usar la prensa para nuestro beneficio? La verdad es cuestión de percepción. La gente cree lo que oye, sobre todo las noticias. Había llegado el momento de enviar un mensaje con un ataque mayor: que esta subversión religiosa es un cáncer, una amenaza para nuestro estilo de vida. La insurrección no se puede tolerar. Debemos y queremos combatirla con toda nuestra fuerza. Paúl, deberías enorgullecerte de lo que hicimos aquí. El resto de América lo hará.

Paúl se quedó sin habla. Balaam todavía estaba esclavizada con los periodistas, de modo que, al menos, se ahorraba su jactancia del golpe. Se alejó entonces en busca de sobrevivientes para interrogarlos, pero no halló a ninguno.

• • •

Uno de los choferes le hizo señas a Paúl cuando este entraba por la puerta a lo de Allendo. Un sirviente lo estaba esperando cuando se detuvo en la puerta principal, ahora ensombrecida por la fuente dorada, el géiser interminable. Le costó mucho a Paúl mostrarse amable. Su ayuda de cámara le informó:

—La cena será todavía a las siete. El señor Allendo pidió que se le diga que él y el general Decenti vienen hacia aquí y que llegarán a tiempo.

Indudablemente llegaron a tiempo, y por el tono de los festejos, quedó claro que solamente Paúl tenía problemas con lo que había pasado ese día. Ranold tenía razón. América se enorgullecía de ellos. Tiny había invitado a muchos amigos y socios de la industria cinematográfica, que se arremolinaban en torno de la jefa Balaam, quien parecía una hoja de cuchillo con vestido plateado

Allendo les había ordenado a los del servicio de agasajos que no escatimaran en la celebración. Trajeron un amplio surtido que ofrecía toda clase de exquisiteces, la mayoría coloreadas en oro, la marca de Tiny. Ranold parecía estar pasando por el mejor momento de su vida, y devoraba tostadas con montones de caviar negro y dorado, y bebía champaña de una copa aflautada de borde dorado. Pero *el plato fuerte* de los entremeses era sushi vivo, pececillos dorados que bajaban por una canaleta directamente al centro de la mesa, y que los más valientes cazaban con diminutas lanzas. Paúl sintió asco.

Bia Balaam apareció a su lado, con el adminículo en ristre.

—¿Ya probó uno?

—No —dijo Paúl. No he probado.

—Quizá sea un deporte que no le interesa.

—Atravesar peces con una lanza en una canaleta no me parece deportivo.

—Doctor Stepola, usted parece muy escrupuloso.

—Agente Balaam, trato de hacer lo que es correcto.

—Estoy segura de eso, pero lo que más cuenta es la habilidad para hacer lo necesario.

—Lo tendré presente.

—Espero que así sea, y por favor, recuerde que yo soy *jefa* Balaam.

• • •

Al ponerse el sol, los invitados se distrajeron con el zumbido de un avión.

—Eso suena muy cerca —dijo Tiny—. Hasta los avioncitos privados se desvían de este vecindario.

El sonido se intensificó hasta oírse directamente encima de las cabezas.

—Voy a presentar una queja —dijo Tiny—. Molestar una fiesta... No sé qué se creen esos, ni quiénes se creen que somos. Esto no es un asado en el valle.

Súbitamente una nube enmascaró el cielo, que se oscurecía. Y mientras Paúl y los demás miraban, pareció desintegrarse y caer a tierra. Caía papel del cielo. Caían cientos de folletos aleteantes.

Algunos invitados aullaron. Otros tomaron los volantes y leyeron en voz alta el mensaje. Citaban milagros, advertencias del juicio venidero y ofrecían salvación por medio de Cristo. Tiny ladraba, y el personal de servicio se tropezaba, recogiendo los folletos con frenesí.

Balaam, con la cara enrojecida, exigía un teléfono. Ranold blandía su puño al cielo, bramando amenazas ebrias. Paúl estaba emocionado, pero temía por Barton. Para esconder sus sentimientos se fue caminando hacia la fuente. El fondo estaba taponado de volantes mojados y los nuevos que alfombraban la superficie giraban con la fuerza del chorro. Y se le ocurrió un plan, un plan tan claro y completo que creyó que venía del mismo Dios.

Paúl supo en ese momento qué tenían que hacer, él y los creyentes clandestinos de Los Ángeles.

33

AL DÍA SIGUIENTE, a la hora del desayuno, Ranold había recuperado su buen humor.

—Paúl —dijo—, anoche encontramos una buena pista. Nuestros muchachos lograron hacer una marcación del aeroplano que ensució Los Ángeles. Resultó que era teledirigido, cosa que determinamos por reconocimiento térmico. Pidieron permiso para derribarlo, pero cuando lo tenían en sus miras, ya había lanzado la mayor parte de la carga. Entonces Balaam les dijo que lo siguieran hasta dar con el dueño. El artefacto los dirigió a la bahía San Pedro, y con un poco de posicionamiento cuidadoso pusimos personal en el lugar, de modo que no asustaran a quien controlaba el avión.

Así se hizo, y uno de nuestros hombres salió en un bote para atraparlo. El único error que cometió nuestra gente fue haberlo apresado antes de que trajera el avión de vuelta al sitio donde lo guarda. Yo sospecho que podríamos haber agarrado también a algunos más, pero en cuanto se dio cuenta de que lo seguían, se quedó en el agua y nos hizo ir a buscarlo.

Un muchacho insolente. De maneras frías, aunque hablaba bien. Olía a pescado. Todavía tenía una partida de folletos, ¿y qué encontramos? Pues más en el avión y en el bote. Otros folletos Paúl, más de Jesús y de la salvación y del juicio venidero. ¿Quieres a alguien a quien interrogar? Pues ahí lo tienes.

—¿Dónde está?

—En una sala de detención en el arsenal.

—Voy ahora.

—Él no se va a ir a ninguna parte. Termina de desayunar y relájate.

—No, mejor que vaya ahora para allá antes de que Balaam decida que el tipo está armado y que es peligroso, y entonces lo haga matar.

Ranold lo miró fijamente.

—La gente que hemos matado se lo merecía, Paúl, empezando por tu amigo Pass, y lo sabes. La jefa Balaam, casi ella solita, le cortó las piernas a las sectas subversivas de Washington, que son especialmente virulentas y responsables de sabotaje en grande. Matar los cerezos del centro comercial, y destruir con ello un símbolo nacional y alterar la economía de la ciudad, fue un acto de guerra, como si hubieran volado la Estatua de la Libertad. Eso fue terrorismo descarado, y es el mismo fuego que apagamos aquí en Los Ángeles.

—Nadie demostró que alguien matara los cerezos, Ranold. Y aún tenemos un proceso pendiente en ese lugar.

Ranold meneó la cabeza.

—Paúl, juro que estoy empezando a creer que tienes celos de Balaam. Todas estas críticas, cuando nos ingeniamos para aplastar dos células terroristas de las grandes, eliminar al saboteador de los letreros y atrapar a este insurrecto anoche. No lo capté al comienzo, pero te está matando que ella dirija el espectáculo y que lo haga bien. Puedes ser un héroe que ha sufrido por la causa, pero esto es más grande que el ego de cualquiera, hasta el tuyo. Balaam está encargada porque consigue resultados. Así que contrólate y haz tu trabajo antes de andar juzgando a posteriori a tus superiores.

—Haz que ese muchacho te diga dónde está la sede de esta gente. Desarraiguémoslos y erradiquémoslos, pues para eso nos pagan.

. . .

En el arsenal llevaron a Paúl a un ala donde los guardias, armados, fumaban y parloteaban a la entrada de un largo pasillo.

—Es un caso difícil, señor —dijo uno, poniéndose de pie cuando Paúl se identificó—. Dudo que pueda sacarle una palabra.

Cuando entró en la sala de interrogatorios, Paúl encontró a Barton en posición fetal en el suelo, aún con su voluminosa chaqueta y las manos esposadas por detrás. El aliento le salía en laboriosos jadeos.

—Pongan a este hombre en una silla —le ordenó Paúl al guardia—. Y quítenle las esposas.

—Señor, nos atacó. No le aconsejaría eso.

—Quítenle las esposas y déjennos solos. Me ataca y lo mato de un balazo.

—Me gusta su estilo.

Cuando Barton estuvo nuevamente en la silla, con las manos en el regazo, Paúl echó al guardia y cerró la puerta con llave.

—Barton, ¿atacaste a estos hombres?

—Por supuesto que no.

Le habían roto un diente, y también sangraba por la nariz. Tenía una herida sobre un ojo y le brotaba sangre de la parte de atrás de la cabeza.

—¿Quieres sacarte la chaqueta?

Él asintió, y Paúl le ayudó a sacársela.

—Háblame.

—¿Me *delató* usted? —dijo Barton—. ¿Me denunció?

—Por supuesto que no. Nadie delató a nadie. Ahora, habla bajito. Vine para acá en cuanto lo supe. Dime qué ha estado pasando.

—¿No se da cuenta? No me van a encerrar. Me matarán como a los demás.

—Esa es una posibilidad muy real —dijo Paúl.

—No te mentiré. Estoy intentando figurarme cómo mantenerte a salvo. ¿Qué les has dicho?

—Nada de nuestra operación. No han estado inmiscuyéndose por allá, ¿no?

—Que yo sepa, no.

Barton apretó las muñecas sobre los ojos.

—Señor, no habrá escape. ¿Qué tienen, un par de miles de soldados alojados aquí?

—Más o menos. Lo mejor que puedo hacer ahora es darte mejores oportunidades. Voy a sacarte de la custodia del ejército y hacer que te transfieran a la oficina de la ONP del centro. Sin garantías pero, por lo menos, no serás su trofeo. Y quizá allá pueda ayudarte a hallar una oportunidad de escapar.

—Suena como un tiro desde media cancha.

—No tan media si te quedas aquí.

—Bueno, yo sabía las posibilidades. Oiga, doctor, ¿cuánto tiempo lleva de creyente?

—La verdad es que no mucho.

—¿Suficiente como para orar por mí?

—Por supuesto —dijo Paúl.

Puso una mano en el hombro de Barton, y oró pidiendo que se cumpliera la voluntad de Dios en su vida. Pensó en la yuxtaposición de la oración y la ubicación, y tuvo que preguntarse qué pensarían al otro lado de la puerta si pudieran ver esto.

Cuando dejó a Barton, Paúl llamó a Harriet Johns y le dijo que esperara a un sospechoso que quería detener para interrogar.

—Paúl, estaré esperándolo. Será bueno volver a tener algo de acción a nuestro lado. El sospechoso estará aquí para cuando usted esté listo para interrogarlo.

Paúl hizo el papeleo, y esperó para asegurarse de que se realizara el traslado. Vigiló que los guardias se llevaran a Barton, con grilletes en muñecas y tobillos, cruzando el estacionamiento y lo pusieran en un jeep, y estuvo orando para que Barton llegara sano y salvo al centro.

• • •

Como cobertura, Paúl se detuvo a examinar de cerca unos cuantos sitios de la lista de la fuerza de tareas antes de dirigirse, dando rodeos, a Pesquerías Sapiens. La tarde había avanzado cuando llegó. El grupo hizo inmediatamente una reunión para orar por Barton.

—Era tan arriesgado —dijo Lois, llorando.

—Barton es joven y audaz —dijo Carl—. Ahora tenemos que tener fe.

—Tengo una idea para detener las matanzas —dijo Paúl—, pero necesitamos a un hidrólogo.

—¿Un experto en agua?

—¿Conocen a alguno? ¿A alguien de este grupo o de otro?

Lois dijo que una mujer que trabajaba en el Departamento de Obras Públicas del condado pertenecía a un grupo clandestino, por la 405, cerca de la reserva del Cañón de Piedra.

—Ay, doctor Stepola, ese es un grupo maravilloso. En su mayor parte son de edad avanzada y sumamente educados.

—Hábleme de esa mujer.

—Se llama Grace Dean, y es una persona fuerte de mucha experiencia.

—¿La conoce lo suficiente como para invitarla a venir?

—¿Ahora?

—Tan pronto como sea posible.

Minutos después, Lois le dijo a Paúl:

—Grace no está segura de que quiera violar la ley, pero le recordé que lo ha estado haciendo durante más de dos años, desde que ingresó en ese grupito.

—¿Cómo supo que yo quería violar la ley?

—Doctor, ella no es tonta. Estará aquí dentro de una hora, en cuanto salga del trabajo.

• • •

Grace Dean llegó con tres más de su grupo. Tenía alrededor de cuarenta y cinco años, y era diminuta y robusta, de pelo negro y corto. Resultó ser rápida y directa al hablar, y conocía bien su oficio.

Una vez reunido con ella y su gente, con Carl y Lois, Paúl fue directo al grano.

—Si quisiera cerrar el agua de toda la ciudad y poner de rodillas a Los Ángeles y al ejército, ¿cómo podría hacerlo?

Grace frunció los labios y contempló el techo.

—Los Ángeles lleva casi 200 años —dijo— teniendo que traer el agua desde lejos. Hace unos 135 años se terminó por fin el Acueducto de California, y ha estado trayendo gran parte del agua desde mil ciento veintiséis kilómetros al norte del valle de Sacramento. Por supuesto, en cuanto llega aquí, es recanalizada a varias partes del condado por medio de una enorme red de tubos y canales.

—Entonces —dijo Paúl—, ¿si quisiéramos cortar el abastecimiento?

—Uno podría hacer maldades con el acueducto, pero ¿qué va a hacer con toda esa agua? Tiene que ir a alguna parte. Hay que redirigirla, va a tener que inundar algún sitio.

—¿Dónde sería más indicado inundar sin lastimar a otra gente?

—Hay muchos sitios —dijo Grace— aquí y allá, pero habría que hacerlo en alguno de los lugares que están cuidadosamente resguardados, cosa que ha sido todo un tema desde que los terroristas tuvieron la idea de envenenar el abastecimiento de agua. Pero como usted sabe, el agua es un bien tan preciado que la ciudad, el condado, toda la región de Solterra y el gobierno federal dedicarían todos sus recursos al problema. Usted ha visto lo que están haciendo. ¿Por cuánto tiempo cree que podría hacer vandalismo con el abastecimiento de agua? ¿Realmente pondría de rodillas a Los Ángeles o sería sólo un fastidio de uno o dos días?

—No sé —dijo Paúl—, usted es la experta.

—Me parece —añadió ella— que sería mejor si Dios hiciera algo.

—A veces me pregunto si Dios nos ha abandonado —dijo un hombre—. ¿Su mano sigue sobre nosotros? ¿Nos hemos adelantado demasiado a él, acelerándonos más allá del alcance de su bendición? No lo culpo a Él por todas estas muertes, pero si Él aún estuviera con nosotros, ¿permitiría que a su pueblo lo corten como un gusano?

Carl levantó una mano.

—No me disculpo por ser un hombre de la Palabra —dijo hojeando una Biblia muy usada—. Escuchen esto del capítulo cincuenta de Isaías, versículo dos. Dios habla y dice: «¿Por qué cuando vine no había nadie, y cuando llamé no había quien respondiera? ¿Acaso es tan corta mi mano que no puede rescatar, o no tengo poder para librar? He aquí, con mi represión seco el mar, convierto los ríos en desierto; sus peces hieden por falta de agua, mueren de sed».

»Y el profeta dice en los versículos siete y ocho: "El Señor Dios me ayuda, por eso no soy humillado, por eso como pedernal he puesto mi rostro, y sé que no seré avergonzado. Cercano está el que me justifica; ¿quién contenderá conmigo? Comparezcamos juntos; ¿quién es el enemigo de mi causa? Que se acerque a mí".

»Y en el siguiente capítulo, versículos doce al dieciséis, Dios promete esto: "Yo, yo soy vuestro consolador. ¿Quién eres tú que temes al hombre mortal, y al hijo del hombre que como hierba es tratado? ¿Has olvidado al Señor, tu Hacedor, que extendió los cielos y puso los cimientos de la tierra, para que estés temblando sin cesar todo el día ante la furia del opresor, mientras este se prepara para destruir? Pero ¿dónde está la furia del opresor? El desterrado pronto será libertado, y no morirá en la cárcel, ni le faltará su pan".

Paúl se sintió emocionado, y vio en el semblante y en el lenguaje corporal de los demás cómo revivificaban.

—Ahora, hermanos y hermanas cristianos de Los Ángeles, escuchen esto: «Porque yo soy el Señor tu Dios, que agito el mar y hago bramar sus olas (el Señor de los ejércitos es su nombre), y he puesto mis palabras en tu boca, y con la sombra de mi mano te he cubierto al establecer los cielos, poner los cimientos de la tierra y decir a Sion: "Tú eres mi pueblo"».

Carl se sentó durante un momento, luego se tiró de rodillas y se postró en el suelo. Súbitamente, los demás hicieron lo mismo, y Paúl se encontró llorando. Fue como si el mismo Dios hubiera hablado en voz alta, y Paúl no se sintió digno de pararse ni sentarse.

—Eres Dios —oró Carl—, te adoramos.

Y de los demás surgieron murmullos de asentimiento.

—Sí, Señor. Gracias Dios. Creemos en ti. Confiamos en ti, Señor. Ayúdanos a recordarte.

Paúl se dirigió a Dios en voz alta, temeroso e indeciso, pidiendo un milagro. «Dios» dijo, «te pedimos que cierres las bocas de los ateos, que recuperes el terreno que nuestros enemigos han tomado. Rogamos que actúes en forma tan poderosa y sobrenatural que hasta los ejércitos de los Siete Estados Unidos sepan que eres tú y se amilanen. Dios, necesitamos que hagas algo».

Mientras los demás oraban, Paúl se sintió más cerca que nunca de Dios. Le agradeció en silencio el milagro de su vista, y le pidió que le mostrara enseguida lo que él tenía que hacer. No podía seguir más tiempo trabajando a dos bandas. ¿Cómo podría hacer lo máximo, lograr un impacto real, servir mejor a la causa antes de que lo pillaran y ejecutaran por traición?

Paúl se quedó tirado en el suelo, esperando a Dios, orando por una respuesta, un empujoncito, una guía, una palabra. Sabía que despotricar meramente contra su suegro y Balaam serviría para poco más que lo descubrieran y lo denunciaran. Quería dejar de andar manejando por Los Ángeles, hallando creyentes y juntándose con ellos, solamente para participar en la frustración y desmayo de ellos cuando el enemigo atacaba y mataba a sus hermanos.

Paúl se conmovió al escuchar las oraciones de los demás, y súbitamente se sintió sobrecogido por una visión de lo que Dios podría hacer. Era como si el mismo Señor le diera pistas para movilizar a los creyentes de los siete estados, sobre todo los de Solterra, y específicamente los del Gran Los Ángeles. No oyó una voz audible, pero le pareció sentir que la mente de Dios le decía que si se unieran todos los cristianos clandestinos y se dedicaran totalmente a Dios, Él actuaría por ellos.

Paúl sintió que todo su propósito se estaba aclarando. Por eso estaba allí. No más preguntas, no más tratar de decidir cómo servir mejor como agente clandestino. Su trabajo era motivar a cada creyente clandestino que pudiera encontrar para que orara y le pidiera a Dios que se demostrara al enemigo.

Temblando, con todas las dudas alejándose de él, Paúl se puso de pie. No sabía si anunciarlo o guardárselo. Tenía el sentimiento abrumador de que los creyentes de todo el país debían orar. Dios no podía —no querría— ignorar las oraciones fervorosas de los justos.

—Quiero llegar a todos los cristianos clandestinos para ponernos de acuerdo en pedirle a Dios que haga algo en Los Ángeles para detener estas matanzas —dijo Paúl—. Creo que tenemos que ser específicos. Oremos todos que Dios detenga el suministro de agua a Los Ángeles. Entonces tenemos que comunicarles de alguna manera a todos los dirigentes que Dios es quien lo hizo y que Él puede hacer lo mismo en todo el país. La matanza de creyentes debe terminar y se les debe dar libertad de difundir la verdad de la Biblia. Llamaré a Chicago y haré que mi contacto de allá se comunique con tantos centros clandestinos como pueda. Y después de eso, esperemos un milagro.

34

ERAN CASI LAS SIETE. Grace y sus acompañantes fueron hasta su automóvil con Paúl, que se había ofrecido a ir a comprar comida para el grupo Sapiens. El ánimo en la sala subterránea era tan alegre que nadie quería irse, y había mucho que discutir.

—Grace, sus palabras fueron muy inspiradoras —dijo Paúl—. Sé que estaba nerviosa por esto de ayudarnos, así que muchas gracias.

—Mi compromiso es real, pero mi valor es tibio —respondió ella—. Cuando Lois me dijo lo que usted quería, me pareció mucho más peligroso que nuestras reuniones en el Cañón de Piedra. Aun me siento muy nueva en la fe.

—Yo mismo soy nuevo —dijo Paúl—. Estuve ciego —literalmente—, y Dios me devolvió la vista antes de que diera el salto. Aun así me llevó un tiempo.

—Me ayudó que ellos —dijo ella señalando a sus amigos— estuvieran dispuestos a venir. Me dicen que siga orando.

Cuando el grupo se fue, Paúl llamó al Franco para ponerlo al día. El Franco aplaudió el plan, y prometió dirigir las tropas de oración. Entonces Paúl llamó a casa de Tiny para decirles que no lo esperaran a cenar. Oyó música de fondo. Inevitablemente habría invitados en una noche de viernes.

Ranold tomó entonces el teléfono.

—¿Qué estabas pensando al trasladar a un criminal desde una ubicación segura a una insegura?

—Ranold, él era mi prisionero y no vi razones para dejarlo en custodia del ejército. Terminaré de interrogarlo mañana por la mañana.

—No, no lo harás. Casi se escapó.

¿Casi?

—Así que lo prendieron, ¿eso es lo que me estás diciendo?

—Correcto. Y se lo hicieron pagar. Apropiadamente.

—Ya lo habían golpeado, dejándolo medio muerto, Papá. ¿Qué más esperas sacarle? Iré a hablar con él.

—No entiendes, ¿verdad que no, Paúl? No estará allí para hablarte. Vuelve acá para que yo no tenga que sospechar de ti por todo lo que se interponga en nuestro camino.

—¿Sospechar de mí?

—Te dije que dejaras fuera tu ego. Balaam no se puso contenta cuando se enteró del traslado de su preso. Lo interpretó como un reto directo a su autoridad. Le expliqué que eres un cabeza caliente, que quizá te sientas un poco dejado de lado…

—Ranold, ¿qué le hicieron al muchacho?

—Tortura no, si eso es lo que supones. Estamos demasiado ocupados para perder el tiempo haciendo sudar a uno que reparte folletos. Eso era tu trabajo. Esta tarde nos dieron un dato de que los terroristas están planeando algo grande. Así que aprovechamos la oportunidad que ofreció tu hombre y eso es todo.

—¿Qué significa eso?

—Paúl, te he dicho que no te preocupes. Lo último que deseas es más problemas por esto. ¿Vas a regresar ahora para acá?

Paúl apretó los dientes.

—¿Paúl, estás ahí?

—Te estoy perdiendo —dijo Paúl. Y desconectó.

• • •

Paúl buscó en la radio y encontró una emisora de noticias, pero estaban en medio de un informe deportivo. Finalmente llegó la noticia que temía.

«En la tarde de hoy, un automóvil que se cree llevaba al líder subversivo cristiano rebelde Barton James se cayó en un precipicio en el Camino del Cañón de la Paz, y estalló en llamas. Se dice que James se había escapado de su confinamiento en las oficinas centrales de la ONP Solterra. Estaba detenido por cargos de posesión de drogas y armas y por asalto al personal militar. Las autoridades están tratando de apagar el incendio en el precipicio y han llevado perros para recuperar el cadáver...»

Camino del Cañón de la Paz. Paúl lo había notado en el mapa cuando andaba manejando por los alrededores para orientarse. En esos acantilados no había nada sino follaje denso y coyotes, y las pocas casas que aún estaban en pie después del terremoto. Ninguna razón para que un vehículo oficial escogiera esa ruta.

Aunque Paúl no tenía ni el más mínimo deseo de comer, compró una selección de comida rápida para el grupo, y se fue de vuelta a dar la noticia de Barton. Carl y Lois parecían especialmente desolados, pero todos se impresionaron mucho.

—Puede ser que este momento no sea el mejor para esto —dijo Paúl—, pero quizá la mejor forma de dolernos por Barton es seguir con nuestros planes.

Paúl habló del Franco, su amigo, que iba a pasar la voz entre los creyentes clandestinos de todo el país.

—Todos los creyentes se concentrarán en orar por ustedes. Yo soy nuevo en esto, y aunque creo que Dios me ha hablado, probaré mi fe. A pesar de todo lo que Dios ha hecho por mí de forma milagrosa, a veces aún dudo.

—Eso no es raro —dijo Carl—. Recuerda que Jesús dijo: «Todo es posible si una persona cree», y un hombre que le pedía ayuda dijo: «Yo creo, pero ayúdame a no dudar».

A Paúl le pareció que mientras hablaba, el doliente grupo se iba volviendo más audaz. Con los ojos húmedos y brillantes, estaban claramente listos para creer que Dios obraría, contando con que Él respondiera sus oraciones.

—Había empezado a trabajar en algo mientras Paúl estuvo afuera —dijo Carl—, y ahora voy a imprimirlo. Entonces pulamos esto hasta que brille y agradezcámosle a Dios todo lo que Él va a hacer.

Un golpe en la puerta de arriba hizo que todos se sobresaltaran. Carl le indicó a una joven:

—Rhoda, por favor, anda a ver quién es, y ten cuidado.

Los demás oraban, unos de rodillas, otros de bruces en el suelo. Un minuto después se oyeron pasos rápidos que bajaban la escalera.

—Perdón —dijo Rhoda, pálida y temblorosa—. Es… ¡Es Barton!

—¿Qué?

—¿Quién?

—¡Dile que pase!

—¿Dónde está?

—¿Está vivo?

—¡Yo subo!

—¡Yo también!

Media docena de personas subieron corriendo la escalera. Pronto volvieron con un Barton James que cojeaba, estaba despeinado y exhausto. Todavía tenía cinta adhesiva pegada en la camisa y pantalones.

—¿Eres tú de verdad? ¿Qué pasó?

Paúl esperó su turno detrás de Carl para abrazar a Barton.

—¿Te escapaste de verdad o fue que...?

—¿Eso es lo que te dijeron? Ni siquiera llegamos al centro. Fuimos en la otra dirección, y supe que algo iba a pasar.

—Dijeron que te caíste a un precipicio en el Cañón de la Paz.

—Así fue —dijo Barton, desplomándose en un sofá muy gastado. Me quitaron los grilletes y me metieron en un automóvil viejo. Me pusieron cinta adhesiva —parecía una momia— para sujetarme al asiento del pasajero, entonces pusieron tarros con gasolina en el suelo del auto, en la parte de atrás. Los abrieron y los taponaron con trapos. El automóvil, que era viejo, estaba al otro lado del camino, frente a la baranda. Pusieron en marcha el motor y le prendieron fuego a las tiras poco antes de meter la marcha. Yo oré pidiendo que no me doliera mucho y que llegara al cielo antes de quemarme demasiado.

El automóvil chocó contra la baranda a toda velocidad, pero yo casi ni me moví, porque estaba pegado muy fuerte al asiento. Entonces el coche quedó en el aire, y cayó dando vueltas de un extremo al otro, y yo me estaba ahogando con el humo de la gasolina. Cuando el vehículo golpeó el suelo, alguien abrió la puerta, arrancó la cinta adhesiva y me sacó. Rodamos y rodamos juntos, y al final nos quedamos escondidos en un matorral mientras el auto reventaba y caía al fondo del cañón.

—El hombre me dijo que la cinta adhesiva me había salvado, pero que me habría asado vivo si él no me hubiera sacado. Me quedé tirado allí, consciente a medias, por un rato. Luego él desapareció, pero yo vi bien lo que había quedado del automóvil. Estaba allí ardiendo, color naranja oscuro y humo negro. Supe que debía irme antes de que ellos vinieran a buscar mi cadáver.

Subí al camino principal y seguí andando hasta que llegué al monorriel. No quería que me viera nadie, así que me limité a seguir las vías lo más lejos que pude, y cuando llegué aquí quedé entre las sombras y tomé el camino de atrás.

—¡No puede ser!

—Un milagro.

—Ese tuvo que ser un ángel.

Lois pidió atención y dirigió al grupo en un cántico.

Bendito sea el lazo que ata nuestros corazones con amor
cristiano:
La confraternidad de mentes afines es como esa de arriba.

Carl dirigió al grupo en una oración de acción de gracias. Le dijo a Barton:

—Hemos estado planeando un contraataque.

—¡Dime!

Carl resumió lo que había esbozado Paúl, y Barton se sentó con dificultad, inclinándose hacia delante.

—Hagámoslo —dijo—. Confiemos en que Dios obre.

Carl le pasó una copia de lo que había escrito.

—Estaba a punto de leer esto.

Paúl leyó el atrevido manifiesto de Carl por encima del hombro de Barton. Decía audazmente que los hombres y las mujeres cristianos del Gran Los Ángeles estaban orando que Dios secara el abastecimiento de agua de la ciudad para detener la brutal persecución de los creyentes.

Sabemos que la oración fervorosa del justo puede mucho, y si
la matanza de los inocentes no cesa inmediatamente, confia-
mos en que Dios responda a esta oración y envíe este juicio a
nuestros atormentadores.

Si el ejército no se retira inmediatamente y nos deja adorar en paz, creemos que esto va a suceder. Cuando ocurra —y ocurrirá— sabrán que Dios ha actuado. Para impedirlo apelamos a todos los ciudadanos afectados a que se levanten y fuercen a las autoridades a cambiar sus leyes injustas y crueles contra la gente de fe.

Deseamos representar públicamente nuestra fe con respeto y amor de unos por otros. Aquí estamos.

Cuando llegue la sequía, recuerden que Jesús dijo: «Si alguno tiene sed, que venga a mí y beba. Si creen en mí, ¡vengan y beban! Pues las Escrituras declaran que de lo más profundo de su ser brotarán ríos de agua viva».

—Esto es estupendo —dijo Barton—. Yo no cambiaría ni una palabra. Pongan esto en Internet para que lo lean todos los grupos que conocemos, e ínstenlos a pasarlo a todos los que puedan. Se van a reír de nosotros y nos van a ridiculizar, pero Dios actuará; entonces se acabará la risa. Y la matanza.

Él y otros corrieron a las computadoras para empezar a enviar el manifiesto. Paúl se sentía ansioso por irse, sabiendo que probablemente Ranold estaba esperando molesto.

—Ya van a terminar y todos nos iremos en unos minutos —dijo Carl—. Pero tenemos algo para ti, amigo. Has estado arriesgando tu vida por nosotros y queremos que tengas esta muestra de nuestro aprecio.

Le dio a Paúl un centavo, que este apretó fuertemente en su palma sin poder articular palabra. Carl se acercó a él y le puso una mano sobre la cabeza, diciendo: «Judas 1:24-25 dice: "Y a aquel que es poderoso para guardaros sin caída y para presentaros sin mancha en presencia de su gloria con gran alegría, al único Dios nuestro Salvador, por medio de Jesucristo nuestro Señor, sea gloria, majestad, dominio y autoridad, antes de todo tiempo, y ahora y por todos los siglos. Amén"».

Paúl murmuró un agradecimiento y se aventuró a lanzarse de nuevo a la noche.

• • •

Manejó de regreso a Beverly Hills, y durante el camino agradeció a Dios que salvara a Barton. «Y gracias también por darme la idea de la forma en que puedes mostrarte a la gente de Solterra. Como creo de todo corazón que lo harás».

Paúl estaba como a ochocientos metros de la mansión de Allendo cuando oyó un tono y respondió.

—¿Paúl?

Era Jae, y sonaba diferente.

—¡Sí! ¡Hola!

—¿Te desperté?

—No, ¿pasa algo malo?

—No, nada. Solamente quería escuchar tu voz.

—¿Sí?

—Y quiero verte ahora.

—No sé cuándo regresaré a casa, Jae —dijo Paúl—, pero espero que tú y los niños estén allí.

—Paúl, quiero verte esta noche.

—Jae, me encantaría. Te echo de menos, pero aún estoy en Los Ángeles trabajando…

—Paúl, estoy en el aeropuerto.

—¿En serio?

—Ven a buscarme a Helios Air.

Casi una hora después Paúl salió corriendo del automóvil para abalanzarse hacia los brazos de Jae, repleto de preguntas. Ella lo abrazó con fiereza y lo besó con profundidad.

—Paúl, no quiero estar separada de ti otra vez.

Él puso su bolsa en el automóvil, y se fueron del aeropuerto.

—Tengo que contarte muchas cosas —dijo ella.

—Jae, me alegro de verte, pero ¿qué te trajo aquí? ¿Por qué ahora?

—Vamos a algún sitio donde podamos hablar.

Mientras Paúl manejaba, Jae le contó de los niños, explicando cuánto se divertían en Washington.

—Pero te extrañan Paúl. Siempre preguntan cuándo ira su papito a verlos. Les he dicho que después de haber estado enfermo por tanto tiempo, ahora tenías que trabajar. Tienen miedo de que te lesionen de nuevo y les prometí que tú les hablarías de eso.

—Así será.

¿Qué pasa con la carta de mi padre? ¿La tomaste tú? Paúl se esforzó por detectar algo desacostumbrado en el tono de voz de Jae. *¿Para qué esta visita?*

Finalmente entró en el estacionamiento de un restaurante muy elegante, a pocos kilómetros de la casa de Allendo. Despidió al valet del estacionamiento y luego hizo relampaguear su credencial para rechazar al guardia de seguridad que venía a ahuyentarlos. Cuando quedaron solos, Paúl se dio vuelta para mirar de frente a Jae.

Ella le tomó las manos.

—Paúl, perdóname. No confiaba en ti. Estaba convencida de que me estaban engañando.

—No fue así.

—Estaba atormentada por esa carta de Ángela. No podía creer que fuera inocente, no después de la última vez. Los detectives nunca confirmaron a quién viste en Toledo, pero ni siquiera ofreciste una coartada… que yo no hubiera creído. Aun así, la verdad es que no quería dejarte. Si lo hubiera querido, habría pedido el divorcio, no solamente me habría mudado a la capital.

—Eso es lo que me repetía.

—Sabía que Ángela Pass Barger tenía que ser la hija de Andy Pass. ¿Te acuerdas que rehusaste dejarme ir contigo a su funeral? Eso me dio la seguridad de que mi sospecha estaba justificada. Sabía que la ONP había tomado fotografías en el funeral, así que le rogué a papá que me consiguiera una.

—¿Y lo hizo? Eso es salirse totalmente de las reglas.

—Paúl, yo soy su hija. No es que le haya pedido que la siga o que la intimide. Cuando vi lo joven, bonita y vivaz que era, pensé que nuestro matrimonio se había acabado. Y luego ella estuvo contigo en la televisión, después de ese golpe en Las Vegas.

—Jae, todo eso es circunstancial.

—Bien, pero todo te acusaba. Pero aun así, no podía dejar que se muriera nuestro matrimonio. Ella mencionó la Biblioteca del Congreso en su carta, así que traté de llamarla allá. Dijeron que había renunciado varios meses antes, por lo que me fui a Las Vegas para encontrarla y confrontarla.

Paúl se dio un papirotazo.

—Ay, muchacha, ¿la encontraste?

—No. Mostré su fotografía en el Babilonia, donde hiciste el arresto. Una de las azafatas —o lo que sean— sabía de ella. Dijo que hacía una especie de trabajo social con las prostitutas.

—Jae, eso fue un buen trabajo de detective.

—Ahí fue cuando me cuadró todo.

—¿Sí?

—Me figuré que la conociste en el funeral y que te diste cuenta de que ella podía ser una fuente muy buena. Aunque ella misma no fuera una celote, podía conocer a los amigos de su padre. Entonces recordé algo de la carta a lo que no le había prestado mucha atención, algo de las muestras de escritura o algo así. Eso me ayudó a entenderlo bien. Tú la estabas usando para obtener información. No era de asombrarse entonces que no quisieras hablarme de ella.

—Mucho de lo que hago tiene que ser secreto...

—Oh Paúl, lo sé. Supongo que los celos llegaron a ser en mí como un acto reflejo. Así que decidí que sea lo que fuere para ti, aunque te sintieras atraído hacia ella, yo iba a luchar para salvar nuestro matrimonio. Diez años es mucho tiempo, demasiado para tirarlo a la basura. ¿La amas?

Paúl suspiró.

—No puedo negar que la encuentro atractiva, pero te juro, Jae, que nunca, nunca, tuve nada con ella, ni lo tendré.

—En aras de los niños, ¿podemos dejar atrás estos seis meses pasados? ¿Podemos tratar de ser felices juntos?

Pero Paúl no pudo sacarse de encima la sensación de que eso sonaba un poco arregladito.

35

CUANDO PAÚL LLEGÓ FINALMENTE a la mansión Allendo, el portero le dijo:

—El general Decenti me pidió que se le informe en el momento de su arribo. Quiere hablar con usted.

—Pero son las tres de la madrugada —dijo Paúl.

—Dijo que la hora no importaba.

—Aguarde unos minutos —dijo Paúl—, y hágame el favor de no informarle de que mi esposa, su hija, está conmigo. Quiero darle una sorpresa.

—Le pediré que se reúna con usted en el salón en diez minutos.

Una vez dentro, Jae dijo:

—Paúl, lamento mi comportamiento en todo esto. Espero que puedas perdonarme.

—Yo también estuve mal. No he sido un marido modelo durante años.

—Tampoco yo he sido una esposa modelo. Estaba obsesionada con tu fidelidad… o la falta de ella. Y entonces, cuando te hirieron, sentí que me dejaste fuera y quedé resentida por eso. No tomé en cuenta cuán devastador debe haber sido estar ciego.

—Jae, yo solamente podía pensar en mi propia desgracia. No consideraba el efecto que mi ceguera o mi rabia tenía en ti y los niños. Quiero ser un marido mejor, un padre mejor. Hay un cambio inmenso que quiero —necesito— explicarte. Pero no estoy seguro de poder encontrar las palabras apropiadas ahora con todo lo que está pasando. Este es un campo de batalla.

—Paúl, puedo esperar en la medida en que no sea un cambio en tu amor por mí.

—Créeme, es un cambio que me hace valorarte más que nunca. Te lo prometo.

• • •

Paúl bajó, mientras Jae desempacaba, preguntándose si debía sentirse feliz y aliviado o sospechar. Todo había sucedido tan rápido.

Encontró a Ranold con una bata color borgoña, pijama y zapatillas.

—¿Dónde has estado?

—No sabía que tenía que rendirte cuentas.

—Quizá no, pero me responderás. Yo mismo salí esta noche, no soy tan impresionable, Paúl, pero esta noche me lanzaron una bomba, una bomba sobre ti.

La sangre de Paúl se detuvo. Le zumbó la cabeza. Sintió que los párpados se le contraían espasmódicamente —esperaba que imperceptiblemente— luchando por cerrarse ante la mirada fija de Ranold.

Ya está.

Paúl se obligó a concentrarse en su suegro. Deseó que su voz siguiera uniforme y firme.

—¿Sobre mí?

—Conocí a una mujer llamada Grace Dean. ¿La conoces?

El juego del gato y el ratón. La respuesta de Paúl podía significar vida o muerte para ella y para él mismo. No pestañeó ni respondió.

—Ella es una hidróloga de Aguas y Alcantarillados de Los Ángeles, pero tú ya sabías eso, ¿no, Paúl?

Está ansioso de ver si me quiebro.

—Esta es tu historia, no la mía, Papá.

—Esta tarde una conocida, a quien ella conocía solamente como Lois, le pidió a Grace que fuera a hablarle a su grupo, una célula terrorista celote, sobre la disposición del sistema de agua de Los Ángeles. Grace tenía miedo, no sabía qué pensar. Había visitado unas pocas veces a un grupo parecido cerca de la reserva del Cañón de Piedra, pero esta era la primera vez que le pedían ayuda en lo que podía ser un acto terrorista. Llamó a unas amistades de su grupo para que la acompañaran. Una de ellas resultó ser nuestro informante.

Nuestro informante iba a una reunión de negocios. Grace le dijo que no se preocupara y que consiguiera a otra persona. Naturalmente, nuestro informante nos llamó, pero cuando mandamos a uno a la oficina de Grace para seguirla, ella se había ido.

Ella vivía sola, así que la esperamos en su casa. El sabotaje potencial del abastecimiento de agua de Los Ángeles era demasiado grande para que lo manejara un subalterno de la ONP. Así pues, la jefa Balaam, que tiene talento para esto, fue personalmente. Yo no quería perderme nada, así que la acompañé, y ¿qué crees que pasó?

Paúl frunció los labios como si no le pudiera importar menos.

—Por favor, dímelo.

—Siempre me he preguntado por qué la gente que se corta las venas suele hacerlo en una bañera llena de agua. ¿Será que *quieren* ver cómo va enrojeciendo el agua a medida que se les va la vida? Ese es el final que escogió Grace. Hasta dejó una nota manifestando su desesperación porque extremistas religiosos que le ofrecieron su amistad habían engañado a una pobre soltera desesperadamente sola, pero que de hecho, querían explotar su conocimiento para sus propios fines ilegales. Ella se hizo un tajo vertical en los brazos, desde la muñeca hasta el codo, como cuando los suicidas actúan en serio, ya lo sabes. Por supuesto, necesitó cierta ayuda. A propósito, chilló como cerdo. Igual que un cerdo.

Paúl luchó por permanecer impasible. *¡Monstruos!*

—Aquí es cuando tú entras en escena, Paúl. Antes de abrirse las venas, a Grace se la sumergió repetidamente para ayudar, digámoslo así, su memoria. Balaam le vendó los ojos con su bufanda de seda, un toque simpático. Cada vez que Grace salía a respirar nos daba un poquito más de la célula de las cercanías del puerto. Solamente conocía nombres de pila, pero dio una buena descripción del dirigente del grupo, el que le hizo todas las preguntas sobre el agua. Parece que era de Chicago, un forastero agitador. Oye esto. Dijo llamarse Paúl, y le contó que había estado ciego, pero que Dios le había restaurado la vista. Ella vio hasta su sedán azul.

La memoria de Paúl relampagueó hasta Stephen Lloyd, que lo abrazaba emocionado.

—Hombre, esta es la primera vez que me prueban la fe. Casi no paso el examen.

—Paúl, ¿niegas ser ese hombre?

—No —dijo Paúl, mientras permanecía con los puños apretados, tratando de contenerse para no estallar.

—No qué. ¿Eres o lo niegas?

—¡Hola, Papi! —gritó Jae corriendo hacia su padre, rodeando su cuello con un brazo y besándolo en la mejilla.

—¡Jae! Cariño, yo...

—Ustedes dos se ven tan serios. ¿Qué está pasando?

—Solamente trabajo. ¿Qué haces aquí?

—Echaba de menos a mi marido. Espero que el anfitrión no tenga problemas si…

—Estoy seguro de que Tiny estará encantado. Hablaré con él mañana por la mañana, pero Jae, este es un lugar de trabajo, de investigación. No es para que pases tiempo con Paúl…

—Me mantendré fuera de su camino, y probablemente, de todos modos, tenga que regresar antes que él. Pero quería verlo.

—Bueno, eso esta bien. Así que ustedes dos están arreglando las cosas.

—Totalmente arregladas.

—Bien, estupendo. Jae, ahora, si nos disculpas, tenemos que terminar un asunto de trabajo aquí, y Paúl estará contigo de inmediato.

—Papá, qué bueno verte.

—Sí, por supuesto. Lo mismo digo.

Cuando Jae se fue, Ranold soltó una palabrota, y empezó otra vez con Paúl.

—No podemos dejar que nuestras esposas se junten con nosotros en los operativos. Especialmente en uno como este. No estabas aquí cuando regresé, a eso de las diez, así que llamé al jefe de la oficina de Los Ángeles, a la casa… ¿cómo se llama? ¿Johns?

—Harriet.

—Sí, claro, y le dije que se considerara despedida, y que lo oficializaría cuando pudiera comunicarme con el jefe de la agencia en la mañana. Ella insistió en que no había autorizado ningún trabajo clandestino para ti, mucho menos uno de gran envergadura que nosotros no hubiéramos aprobado. Por supuesto, los locales están resentidos con nosotros, y les encantaría robarse nuestro poder, pero Johns me convenció de que ella no era tan estúpida como para hacer un numerito como ese —especialmente con el abastecimiento de agua de Los Ángeles en juego— y con mi propio yerno, nada menos. Ella mencionó que solo había dicho que tú serías un buen infiltrado, nada más.

Paúl estaba confundido.

—Paúl, me has humillado. Y peor aún, con tu arrogancia te has humillado a ti mismo. ¿Qué te impulsó a ir así, medio disparatado, por cuenta propia? ¿Pensaste que podías competir conmigo, con Balaam? Ella es el doble de soldado que tú, porque sigue ordenes. Sí, da muestra de creatividad, es cierto, pero lo hace cuando se lo dicen. A *ti* habría que despedirte. La agencia no tiene lugar —especialmente ahora— para balas perdidas. ¿Cómo justificas esto?

—La verdad es que no puedo.

—Lo que me ofende es que yo sé que pensaste que te podías salir con la tuya porque yo soy tu suegro.

—Nunca traté siquiera de aprovecharme de tu posición en la agencia.

—¡Así que pensaste que podías anotarte tremendos puntos tú solito! ¿Pensaste que tenías que esforzarte más porque fallaste en San Francisco y Tierra del Golfo? Eso lo entiendo, Paúl, pero todos tenemos misiones que fracasan. Un soldado de verdad lo acepta y sigue adelante. ¿O fue tu corazón sangrante? Tú no estás de acuerdo con nuestras tácticas, y pensaste que traerías a esos renegados con esposas en lugar de ataúdes. Bueno, no es así como son las cosas con los terroristas —dijo meneando negativamente la cabeza—. Eres autosuficiente e ingenuo. Me asquea, y podría haberte costado más que tu trabajo. Merecerías podrirte en la cárcel si estos maniáticos hubieran saboteado el agua y tú los hubieras dejado escapar de nuestros dedos.

Felizmente, Grace mencionó que ella te había dicho que no había forma de poder hacerlo sin un milagro. En esos momentos ya no tenía motivos para mentir.

—Entonces, ¿por qué la asesinaron?

—¿Crees que habría podido decirnos más? De todos modos, reacia como fue, era parte de ellos, y como te dije, fue claramente un suicidio.

—¿Con un brazo cortado del codo a la muñeca pudo cortarse el otro también?

—Paúl, no dejamos huellas. No te preocupes. Algunos se preguntarán cómo se las arregló, pero nadie sospechará de nosotros.

—¿Qué pasa con la célula del puerto?

—Nos costó una eternidad encontrarla, pero naturalmente allanamos el lugar. No había nadie allá, pero encontramos una impresora antigua, computadores, libros y tratados de contrabando a montones. Paúl, piensa en esto: cuando se ejecutó el allanamiento te hubieran podido matar si hubieras estado ahí con esa gente, tratando de desempeñar tu enorme papel de lobo solitario. Como mínimo habrías tenido que dar unas cuantas explicaciones.

Mañana vigilaremos quién entra y sale de allí. Después, el domingo, será el blanco principal de un golpe grande. La inteligencia descubrió otras siete células grandes, y veremos si los amigos de Grace tienen algo que agregar. El domingo es el gran día de reunión de esta gente, así que probablemente podremos capturarlos a todos de una sola vez. Aun si los golpes masivos simultáneos no terminan con la clandestinidad, ciertamente la paralizarán.

Ahora, Paúl, la cuestión es ¿qué debo hacer contigo?

—Lo que te parezca apropiado.

—Cuesta evaluar el grado de daño que causaste. Tu intromisión nos puso en la pista de un blanco nuevo y nos dio ideas de la clase de ataques que los terroristas podrían planear. Solamente Balaam y yo sabemos la magnitud de la necedad que cometiste. Parecería un conflicto de intereses si fuera yo quien tuviera que disciplinarte. No te humillaré más dejando que la jefa Balaam decida tu destino. Más bien yo voy a informar a tu superior, el jefe Koontz, y depositar tu castigo en sus manos.

Paúl se sentía como si se fuera a derretir y formar una pocita.

—Parece justo —dijo.

—Pero el domingo te daré una oportunidad para redimirte. Permanecerás a mi lado durante los allanamientos, y espero que te exoneres bastante como para mitigar la gravedad de mi informe para Koontz. Hasta entonces estás suspendido. No puedes usar vehículos de la agencia. Quizá si Tiny es suficientemente amable para ayudarte con el transporte, mañana podrías llevar a Jae a que vea un poco los alrededores.

Ahora me voy a acostar, y te sugiero que hagas lo mismo.

• • •

El sueño era lo último en que Paúl podía pensar. Estaba horrorizado por lo sucedido a Grace, desesperado por advertir a los Pescadores de Hombres que permanecieran lejos del puerto al día siguiente, y desesperado por alertar al resto de la clandestinidad de Los Ángeles para que evitaran sus lugares habituales de reunión. Más abajo en la lista estaba —aunque era aterrador tener que admitirlo— darse cuenta de lo cerca que había estado de que lo atraparan. Podía haber sucedido muy fácilmente.

Paúl sintió que Dios lo había bendecido inmensamente porque Ranold se hubiera equivocado tanto. No era típico de su suegro precipitarse a sacar conclusiones. *Si él hubiera tenido la carta de mi padre, habría entendido la situación de forma diferente. Jae debe haberla tomado.*

¿A qué hora lo había llamado? ¿Sería posible que Ranold le hubiera telefoneado para tratar de sacarlo de los Pescadores antes del allanamiento, no tanto para salvar a Paúl, sino para ahorrarse la vergüenza?

Ranold había dicho que había vuelto a las diez, lo que podía o no ser cierto. Grace se había ido del puerto justo antes de las siete. Si le hubieran sacado la información a eso de las nueve, Ranold podría haber echado a andar el allanamiento, y luego, hacer que Jae llamara. Podría haberla enviado al aeropuerto. El resto de su historia hasta podría ser verídica, pero Ranold podía haberla hecho venir más temprano ese día.

¿Cuánto tiempo estuvimos allá hablando de Barton y del manifiesto? Luego, ¿cuánto tiempo estuve manejando?

Con todo lo que sucedía, era demasiado para Paúl intentar establecer las horas en ese momento. Advertir a los demás era su prioridad.

Paúl salió. Podían vigilarlo, pero tenía que llamar al Franco. La fuente seguía borboteando, como siempre, así que Paúl se ubicó lo más cerca posible. Iba a quedar empapado por el rociado, pero el burbujeo y el chapoteo taparían el ruido de su llamada. Para evitar despertar más sospechas entrando de vuelta a la casa hecho sopa, se sacó la camisa y los pantalones, y los tiró a un lugar seguro donde permanecerían secos.

El Franco se quedó estupefacto, como Paúl, por lo que había pasado.

—El gran problema es cómo llegar a cualquiera de esas personas —dijo Paúl—. Hay que advertirles que mañana se mantengan lejos de Pesquerías Sapiens, y decirles que pasen el dato a todas las demás células de Los Ángeles. Y en cuanto a los amigos de Grace, del grupo del Cañón de Piedra, están por arrestarlos para interrogarlos, si es que ya no los tienen. Y yo aquí, totalmente fuera de comisión, por cierto, vigilado por Ranold y, posiblemente, Jae.

—Ella no te habrá puesto algún aparato espía, ¿no?

—Con toda esta locura, ni siquiera he pensado en esa posibilidad. Por suerte...

Paúl se echó a reír.

—Aunque lo hubiese hecho, estoy aquí, en calzoncillos, hecho sopa, con la cabeza metida en una fuente.

—Ya me estaba preguntando qué sería ese ruido —dijo el Franco.

36

TINY ALLENDO REZUMABA ENCANTO por la mañana, y actuaba como si la presencia de Jae le completara el mes.

—Su sentido de la oportunidad es impecable —dijo—. Esta noche, en la piscina, ofrezco una elegante cena previa al golpe, y usted está invitada. El gobernador de Solterra y su esposa, y algunos de los más importantes ciudadanos de la localidad estarán aquí, junto con la jefa Balaam y su padre. Ah, y Juliet Peters.

—¿La actriz de cine?

—La misma —dijo Tiny—. Estoy pensando en que actúe de jefa Balaam en la película. Oigan esto: una bella rubia pelea por ascender en la jerarquía de la ONP, y finalmente logra su objetivo dirigiendo una fuerza de ataque demoledora. Todavía no estoy seguro del ángulo amoroso que habría que darle; quizá el guaperas que dirige los celotes, al cual ella toma preso. Quizá una seducción en la celda... Ella entra con un traje dorado enterizo y botas con tacos tipo estilete para demostrar que es toda una mujer que ejecuta el trabajo de un hombre... Pero hay un triángulo. El verdadero Don Correcto es el sabio jefe de la agencia. Treinta y cinco años mayor que ella, pero es un tigre, un zorro plateado. Maduro. Recio. Rico como el rey Midas.

Al final, el celote resulta ser un bruto. El zorro plateado salva a la rubia y ella ve que es mucho más fuerte y mejor que el encantador joven musculoso. O, quizá sea de la otra manera, al revés y, en realidad, el viejo es el malo. Todo depende de a quiénes quiera Juliet como coprotagonistas.

Paúl apenas pudo ocultar su repulsión.

—Gracias por su hospitalidad para con Jae —dijo.

—Hasta la noche entonces —dijo Tiny, haciendo una reverencia.

• • •

Tiny les había ofrecido a Paúl y Jae su automóvil y su chofer para el día. Ranold debía haber arreglado eso, porque Paúl no lo había pedido, y tampoco le había contado a Jae que su padre lo había suspendido y que por esa razón tenían que molestar a Tiny. Paúl apenas había dormido, angustiado por el destino de los Pescadores de Hombres, los tres amigos de Grace Dean del grupo del Cañón de Piedra, y los otros grupos puestos en la mira durante el domingo. ¿Habrían podido advertirles El Franco y los demás? De alguna forma, Paúl tenía que comunicarse con el Franco en la mañana, pero ¿qué iba a hacer con Jae?

Se había sentido feliz de verdad, aunque confundido, al ver a Jae, pero aún no le había hablado de la carta de su padre, ni ella le había mencionado el tema. Él no tenía ni idea de si ella había hallado la carta, y en ese caso, qué había hecho con ella. Además de eso, estaba su llamada de anoche, que muy bien podían haberla orquestado para sacarlo de los Sapiens, un paso delante del ejército.

Aun sin esas sospechas no había forma de que Paúl se arriesgara a decirle a Jae que él se había pasado al otro bando y que ahora trabajaba para rescatar a la misma gente a cuyo exterminio estaba consagrado su padre. La noticia no solamente destrozaría la imagen que ella tenía de él, sino también los valores, firmes como una roca, de su crianza. Con tantas vidas inocentes en juego no se atrevía a apostar a su comprensión.

El día había empezado muy caluroso, y a eso de las diez, la temperatura ya rozaba los treinta y dos grados centígrados, y seguía subiendo. Paúl estaba empapado, pero no precisamente por el calor.

Jae necesitaba un vestido de noche para la fiesta. El chofer de Tiny los llevó entonces a la famosa Rodeo Drive, ahora una galería de diez pisos de tiendas exclusivas para los que disfrutaban el vitrineo más que las pruebas virtuales en línea.

—Esto es salvaje —dijo Jae—. Nunca pensé llegar a verlo en persona, pero dudo que nos podamos dar el lujo de comprar algo aquí.

—Démonos el gustazo. ¿Cuán a menudo cenas con Juliet Peters?

—Un traje dorado enterizo y botas de tacones tipo estilete... Esa película suena poca cosa para ella, pero, Paúl, sé cuánto detestas ver escaparates...

—Esperaba que dijeras eso.

—Entonces, ¿por qué no le dices al chofer que te lleve a otra parte? Esta es mi gran oportunidad en Rodeo Drive, y no quiero preocuparme porque tú te sientas pésimo.

Paúl estuvo a un pelo de tomarle la palabra, desesperado como estaba por ver qué estaba pasando en el puerto, cuando algo le vino a la mente: *Esto es una prueba.* Quizá Jae estaba compinchada con Ranold, y quizá no. Pero Ranold había dispuesto la limusina y el chofer exactamente después de quitarle a Paúl el automóvil de la agencia. Si el hombre detrás del volante no era un operativo destacado para vigilarlo, Paúl se sentiría traumatizado.

—Jae, sabes, estoy harto de andar por los alrededores. He estado metido en un automóvil toda la semana. Me sentará bien estar en una galería comercial con aire acondicionado en un día como este. Si me aburro, me iré a caminar por mi cuenta.

La galería era una maravilla arquitectónica de vigas curvas de cobre y vidrio teñido de oro. Jae miró la lista de tiendas, llena de *ooohs* y *aaahs* por los nombres famosos.

—Voy a empezar por arriba e iré bajando —dijo—. ¿Crees que puedes aguantar eso?

—Adelante.

Paúl vio por encima del hombro de ella una tienda en el décimo piso que parecía un oasis: Los Juegos de Cicerón. Salieron del ascensor a propulsión, y Jae se dirigió a una tienda interesante. Paúl la dejó en la puerta y se encaminó a lo de Cicerón. Adentro había una sección dedicada por entero a antiguos juegos de mesa como el ajedrez y el Scrabble, además de los bancos habituales de juegos interactivos de tamaño natural. No había empleados ni clientes ahí, así que Paúl llamó al Franco mientras fingía examinar la mercadería.

El Franco le dio buenas noticias. Uno de las minas de sal conocía a Carl y a Lois debido a sus tratados impresos y había podido precaverlos para que se alejaran de Sapiens. A su vez, ellos habían advertido a muchos de los demás grupos de Los Ángeles. La mala noticia era que aún faltaba por encontrar a los tres amigos de Grace Dean, del grupo del Cañón de Piedra.

—Ahora ya no hay esperanzas —dijo Paúl—. Puede ser que ya los hayan torturado hasta matarlos.

—La esperanza nunca muere —dijo el Franco—. Lo último que supe es que Dios sigue en su trono.

El Franco informó que facciones clandestinas de cada estado estaban orando fervorosamente por el juicio de Dios para Los Ángeles y por la protección de sus creyentes.

—Tus contactos están dando resultado —dijo el Franco—. De Abraham, Sara e Isaac, de la clandestinidad de Detroit, a Arturo Demetrius, en Nueva York, la noticia está corriendo. San Francisco y Washington están esperando fervientemente que Dios vengue a sus mártires. Y oye esto: La prensa está empezando a hablar de ese manifiesto cristiano. Paúl, el país entero va a estar pendiente de Los Ángeles.

Gracias, Señor.

Paúl fue a buscar a Jae, y fueron bajando al noveno piso, luego al octavo, donde Jae se detuvo dos veces para ver trajes de noche, con Paúl muy dispuesto y mirando. Paúl se metió en una tienda de electrónica en el séptimo piso que exhibía en sus vidrieras unos reproductores de vídeos de tecnología de avanzada. Todos estaban sintonizados a una red con noticias de última hora.

—Veamos esto por un segundo —dijo él.

Todas las pantallas exhibían el manifiesto cristiano. Portavoces de la policía clamaban que la advertencia era un truco, e instaban a los ciudadanos a que la ignoraran, pero los moderadores de los programas de debate recibían llamadas de todas partes, y la advertencia era todo lo que la gente quería discutir. La amenaza de los clandestinos de cortarle el agua a Los Ángeles había asustado a muchos, y también se había convertido en pasto de chistes, pues daba a los expertos un sinfín de risas al plantearse escenarios absurdos y jocosos.

—¿Qué está pasa…? —dijo Jae.

Cuando Paúl y Jae llegaron a la planta baja, el manifiesto se había convertido en un fenómeno nacional.

• • •

Llegaron a la propiedad de Allendo unas pocas horas antes de cenar, y pasearon un poco por el terreno bajo el calor hirviente. Jae se mantuvo lejos de la fuente para que no le arruinara el peinado, pero la contempló desde la reja que separaba la piscina del resto del lugar.

—¿Quiénes son todas esas jóvenes? —preguntó.

—Regalos para la fiesta —contestó Paúl.

—¿Y tú…

—No.

—¿Y Papi?

—No preguntes.

Paúl se había pillado orando en cada momento libre. Ahora que las advertencias habían llegado al grupo Sapiens, e idealmente estaban pasándose por el resto de la clandestinidad de Los Ángeles, se sentía, por fin, capaz de concentrarse en su propia situación. Si los blancos estaban vacíos cuando llegara el ejército a allanarlos el domingo por la mañana, sabía muy bien que iban a rodar cabezas. Iban a buscar la filtración, y alguien tendría que pagar. Paúl se sintió aliviado de que Ranold nunca le hubiera dicho cuáles eran los grupos específicos puestos en la mira, pero seguía preocupándose de que pudieran trazar la filtración hasta él. Le habría gustado seguir en la agencia como agente doble por el tiempo que quisiera. Algo como esto lo llevaría a una decisión. Tendría que irse antes de que lo atraparan.

• • •

Allendo resplandecía con sus espejuelos dorados, vestido de negro sobre negro como siempre. Parecía que Tiny no transpiraba, mientras que Paúl se sentía como un nadador. El cortejo del gobernador llegó diez minutos antes de las seis, momento en que

Ranold también hizo su entrada para las fotos y los apretones de mano. Presentó orgullosamente a Jae a todos los dignatarios. La esposa del gobernador pareció aliviada al ver a Jae, e insistió en permanecer al lado de ella y sentarse cerca de los Stepola para la comida.

Bia Balaam llegó acicalada con otro vestido plateado —este de satén y ajustado como la piel, adherido caprichosamente a su cuerpo anguloso— con zapatos de tacón tipo estilete que le hacían juego. Jae le dio un codazo a Paúl, comentando:

—Se diría que oyó las ideas de Tiny para Juliet Peters. No puedo creer que esa mujer sea de la ONP.

Balaam les hizo un desaire a Paúl y a Jae, evidentemente disgustada por la conexión de Paúl con las Pesquerías Sapiens.

No sabes ni la mitad de la historia.

Paúl se sintió agradecido de que Jae hubiera sentido un disgusto instantáneo por aquella mujer.

Se captaba la frivolidad en el aire, como si todos supieran algún secreto delicioso. Ranold se reía quedamente con Balaam, los militares, el gobernador, y Tiny y sus amigos.

Jae susurró:

—Hay mucha risa para lo que debería ser un día serio. Se diría que estaban planeando una fiesta sorpresa.

—Es raro, teniendo en cuenta que hay gente que puede morir —contestó Paúl.

La esposa del gobernador se mostró de acuerdo:

—Yo sé que estamos poniendo la mira en los terroristas, pero me cuesta mucho aprobar la jocosidad en un momento así.

De repente, la atención de todos se volcó en las puertas francesas que daban entrada y salida a la casa, por donde entró Juliet Peters, tímidamente, sin nada del ego evidente que se podía esperar. Era una rubia llena de curvas, que llevaba un vestido blanco sin tirantes, con su característica melena rubio platino que llegaba a una cintura increíblemente estrecha.

—Juliet, queridísima —dijo Tiny—, por fin. Ahora sentémonos todos para la cena.

Tiny le ofreció el brazo a Juliet y la escoltó a su lugar en la mesa, entre él y Bia Balaam.

Paúl y Jae estaban en la otra punta de la mesa, más cerca de la piscina. Los «regalos para la fiesta» de Tiny siguieron retozando en el agua durante la cena, y Paúl las envidió, pues le hubiera encantado zambullirse y refrescarse. Los sirvientes mantenían fluyendo el vino, pero Paúl se concentró en su alta copa de agua helada.

¿Qué pasaba si había más blancos de los que había podido alcanzar la gente del Franco? ¿Qué pasaría si él tenía que ir con ellos y ver cómo mataban a sus hermanos y hermanas? Luchó por mantenerse firme en la fe. Tenía que creer que Dios oiría las oraciones de toda la nación y que se daría a conocer.

• • •

—Entonces —dijo Juliet Peters, mientras los sirvientes circulaban con el postre—, ¿nos han advertido lo suficiente en cuanto al castigo de Dios?

Y sonrió sorbiendo agua de su copa. Los demás se rieron.

—Sí —contestó Ranold, que parecía estar a punto de soltar una carcajada—. ¡Será mejor que almacenemos agua!

—Sin duda alguna —dijo Allendo—. Compré pajitas muy largas para que podamos beber de la piscina si fuera necesario.

Paúl oía el rumor de la fuente del frente de la casa, que se veía por encima del techo, y también el chapoteo de las jóvenes de la piscina.

Líbranos, oró.

Bia Balaam fijó los ojos en Paúl, pero este desvió su mirada, temiendo leer sus pensamientos. Jae tomó la mano de Paúl por debajo de la mesa como si percibiera su ansiedad.

Juliet Peters tosió. Alguien gritó, y Paúl miró hacia arriba justo a tiempo para observar cómo una de las mujeres de la piscina se lanzaba desde un tobogán y chocaba contra el fondo seco con un golpe sordo y deprimente. Sus amigas gritaron.

La fuente había dejado de echar agua.

Los vasos de agua de la mesa no solamente estaban vacíos, sino también secos. Hasta la transpiración de las jarras de vidrio había desaparecido.

Tiny Allendo se paró de un salto tan rápido que su silla cayó hacia atrás. Contempló la piscina, luego se dio vuelta y miró la fuente.

Paúl contempló la mesa. Se había evaporado hasta el líquido de la comida. La tarta de frutas había encogido. El helado era polvo de colores. Los vasos de vino tenían un residuo gomoso.

La voz de Tiny sonó débil y tímida.

—¡Agua embotellada! —graznó.

Los mozos corrieron a la casa y rápidamente salieron espantados.

—Las botellas están cerradas, señor, pero vacías.

Paúl miró el pasto del bello patio que se expandía bajo las luces. Se estaba marchitando. Mañana estaría de color marrón.

Balaam se puso de pie, y corrió hacia su automóvil, con sus tacones. Ranold estaba de pie, con los dedos de las manos aleteando, los labios temblorosos. Tiny le gritó a su gente:

—¡Vayan a la tienda! ¡Traigan toda el agua que puedan!

Pero Paúl sabía lo que iban a encontrar. Más botellas vacías. Dios había respondido abundantemente las oraciones de los fieles. Había hecho más que cortarle el abastecimiento de agua a Los Ángeles.

El poderoso Señor y Creador del universo había sacado cada gota de agua de la ciudad malvada. Se correría esa voz por la Tierra, y los creyentes clandestinos surgirían con confianza y fuerza proclamando audazmente el mensaje de la fe. Las autoridades reinantes dejarían de matar al pueblo de Dios, o todos se marchitarían como el pasto y morirían.

• • •

El milagro se conocería en todo el mundo en cosa de pocos minutos. Para los de la superficie marcaba el comienzo de lo que llegaría a conocerse como guerra de guerrillas cristianas. Para los clandestinos, esto era el claro comienzo del fin, la marca de lo que —y quién— estaba llegando.

Pronto.